中印经典和当代作品
互译出版项目
CHINA-INDIA TRANSLATION PROJECT

黑 暗

毗什摩·萨赫尼作品选

Tamas

【印】毗什摩·萨赫尼◎著
廖 波◎译

中国大百科全书出版社

图字：01-2020-0686

图书在版编目（CIP）数据

黑暗：毗什摩·萨赫尼作品选 /（印）毗什摩·萨赫尼著；廖波译. —北京：中国大百科全书出版社，2021.1

中印经典和当代作品互译出版项目

ISBN 978-7-5202-0873-4

Ⅰ. ①黑…　Ⅱ. ①毗…　②廖…　Ⅲ. ①长篇小说—印度—现代　Ⅳ. ①I351.45

中国版本图书馆CIP数据核字（2020）第244465号

出 版 人　刘国辉
审　　校　姜景奎
责任编辑　王　宇
封面设计　许润泽　叶少勇
责任印制　魏　婷
出版发行　中国大百科全书出版社
地　　址　北京阜成门北大街17号　　**邮政编码**　100037
电　　话　010-88390636
网　　址　http://www.ecph.com.cn
印　　刷　北京地大彩印有限公司
开　　本　710 毫米 × 1000 毫米　1/16
印　　张　21.75
字　　数　252 千字
印　　次　2021 年 2 月第 1 版　2021 年 2 月第 1 次印刷
书　　号　ISBN 978-7-5202-0873-4
定　　价　78.00 元

中印经典和当代作品互译出版项目
中方专家组

总序：印度经典的汉译

一、概念界定

何谓经典？经，“织也”，本义为织物的纵线，与“纬”相对，后被引申为典范之作。典，在甲骨文中上面是“册”字，下面是“大”字，本义为重要的文献，例如传说中五帝留下的文献即为“五典”[①]。《尔雅·释言》中有“典，经也”一说，可见早在战国到西汉初，“经”“典”二字已经成为近义词，“经典”也被用作一个双音节词。

先秦诸子的著作中有不少以“经”为名，例如《老子》中有《道经》和《德经》，故也名为《道德经》，《墨子》中亦有《墨经》。汉罢黜百家之后，“经”或者“经典”日益成为儒家权威著作的代称。例如《白虎通》有“五经何谓？谓《易》《尚书》《诗》《礼》《春秋》也”一说，《汉书·孙宝传》有“周公上圣，召公大贤。尚犹有不相说，著于经典，两不相损”一说。然而，由印度传来的佛教打破了儒家对这一术语的垄断。自汉译《四十二章经》以来，“经”便逐

① “典，五帝之书也。”——《说文》

渐成为梵语词 sutra 的标准对应汉译，“经典”也被用以翻译“佛法”（dharma）[①]。随着佛教在中国的传播和发展，类似以“经典”指称佛教权威著作的说法也多了起来。[②] 到了近代，随着西学的传入，“经典”不再局限于儒释道三教，而是用以泛指权威、影响力持久的著作。

来自印度的佛教虽然影响了汉语“经典”一词的语义沿革，但这又可以反过来帮助界定何为印度经典。汉译佛经具体作品的名称多以 sutra 对应“经”，但在一般表述中，“佛经”往往也囊括经、律（vinaya）、论（abhidharma）三藏。例如法显译《摩诃僧祇律》（*Mahasanghika-vinaya*）、玄奘译《瑜伽师地论》（*Yogacarabhumi-sastra*），均被收录在“大藏经”之中，其工作也统称为“译经”。来华译经的西域及印度学者多为佛教徒，故多以佛教典籍为“经典”。不过也有一些非佛教徒印度学者将非佛教著作翻译为汉语，亦多冠以“经”之名，其中不乏相对世俗、与具体宗教义理不太相关的作品，例如《婆罗门天文经》《婆罗门算经》《啰嚩拏说救疗小儿疾病经》（*Ravankumaratantra*）等。如此，仅就译名对应来说，古代汉语所说的“经典”可与 sutra, vinaya, abhidharma, sastra, tantra 等梵语词对应，这也基本囊括了印度古代大多数经典之作。

然而，古代中印文化交流也有一定的局限性，若以现在对经典的理解以及对印度了解的实际情况来看，吠陀、梵书、森林书、奥义书、往世书等古代宗教文献，两大史诗、古典梵语文学著作等文学作品，以及与语法、天文、法律、政治、艺术等相关的专门论著都是印度经典不可或缺的部分。从语言来看，除梵语外，巴利语、波罗克利特语、阿波布朗舍语等古代语言，伯勒杰语、阿沃提语等中世纪语言，印地语、孟加拉语、乌尔都语等现代语言，以及殖民时期被引入印度并在印度生根发芽的英语都在不同的历史时期承载了印度经典的传承。

① “又睹诸佛，圣主师子，演说经典，微妙第一。”——《妙法莲华经》卷一《序品》（T09, no. 262, c18-19）

② “佛涅槃后，世界空虚，惟是经典，与众生俱。”——白居易《苏州重玄寺法华院石壁经碑》

二、古代中国对印度经典的汉译

经典翻译，是将他者文明的经典之作译为自己的语言，以资了解、学习，乃至融合、吸纳。这一文化行为首先需要一个作为不同于自己的“他者”客体具有足以令主体倾慕的经典之作，然后需要主体“有意识”地开展翻译工作。印度文明在宗教、哲学、医学、天文等方面的经典之作具有较高的知识水平，在不同时代对中国社会各阶层产生了独特的吸引力。中印文明很早就有了互通记录，有着甚深渊源，在商品贸易、神话传说、天文历法等方面已有学者尝试考证。[①] 随着张骞出使西域，佛教传法僧远来东土，中印之间逐渐建立起“自觉”的往来，古代中国对印度经典的汉译也在汉代以佛经翻译的形式得以展开。

1. 佛教经典汉译

毫无争议，自已佚的《浮屠经》[②] 以来，佛教经典汉译在古代中国对印度经典的翻译中占有主流地位。译经人既有佛教僧人，也有在家居士，既有本土学者，也有西域、印度的传法僧人。仅以《大唐开元释教录》以及《贞元新定释教目录》的统计为例，从东汉永平十年至唐贞元十六年，这 734 年间，先后有 185 名重要的译师翻译了佛经 2 412 部 7 352 卷（见表 1），成为人类历史上少有的翻译壮举。

---

① 季羡林:《中印文化交流史》（北京：新华出版社，1993 年）及薛克翘:《中国印度文化交流史》（北京：昆仑出版社，2008 年）中部分内容均介绍了相关观点。

② 学术界关于第一部汉译佛经的认定，历来观点不一。不少学者认为，《四十二章经》是第一部汉译佛经；但有学者经过考证发现，西汉哀帝元寿元年（公元前 2 年）大月氏使臣伊存口授的《浮屠经》应该是第一部，可惜原本失佚，后世知之甚少。目前，学术界基本倾向于认为《浮屠经》为第一部汉译佛经，并已意识到《浮屠经》在中国佛教史及学术史上的重要地位。参见方广錩:《〈浮屠经〉考》,《法音》，1998 年第 6 期。

表 1　东汉至唐代汉译佛经规模①

朝代	年代	历时	重要译师人数	部数	卷数
东汉	永平十年至延康元年	154 年	12	292	395
魏	黄初元年至咸熙二年	46 年	5	12	18
吴	黄武元年至天纪四年	59 年	5	189	417
西晋	泰始元年至建兴四年	52 年	12	333	590
东晋	建武元年至元熙二年	104 年	16	168	468
前秦	皇始元年至太初九年	45 年	6	15	197
后秦	白雀元年至永和三年	34 年	5	94	624
西秦	建义元年至永弘四年	47 年	1	56	110
前凉	永宁元年至咸安六年	76 年	1	4	6
北凉	永安元年至承和七年	39 年	9	82	311
南朝宋	永初元年至升明三年	60 年	22	465	717
南齐	建元元年至中兴二年	24 年	7	12	33
南朝梁	天监元年至太平二年	56 年	8	46	201
北朝魏	皇始元年至东魏武定八年	155 年	12	83	274
北齐	天保元年至承光元年	28 年	2	8	52
北周	闵帝元年至大定元年	25 年	4	14	29
南朝陈	永定元年至祯明三年	33 年	3	40	133
隋	开皇元年至义宁二年	38 年	9	64	301
唐②	武德元年至贞元十六年	183 年	46	435	2 476

自东汉以后的约 6 个世纪中，大量佛教经典被译为汉语，其历程与佛教在中国的传播历程基本同步。在这一过程中，涌现出许多重要译师，仅译经 50 部或 100 卷以上的译师就有 16 人（见表 2），其中又以鸠摩罗什、真谛、玄奘、义净、不空做出的贡献最为卓越，故此他们被称为“汉传佛教五大译师”。他们的生平事迹和具体贡献在许多佛教典籍中均有叙述，此不赘述。

① 本表主要依据《大唐开元释教录》整理而成，其中唐代的数据引用的是《贞元新定释教目录》。

② 唐代数据至德宗贞元十六年（800）为止，并不完整。但考虑到贞元年后，大规模译经基本停止，故此数据亦有相当高的参考价值，至贞元十六年，唐代已经译经 435 部 2 476 卷，足以确立其在中国译经史上的地位。

表 2　译经 50 部或 100 卷以上的译师

时代	朝代	人名	译经部数	译经卷数
三国西晋	吴	支谦	88	118
	西晋	竺法护	175	354
东晋十六国	东晋	竺昙无兰	61	63
		瞿昙僧伽提婆	5	118
		佛陀跋陀罗	13	125
	北凉	昙无谶	19	131
	后秦	鸠摩罗什	74	384
南北朝	宋	求那跋陀罗	52	134
	陈	真谛	38	118
	北魏	菩提留支	30	101
隋唐	隋	阇那崛多	39	192
	唐	玄奘	76	1 347
		实叉难陀	19	107
		义净	68	239
		菩提流志	53	110
		不空	111	143

自唐德宗之后，译经事业由于政局等多方面因素影响而受阻，此后又经历了唐武宗和后周世宗两次灭佛，佛教在中国的发展受到冲击。直到 982 年，随着天竺僧人天灾息和施护的到访，北宋朝廷才重开译经院，此时距唐德宗年间已有约两百年，天灾息等僧人不得不借助朝廷的力量重新召集各地梵学僧，培养本土翻译人才。在此后的约半个世纪中，他们总计译出五百余卷佛经。此后，汉地虽有零星译经，却再也不复早年盛况，古代中国对印度经典的汉译逐渐落下帷幕。

2. 非佛教经典汉译

佛教经典汉译占据了古代中国对古代印度经典汉译的主流，除此之外，其他一些印度经典也被译为汉语。这些文献大致可以分为两类：一类是在翻译佛教经典的过程中无意之中被译为汉语的，尤其是佛教文献中所穿插的印度民间故事等。[①]一类是在翻译佛教经典之外，有意翻译的非佛教经典，例如婆罗门教哲学、天文学、医学著作等，尽管数量无法与佛教经典相提并论，但这些非佛教经典的翻译在一定程度上体现了古代中华文明对古代印度文明的关注开始逐渐由佛教辐射到印度文明的其他领域，不过从译者的宗教信仰以及对经典的选择来看，这类汉译大部分是佛教经典翻译的附属产品。

3. 其他哲学经典汉译

佛教自产生以来，与印度其他思潮之间既有争论，也有共通之处。因而在佛教经典的汉译过程中，中国人也逐渐接触到古代印度的其他哲学。有关这些哲学派别的基本介绍散见于包括佛经、梵语工具书、僧人传记的作品中，例如《百论疏》对吠陀、吠陀支、数论、胜论、瑜伽论，甚至与论释天文、地理、算术、兵法、音乐法、医法的各种学派相关的记载、注释和批判也可以在这些作品中找到。[②]很有可能出于佛教对数论派和胜论派知识的尊重，以及辨析外道与佛法差别的需要等原因，真谛和玄奘才分别译出了数论派的《金七十论》和胜论派的《胜宗十句义论》。[③]这两部经典的汉译在一定程度上拓宽了中国知识界对印度哲学的视野，但其翻译在很大程度上受到了佛教对其他哲学派别好恶的影响，依然是在佛教经典汉译的主导思路下完成的。

4. 非哲学经典汉译

除宗教哲学经典外，古代印度的天文学、数学、医学在人类科

---

① 新文化运动以来，这一领域已有多部论著问世，此不赘述。

② 宫静：《谈汉文佛经中的印度哲学史料——兼谈印度哲学对中国思想的影响》，《南亚研究》，1985 年第 4 期，第 52~59 页。

③《金七十论》译自数论派的主要经典《数论颂》（*Samkhya-karika*），相传为三四世纪自在黑（Isvarakrsna）所作。《胜宗十句义论》的梵文原本已佚，从内容看属于胜论派较早的经典著作。参见黄心川：《印度数论哲学述评——汉译〈金七十论〉与梵文〈数论颂〉对比研究》，《南亚研究》，1983 年第 3 期，第 1~11 页。

学史上也具有重要地位，其中一些著作也被译为汉语。古代印度天文学经典多以佛教经典的形式由传法僧译出。[①] 隋唐时期，天文学著作汉译逐渐出现了由非佛教徒印度天文学家主导的潮流。据《隋书》记载，印度天文著作有《婆罗门天文经》《婆罗门竭伽仙人天文说》《婆罗门天文》。[②] 瞿昙氏（Gautama）、迦叶氏（Kasyapa）和拘摩罗氏（Kumara）三个印度天文学家氏族曾先后任职于唐代天文机构太史阁，其中瞿昙氏的瞿昙悉达翻译了印度天文学经典 *Navagraha-siddhanta*，即《九执历》。[③] 此外，印度的医学、数学、艺术经典也因其实用价值通过不同渠道被介绍到中国，其中一些著作或部分或完整地被译为汉语。

5. 落幕与影响

中国古代的印度经典汉译在唐代达到巅峰，此后逐渐走向低谷，无论是数量还是质量都难以达到唐代的水平。造成这一现象的原因主要有两个方面：一方面，唐代中后期，阿拉伯帝国的崛起以及唐朝与吐蕃关系的恶化阻断了中印之间两条重要的陆路通道：西域道和吐蕃道，之后五代十国以及宋代时期，这两条通道均未能恢复，只有南海道保持畅通。[④] 另一方面，中国宗教哲学的发展和印度佛教的密教化这两种趋势决定了中国对印度佛教经典的需求逐渐下降。在近千年的历程中，佛教由一个依附于黄老信仰的外来宗教逐渐在汉地生根发芽，成为汉地宗教生活不可缺少的一部分，其作为“中国佛教”的独立性日益增强。甚至权威如玄奘，也不能将沿袭至那烂陀寺戒贤大师

---

① 例如安世高译《佛说摩邓女经》、支谦等译《摩登伽经》、竺法护译《舍头谏太子二十八宿经》等。

②《隋书·经籍志》，北京：中华书局，1982 年，第 1019 页。

③ 参见 P.C.Bagchi, *India and China: A Thousand Years of Cultural Relations*. 1981, Calcutta, Saraswat Library, p.212. 此后，依然有传法僧翻译佛教天文学著作的记载，具体参见郭书兰：《印度与东西方古国在天文学上的相互影响》，《南亚研究》，1990 年第 1 期，第 32~39 页。

④ 菩提迦耶出土的多件北宋时期前往印度朝圣的僧人所留下的碑铭证明，宋代依然有僧人前往印度朝圣，且人数不少。法国汉学家沙畹（E. Chavannes）、荷兰汉学家施古德（G. Schlegel）、印度学者师觉月（P. C. Bagchi）等国外学者在这方面均有讨论，具体参见周达甫：《改正法国汉家沙畹对印度出土汉文碑的误释》，《历史研究》，1957 年第 6 期，第 79~82 页。

的“五种姓说”完全嵌入汉地佛教的信仰之中。汉地“伪经”的层出不穷也从某种角度反映了佛教的中国本土化进程。不空等人在中国传播密教虽然形成了风靡一时的“唐密”，但未能持久。究其根本在于汉地佛教的发展受到本土儒家信仰的影响，很难与融合了婆罗门教信仰的佛教密宗契合。此外，本土儒家、道家也在吸纳佛教哲学的基础上有了新的变革。至宋代，三教合一的趋势逐渐显现，源自印度但已本土化的佛教与儒家、道家的融合进一步加深，致使对印度经典的诉求越来越少。由此，义理上的因素使得中国的知识分子不再追求印度佛教的哲学思想；再者，随着佛教在印度的衰落，以及中国佛教自身朝圣体系的建立和完善，前往印度朝圣也失去了意义。

古代中国对古代印度经典的汉译始于佛教，也终于佛教。尽管如此，古代中国对以佛教经典为主的古代印度经典汉译已经在中国历史上烙下了深刻的印记，其影响是持久和多方面的。在这一过程中，译师们开创的汉译传统给后人翻译印度经典留下了巨大财富：

其一，汉译古代印度经典除早期借助西域地方语言外，主要翻译对象都是梵语经典，本土学者和外来学者编写了不少梵汉工具书。其二，一套与古代印度宗教哲学术语对应的意译和音译相结合的汉译体系得以建立。由于佛教经典的流传，很多术语已经成为汉语的常用语，广为人知。其三，除术语对应外，梵语作品译为汉语需要克服语法结构、文学体裁等方面的限制，其实践在一定程度上影响了汉语的一些表达法。[1] 如此等等都为后人继续翻译印度经典提供了便利之处。

更为重要的是，历史上重要的译师摸索出一套大规模翻译经典的方式方法，他们的努力对于后继的翻译工作来说具有很高的参考价值。经过早期的翻译实践，鸠摩罗什译经时便开始确立了译、论、证几道基本程序，并辅之以梵本、胡本对勘和汉字训诂，经总勘方

---

① 例如汉语中常见的“所 + 动词”构成的被动句就可能源自对佛经的翻译。参见朱庆之《汉译佛典中的‘所 V’式被动句及其来源》（载《古汉语研究》，1995 年第 1 期，第 29~31、45 页）及其他相关著述。

定稿。在后秦朝廷的支持下，鸠摩罗什建立了大规模译场，改变了以往个人翻译的工作方式，配合翻译方法上的完善，大大提高了译经的效率和质量。唐代译场规模更大，翻译实践进一步细化，后世记载的翻译职司包括译主、证义、证文、度语、笔受、缀文、参译、刊定、润文、梵呗等十余种之多。

此外，先人还摸索出一套翻译人才的培养模式，隋代译师彦琮曾以“八备”总结了译师需具备的一系列条件，具体内容为：

> 一诚心受法，志在益人；二将践胜场，先牢戒足；三文诠三藏，义贯五乘；四傍涉文史，工缀典词，不过鲁拙；五襟抱平恕，器量虚融，不好专执，耽于道术，淡于名利，不欲高衒；六要识梵言；七不坠彼学；八博阅苍雅，粗谙篆隶，不昧此文。①

这八备之中，既有对译者宗教信仰、个人品行的要求，也有对梵语、汉语表达的语言技能以及对佛教义理的知识掌握等方面的要求，今天看来，依然有很大的借鉴意义。

三、近现代中国对印度经典的汉译

佛教在印度的衰落及消亡使中印失去了最为核心的交流主题。中国对印度经典的汉译停留在以梵语为主要媒介、以佛教经典为主要对象的时代，自 11 世纪末②至 20 世纪初，这一停滞状态持续了数个世纪之久。19 世纪中后期，印度士兵和商人随着欧洲殖民者的战舰再次来到中国，中印之间的交往以一种并不和谐的方式得以恢复。中印孱弱的国力和早已经深藏故纸堆的人文交往传统都不足以阻挡西方诸国强势的物质力量和文化力量，中印人文交往便在这新的格局中，借助西方列强构建起来的“全球化”体系开始复苏。

---

①《释氏要览》卷 2，T54, no. 2127, b21-29。

② 宋神宗元丰五年（1082）废置译经院，佛教经典汉译由此不再。

由于缺乏对印度现代语言和文化的了解，早期对印度经典的译介在语言工具和主题设置两个层面均在一定程度上受制于西方的话语体系。20 世纪上半叶中国对泰戈尔作品的译介便是明证。1913 年，泰戈尔自己译为英语的诗集《吉檀迦利》以英语文学作品的身份获得诺贝尔文学奖，这在当时的世界文坛引起了轩然大波，对当时正在探索民族出路的中国知识分子来说同样具有很大的震撼力和吸引力。陈独秀在 1915 年 10 月 15 日出版的《青年杂志》上刊载了自己译自《吉檀迦利》的四首《赞歌》，为此后持续了近一个世纪并且至今依然生机勃勃的泰戈尔著作汉译工程拉开了序幕。据刘安武统计，至 1949 年中华人民共和国成立止，“我国翻译介绍了印度文学作品 40 种左右（不包括发表在报刊上的散篇）。这 40 种中占一半的是泰戈尔的作品”。[①] 泰戈尔之所以在中国受到格外关注固然始于西方学术界对他的重视，但他的影响如此之大亦在于他的作品恰好满足了当时中国在文学思想领域的需求。首先，从语言文学来看，泰戈尔的主要创作语言是本土的孟加拉语，而非印度古典梵语。这引起了当时正致力于推广白话文的中国知识分子的广泛关注，并被视为白话文替代古文的成功榜样。[②] 此外，泰戈尔的文学创作，尤其他的散文诗为当时正在摸索之中的汉语诗歌提供了一个重要的参考对象。其次，从思想上来说，泰戈尔的思想与当时作为亚洲国家“先锋”的日本截然相反，为当时正在探索民族出路的中国知识分子提供了另一个标杆。于是，泰戈尔意外地成为中印之间自佛教之后的又一重大交流主题。尽管中国知识分子对其思想和实践的评价并不一致，许多学者依然扎实地以此为契机重启了中国翻译印度经典的进程。当时中国尚未建立起印度现代语言人才培养机制，因此早期

---

① 刘安武:《汉译印度文学》,《中国翻译》，1991 年第 6 期，第 44~46 页。

② 胡适向青年听众强调泰戈尔对孟加拉语文学的贡献时说：“泰戈尔为印度最伟大之人物，自十二岁起，即以阪格耳（孟加拉）之方言为诗，求文学革命之成功，历五十年而不改其志。今阪格耳之方言，已经泰氏之努力，而成为世界的文学，其革命的精神，实有足为吾青年取法者，故吾人对于其他方面纵不满足于泰戈尔，而于文学革命一段，亦当取法于泰戈尔。”（载《晨报》，1924 年 5 月 11 日）

对泰戈尔作品的汉译多转译自英语。凭借译者深厚的文学功底，不少经典译作得以诞生，尤其是冰心、郑振铎等人翻译的泰戈尔诗歌，时至今日依然在中国广为流传。

与泰戈尔一同被引介到中国的还有诸多印度民间故事文学作品。[①] 如前文所述，古代翻译印度经典时就有不少印度民间故事被介绍到中国，但多以佛教经典为载体。[②] 近现代以来，印度民间文学以非宗教作品的形式被重新介绍过来。这在很大程度上是因为“中国缺少创作儿童文学的传统”[③]，印度丰富的民间文学正好满足了中国读者的需求。与此同时，印度民间文学与中国文学之间的关系也日益进入中国学者的视野，“中印文学比较研究”这一新的研究领域开始初露端倪，其研究领域最广为人知的课题之一便是《西游记》中孙悟空形象与《罗摩衍那》中哈奴曼形象的渊源，当时许多新文化运动的大家都参与其中，鲁迅、叶德均认为孙悟空形象源于本土神话形象“无支祁”，胡适、陈寅恪、郑振铎则认为孙悟空形象源于哈奴曼。[④]

自西方语言转译印度经典的尝试为增进对印度的认知、重燃中国知识界和民众对印度文化的兴趣起到了积极作用，许多掌握西方语言的汉语作家投身其中，其翻译作品受到读者喜爱。然而，转译的不足也显而易见，因此，对印度经典的系统汉译需要建立一支如古代梵汉翻译团队一样的专业人才队伍。

1942 年，出于抗战需要，民国政府在云南呈贡建立了国立东方语文专科学校，设有印度语科，开始培养现代印度语言人才。1946 年，季羡林自德国学成回国，在北京大学创设东语系；1948 年，金克木加盟东语系。1949 年，国立东方语文专科学校并入北京大学东

① 参见刘安武:《汉译印度文学》,《中国翻译》, 1991 年第 6 期，第 44~46 页。

② 参见薛克翘:《中国印度文化交流史》, 北京：昆仑出版社, 2008 年，第 261~265 页。

③ 刘安武:《汉译印度文学》,《中国翻译》, 1991 年第 6 期，第 44~46 页。

④ 参见鲁迅:《中国小说史略》,《鲁迅全集》第 9 卷，北京：人民文学出版社，1981 年；鲁迅:《中国小说的历史的变迁》,《鲁迅全集》第 9 卷，北京：人民文学出版社，1981 年、胡适:《〈西游记〉考证》,《胡适文存》第 2 集第 4 卷，上海：亚东图书馆，1924 年；陈寅恪:《〈西游记〉玄奘弟子故事之演变》,《金明馆丛稿二编》，上海：上海古籍出版社，1982 年、郑振铎《〈西游记〉的演化》,《郑振铎全集》第 4 卷，石家庄：花山文艺出版社，1998 年；叶德均:《无支祁传说考》,《戏曲小说丛考》，北京：中华书局，1999 年。

语系。东语系开设梵语－巴利语、印地语、乌尔都语三科印度语言专业，并很快培养出第二代印度语言专业队伍。随之，印度经典得以从原文翻译。第一代学者季羡林、金克木领衔的梵语团队翻译了印度大史诗《罗摩衍那》及以迦梨陀娑为代表的印度古典梵语文学作家的许多作品，如《沙恭达罗》《优哩婆湿》《云使》《伐致呵利三百咏》等，并启动了《摩诃婆罗多》等经典作品的翻译；旅居印度的徐梵澄翻译了《五十奥义书》[①] 及奥罗宾多创作、注释的诸多哲学著作。季羡林、金克木的弟子黄宝生等延续师尊开创的传统，完成了《摩诃婆罗多》、奥义书[②]、《摩奴法论》、古典梵语文论、故事文学作品等一系列著作的翻译。与此同时，由第二代学者刘安武领衔的近现代印度语言团队译介了大量的印地语、乌尔都语、孟加拉语等语言的文学作品，其中尤以对印地语/乌尔都语作家普列姆昌德和孟加拉语作家泰戈尔的作品的汉译最为突出。[③] 殷洪元对印度现代语言语法著作的翻译以及金鼎汉对中世纪印度教经典《罗摩功行之湖》的翻译也开拓了新的领域。巫白慧等学者陆续将包括"吠檀多"在内的诸多婆罗门教哲学经典译为汉语。[④] 文献资料是学术研究的基础，这一系列经典汉译成果打破了古代中国对古代印度经典汉译中存在的"佛教主导"的局限，增加了现代视角，并以经典文献为契机，首次较为全面系统地介绍了印度文明，奠定了现代中国印度学研究的基础。由这两代学者编订的《印度古代文学史》《梵语文学史》和

---

① 参见徐梵澄译:《五十奥义书》，北京：中国社会科学出版社，1995 年。

② 参见黄宝生译:《奥义书》，北京：商务印书馆，2010 年。

③ 刘安武自印地语译出的普列姆昌德作品（集）有《新婚》（贵阳：贵州人民出版社，1982 年）、《如意树》（上海：上海译文出版社，1983 年）、《普列姆昌德短篇小说选》（北京：人民文学出版社，1984 年）、《割草的女人：普列姆昌德短篇小说新集》（长沙：湖南人民出版社，1985 年）等，加之其他学者的译介，普列姆昌德的重要作品几乎全被译为汉语。此后，刘安武又主持编译出版了 24 卷本《泰戈尔全集》（石家庄：河北教育出版社，2000 年），泰戈尔的主要作品均被收录其中。

④ 其中重要的译著成果包括巫白慧译《圣教论》（乔荼波陀著，北京：商务印书馆，1999 年）、姚卫群译《古印度六派哲学经典》（节译六派哲学经典，北京：商务印书馆，2003 年）、孙晶译《示教千则》（商羯罗著，北京：商务印书馆，2012 年）等。

《印度印地语文学史》等著作成为中国现代印度学研究的必读文献。[①]

由于印度文化的独特之处及其在历史上形成的巨大影响力，以现代学术研究的方式开展的印度经典汉译所产生的影响进一步辐射了包括语言、文学、哲学、历史、考古等多个学科领域，并形成了一些跨学科研究领域：

其一，中印文化比较研究。由胡适等老一辈学者开创的中印文学比较取得了新的进展，其中一部分研究形成了中印文化交流史这一新的学术研究领域；另一部分研究成为东方文学研究领域最重要的组成部分，东南亚、西亚等区域文学研究也受益于印度文学研究的开展和所取得的成就。此外，从具体作品到文艺理论的印度文学译介也从整体上进一步拓展了比较文学研究的视野。

其二，佛教研究。现代中国对印度经典汉译的范围不再局限于传统的汉语系佛教传统经典，在许多领域都取得了新的突破。在佛教文献来源方面，开拓了对巴利语系和藏语系佛教的研究。[②]由于梵语人才的培养，中国学者得以恢复梵汉对勘的学术传统。[③]对非佛教宗教思想典籍的译介也使得对佛教的认识跳出了佛教自身的范畴，对其与其他宗教思想之间的互动与联系有了更加全面的认识。

其三，语言学研究。对梵语及相关语言的研究推动了梵汉对音，以及对古汉语句法的研究。一些接受了梵语教育的汉语言学学者结合古代语料，尤其是汉译佛经，对古汉语的语音、句法等做出研究。

---

① 单就印度文学翻译而言，据不完全统计，1950~2005 年，中国翻译印度文学作品（以书记）约 400 余种，其中中印关系交好的 1950~1962 年约有 70 种，关系不好的 1962~1976 年仅有 4 种，关系改善后的 1976~2005 年则有 300 余种。不过，2005 年之后，除黄宝生、薛克翘等少数学者仍笔耕不辍外，其他前辈学人逐渐“离席”，这类汉译工作进入某种冬眠期。

② 相关成果包括郭良鋆译《佛本生故事选》（与黄宝生合译，北京：人民文学出版社，1985 年）、《经集：巴利语佛教经典》（北京：中国社会科学出版社，1998 年），以及段晴等译《汉译巴利三藏 · 经藏 · 长部》（上海：中西书局，2012 年）等。

③ 自 2010 年以来，黄宝生主持对勘出版了《入菩提行论》（北京：中国社会科学出版社，2011 年）、《入楞伽经》（北京：中国社会科学出版社，2011 年）、《维摩诘经》（北京：中国社会科学出版社，2011 年）等佛经的梵汉对勘本，叶少勇以梵藏汉三语对勘出版了《中论颂》（上海：中西书局，2011 年）。

四、现状和汉译例解

尽管取得了上述成就，但由于印度文明积累深厚、经典众多，目前亟待翻译的印度经典还有很多。其中，以梵语创作的经典包括四部吠陀本集、梵书、森林书、往世书、《诃利世系》《利论》《牧童歌》等；以南印度语言创作的经典包括桑伽姆文学、《脚镯记》《玛妮梅格莱》《大往世书》《甘班罗摩衍那》等；以波罗克利特语创作的经典包括《波摩传》等；以中世纪北印度地方语言创作的经典包括《地王颂》《赫米尔王颂》《阿底·格兰特》《苏尔诗海》《莲花公主》，以及格比尔、米拉巴伊等人的作品等；以现代印度语言创作的经典包括帕勒登杜、杰辛格尔·普拉萨德、般吉姆·钱德拉·查特吉、萨拉特·钱德拉·查特吉、拉默金德尔·修格尔、默哈德维·沃尔马、阿格叶耶等著名现当代文学家的作品以及迦姆达普拉沙德·古鲁、提兰德尔·沃尔马等人的语言学著作等。此外，20世纪以来，一些印度思想家、政治家、文学家以英语创作的作品也可列入印度现代经典之列，目前中国仅对圣雄甘地、贾瓦哈拉尔·尼赫鲁、辨喜、纳拉扬、安纳德、拉贾·拉奥、奈都夫人等人的个别作品有所译介，大量作品仍然处于有待翻译的名单之中。

这些经典汉译的背后离不开相关学者的努力。进入21世纪以来，中国从事印度经典汉译工作的人员大致有两支队伍：第一支是自20世纪四五十年代以来成型的印度语言专业队伍，其人员构成以高等院校和研究机构从业人员为主，兼有相关外事机构从业人员，他们均接受过系统、专业的印度语言训练。第二支是20世纪初译介包括泰戈尔作品在内印度文学作品的作家和出版业者，随着80年代改革开放以来，越来越多接受过英语教育的人或全职或兼职地参与到印度作品的汉译工作之中。相比第一支队伍，这支队伍的人员构成较为复杂，水平也参差不齐，但在市场经济的推动下，一些能够成为市场热点的著作往往很快就翻译过来，例如两位与印度相关的诺贝尔文学奖得主泰戈尔和奈保尔的作品一版再版，四位印度裔布克奖得主萨尔曼·拉什迪、阿兰达蒂·罗伊、基兰·德塞、阿拉文德·阿迪加的作品也先后译出；此外，由于瑜伽的普及，包括克里希那穆提在内的一些现代宗教家的论著也借由英语转译为汉语。一方面，随着市场化改革的需求，第二支队伍日益蓬勃发展，但其翻译质量往往难以保障。另一方面，由于现行科研体制对从事翻译和研究者的不利状况，第一支队伍也面临着诸多问题。如何在接下来的实践中取长补短，或者说既要尊重市场机制的要求，又要以学术传统克服市场失灵的状况等，这也是需要进一步思考的问题。

应该说，印度经典汉译主要依靠第一支队伍，原文经典翻译比通过其他语言转译更为重要。20 世纪 80 年代以来，这支队伍勤勤恳恳，笔耕不辍，为印度经典汉译做出了巨大贡献，取得了丰硕成果。然而，就现状看，除黄宝生、薛克翘等极少数学人外，这支队伍的第一代和第二代学人已然“离席”，后辈学人虽然已经加入进来，但毕竟年轻，经验不足，加之现行科研体制自身问题的牵制，后续汉译工作亟需动力。好在已有些年轻人在这方面产生了兴趣，其汉译意识很强，对印度梵文原典和中世纪及现当代原典的汉译工作的理解也令人刮目。可以预见，印度经典汉译将会迎来又一个高潮，汉译印度经典的水平也将有新的提升。

从某种角度说，在前文罗列的种种有待翻译的印度经典中，印度中世纪经典尤为重要。中世纪时，随着传统婆罗门教开始融合包括佛教、耆那教等在内的异端信仰与民间的大众化宗教传统，加之伊斯兰教的进入，印度进入了一个新的“百家争鸣”时代。这一时期留下了许多经典之作，它们对后世印度的宗教、社会、文化均产生了重要影响。长期以来，中国对印度中世纪经典的译介几乎一片空白，仅有一部《罗摩功行之湖》和零星的介绍。近年来，笔者组织团队着手翻译印度中世纪经典《苏尔诗海》，并初步总结了以下心得：

第一，经典汉译并非简单的语言转换，除需要精通相关语言外，还需要译者具备与印度文化相关的背景知识，以便能够精准地理解原文含义。例如，在一首描写女子优雅体态的艳情诗中，作者直接以隐喻的修辞手法描述了包括莲花、大象、狮子、湖泊等在内的一系列自然景象和动植物，若不熟悉印度古代文学中一些固定的比喻意象，则很难把握这首诗的含义。[①] 由于审美标准不同，被古代印度诗人视为美丽的“象腿”在当今语境中已经成为足以令女子不悦的比喻。此类审美视角需要辅之以例如《沙恭达罗》中豆扇陀国王对沙恭达罗丰乳肥臀之态的称赞才能理解。

第二，古代中国对古代印度经典汉译的传统在很大程度上为现代翻译经典提供了以资可鉴的便利，譬如许多专有词汇在汉语中已有完全对应的词汇可供选择，省去了译者的诸多麻烦。但是，这也要求译者了解相关传统，并能将其中的一些内容为己所用；同时，还应避免由于古代中国对古代印度经典翻译在视角、理解上的偏差所带来的问题。例如，triguna 这一数论哲学的基本概念已由真谛在《金七十论》中译为“三德”，后来的《薄伽梵歌》等哲学经典的汉译也已沿用，新译经典中便不宜音译为“三古纳”之类的新词。此外，由于受佛教信仰的影响，一些读者在看到“三德”时往往容易将之与佛教中所说的法身德、般若德、解脱德等其他概念联系起来，对此需要给出注释加以说明以免误解。

第三，现代中国对现代印度经典的汉译虽然已经取得了不俗的成绩，但由于时间、人员等条件的限制，在翻译体例、内容理解等方面依然存在不少可改进之处。

笔者以《苏尔诗海》中黑天的名号为例予以说明。黑天是印度教大神毗湿奴最重要的化身之一，梵语经典中通常称之为 Krsna，字面义为“黑”，汉语之所以译为“黑天”，很可能是因为汉译佛经将婆罗门教诸神（deva）译为“天”，固在 Krsna 的汉语译名“黑”之后加上了“天”，大约与 Brahma 被译为“梵天”、Indra 被译为“帝释天”，以及 Sri 被译为“吉祥天”等相当。后世对相关经典文

① 参见姜景奎等:《〈苏尔诗海〉六首译赏》，载《北大南亚东南亚研究》（第一卷），北京：中国青年出版社，2013 年，第 261~262 页。

献的介绍都沿用了这一名称。然而，若实际对照各类经典，可以发现毗湿奴名号繁多。[①] 中世纪印度语言继承并发扬了这一传统，在伯勒杰语《苏尔诗海》中，黑天的名号有数十种之多，其中仅字面义为“黑”的常见名号就有四个，分别是 Krsna, Syama, Kanha, Kanhaiya。这四个名号之中只有 Krsna 是标准的梵语词，且使用最少，只用于黑天摄政马图拉之后人们对他的尊称；其他三个均为伯勒杰语词，多用于父母家人、玩伴女友对童年和少年黑天的称呼。因此，汉译中如果仅使用天神意义的“黑天”一名就违背了《苏尔诗海》所描述的黑天的成长情境。为此，结合不同名号的使用情状以及北印度农村生活的实际情况，笔者重新翻译了其他三个名号，即将多用于牧女和同伴对少年黑天称呼的 Syama 译为“黑子”，多用于父母和其他长辈对童年黑天称呼的 Kanha 和 Kanhaiya 分别译为“黑黑”和“黑儿”。此外，还有一些名号或表明黑天世俗身份，或描述黑天体态，或宣扬黑天神迹，笔者也重新进行了翻译，例如：nanda-namdana“难陀子”、madhava“摩图裔”等称呼说明了黑天的家族、家庭身份，kesau“美发者”、srimukha“妙口”等以黑天身体的某一部分代指黑天，giridhara“托山者”、manamohana“迷心者”等以黑天在其神迹故事中的表现代指黑天，等等。

结合以上几方面的思考，《苏尔诗海》汉译实际上兼具深入而系统的研究性质，包括四部分：第一，校对后的原文。到目前为止，印度出版了多个《苏尔诗海》版本，各版本虽大同小异，但仍有差异，笔者团队搜集到影响较大的几个主要版本，并进行核对比较，最后确定一种相对科学的原文进行翻译研究。第二，对译。从经典性和文献性出发，尽可能忠实于原文，在体例选择上尽量保持诗词的形态，在内容上尽量逐字对应，特殊情况则以注释说明。第三，释译。从文献性和思想性出发，尽可能客观地阐明原文所表现的文献内容和宗教思想。该部分为散文体，其中补充了原文省略的内容

① 参见葛维钧：《毗湿奴及其一千名号》（载《南亚研究》，2005 年第 1 期，第 48~53 页）及相关著述。

并清楚地展现出情节的发展、人物的心理变化以及作品的思想内涵。第四，注释。给出有关字词及行文的一些背景知识，例如神话传说故事、民间信仰、生活习俗、哲学思想等，以及翻译中需要说明的其他问题。

试以下述例解说明：

【原文】略[①]

【对译】

此众得乐自彼时

听闻诃利[②]你之信，当时即刻便昏厥。
自隐蔽处蛇[③]出现，欣喜尽情吸空气。
鹿[④]心本已忘奔跃，复又撒开四蹄跑。
群鸟大会高高坐，鹦鹉[⑤]言称林中王。
杜鹃[⑥]偕同自家族，咕咕欢呼唱庆歌。
自山洞中狮子[⑦]出，尾巴翘到头顶上。
自密林中象王[⑧]来，周身上下傲慢增。
如若想要施救治，莫亨[⑨]现今别耽搁。
苏尔言，
如若罗陀[⑩]再这般，一众敌人大欢喜。

【释译】

黑天离开牛村很久了，养父难陀、养母耶雪达以及全村的牧人牧女都非常思念他，希望他能回来看看。牧女们对黑天的思念尤为

① 由于原文字体涉及较为复杂的排版问题，这里仅呈现该首诗的对译、释译和注释三部分，原文略。本诗为《苏尔诗海》（天城体推广协会版本）第 4 760 首，参见 Dhirendra Varma, *Sursagar Sara Satika*, Sahitya Bhavan Private Ltd., 1986, No. 181, p.334.

② 诃利，原文 Hari，“大神”之义，黑天的名号之一。

③ 此处以蛇代指罗陀的发辫，意在形容发辫柔软纤长、乌黑发亮。

④ 此处以鹿的眼睛代指罗陀的眼睛，意在形容眼睛大而有神、灵动美丽。

⑤ 此处以鹦鹉的鼻子代指罗陀的鼻子，意在形容鼻子又挺又尖、美妙可爱。

⑥ 此处以杜鹃的声音代指罗陀的声音，意在形容声音甜美悠扬、清脆嘹亮。

⑦ 此处以狮子的腰代指罗陀的腰，意在形容腰身纤细柔顺、婀娜灵活。

⑧ 此处以大象的腿代指罗陀的腿，意在形容腿脚步态从容、端庄稳重。

⑨ 莫亨，原文 mohana，黑天的名号之一。

⑩ 罗陀，原文 Radha，黑天最主要的恋人。

强烈，其中又以罗陀最甚。罗陀是黑天的恋人，两人青梅竹马，两小无猜，曾经你欢我爱，形影不离。可是，黑天自离开后就再也没有回来过，甚至连信也没有寄过一封。伤离别，罗陀时刻处于煎熬中。为了教育信奉无形瑜伽之道的乌陀，也为了看望牧区故人，黑天派乌陀来到牛村，表面上让他传授无形瑜伽之道，实则置他于崇尚有形之道的牛村人中间，让他迷途知返。乌陀的到来，打乱了牛村人的生活，一者，牛村人沉浸在思念黑天的离情别绪之中，乌陀破坏了气氛，于表面的宁静之中注入了不宁静。二者，牛村人本以为乌陀会带来黑天给予牛村的好消息，但适得其反，乌陀申明自己是为传授无形的瑜伽之道而来，甚至说是黑天派他来传授的，牛村人对此不解、迷茫。他们崇尚有形，膜拜黑天，难道黑天完全抛弃了他们？他们陷入了更深一层的痛苦之中。三者，对牧区女来说，与黑天离别本就艰难，但心中一直抱有再次见面再次恋爱的期望，乌陀的到来打消了她们的念头，从精神上摧毁了她们。其中，罗陀尤甚，她所遭受的打击要比别人更甚。由此，出现了本诗开头提及的罗陀晕厥以及晕厥之后乌陀“看到”的情况，具体内容是乌陀向黑天口述的：

乌陀对黑天说道：“黑天啊，你的恋人罗陀非常思念你，她忍受离别之苦，渴望与你相见。可是，你却让我去向她传授无形的瑜伽之道。唉，她一听到是你让我去的，当即就昏了过去，倒在地上，不省人事。唉，真是凄凉啊！这边罗陀昏迷不醒，那边动物界却出现了一派喜气景象：黑蛇从洞里出来了，它高兴地尽情享受空气；此前，罗陀的又黑又亮的长发辫曾使它羞于见人，认为自己形体丑陋，不得不躲藏起来。已经忘记奔跑的小鹿出来了，它撒开四蹄，愉悦地到处奔跳；此前，罗陀那明亮有神的大眼睛曾使它羞于见人，认为自己的眼睛丑陋，不敢出来乱逛。鹦鹉出来了，它参加群鸟大会，坐在高高的枝丫上，声称自己是林中之王；此前，罗陀又尖又挺的鼻子曾使它羞于见人，认为自己的鼻子丑陋，躲藏起来。杜鹃鸟出来了，它和同族一起，咕咕叫个不停，欢庆胜利；此前，罗陀那甜美悠扬的声音曾使它感到拘束，认为自己的声音难听，不敢开口。狮子从山洞中出来了，他得意扬扬，悠闲自在，尾巴翘到了头顶上；此前，罗陀纤细柔软的腰肢曾使它羞于见人，认为自己的腰肢粗笨僵硬，不敢示人，躲进山洞。大象从茂密的森林里出来了，它一步一昂头，傲慢自大，目中无人，盛气凛然；此前，罗陀稳重美丽的妙腿曾使它自惭形秽，认为自己的腿丑陋不堪，羞于展露，躲进森林。唉，黑天啊，你快救救罗陀吧，如果再不行动，稍后想要施救就来不及了……”

“此众得乐自彼时”是本诗的标题，意思是罗陀晕倒之时，即是众动物高兴之时，它们羞于与罗陀相比，虽然视罗陀为敌，却不敢直面罗陀，纷纷逃遁躲藏。听说罗陀遭到黑天抛弃，晕厥不醒，它们自然高兴，便迫不及待地恢复了原来的自由生活。“如若罗陀再这般，一众敌人大欢喜”，是诗外音，是苏尔达斯的总结性话语。在这首诗里，苏尔达斯主要展现了罗陀的美，但整首诗中没有出现任何对罗陀的溢美之词，没有提到罗陀的名字，更没有提到她的发辫、眼睛、鼻子、声音、腰肢和腿等，甚至没有提到蛇、鹿、鹦鹉、杜鹃鸟、狮子和大象的相关部位，仅以这些动物对罗陀晕厥不醒后的反应进行阐释，这就给听者和读者留下了巨大的想象空间，似形似景，情景交融。这种手法似乎是印度特有的，其审美视角值得深入研究。

上述例解仅为笔者及笔者团队之于印度中世纪经典汉译的一己之见，希望能开拓印度经典汉译与研究的新视角、新路子，以期印度经典在中国能得到更为深入系统的翻译与研究。

五、中印经典及当代作品互译出版项目

2013 年初，笔者与中国大百科全书出版社社长龚莉女士、副总编辑马汝军先生和社科分社社长滕振微先生合作，提出了“中印经

典和当代作品互译出版项目”的动议。该动议得到相关单位的积极回应。2013 年 5 月李克强总理访印期间，国家新闻出版广电总局和印度外交部签署合作文件，决定启动“中印经典和当代作品互译出版项目”，并写入两国发表的联合声明（第 17 条）。2014 年 9 月，习近平主席访问印度，该项目再次被写入两国发表的联合声明（第 11 条）。该项目成为中印两国的重大文化交流项目之一。双方商定，双方各翻译对方的 25 种图书，以 5 年为期。2016 年 5 月，国家新闻出版广电总局印发“关于实施《“十三五”国家重点图书、音像、电子出版物出版规划》的通知”，该项目被列入“‘十三五’国家重点图书出版规划”。在此期间，笔者与薛克翘先生商量组织翻译团队事宜。我们掰着指头算，资深的老辈学人几乎都不能相扰，后辈学人又大多刚刚走上工作岗位，有的还在求学，翻译资质存疑。我俩怎一个愁字了得！然，事情得做，学人得培养。我们决定抓住机遇，大胆启用后辈学人，为国家培养出一支新的汉译团队。因此，除薛克翘、刘建、邓兵等少数几位前辈学人外，我们的翻译成员绝大多数在 40 岁左右，有的还不过 30 岁。两三年的实践证明，我们的决定完全正确。新生代学人知识全面，学习能力强，执行能力更强。从已完成待出版的成果看，薛克翘先生对审读过的一本书的评价最能说明问题：“字里行间，均见功夫。”译文质量是本项目的重中之重。除薛克翘、刘建和笔者外，我们邀请了黎跃进教授、石海军研究员和邓兵教授作为特约编审，约请了尼赫鲁大学的狄伯杰（B. R. Deepak）教授以及德里大学的阿妮达·夏尔马（Anita Sharma）教授和苏林达尔·古马尔（Surinder Kumar）先生作为印方顾问，对译文质量进行全面把关。译者完成翻译后，译稿首先交予编审审校，如遇大问题时向印方顾问咨询，之后返予译者修改。如有必要，修改稿还需经过编审二次审校，译者再次修改。这以后，稿件才会交予出版社编辑进行审读，发现问题再行修改……我们认为，唯如此，译文质量才能得到保障，译者团队才能得到锻炼。

本项目是中印两国的重大文化交流项目之一。因此，印度方面也有相应团队，负责汉译印的工作，由上文提及的狄伯杰教授领衔，由印度国家图书托拉斯负责实施。需要指出的是，双方翻译的作品并非译者自选，而是由双方专家通过充分沟通磋商确定。汉译作品的选定过程是这样的，笔者先拟定了50多种印度图书，这些书抑或是中世纪以来有重要影响的经典巨著，比如《苏尔诗海》《格比尔双行诗集》和《献牛》等，抑或是印度独立以后获得过印度国家级奖项的作家之名作，如默哈德维·沃尔马、毗什摩·萨赫尼、古勒扎尔的代表作等。而后，笔者请相熟的印度学者从中圈定出30种。之后，国家新闻出版广电总局的相关领导、中国大百科全书出版社的龚莉社长和滕振微先生以及笔者本人专赴印度，与印方专家组进行面对面的交流探讨，最终确定了25种汉译印度图书名录。印度团队的印译中国图书名录的选定过程与此类似。具体的汉译书单如下表：

序号	书名	作者	备注
1	苏尔诗海 *Sursagar*	苏尔达斯 Surdas	诗歌
2	格比尔双行诗集 *Kabir Dohavali*	格比尔达斯 Kabirdas	诗歌
3	献牛 *Godan*	普列姆昌德 Premchand	长篇小说
4	帕勒登杜戏剧 *Bharatendu Natakavali*	帕勒登杜 Bharatendu	戏剧
5	普拉萨德作品集 *Prasad Rachna Sanchayan*	杰辛格尔·普拉萨德 Jaishankar Prasad	戏剧、诗歌、短篇小说
6	鹿眼女 *Mriganayani*	沃林达温拉尔·沃尔马 Vrindavanalal Verma	长篇小说
7	献灯 *Deepdan*	拉默古马尔·沃尔马 Ramkumar Verma	独幕剧
8	灯焰 *Dipshikha*	默哈德维·沃尔马 Mahadevi Verma	诗歌
9	谢克尔传 *Shekhar: Ek Jeevani*	阿格叶耶 Ajneya	长篇小说
10	黑暗 *Tamas*	毗什摩·萨赫尼 Bhisham Sahni	长篇小说
11	肮脏的边区 *Maila Anchal*	帕尼什瓦尔·那特·雷奴 Phanishwar Nath Renu	长篇小说
12	幽闭的黑屋 *Andhere Band Kamare*	莫亨·拉盖什 Mohan Rakesh	长篇小说

序号	书名	作者	备注
13	宫廷曲调 *Raag Darbari*	室利拉尔·修格勒 Shrilal Shukla	长篇小说
14	鸟 *Parinde*	尼尔莫勒·沃尔马 Nirmal Verma	短篇小说
15	班迪 *Aapka Bunti*	曼奴·彭达利 Mannu Bhandari	长篇小说
16	一街五十七巷 *Ek Sadak Sattavan Galiyan*	格姆雷什瓦尔 Kamleshwar	长篇小说
17	被抵押的罗库 *Rehan par Ragghu*	加西纳特·辛格 Kashinath Singh	长篇小说
18	印度与中国 *India and China*	师觉月 P. C. Bagchi	学术著作
19	向导 *Guide*	纳拉扬 R. K. Narayan	长篇小说
20	烟 *Dhuan*	古勒扎尔 Gulzar	短篇小说、诗歌
21	那时候 *Sei Samaya*	苏尼尔·贡戈巴泰 Sunil Gangopadhyaya	长篇小说
22	一个婆罗门的葬礼 *Samskara*	阿南特穆尔蒂 U. R. Ananthamurthy	短篇小说
23	芥民 *Chemmeen*	比莱 T. S. Pillai	短篇小说
24	印地语文学史 *Hindi Sahitya ka Itihas*	罗摩金德尔·修格勒 Ramchandra Shukla	学术著作
25	棋王奇着 *The Chessmaster and His Moves*	拉贾·拉奥 Raja Rao	长篇小说

毫无疑问，这些作品均是印度中世纪以后的经典之作，基本上代表了印度现当代文学水准，尤其反映出印地语文学的概貌。我们以为，通过这些文字，中国读者可以大体了解印度现当代文学的基本情况。

就本项目而言，笔者在这里需要表达由衷谢意：

首先，感谢国家新闻出版广电总局的相关领导，没有他们的认可，本项目不可能正式立项。其次，感谢中国大百科全书的前社长龚莉女士、前副总编辑马汝军先生和前社科分社社长滕振微先生，没有他们的奔走，本项目不可能成立。再次，感谢中国大百科全书出版社社长刘国辉先生，社科学术分社社长郭银星女士、副社长王宇女士以及诸位编辑大德，没有他们的付出，本项目不可能实施。感谢另两位主编薛克翘先生和刘建先生，两位前辈不仅担当主编、审校工作，还是主要译者；他们是榜样，也是力量。十分感谢黎跃进和邓兵两位教授，两位是特邀编审，邓兵教授也是译者，他们认真负责的精神令人起敬。感谢印度尼赫鲁大学的狄伯杰教授以及德里大学的阿妮达·夏尔马教授和苏林达尔·古马尔先生，他们的付出为本项目的实施提供了某种保障。特别感谢石海军研究员，他是特邀编审之一，可惜天不假年，他于 2017 年 5 月 13 日凌晨突然辞世，享年仅 55 岁，天地恸哭，是中国印度文学研究的一大损失！最后，感谢翻译团队的诸位译者，他们是新时代的精英，是中国印度研究领域的后起之秀，他们的成就由读者面前的文字可见一斑。

祝福诸位，祝福所有为本项目的立项和实施有所付出的先生大德们！

自《浮屠经》以来，汉译印度经典已有两千多年的历史。这一人类历史上少有的浩大文化工程背后既有对科学技术的追求，也有对宗教信仰的热忱；既有统治者的意志，也有普通民众的需求。印度经典汉译一方面极大地丰富了中华文化，另一方面也保存和传播了印度文化；既形成了自己的学术传统，又推动了许多相关领域研究的发展。时至今日，在中印关系具有特殊意义的大背景下，继续推进对印度经典的汉译在两国关系层面有助于加深两国之间的认知和了解，构建更为均衡、更为深厚的国际关系，在学术研究层面也有助于推动相关领域研究的继续发展。

姜景奎

北京燕尚园

2017 年 12 月 31 日

2019 年 12 月 25 日修订

译者序

毗什摩·萨赫尼（1915-2003）是当代印度印地语文坛最负盛名的作家之一。1973年出版的长篇小说《黑暗》是他的代表作。《黑暗》出版后在印度获得了很高的评价。印度文学评论家席沃古玛尔·米什拉在《20世纪印地语文学不朽经典》中评价道：“毗什摩·萨赫尼的《黑暗》被认为是继《虚假的事实》之后在印巴分治题材领域中的又一部重要作品。”印度文学院出版的《印地语文学史》评价《黑暗》：“不仅是为印地语文学，而且是为整个印度文学指出了一个独特的方向。”《黑暗》奠定了毗什摩·萨赫尼在当代印度文坛的地位，他也凭借这部作品获得了1975年印度文学院奖。

1947年8月15日，英属印度获得独立，根据宗教信仰分别成立了印度和巴基斯坦两个自治领。随后印度次大陆爆发了大规模的教派冲突和仇杀，造成了上千万人颠沛流离、数十万人丧生、无数财产被毁的人间惨剧。分治后，印巴两国出现了许多以分治为题材的文学作品，文学评论界将这种以印巴分治为题材、以反思教派冲突及其危害为主要内容的文学作品称为“分治文学”（Partition Literature）。由于某些分治题材的作品重点描写暴力事件和教派冲突，有人也将这类作品称为“暴乱文学”（Riot Literature）。毗什摩·萨赫尼的《黑暗》就是印度分治文学的代表作之一。

《黑暗》描写了1947年印巴分治前夕印度某一地区的教派冲突。小说共21章，分为两个部分。第一部分描写教派冲突在城市里酝酿、爆发的全过程。先是皮匠纳度在一位别有用心的穆斯林的威逼利诱下杀死了一头猪，后来死猪被人扔到了清真寺的门口，引发了教派冲突。当地国大党等政治组织的代表们恳求英国殖民政府出面维持秩序，但是遭到了拒绝。教派冲突不可避免地迅速扩大，使整个城市陷入了动荡和恐慌。小说第二部分讲述教派冲突愈演愈烈，并开始蔓延到周围的农村地区，到处都是烧杀淫掠的惨剧。最后英印政府出面制止了这场冲突。

从小说的题目就可以看出毗什摩·萨赫尼对教派冲突历史的深刻认识和理解。小说的题目为“**तमस**”（Tamas），这个词除了“黑暗”，还有“愚昧”之意。毗什摩·萨赫尼选用这个词作为小说的标题，一方面是呈现教派冲突历史的黑暗记忆，另一方面则揭露了当时受到教派主义思想蛊惑和煽动的普通印度民众的愚昧心态。小说的“主人公”就是贯穿这部小说的“黑暗”——不仅是教派仇杀恐怖气氛的“黑暗”，也是印度民众心中教派主义思维的“黑暗”，还是殖民统治的“黑暗”。

印巴分治虽已过去，可印度知识分子对那场惨剧的反思从来没有停止过。尤其是印度独立以来，教派主义一直是困扰印度社会的一个顽疾，宗教冲突、仇杀事件屡有发生。同时，印度和巴基斯坦长期对峙，冷战、热战不断。这一切都使得印度的知识分子不停地追问教派冲突的原因，反思印巴分治那段历史。印巴分治是印度知识分子心中一个永远渗血的伤口。

《黑暗》在构思上也很有艺术特色。小说聚焦于一个个普通人，通过一个个事件描绘出在历史的狂澜中人性是如何挣扎、沦丧的。小说并没有过多地去表现教派仇杀的暴行，而是剖析了普通人是如何一步步变成了暴徒，以及暴乱如何一步步变得无法避免。小说描写的虽然只是一个地区的教派冲突，但却是印巴分治那场大劫难的缩影。古尔迪布·辛格将《黑暗》与普列姆昌德的代表作《戈丹》比较时说："正如《戈丹》是一部印度农村生活的生动史诗一样，《黑暗》是一份生动的档案，记录了迷失在极度黑暗的教派冲突中人们的悲惨经历，不仅对印度，而且对很多同样受教派主义危害的国家来说，都是非常有意义的。"

除了长篇小说外，毗什摩·萨赫尼的短篇小说在印地语文坛也有很大影响。因此，本书除了《黑暗》外，还选译了五篇短篇小说，从不同的角度展现了独立后的印度社会的人情世态。个中滋味，留给读者自行品尝。

廖波

2017年春于洛阳谷水西

目　录

黑暗

1

陶灯在壁龛中闪烁。上方，挨着天花板的墙棱缺了两块砖。风阵阵地灌进来，灯焰随之摇曳，在小屋的墙面投下光影。过了一会儿，灯焰静了下来，冒出的烟凝成笔直的一条线，舔舐着灯罩，朝上散去。纳度的呼吸急促起来，他感到灯焰仿佛又被他的气息吹动，摇曳起来。

纳度靠墙坐了下来，目光又落在猪上。猪哼哼着，在拱屋中那堆垃圾里一片黏糊糊的东西，它紧盯着地面，血红的大嘴舔个不停。纳度已经和这头丑陋不堪的猪较量了两个小时。他的腿已经三次遭到它的血盆大口的攻击，伤口现在疼痛难忍。猪盯着地面，沿着墙边乱拱，像在找什么东西，突然，又哼哼着跑开了。它的小尾巴像个毒勾，在屁股上摇来摇去，时而卷成个圈，好像快打成个死结，可忽然又松开，笔直地垂下来。它左眼里的脓快流到了嘴边，肥滚滚的肚皮让它走起路来左右蹒跚。它在小屋里横冲直撞，让垃圾散了一地。屋子里很热，还弥漫着垃圾的恶臭、猪喘出的臭气以及陶灯冒出的刺鼻的油烟。地面上有不少血迹，但猪身上却看不到伤口。过去的两个钟头里，纳度的刀刺入的仿佛是沙子和水，没留下丝毫痕迹。他不知道在猪的背部和腹部扎了多少刀，每次刀拔出来的时候，猪身上倒是也会流几滴血，但伤口不过是一道血印，在毛皮的遮掩下难觅踪迹。而猪嗥叫着，要么冲过去咬纳度的腿，要么满屋乱窜。厚厚的肥膘帮了它，每次刀子刺入它的身体都没有伤及它的要害。

到底该怎么杀死这头猪？它丑陋、肥硕，背上长着黑色的鬃毛，嘴边是白色的鬃毛，简直像一头豪猪，难以降服。

纳度不知在哪儿听说过可以用开水把猪烫死，可他现在到哪儿弄开水去？以前有一次剥猪皮的时候，当说起猪的膘太厚不好杀时，他的同伴皮库·杰玛尔曾说："拽猪的后腿能把它放倒，倒下的猪一时半会儿爬不起来。这时割断它颈部的血管，猪就会死。"这些办法纳度都试过，没有一个管用的，反而让自己的腿受了伤。剥猪皮是一回事，杀猪是另一回事。不知道中了什么邪，他竟然应承了这差事。假如不是已经拿了钱，他早把猪撵出屋子去了。

"我们的兽医先生想要一头死猪，出于医学目的。"当纳度剥完猪皮在水龙头前边洗手、洗脸时，穆拉德·阿里这样对他说道。

"猪？要这个干吗，先生？"纳度吃惊地问。

"那边养猪场里有好多头猪，牵一头到这屋里宰了。"

纳度抬头看了穆拉德·阿里一眼，说："我从来没杀过猪，先生，听说猪很难杀，我可没这本事。剥皮的活儿您尽管吩咐，可杀猪的活儿只有养猪场的人才会干。"

"我要能让养猪场的人干这活儿，干吗还找你？这活儿你来干！”说着，穆拉德·阿里从口袋里掏出一张崭新的五卢比钞票，绕开纳度攥着的、正在水龙头前冲洗的手，直接塞进他的衣兜。

“这对你不算啥事。兽医先生的吩咐我们怎么能拒绝呢？”穆拉德·阿里若无其事地说，“坟地那边有很多养猪场的猪，去抓一头。兽医先生回头会向养猪场打招呼。”

纳度还没来得及说什么，穆拉德·阿里已经准备离开。他用他的细手杖轻轻敲着自己的腿，说：“今晚就把这活儿干了！杰玛达尔[1]早上会推着车来，死猪就放进他的车里。别忘了。他会亲自把猪送到兽医先生那里。我会叮嘱他的。明白了？”

纳度还没洗完手，口袋里那张崭新的钞票让他欲言又止。

“那一片儿是穆斯林聚居区。要是被哪个穆斯林看见了，他会揍你的。你当心点儿。我也觉得这样不太好，可有啥办法？兽医先生的吩咐，怎能拒绝呢？”说完，穆拉德·阿里用手杖敲着腿，离开了。

天天都在给穆拉德·阿里干活，纳度无法拒绝他的要求。每当城里死了马或牛，穆拉德·阿里都会让他去剥皮，虽然还得给穆拉德·阿里交半个卢比，可是能得一张皮。穆拉德·阿里是一个能够呼风唤雨的人，因为在市政委员会工作，大大小小的人物和他都有来往。

穆拉德·阿里的身影在城里几乎无处不在。身材矮小、肤色黝黑的他晃着细手杖，成天在城里转悠。他可以在任何时间出现在城里的任何一条街巷。蛇目般锐利的小眼睛、蓬乱的胡须、垂膝的土黄色长衫和印式长裤，以及头巾——一切都和他是那么搭调儿。它们组合在一起，构成了穆拉德·阿里特别的形象。如果手里没有手

---

① 印度的一个低种姓，主要从事清扫街道等工作。

杖、头上没戴头巾或者身材并不矮小，这个形象就是不完整的。

穆拉德·阿里交代完就离开了，纳度的煎熬却开始了。到哪儿去弄猪？又怎么杀死它？他曾想径直去城外的养猪场，让他们杀一头猪送到兽医先生那里去，但他没去。

把猪弄到屋子里也不是件容易的事儿。纳度看到一头猪独自在垃圾堆里刨食，于是灵机一动，从垃圾堆里捡了些垃圾堆在院子里那间破屋的门外。天快黑的时候，有三头在脏水塘、牛粪堆和落满灰尘的灌木丛边转悠的猪经过这院子。有一只猪边嗅边拱，进了院门。纳度迅速关上院门，打开屋门，用棍子把猪撵了进去。他担心养猪场的人会出来找猪，或是听见猪的叫声，于是捡起一些垃圾扔进屋里，猪见了立刻扑了过去。纳度放心了，在门口坐下，一边抽土烟，一边等天黑透。过了很久，当夜色深沉，他才进了屋。昏暗、抖动的灯火下，只见屋子里垃圾散落一地，散发出烂泥般的腐臭味。看到那头肥硕、丑陋的猪后，纳度的心越发往下沉，不禁后悔应承了这又脏又苦的差事，恨不得立刻打开屋门把猪撵出去。

现在，夜已过半，猪仍悠然自得地在屋里踱步。地板上血迹已干，纳度的腿伤痛依旧，而猪除了大肚子上有一两处“擦痕”之外，安然无恙。它仍然保持着一副胜利者的姿态，而纳度却在一边喘着粗气。他浑身已被汗湿透，并且看不到摆脱眼下这个困境的任何希望。

远处的清真寺已经敲响凌晨两点的钟声。纳度慌忙站起来，目光又落在了猪身上。猪在屋子中间的垃圾上撒了泡尿，然后颠儿颠儿地踱到右边的墙根，溜达起来。灯火又开始摇曳，在墙上投下狰狞的怪影。形势没有丝毫变化。猪像之前一样，一会儿停下来拱拱垃圾，一会儿沿着墙根溜达，一会儿又哼哼着跑开。猪尾巴也照旧如细长的虫子般，一会儿卷起，一会儿垂下。

“这样可不行！”纳度恨恨地说，“这活儿我干不了。这头猪会害死我！”

他想再试一次，拽猪的后腿把它放倒看看。他右手举着刀，慢慢走到屋子中间。猪沿着右墙跑到头，扭头又向左墙跑去。当看到纳度在朝自己靠近，它不但没有逃跑，反而冲向纳度。它嗥叫了一声，像要朝纳度扑过来。纳度后退了几步，紧盯着猪的大嘴。猪头正对着他，这种情况下，拽它的后腿把它放倒是不可能的。猪血红的小眼睛中透出一股倦意，它已经是在做困兽之斗了。可纳度此时也已筋疲力尽。已经半夜两点了，这件从傍晚到现在都没能完成的任务，天亮前也没有希望完成。杰玛达尔的车随时会到，如果任务没完成，那他就会失去穆拉德·阿里的信任，朋友就会变成敌人。穆拉德·阿里以后就不会让他剥皮，会把他从房子里赶出去，让人揍他，找他的麻烦。想到这些，他手脚有些发麻。可现在拽猪的后腿会很危险，猪会咬他，会跳跃挣扎。

突然，纳度体内腾起一股莫名的怒火，他血气上涌，说道：“今天不是你死就是我亡！”他快步来到壁龛旁，从壁龛下沿抽出一块砖，径直走到屋子中间，站定了，双手高高举起那块砖。猪正埋头啃一块甜瓜皮。它的红眼睛不停眨动，小尾巴也不停地摇动。如果猪不挪地方的话，砖一定会砸中它，总会砸断它的哪根骨头。如果能砸断它一条腿的话那就更好了，这样它就没之前跑得那么快了。

纳度用尽全力把砖朝猪砸去。壁龛中陶灯的灯焰猛地抖了一下，墙上的光影也随之颤抖。砖砸到了猪身上，可他拿不准砸到了哪个部位。猪哀号了一声，碎砖散落一地。砖出手的同时，纳度往后跃了一步，双眼紧盯着猪。令他惊讶的是，猪似乎并没受伤，小眼睛依旧眨个不停。

忽然，猪嗥叫了一声，又踱到屋子中间，它的大肚皮左右摇摆。纳度靠在屋门边，准备撒腿就跑。昏暗的灯光下，猪犹如黑色的庞然大物，朝纳度逼近。砖砸中了它的头，它似乎有点晕，眼神也迷蒙起来。纳度感到一阵恐惧。猪一定是冲着他来的，而且一定会咬他。虽然挨了一砖，但它看起来并无大碍。

纳度猛地推开门，闪了出去。

“我这是倒了什么霉！”纳度一边嘟囔一边蹿到院墙边。屋外的清风带给他一丝松爽。狭小的屋子以及里面的臭气让他难以忍受。清风拂过他被汗浸透的身体，他惬意无比，有那么一刻，他感到自己好像重获新生，精疲力竭的躯体又被注入了活力。“这差事对我有什么好处？兽医先生拿不到猪就拿不到吧！我把五卢比的钞票还给穆拉德·阿里，并向他求情：‘我没本事，先生，这活儿真干不了。’他不会难为我的。也许会给我两天脸色看，我讨讨饶也就没事了。”

纳度靠在墙边。月亮出来了，月光让四周熟悉的景物变得陌生而神秘。屋前能走牛车的土路此时空空荡荡，鸦雀无声。白天，这条路满是打北边村子来的吱嘎作响的牛车，叮叮当当的牛铃声此起彼伏。车轮把路面碾成了细土，厚厚地堆了一层，脚踩上去，直没入膝。土路的两边是陡峭的斜坡，上面长着枣树和刺蓬蓬的灌木丛，白天“灰头土脸”的它们此时仿佛也被如水的月光洗净了。斜坡下的空地挨着坟场，边上的两间房住着一个多姆[1]。那两间房紧挨着，都没有亮灯，像一处荒宅。多姆通常每晚都喝得酩酊大醉，然后乱叫乱嚷，声音能穿过空地一直传到这边。而此时，多姆却像死了似的，声息全无。纳度忽然想起了自己的老婆，此时，她大概正安详

① 印度的一个低种姓，主要从事运尸、焚尸，挖掘墓穴等工作。

地在家睡觉。如果不是接了这倒霉差事，他也应该在家惬意地搂着她丰腴的身体睡觉呢。把年轻的妻子搂进怀里的欲望让纳度越发焦躁，不知道她等他等了多久，来之前也没和她说一声。和她的分离哪怕只是一晚也那么难耐。

土路向右边一直延伸下去，月光下洁白如洗。路的一边有一口井，再往前，经过一片荒地，土路和通往城里的柏油路交会。四下一片寂静。远处养猪场旁边的建筑像困在月光下的黑箱子。周围是大片的空地，满是灌木丛，其间点缀着几棵小树。再往远处，大概几个小时的路程，是一个军营，孤零零地矗立着。

纳度提不起一点劲儿来，他甚至想靠着墙打个盹。屋外凉风习习，月色皎洁，简直是另一个世界。他越发觉得自己手中的刀煞风景，越发觉得自己的处境可悲。他想逃走，朝屋里看都不看一眼立刻逃走！反正明天猪倌儿布尔比亚一定会经过这儿，看到散落的垃圾他就会明白猪进了院子，他自己会去把猪赶出来。

他又陷入对妻子的思念中。假如能回到妻子身边倾诉自己的恐惧之情，他那惶恐的心就会平静下来。何时才能摆脱这困境？何时才能回家？

突然远处传来清真寺三点的钟声，纳度打了个激灵。他看着手里的刀，心中一阵刺痛——现在该怎么办？猪还没死。杰玛达尔大概正要推车过来，该怎么对他说？怎么回答他？天边泛起了鱼肚白，黎明将至，而他的活儿还没干完，纳度感到一阵绝望。

他小心翼翼地走到屋门旁，慢慢打开门朝里面张望。屋门一打开，恶臭立刻扑鼻而来。昏暗的灯光下，他看见猪在屋子正中央呆立着，好像是筋疲力尽了。这让纳度看到了一线希望，现在杀死它或许比刚才容易了。他进屋关上门，悄悄走到壁龛下，目不转睛地盯着猪。

猪对纳度的反应仅仅是抬了抬鼻子。纳度觉得猪的鼻子更红了，而它的眼睛似乎也睁不开了。碎砖在猪身后不远处散落着。灯焰又开始颤抖，摇曳的光影中，纳度觉得猪也开始晃动，并朝前走过来。他睁大眼睛盯着猪，猪真的晃起来了！它一步步地朝纳度走过来，走了两步后，它左右摇摆了一下，发出一声奇怪的哼鸣。纳度立刻举起刀，严阵以待。猪又往前走了几步，它的头已经快抬不起来了。快到纳度身前时，猪忽然朝一侧倒了下去，后腿剧烈地抽搐了一阵，然后僵在空中。猪死了。

纳度把刀放在地上，但眼睛仍盯着猪。这时，远处不知谁家的鸡开始打鸣了，土路上也传来牛车的吱嘎声。纳度长舒了口气。

2

一开始，晨颂[①]队伍里只有两三个人，可随着队伍走街串巷，沿途渐渐有越来越多的人伸着懒腰、打着哈欠加入进来。

风有些凉，晚上在屋里睡的人，清早一出门都得裹条毯子。队伍里的老人有的还戴着冬帽。

谢克花园的钟敲响了四点钟。国大党地区委员会办公室的门前只有三两个人，他们在等其他成员的到来。两个穿着便衣的秘密警察在不远处监视着他们。

远处，黑暗中现出一团光芒，只见一个人提着油灯在大市场那边拐了个弯儿，朝这边走来。灯光只能照见来人的裤子，远看像是没有躯干的两条腿在行走。

---

① 印度人拂晓时成群结队、走街串巷举行的一种颂神宣传或庆祝活动。

“瞧，巴克西先生来了。”阿齐兹说，他老远就认出了那两条腿的主人。

巴克西先生是个严格守时的人，他常说：“四点就是四点！不能早一分钟，也不能晚一分钟！”但今天，他自己却迟到了。

是的，的确是巴克西先生——国大党地区委员会的秘书长。虽然他上了年纪，腿脚又不利索，可是他要不来，谁还会来呢？没人会来参加晨颂。

一看到巴克西走近了，阿齐兹就开始念诵诗句：“师尊如同持炬人，摸黑照路利众生。”

“昨天晚上睡得太晚，早上睡过了。”巴克西先生为自己的迟到辩解道，随后他问：“拉姆达斯先生没来？”

阿齐兹答道：“他得挤完奶才能来，这之前他来不了。”

“闹着涨工资的时候，夜里11点都随叫随到。工资涨完了，连守时都做不到了！”

黑暗中，从新街区那边又走来一个一身白袍的高个男子。看到大伙，他加快了脚步。

“快看，‘圣人’来了！梅赫塔先生，您还真有领袖的派头。”

梅赫塔先生走过来环顾人群，试图看清楚阿吉德·辛格、德希拉贾、谢克尔、拉姆达斯都在哪儿，然后他转向巴克西先生说：“我早就说过，把晨颂定在四点钟不行。”

“定在四点，至少五点钟还能开始晨颂。如果定在五点，恐怕天大亮了人还聚不齐。自己都迟到了，还说什么该定几点不该定几点！”说着，巴克西先生把手伸进毯子下的背心口袋，掏出了香烟盒。阿齐兹又开始嘲弄梅赫塔先生：“远远地看上去您还真像个大领导。”

梅赫塔苦笑着说：“那天在车站有人把我当成了贾瓦哈拉尔·尼赫鲁。当时我站在那儿，听到有人在议论——‘那个人是不是贾瓦哈拉尔·尼赫鲁？’”梅赫塔先生扶了下头上的甘地帽，接着说：“瞧，这样的错误大家常犯。”

“您真能忍，您的脾气太好了！”

“我和尼赫鲁先生样貌的区别仅仅在于我高一些。”梅赫塔先生认真地说。

“你来之前沐浴了吗，梅赫塔先生？”克什米利拉尔问道。

“这还用问！我每次都是沐浴完才来，不论寒暑。这已成了我的习惯。没有沐浴的人不应该来参加晨颂！克什米利拉尔，你倒说说看，你来之前洗过脸没有？”

这时，远处的斜坡下又传来口令声：“左！左！右！左！左！”

“瞧，咱们的‘将军’来了！”巴克西先生说。大家随之哄笑起来。

灯光首先照在他的破鞋子上——天知道那到底是拖鞋还是鞋子。他的卡其布裤子的裤腿离脚踝还有六英寸，卡其布上衣也同样捉襟见肘。“将军”把他能弄到的各种甘地、尼赫鲁纪念章都别在胸前，其间还缀着五颜六色的彩带。皱皱巴巴的衣服挂在他瑟瑟发抖的身体上，令他那蓬乱的胡须更加扎眼。他的头上还缠着条头巾。

“将军”是个喜欢自讨苦吃的人，不管有没有运动，他都是监狱里的常客，不管有没有集会，他总在街上到处演讲。尽管免不了常常挨警察的揍，可他依然忠实地履行他自己加给自己的责任。他腋下总是夹着个手杖，一个街区一个街区地晃悠。每当国大党雇马车上街头宣传，车上一定有他。每次集会他都第一个发言，尽管他那有气无力的声音只有前排少数人才能听得清。

“将军”一走到近前，克什米利拉尔就开始挖苦他：“‘将军’，你昨天怎么逃会了？”

听出克什米利拉尔的声音后，“将军”用他的小眼睛打量了克什米利拉尔几眼，紧了紧腋下的手杖，说：“我不想搭理你这样的人，你离我远点！”

巴克西对克什米利拉尔说：“都什么时候了，还添乱！得了，你闭嘴吧。”

可是“将军”的怒火已经被点燃了：“我也来揭揭你的短儿——你和共产党眉来眼去！我知道你和共产党员德沃达德在驼背佬的小吃店里一起吃过咖喱鸡。”

“好了，好了，‘将军’，别再说了。”巴克西劝解道。

此时，穿着印式长衫的谢克尔·拉尔走了过来，他的衣襟随风摆动，像不断拍打的翅膀。

夜色渐渐退去，天蒙蒙亮了。右边银行的高墙上，夜色的最后一抹暗影也滚落了下去。街对面，雅利安学校[1]附近小吃店的烟囱里已经冒起了炊烟。旁边胡同里晨练的老人也清着嗓子、拄着拐杖出门了。零星有些妇女，用头巾包着头，朝锡克教庙宇走去。

巴克西先生拎起灯吹熄了灯焰。

“怎么，一见我们来了巴克西先生就吹灯拔蜡了？”谢克尔说道。

“要光干什么？你是想瞻仰我还是梅赫塔先生的容貌？”巴克西先生说，“油快烧完了。这不是国大党委员会的灯，是我自己的灯。你要是能让委员会批准给我报销油钱，我白天晚上都点着它。”

站在克什米利拉尔后面的谢克尔嘀咕道：“你抽烟不也没经过委

① 印度教改革组织圣社开办的有印度教色彩的学校。

员会批准报销吗？灯油钱倒想让委员会批准报销了？”

巴克西先生听见了谢克尔的话，他强压怒火，心想：“和这样的小混混生气是对自己的侮辱。”

“您是领导，巴克西先生，您还需要谁批准呢？您要不发话，连鸟都不敢飞。”谢克尔说道。随后，他又转向梅赫塔先生说：“印度胜利！”

“印度胜利！”

“我没瞧见您。”

“你眼中哪还有我呢，你现在可是大人物了，谢克尔。”

“今天您没拎包？”

“晨颂拎包干吗？”

“不管到哪儿，拎个包总不会错，天有不测风云，说不定谁要买个保险呢。”

梅赫塔先生沉默了。在为国大党工作的同时，他还兼职卖过保险。

“你不能住口吗？谢克尔！梅赫塔先生的年纪是你的三倍，长辈面前放尊重点。”巴克西先生说。

“我说啥了？我只是问他拎包没有，又没问他是不是从塞提那儿得了五万卢比。”

谢克尔向来是个口无遮拦的人，今天他的话尤其犀利。一提到这五万卢比，梅赫塔像中了一箭，一声都不敢吭。梅赫塔也是个经历过风雨的人，他总共坐过十二年的牢。作为国大党区委主席，平时他总穿着一袭白袍，道貌岸然。对他进行这样的指责是需要很大勇气的，可是“谣言”已经传了有一段时间了，说他和塞提有笔交易——塞提在他这买了五万卢比的保险，作为回报，在即将到来的选举中他将提名塞提为国大党候选人。

“这完全是污蔑梅赫塔先生。这事就到这吧，别再说了！”

“我又没说梅赫塔先生把候选人席位卖了。确定候选人是国大党邦委员会的权力，并且国大党地区委员会才能申请提名候选人。可是如果国大党区委主席和秘书长两个人内定候选人的话就太糟了。我们不能允许这样的事情发生。主席，秘书长，我知道您两位都在这儿听着呢。如果塞提这样的大承包商用这样的方式获得候选人资格，那国大党就真的完蛋了！”

梅赫塔退到一旁和克什米利拉尔说话去了。巴克西先生又点上了一根烟。

谢克尔和梅赫塔先生一直不睦，他们翻脸是从拉合尔那次大会开始的。当时尼赫鲁在拉合尔召开国大党大会，区委会要派代表参会，而梅赫塔没有把谢克尔列入代表名单。但谢克尔还是去了拉合尔，也参加了会议。会议期间有个尼赫鲁也参加的会餐活动，每位参加者要交八安那的餐费。梅赫塔用公款给区委会的其他代表都交了费，但却拒绝给谢克尔交费。谢克尔气坏了，他自己花钱参加了餐会，就坐在梅赫塔的正对面。吃饭的时候，谢克尔故意如饿狼扑食，洋相百出。梅赫塔忍无可忍，说：“要吃就像人一样规规矩矩地吃！我们区委会的脸都被你丢尽了。”

“这会儿您就闭嘴吧，梅赫塔先生，我没花国大党的钱，花的是自己的钱吃饭。自己的钱！我回去再和您算账，您这样的人我见得多了！”

“我这样的人怎么了？你从头到尾废话连篇。回去了你又能把我怎样？”

谢克尔还真的言出必行，从拉合尔回来后，他就和梅赫塔对着干了。当时马上要举行邦国大党选举了，每个区委都要推荐四名候选人。梅赫塔确定了三个候选人后，第四位打算推荐戈合里。要不是谢克尔犯混，戈合里就真的参选了。当时在国大党区委监察委员会的会议上，谢克尔突然发难："请原谅！我想问个问题。"梅赫塔知道他要找碴儿，于是说："监察委员会正在开会，有什么问题以后再问！"

"我没问您，我想向监察委员会提问。"

谢克尔夸张地、笔挺地站在那儿，等着监察委员会主席准许他发言。

"说吧，到底什么问题？"监察委员会主席说。

"我想问问国大党党员的纪律条例是什么？"

"有话直说，大家没时间听你绕弯子。"

"梅赫塔先生，我没和您讲话，请您保持沉默！"

"让他说，让他说，谢克尔兄弟，你到底想说什么？国大党党员的什么纪律条例？"

"纪律条例规定：国大党党员每年交四安那党费，必须穿手纺布做的衣服，每天都要用纺车纺布。"

"对。"

"现在我请求戈合里先生站起来一下。"

大家都沉默了。

"请原谅我的无礼，在监察委员会前发言必须先申请提问权！"梅赫塔先生怒气冲冲地说。

"梅赫塔先生，您不是监察委员会的主席。这里轮不到您发号施令。好吧，戈合里先生，您能站出来吗？"

戈合里站了起来。

“您穿的是不是手纺布衣服？”

“你这是搞什么把戏？有话直说！你到底想问什么？”

“请把您的腰带，也就是裤带，给大家看看。”

“为什么？你什么意思？”

“这是对党员的羞辱，他到底在要什么把戏！”

“我不是在要把戏，梅赫塔先生，请您保持沉默！没经过主席的许可，您没有发言的权利。好了，戈合里先生，听到我说的话了吧，请把您的腰带或者是裤带给大家看看。”

“我要是不给大家看呢？”

“您必须得给大家看，您的腰带对我接下来想证明的事情很重要。”

“得了，你给他看吧。只有这样才能让他闭嘴。现在国大党里混进来很多吃饱了撑得慌的家伙。”

“梅赫塔，你说什么？我是吃饱了撑的？你才是个无赖！别逼着我把你的事抖搂出来，我全知道！好吧，戈合里先生？”

“你想干什么？让我在所有人面前脱裤子？”

“我没让您脱裤子，只让您把腰带给大家看看。”

“算了，给他看吧，赶快完事。”

戈合里掀起衣襟，撩起土布袍子，露出了黄色的腰带。谢克尔蹿过去，一把拽出了腰带。

“朋友们请看，腰带是丝绸的，不是手纺的棉布制成的，是机器做的，是松紧带。你们可以自己来看看。”

“那又如何？这有什么大不了的？”

“您想提名一个违反国大党纪律条例的人代表国大党参选？国大党还讲不讲规矩了？”

国大党监察委员会的成员面面相觑，最终，他们不得不取消了戈合里的参选资格。从那以后，梅赫塔和谢克尔就成了冤家对头。

巴克西先生发愁了。拉姆达斯先生和德希拉贾先生都没来，谁领唱呢？晨颂至少得有一个人领唱，没人领唱就只好他自己领唱。可是这些从国大党区委会领津贴的家伙必须得参加晨颂啊！

“梅赫塔先生，我们走完三条街拉姆达斯也不会来。”巴克西先生说，“他会借口说小牛把母牛的奶都喝完了，挤不出奶，所以来不了。这些人就这德行！”然后他对人群说：“克什米利拉尔，都别等了，你开始带大家走吧。”

克什米利拉尔唯恐天下不乱，他故意转向“将军”说：“‘将军’，您来段演讲吧，晨颂前不来段演讲哪行？”

“将军”一听就来劲儿了，立刻拄着手杖登上路边的一块石头。

“你这是干什么，克什米利拉尔。”巴克西先生生气了，“现在是演讲的时候吗？你不想晨颂直说好了，干脆取消晨颂！”说着，他转向“将军”，但“将军”已经开始演讲了。

“先生们……”

“别‘先生们，女士们’了，快给我下来！”巴克西先生边摆手边说，“快从上面下来，大早上的这是搞哪一出！”

“谁也不能让我闭嘴！”“将军”站在石头上继续着他的演讲，“先生们……”

“将军”那沙哑的嗓音开始响起。

“将军”大约年过五十，长年的牢狱生涯熬干了他的精力。国大党员坐牢通常蹲二等监，而他常常被丢进条件更差的三等监。在牢里他常常生病，吃的也是掺了沙子的面粉烙出的饼。可是“将军”从不屈服，也从不换下他的“将军装”。他这身行头的背后有个有趣的故事。他曾作为志愿者参加过国大党在拉合尔举行的那场历史性的大会[1]，在那次大会上，国大党正式宣称它的目标是实现印度的完全独立。当时，他曾穿着志愿者的服装和尼赫鲁在拉维河的岸边一起载歌载舞。从那以后，他就总穿着那套衣服。只要手里宽松点，他就要给这套衣服添点饰物，一会儿是个哨子，一会儿是条彩带。而手头紧的时候，他常常连洗这套衣服的钱都拿不出来。他没有正式工作，也从不操心去找工作。他在国大党区委担任宣传工作，每月有十五卢比的津贴。每当巴克西先生不把他当回事儿的时候，他就会站起来滔滔不绝、高谈阔论。他有股倔劲儿，全靠这股力量他才熬过生命中的各种磨难和苦痛。他无家无房，无妻无子，无职无业。隔三岔五，不知在哪儿他就会讨顿打。常常，当警察拿着棍子冲上来的时候，其他人都四散奔逃，而他反而迎上去挺起瘦骨嶙峋的胸膛，最后折几根骨头。

“克什米利拉尔，去把他弄下来，大清早的别在这出洋相了！”这次梅赫塔先生也禁不住发话了。而“将军”反而站得更直了。

“先生们，我遗憾地告诉你们，国大党区委主席已经背叛了大家。但对于1929年我们在拉维河岸边许下的诺言，我们将至死不渝。这里我想再占用大家一点时间，我要重申——国大党的原则绝对不能违背！梅赫塔算哪根葱？我们完全对付得了梅赫塔和他的走狗——克什米利拉尔、谢克尔·拉尔、阿吉德·辛格这样的人！”

人群哄笑起来。

“他这样是不会下来的。”之前煽风点火的克什米利拉尔这时凑到巴克西先生耳边说，“越不让他说，他越来劲儿。”

巴克西先生瞪了克什米利拉尔一眼。

---

① 1929年国大党在拉合尔举行代表大会，尼赫鲁当选新的国大党主席。这次会议上，国大党正式宣布它的目标是实现印度的完全独立。

“鼓鼓掌他反而会下来，您别着急。鼓几次掌，他自己就会讲完的。”说着，克什米利拉尔开始鼓掌，人群也鼓起掌来。

“好啊，好啊，太棒了！讲得好！”

“先生们，我不会占用大家过多时间，我想借此机会感谢你们耐心聆听我的‘闲言碎语’。我向你们保证，印度离独立那天不远了！国大党的目标一定能实现！我们在拉维河边许下的诺言……”

“棒极了，棒极了！”克什米利拉尔又开始鼓掌。

“先生们，再次感谢！我以后再给你们演讲，现在请跟我一起喊口号，革命——”

“万岁！”下面两三个声音响应道。

“怎么了？没吃饭吗？请大声点！革命——”

“万岁！”这回声音大了些。

然后“将军”夹起手杖，从石头上下来。

突然从斜坡那边又传来一声“万岁！”只见晨雾中，拉姆达斯先生气喘吁吁地赶来。

“你还有时间观念吗！”巴克西先生生气地说。

克什米利拉尔抢着答道：“是小牛犊的错，都怪它把牛奶都喝光了，所以才迟到……”

人群都笑起来。而拉姆达斯却严肃地问：“今天还搞不搞晨颂了？”

“为什么不搞？”

“不是说今天要搞社区服务吗？”

“谁说的？”

“我听侯赛因先生昨晚说的，我们今天要去伊玛目丁小区的胡同里大扫除。”

“来晚了还要找借口吗？”

“我已经送了很多扫把、筐子和铁锹去那边。有些是昨晚送过去的，有些是今早送过去的。五把铁锹，十二把扫帚，五个簸箕，三把锄头，它们全在谢尔汗的屋子里。”

“没人通知我们啊。”

“所以我才赶过来，早上我来这里的时候一个人都没有。”

“你准备这些东西是要我们去通水沟吗？你疯了吗？”克什米利拉尔说道，“那儿有水沟吗？”

“有，有，怎么没有？有条土水沟，没铺过的。”

“如果是没铺过的水沟，这么多年聚了多少脏东西？谁会去通它！”

“我们会去通它！”“将军”高声说。“克什米利拉尔，你是个叛徒！”

“一会儿东，一会儿西！侯赛因先生既然决定了为什么不告诉我们？”

天更亮了。来参加晨颂的人感到一阵困惑。

“现在我们出发吧。”巴克西先生说道，然后他提着吹熄的灯走到队伍前面。“开始唱吧，拉姆达斯，开始吧。”

“将军”喊着口令走在前面。克什米利拉尔打着三色旗①。拉姆达斯开始用他那高亢的、五音不全的嗓音唱起了歌。这首歌是晨颂的开场曲，因为唱了太多遍，听上去都有些让人厌烦了。拉姆达斯唱道：

“对自由的渴望，在胸中燃烧。”

拉姆达斯领唱完，伴随着前进的脚步声，大家一起又群唱了这两句。拉姆达斯接着又唱道：

---

① 独立前是国大党的党旗，独立后成为印度的国旗。

“像对爱情的痴狂，回荡在林野间。”

唱着唱着，晨颂队伍来到了伊玛目丁小区。

3

一踏进胡同，纳度就松了口气。马路上已经天光渐亮了，但胡同里依然是黑黢黢的。他恨不得一步跨过脚下这胡同织成的网，迈进自己家去。从那间臭气熏天的小屋出来后，清风愈加让他舒爽。经历过噩梦般的一夜后，在这依然睡意蒙胧的胡同里，他品味到了安逸。

左边，隐约传来女人的交谈声和她们手镯发出的玎玲声。走到近前，纳度看见水龙头边坐着几个女人。还没来水，她们把罐子放在地上，在一起闲谈——连这再普通不过的场景都让纳度觉得美好。

往前走了几步，他忽然觉得脚下一绊，好像是踩碎了什么东西。反应过来后，他打了个激灵。不知哪个女人在谁家门口放了个施“多纳”[①]的人偶。这东西是用面粉捏成的，上面插着几根竹签，外面还缠着些碎布。通常，某些倒了霉的女人用这种方法把晦气传给别人。纳度觉得自己倒霉透了！刚过了这么一个晚上，又撞了个“多纳”，他气坏了！不过转念一想，他又平静下来——“多纳”一般是用来解孩子的厄运的，他又没有孩子。想到这儿，他的步子又轻快起来，接着向前走去。

这条胡同他再熟悉不过了。胡同口不远处是几户穆斯林，住着几个“托比”[②]和屠夫。屠夫的肉铺就开在胡同外面的路边。还有几个开澡堂的穆斯林也住这儿。再往前，就是印度教徒和锡克教徒的

① “多纳”，音译，意为“魔法”。这里指类似于巫蛊一类的民间巫术。

② 一个贱民种姓，以洗衣为业。

居住区，而快到胡同的另一头时，是穆斯林谢克种姓[①]的聚居区。

忽然旁边的屋子里传出祷告声：“愿安拉保佑所有的人和家庭！”这是一位老人的声音，伴着咳嗽声和慵懒的哈欠声。人们醒了。

又往前走了几步，他的脚忽然陷入一堆黏糊糊的东西里去了，差点让他跌倒。他拔出脚，半坨牛粪滚落一边。正要骂娘时，他忽地想起件事，不由得露出微笑——“多纳”的霉运被这脚牛粪涤净了[②]！最近一段时间，天越来越热，可一滴雨都不落。平时每当天旱的时候，小区里好事儿的男孩就用破瓦片把牛粪、马粪赶成一堆，然后朝平日大家最讨厌的人的家门口扔。人们认为这样做有求雨之效。纳度踩到的那堆牛粪估计就是这样来的。

一户人家前，一个男人正在给门口拴着的牛拌饲料。旁边的屋子里传出杯盘和镯子碰击发出的叮当声。早茶快煮好了。一个裹着头巾的女人提着个罐子，念念有词地从纳度身旁经过。“她一定是去印度教或锡克教的庙里拜神的。”纳度心想。再寻常不过的一天开始了。

这时，纳度听到胡同口传来一个乞丐伴着单弦琴的歌声。他以前听到过这歌声，可从没见过这乞丐。早上，天色朦胧的时候，人们经常能见到这个乞丐弹着琴，唱着歌，走街串巷。尤其是在斋月，穆斯林早起进食时，总能看见他。不多时，乞丐已经走到近前，这是一位身材高大的老人，留着发白的短须，穿着长袍，戴着头巾，肩上还搭着条布袋。纳度停下了，他想听听乞丐唱了些什么。

“愚者仍沉睡，鸟儿已歌唱。”

乞丐唱道。那低沉悠扬的琴声曾常常渗入纳度的梦里，让他在

---

① 印度穆斯林种姓之一。

② 印度教认为牛是圣物，牛粪有涤罪、洁净、驱邪的功用。

昏沉中感到一丝甜意。他从口袋里掏出一个拜萨[1]，递到乞丐手里。

“真主保佑你！保佑你幸福美满！”乞丐祝福道。

纳度继续往前走。

快走出胡同的时候，他觉得眼前渐渐亮了。前面就是马车夫住的街区了。尽管已经快到大路上了，街边的景色仍没有太大的变化，只是更敞亮了一些。路边停着两三辆马车，还没上套，车辕指着天，像是在合十祷告的手。再往前，靠着路边有一堵长长的土墙，一位马车夫正在墙边刷马，旁边两个女人正把做好的牛粪饼[2]往墙上贴。路中间，一匹马在悠闲地踱步。在这宁静祥和的晨光中，一切生命都在慢慢地恢复生机。

纳度觉得自己看上去像是出来散步的人，可他不想被别人看到或认出来。他那颗惴惴不安的心早就平静下来了。他悠闲地走过一个又一个街区。

突然他想起——牛车到哪儿了？它是朝哪儿走的？脑海中浮现出这个莫名其妙的问题后，他的脚步也不觉加快了。牛车是不是已经到远处军营那边了？估计这会儿牛车已经停在了兽医的诊所门口。想到这，纳度不禁骂了句娘。难道他不能让人在白天杀猪吗？兽医要死猪有什么用！一定是要把猪肉拿到哪儿去卖！想起晚上的经历，他的身体又有些颤抖。多么可怕的一夜：汗水、猪的臭味、密不透风的小屋子、猪叫声！猪在他腿上咬的三口让他皮开肉绽，在把伤口包扎好之前他几乎已经半死了。他干吗要替穆拉德·阿里卖命？他是个自由的人，想去哪儿就去哪儿！他把手伸进口袋，摸了摸那张五卢比的票子，票子沙沙作响。说到底还是为了钱！现在，钱已

① 印度的货币单位，旧制64拜萨等于1卢比，新制100拜萨等于1卢比。
② 用牛粪做成，晒干后可以做燃料。

经入袋为安了。

走过一块放牧的空地后，纳度朝右边转了下去。远处，从谢克花园传来了钟声，大概响了四下。这会儿钟声显得格外洪亮，而白天它则常被城市的喧嚣所淹没，难觅踪迹。纳度觉得这钟声仿佛是从天堂传来的乐音，美妙无比。几乎同时，城中心山岗上湿婆庙的钟声也响了起来。钟声越来越响。人们纷纷打开家门开始一天的活计，街上传来咳嗽声和手杖敲打地面的嗒嗒声。一个牧羊人牵着两三只羊出来卖羊奶。纳度又放慢了脚步。在这清晨的凉风中行走对他是一种享受。

走过车夫们居住的小区，纳度沿着“委员会广场”的铁栅栏继续往前走，广场在伊玛目丁小区的旁边。他的右手边是个斜坡，顺着斜坡下去就是广场。隔三岔五，广场上总有热闹瞧。冬天有人在这里斗狗赌钱，受伤的狗如果要逃跑，围观的人群会把它堵回去。马戏表演也常在这里举行，塔拉巴依马戏团和伯勒舒拉姆马戏团常来这里表演。这里还常举行跑马拔桩[①]比赛、摔跤比赛和民间鼓舞表演。政治集会也常在这举行。最近这里常有集会。穆斯林联盟和锄头党[②]常在这里集会，而国大党的集会一般在粮食市场旁边的那个有顶棚的场馆举行。

纳度从口袋里掏出土烟，攀上路边冰冷的铁栏杆，坐着卷起了土烟。

这时，伊玛目丁小区后面的清真寺传出了阿訇的领经声。黎明前最后一缕暮色渐渐消去，附近的房屋开始变得清晰可见。纳度从栏杆上下来，掐灭了烟，朝伊玛目丁小区走去。他猛地想起，穆拉

---

① 一种传统的马术运动，流行于南亚地区及其他一些英联邦国家。

② 当时印度的一个地方政党。

德·阿里就住在“委员会广场”边儿上的某个地方。这事儿他并不完全肯定，但他总见他夹着手杖朝这边走。一般来说，穆拉德·阿里总是夹着他的细手杖满城晃悠，如果不是住这儿，他不会总往这边走。说来也怪，穆拉德即便是笑的时候，牙齿也藏在浓黑的胡须里，而他那双小眼睛则像蛇目般闪烁不定。纳度想，自己得赶紧离开这里，如果穆拉德见到自己到处闲逛一定会生气的。因为他告诉纳度把猪的尸体交给杰玛达尔后，就在那间屋子门口等他。可是纳度却逃了，反正杀猪的钱已经进兜儿了，谁会在那又脏又臭的地方待着？

纳度钻进一条窄巷，一溜儿烟，又朝右拐入另一条巷子。这时他听到群声合唱的声音，这让他又想起了早些时候那位乞丐的歌声。他往前走了几步，从前面巷子的拐弯处传来的合唱声更加嘹亮了。纳度明白了，这一定是某个晨颂队伍的歌声。这些天，城里到处都是游行集会。他也弄不清是为什么，可他时时听到各种口号声。前面的晨颂队伍一定是国大党的，因为队伍前面有人打着三色旗。队伍走到近前，纳度往墙边靠了靠，队伍唱着歌从他身旁走过。他看到十来人，有几个头上戴着白色的甘地帽，有几个戴着土耳其圆帽，还有几个戴着锡克人的头巾。这些人中有年轻人也有老人。走过他身旁的时候，一个人高声领着大家喊着口号：

“民族口号！——”

“祖国万岁！”

“印度母亲万岁！”

“甘地万岁！”

忽然，紧接着，路口又传来另一伙人的口号声：

“巴基斯坦万岁！”

“巴基斯坦万岁！”

“真纳万岁！”

“真纳万岁！”

纳度扭头一看，只见巷口又走过来三个人，一边走一边高呼口号。他们似乎是特意来阻止国大党的晨颂队伍前进的。他们中有一个人头戴土耳其圆帽，鼻梁上架着副金丝眼镜。他挑衅似的说：“国大党是印度教徒的政党，穆斯林跟着它没有任何出路！”

晨颂队伍中的一位老人回答道：“国大党是所有人的政党，无论他是印度教徒、锡克教徒还是穆斯林。这点您很清楚，穆罕穆德先生，连您以前也是国大党成员。”

说着，老人上前去拥抱那位戴土耳其圆帽。晨颂队伍里发出哄笑。戴土耳其圆帽的人一边躲开老人的拥抱，一边说：“这都是国大党要的把戏，巴克西先生，国大党是印度教徒的政党，而穆斯林联盟是穆斯林的政党，国大党领导不了穆斯林！”

两伙人各不相让，争吵起来。

国大党这边的那位老人接着说：“瞧，我们这边有锡克人，有印度教徒，也有穆斯林。这是阿齐兹先生，这是哈吉姆先生……”

“阿齐兹和哈吉姆是国大党的狗！我们不讨厌国大党，但我们讨厌国大党的狗！”说话者显得怒不可遏，国大党队伍里的两个穆斯林都觉得很尴尬。

“毛拉纳·阿扎德①是穆斯林还是印度教徒？”老人说，“他可是国大党的主席！”

“毛拉纳·阿扎德是国大党最大的走狗！他成天跟在甘地后面摇尾巴，就像这俩人在你们后面摇尾巴一样！”

---

① 印度独立运动领导人之一，穆斯林，曾担任国大党主席。

老人强压怒火，说：“独立是所有人的，是整个印度斯坦的。”

“印度斯坦的独立是印度教徒的，只有在巴基斯坦，穆斯林才能获得自由。”

这时，晨颂队伍里跳出一个瘦子，他的衣服又脏又破，腋下夹着根手杖，怒吼道：“我死也不让巴基斯坦独立！”

他的举止反而把晨颂队伍逗乐了。

“你闭嘴吧！”队伍里有人让瘦子闭嘴。纳度也觉得他尖厉的嗓音很滑稽，看到大家都在笑他，纳度明白了，那家伙一定是个怪人。

尽管被嘲笑，那人仍然继续说：“甘地曾宣布宁死不愿巴基斯坦独立，我也不允许巴基斯坦独立！”

人群中又传出笑声。

“请息怒，‘将军’。”

“得了，得了，你安静一会儿！”巴克西先生说。

这下，“将军”沮丧起来：“谁也不能让我闭嘴，我是领袖苏帕西·鲍斯[①]的军队里的人。我知道所有人的底细！我知道你，巴克西先生，我知道你是什么人……”

大家又笑了起来。

当晨颂队伍要继续前进时，戴土耳其帽的人拦在了队伍前面，“你们不能从这儿过，这里是穆斯林的小区！”

“为什么？”晨颂队伍里的那位老人说，“你们满城喊巴基斯坦的口号，谁拦过你们？我们只是唱爱国歌曲。”

戴土耳其圆帽的人这会儿软了下来，说：“你们想往前走就走吧，但你们的这两条狗不能往前走！”说完他张开双臂，再次拦住队伍的去路。

---

① 全名苏帕西·钱德拉·鲍斯，印度独立运动领袖之一，国大党激进派代表人物。

这时纳度才发现，戴土耳其圆帽的人身后不远，站着穆拉德。看到穆拉德，纳度不禁浑身发抖。他是从哪儿来的？纳度沿着墙根慢慢溜到晨颂队伍的后边。穆拉德到底看见我没有？他藏在晨颂人群之后，避开了穆拉德的视线。在人群后僵了一阵儿，他又探头朝穆拉德的方向瞅了一眼，穆拉德正站在那儿听人群争吵。

纳度准备溜了。只要这些人还在争吵，穆拉德就不会注意到他。这是个溜走的好机会。如果穆拉德看见他，一定会狠狠地训他，斥问他为什么不听吩咐！纳度往后退了一段，迅速转身快步走了起来，在巷尾转了个弯，躲开人群的视线，狂奔起来。

4

两人登上山岗，勒马远眺。只见宽阔的河谷，一直伸展到远山脚下。地平线笼罩在霞光和尘雾之中。辽阔的平原上点缀着起伏的山丘，天空清澈、湛蓝，几只鹞鹰翱翔其间。左边是一座高山，被天光映成了青色，山势朝西越来越低，最后没入平原。右边很远的地方，红色的山丘在雾色中连绵起伏。

理查德带着妻子来观赏日出。他转向丽莎，注视着她的脸庞，想看看她对眼前的景色的反应。他早就想把这美景作为礼物送给她。

丽莎的金发在晨风中摆动。她蓝色的眼睛格外清澈、明亮，但眼皮有些浮肿。这可能是由烦躁造成，或是因为昨晚喝了啤酒，睡得太久。

为了让她开心，他才把丽莎带到这儿来。新环境总使丽莎烦躁、抑郁，所以她回英国待了半年，这才返回。理查德不想让她再离开。可如果丽莎不喜欢这个新城市，那么这里的住所就是他俩的炼狱，他一下班回家两人就会吵个没完。他下定决心，早上的时间一定要用来好好陪丽莎。所以自从上周丽莎从英国回来，他每天早上都陪她出来散心——散步、逛公园或者骑马。另一方面，丽莎也在尽力地配合理查德。作为地区专员的夫人，丽莎在别墅院子里独自散步时，当地人会非常礼貌地向她致敬，鞍前马后地伺候她，但她的独自活动范围也就仅限于此。地区专员的时间不属于他自己，所以理查德没有更多的时间来陪她。尽管两个人都很努力，但他们还是担心目前的状况维持不下去。

“太美了，”丽莎说，“前面的山是什么山？喜马拉雅山脉是从这里开始的吗？”

“对，是的。”理查德赞许道，“而且眼前的这条河谷会一直在山峦间绵延几百英里。”

“多么孤寂的河谷。”丽莎说。

“不，丽莎，这条河谷见证过久远的历史。无论入侵者来自中亚还是蒙古，历史上所有对印度斯坦的入侵都是沿着这条河谷进行的。”理查德激动起来，“亚历山大也是从这条路线侵入印度的。河谷在前面有两个分岔，一支通往西藏，一支通往阿富汗。曾有无数的商人和传教僧侣走过这两条路。这里曾有过辉煌的历史。上个月我成天在这里考察。对历史学家来说这是座金山，到处都是古建筑的废墟、城堡、佛寺以及驿站……”

“理查德，你简直变了一个人，听上去你像是在谈论自己的祖国！”丽莎笑着说。

“虽然这不是自己的国家，但我热爱历史。”理查德笑着说。然后他用马鞭指着前面的山，说：“那座山后面十七英里就是塔克西拉[1]遗迹。你知道塔克西拉吗？”

---

① 位于今巴基斯坦伊斯兰堡的西北，著名历史遗迹，曾是犍陀罗艺术的中心。

“嗯，知道。”

“那里很早之前就有很多规模庞大的大学。”

丽莎笑了。她明白理查德又开始给自己上关于河谷的历史课了。她喜欢他的这种激情。哪怕关于一块砖，他也能兴冲冲得像个孩子似的讲半天，虽然当上了地区专员，他仍然有天真的一面。她多希望自己也能像他那样，对这些事有那么高的兴致。

“那边有个博物馆，你一定会喜欢的。最近我刚从那里弄了个佛像。”

“为什么？你的佛像还少吗？还要买？”

“这里最近在发掘遗迹，出土了很多佛像。博物馆馆长送了我一个当礼物。”

丽莎的眼前浮现出别墅里的那个大房间，里面摆放着各种各样的佛像，书柜里也塞满了书。理查德的这种爱好是在几内亚时养成的。那时他们的房间里摆满了各种非洲的手工艺品——弓箭、首饰、鸟羽和图腾。

丽莎的注意力又转向眼前的景色。左边的山坡下是一个茂密的小树林，上山时他们就是从那儿穿过林子，登上开阔山岗的。右边是好几个小山包，再往下就是漫无边际的原野。

“看这里的土，竟然是红色的？”丽莎望着远处的山丘说。然后她转向理查德，问道：“回去怎么走？还是穿过树林回去吗？”然后她又用开玩笑似的口气说：“带我走那条亚历山大进入印度斯坦时走的路吧。”

“那时还没有铺好的路，丽莎。但山后有条路，大概有四百多年的历史了。”

丽莎看着理查德——宽边眼镜下露出他英俊的面庞。她希望他别再谈论那些遗迹而是谈谈对她的爱。可是理查德兴头正浓，依然滔滔不绝。

“这里的人在这里住了几百年了。”理查德转向丽莎，接着说，“你仔细观察过这里的人吗？他们都是一个人种，鼻子、嘴唇的形状都一样，都是宽额头、棕色的眼睛。对了，丽莎，你注意过吗？他们的眼睛都是棕色的。”

“怎么可能是一个人种呢？你不是说过各种各样的人都来过这里吗？”

“不，不，人们都忘了！”理查德激动地说，仿佛他有了什么重大发现似的。“最早迁徙到这里的人是从中亚来的，后来几百年他们的后代不断地从中亚迁往这里。他们的人种都是一样的。最早来的那批人叫雅利安人，大约几千多年前来到这里。后来来的叫穆斯林，大约一千多年前来的。他们都是一个人种，他们的祖先是共同的。”

“这里的人不知道这些吗？”

“这里的人什么都不知道。他们知道的，都是我们告诉他们的。”理查德沉默了一会儿，说：“这里的人不懂历史，他们只是经历过历史。”

丽莎有些烦了。理查德只要兴头一来，就不顾一切。他在自己的爱好中沉迷越深，就把丽莎推得越远。平日里总在埋头读书的他只有两个身份，一个是地区专员，一个是历史爱好者。丽莎爱他，但他没有时间陪丽莎。在家里，他常常在书架前翻书，翻着翻着就沉浸在了书海里。丽莎因此常常感到烦躁，这是种莫名的烦躁，发作时看什么都不顺眼，看到当地人更是会厌烦无比。最终，她会精神崩溃，不得不回英国，再待个半年一年。

“这儿有野餐的地方吗？”丽莎打断理查德，问道。

这个突兀的问题给理查德浇了盆冷水。

“很多。”他用马鞭指了指左边的高山，“那边的山里林木茂盛，清泉汩汩，风景优美。印度教徒用砖把泉眼箍了起来，形成了一个个小水池。他们还用神话人物的名字给这些泉起了名儿——罗摩泉、悉多泉，等等。”说到这里，理查德笑了，他想这些名字对丽莎一定很陌生。“这里还有很多圣人的墓，晚上人们会在墓前点灯，还有很多古堡、寺院……”理查德又用马鞭指了指挨着那座高山的一个葱郁的山头，说：“那座山上有个极好的野餐地点，上面有座穆斯林圣人的墓。春天，那儿有个非常棒的节会，人们长途跋涉，载歌载舞地去那里庆祝。整整半个月，白天有赌赛，晚上有歌舞，什么时候一定要带你去看看。”

“最近那儿有节会吗？”

“有，但最近最好别去。”

“为什么？”

“这些天印度教徒和穆斯林的关系很紧张，有爆发教派冲突的危险。”

丽莎听说过穆斯林和印度教徒关系紧张这事儿，但具体情况她不清楚。

“我现在还分不清穆斯林和印度教徒，理查德，你能分清吗？”

“我能分清。”

“咱家的厨师是印度教徒还是穆斯林？”

“穆斯林。”

“你怎么知道？”

“从他的名字、胡须以及服饰。再加上他做礼拜，以及他的饮食习惯，这些表明他是穆斯林。”

“这些你全懂，理查德？”

“懂一些。”

“你懂得真多，而我什么都不懂。你再给我讲讲，我想多了解一些。你的秘书，那个来火车站接你、牙齿白白的那位，他是穆斯林还是印度教徒？”

“他是印度教徒。”

“你怎么知道？”

“从他的名字。”

“从名字就能看出来？”

“很容易，丽莎。穆斯林的姓是阿里、丁、艾哈迈德，等等，而印度教徒则是拉尔、金德、拉姆，等等。罗什·拉姆就是印度教徒，罗什·丁就是穆斯林，伊克巴尔·金德是印度教徒，而伊克巴尔·艾哈迈德就是穆斯林。”

“这么复杂，我可记不住。”丽莎有些泄气了。

“你的司机，就是那个戴着大头巾、留着长胡须的，他是？”

“他是锡克人。”

“他倒不难认。”丽莎笑着说。

“所有锡克人的姓都是‘辛格’。”理查德说。

两人开始下山了。风也渐渐有了暖意。太阳出来了，褪去了黎明那层神秘的面纱。

“这里很好玩，你会喜欢这里的，丽莎。我们每个周末都出来转转吧。”

理查德骑马走在前面。当他们穿过一条满是鹅卵石的干涸的河床时，丽莎问：“这个周末去哪儿？塔克西拉？”

理查德从丽莎的语气里听出了一丝玩笑的味道。对他来说，塔克西拉是个非常美丽、重要的地方。他常常在那儿一逛就是几小时，而且百去不厌。但是丽莎？丽莎会喜欢在古迹里逛吗？

“最近一段时间不能去那儿了，丽莎。现在城里的气氛很紧张，局势好一些再去吧。下个周末……”理查德沉吟不语。下周的局势怎样？能不能带丽莎去？他还不清楚。

“随便去哪儿都行。”丽莎说。下了山，他们朝公园骑去。

早饭前，理查德和丽莎穿过别墅里众多的房间，来到大厅。已经是四月了，尽管天亮了，但为了阻挡阳光带来的热浪，窗帘仍然拉着，屋里昏暗的光线反而让人舒坦。但为了照亮，电灯都开着。四周靠墙的书架上都是书。墙上挂着各种佛像。每个佛像的上方有专门照明的灯，灯一开，由于光线角度的原因，佛像个个显得笑容可掬。此外，墙上还挂着一些传统印度画，壁炉上有一块经文的雕版。壁炉前面是一块很大的，摆在木架上的石碑残片。旁边摆着三个烛台和一个木质茶几，理查德常坐在边儿上抽烟斗。厨师通常把茶具放在这里，理查德喜欢自己泡茶。茶几上放着本半开半掩的书，一摞杂志，还有一个烟斗架，上面搁着七八支款式各异的烟斗。茶几的上方挂着个圆形的吊灯。看书的时候，理查德喜欢只开这盏灯，让灯光仅能照亮茶几和烛台，而屋子其他地方则保持黑暗。

丽莎的房间也摆满了他趁她不在时收集来的佛像。

理查德常说：“我走到别墅外面，是在印度斯坦的一个城市。而我回到别墅里面，则回到了整个印度斯坦。”

穿着肘部打着皮补丁的外套和宽松的长裤，戴着宽边眼镜，叼着烟斗，理查德看上去活像个博物馆馆长。

他们来到一座佛像前，停了下来。

“佛像最美的就是它的微笑。佛像应该摆放在能够充分展示它的微笑的光线下。等等，我让你看看。”说着理查德按下面前这座佛像的照明开关，佛像上方的一盏灯亮了。

“看见了吗？丽莎？”理查德兴奋地说。丽莎也觉得灯光的映照下，佛像绽出了笑容——平静、温柔还带有点嘲讽的微笑。

“佛像的笑容主要是靠嘴角表现出来的。如果光线从斜上方45度照下去，笑容表现得最好。如果不是这个角度，笑容就不那么明显了……”

丽莎转头看着理查德。这个人多么奇怪啊，这么津津有味地谈论废墟和石头！任何女性都不会对这些东西感兴趣的，可他还在夸夸其谈。她挽起理查德的手，把头靠在他的肩膀上。

“佛像最美的就是这一点，它们的嘴角始终带着微笑。”说完理查德低头吻了下丽莎的秀发。

别墅每个房间里都安着各种各样的灯。每个起居室都连有可以直接呼叫厨房的铃铛。

如果有人看到理查德在家的这副模样，绝对想不到他是本地区的最高长官。在家里，理查德是个印度历史学家和印度艺术鉴赏家。然而，当他坐在办公室里，他就是大英帝国的代表，忠实地执行着伦敦发来的指令。把一件事同另一件事分开，把一种感情和另一种感情分开，这是理查德所擅长的。这既是他所受的训练的结果，也是他本人的天性使然。他能够非常容易地从一种工作状态进入另一种工作状态，把个人爱好和工作区分开来。他的生活非常有规律。因为是地区最高长官，每周有三天，他得在法院审案子。当他坐在法官席上，他就会忘记他是英国国王的代表，认真听讼。宣判的时候，他也按照印度法律宣判。他的一种身份和情感毫不影响他的另一种身份和情感。因此他从不焦虑，从不困惑。他的信仰和信念是什么，他自己也说不清，他也从未认真考虑过这个问题。每次遇到困扰，他只是把自己的想法倾泻到日记里。但在工作中他毫不掺杂个人情感。那种应该按照信仰处世的观点，在他看来是一种幼稚的理想主义，既然成了一名公务员，工作时就要摒弃个人观点。他认为，自己的作用就是一丝不苟地贯彻执行大英帝国的政策。他的个人观点毫不重要。选择职业的时候谁会考虑道德因素呢？他们只会考虑自己的利益！

他俩互相搂着对方的腰，走到了餐厅。丽莎最喜欢这间屋子。房间里有一张黑色的橡木餐桌。桌子正中摆着个黄色的花盘，里面盛满红色的玫瑰花瓣。花盘的正上方是一盏有镂空灯罩的吊灯。灯光照在花盘上，而灯罩形成的灯影则落在精美的中国瓷盘和餐具上。理查德很喜欢这种风格的布置，丽莎明白，两人在一起的时候，她也得迎合他的情趣。

在餐厅门口，理查德忽然停了一会儿。

“你在想什么？”丽莎把头靠在理查德的肩膀上，问道。

“不知道该怎么说。你想了解这里的人、了解这里的事吗？”

“我什么都不想知道。我只想知道你几点下班。”说着，丽莎靠在理查德怀里，轻抚他的胸口。理查德低下头吻了她一下。

“现在还觉得烦吗？”

他感觉地平线上升起一朵乌云，这乌云越来越大，慢慢地遮住了整个天空。

他用力地抱了抱丽莎。但这只是个程式化的示爱举动。抱着她的时候，他心里在嘀咕，这一天要怎样和她度过？他轻吻她的秀发、额头、眼睛，可却感觉不到爱情。夜里和他激情缠绵的身体此时却像个木桩。他对丽莎示爱只是为了敷衍她，这是另一种“履行职责”。

这时，厨师走上前来。他穿着白色的制服，红色的束腰此时格外显眼。他优雅地走过来，熟练地往桌上摆早餐。

丽莎和理查德依然依偎着。以前，如果厨师或其他的仆人撞见丽莎和理查德亲昵，丽莎会觉得很不自在。可是理查德依然若无其事，继续和她亲昵。这时，丽莎会觉得很窘，她只好闭上眼睛忘记厨师和仆人的存在。时间久了，她明白了，厨师只是个普通的当地人，他们可以无视他的存在。

“这次你一定得培养起对某件事情的兴趣，丽莎。”

“什么事情？”

“有很多事情，地区专员夫人就是‘第一夫人’。你只要找些事儿来做，那些官太太们肯定会对你趋之若鹜。”

“我懂，我懂。比如给红十字会捐款，办花展，给孩子们组织游乐活动，给退伍军人赠送衣物……”

“我想在这里成立一个保护动物的组织。这里现在还没有这样的组织。军营附近的马路上到处都是流浪狗，应该把它们弄走。还有人虐待马匹，让老马拉车……”

“那该怎么办呢？”

“应该把它们杀死。让老马拉车就是种虐待。流浪狗则会咬人、传播疾病。你选个你感兴趣的事儿做吧。”

“你当地区专员而我整天到处杀狗，我成什么了！你是拿我开玩笑呢？你总是拿我逗乐！”

“我没拿你开玩笑，我只是想让你找点儿你感兴趣的事儿来做。”

“我对你的爱好很感兴趣。你早上给我说的那些……关于印度斯坦人的。”

理查德笑了起来。

“听着，所有的印度斯坦人都脾气暴躁，一有人煽动就会起来闹事，为了宗教可以杀人。人人都自私自利……他们都喜欢白皮肤的女人。”

听到最后一句，丽莎觉得理查德又在开玩笑了。在丽莎的眼中，理查德博学多才，精明强干。她觉得他一定以为自己笨，所以说话老是没正经。有时正说着严肃的话题，他会突然冒出几句像是在开玩笑的话。所以丽莎分不清他哪句话是正经的，哪句话是在开玩笑。

“你说话老没正经。”丽莎埋怨道。

“老是一本正经就没趣了。”理查德若有所思地说，“丽莎，这里可能要出大乱子了。”

丽莎抬起头，看着理查德说：“什么乱子？要打仗了吗？”

“不是，但是印度教徒和穆斯林之间的紧张气氛在加剧，可能会爆发冲突。”

“这些人自己人和自己人打？在伦敦你不是说他们一起在和你作对吗？”

“他们既和我们作对，也和自己人作对。”

“真的吗？你是不是又在开玩笑？”

“他们以宗教的名义和自己人作对，以国家的名义和我们作对。”理查德笑着说。

“你真滑头，理查德。我知道，他们以国家的名义和我们作对，而你以宗教的名义挑拨他们自己和自己作对。我说的对吗？”

“我们没有挑拨他们，他们是自己斗起来的。”

“那你可以阻止他们斗啊，毕竟他们都是同胞。”

理查德觉得丽莎单纯得可爱，他低头吻了她一下，说：“亲爱的，统治者不会去团结被统治者们。他们要让被统治者们各自为政。”

这是，厨师端着托盘进来了。看到他，丽莎问：“他是印度教徒还穆斯林？”

“你说呢？”理查德说。

丽莎端详起厨师来，厨师把托盘放在桌上，拘谨地站着。

“印度教徒。”

理查德笑着说：“错了。”

“为什么错了？”

“你再仔细看看。”

丽莎仔细看了看，说：“是锡克人，他有胡须，戴头巾。”

理查德笑了。厨师像雕像似的站在那儿，纹丝不动。

“他的胡子是剪过的，锡克人是不剪胡子的，那样有违他们的信仰。”

“这些你都没告诉过我。”丽莎说。

“我没告诉你的事儿太多了。”

“譬如？”

“譬如锡克人有五个标志，除了头发还有别的四个标志。印度教徒留发辫。穆斯林也有自己的标志。他们的饮食也不同。印度教徒不吃牛肉，穆斯林不吃猪肉。锡克人只吃被快速宰杀致死的羊，而穆斯林吃按伊斯兰教规宰杀的羊[①]。”

“你是在给我上课吗？这么多东西我哪儿记得住？”丽莎看着厨师说，“知道了这些，是不是就能一眼看出谁是穆斯林谁是印度教徒？可看不到标志的话谁能分清呢？”说着，丽莎笑了起来。“我打赌印度人自己也搞不清楚他们中谁是印度教徒谁是穆斯林。理查德，

① 通常要放血，牲畜死亡过程相对较长。

你在说谎，其实你也搞不清楚，是不是？”

然后丽莎对厨师说：“厨师，你是穆斯林？”

“是的夫人，我是穆斯林。”

“你会去杀印度教徒吗？”

厨师不知所措，他先瞧了瞧丽莎，又瞧了瞧一旁笑吟吟的理查德。然后他上前来，走进吊灯照出的光圈里，向理查德递上一个盘子，盘子里有一张折着的纸。随后，他又退回黑暗中去。理查德取过纸，看了看，然后把它放回盘子里。

“怎么了？理查德？”

“是关于城市的报告，丽莎。”理查德缓缓说，接着陷入思索当中。

“什么样的报告，理查德？”

“是关于城里的局势的。你知道，每天我都会收到三四封来自不同部门的报告。有警察局长的、卫生局长的或是供应局长的。请原谅，我得出去一下……”说着，理查德离开了餐厅。

丽莎独自坐在那儿，很不自在。理查德还没喝咖啡呢。她在犹豫是自己先喝，还是等理查德回来一起喝。不过，理查德很快回来了。

“这是谁的报告，理查德？”

“警察局长的。”理查德说。然后，他又用坚定的语气说：“没什么大事，就是些日常事务。”

但丽莎觉得理查德隐瞒了些什么。

“一定有什么事儿，你瞒着我。”

“我干吗要隐瞒呢，丽莎，尤其是瞒着你？城里的事儿对你我又没影响，我干吗要瞒呢？”

“一定有什么事儿，警察局长在报告里怎么说的？”

“他说城里面印度教徒和穆斯林之间的关系有点紧张，但没有新的事件发生。最近所有印度城市的气氛都很紧张。”

“那你要怎么做？”

“我能做什么？丽莎？我只是管理而已，还能做什么？”

丽莎抬头注视着理查德说：“你是又在开玩笑吗，理查德？”

“我没开玩笑，如果印度教徒和穆斯林之间水火不容，我也无能为力。”

“你不去调解他们之间的纷争吗？”

理查德笑吟吟地呷了口咖啡，若无其事地说：“我会告诉他们，宗教事务是你们的私事，你们应该自行解决。政府会全力协助你们。”

“你应该告诉他们，你们都是同胞，不应该自相残杀。你不是也对我讲过这些吗，理查德？”

“好，我一定告诉他们，丽莎。”理查德调皮地说。

两人喝着咖啡，静了一会儿，忽然丽莎紧张起来，问道：“理查德，你不会有危险吧？”

“不会的，如果老百姓自相残杀起来了，统治者反而是最安全的。”

听完理查德的话，丽莎安心了许多，对理查德又增添了几分敬意。

“你说的对。你懂得真多，理查德，还是你有远见。我刚才竟然担心起来了。杰克逊太太告诉过我，杰克逊曾经拿着左轮枪独自驱走了暴民。当时，她站在阳台上看着丈夫独自对抗暴民，她怕极了。你想想，理查德，杰克逊竟然一个人对抗一大群暴民。真是什么事儿都能发生！”

“别担心，丽莎。”理查德站起身，摸了摸丽莎的面颊，走出了房间。

5

天已经亮了。晨颂队伍穿街走巷，来到了伊玛目丁小区。路过谢尔汗家时，他们取了扫帚、簸箕、铁锹等工具。晨光下，大家都满面倦容。除了梅赫塔先生，所有的人都脏兮兮的。巴克西先生的甘地帽耷拉到了一边，像刚顶过东西一样[①]，谢克尔、拉姆达斯和阿齐兹肩上扛着扫帚，德希拉贾和谢尔汗手里拿着簸箕，“将军”拿着根长竹竿。

借着晨光，看着手中的扫帚，拉姆达斯觉得有些窘。他自我解嘲地说：“竟然让婆罗门拿起了扫帚，圣雄甘地真是神通广大！”说完他笑了笑，把肩上的扫帚往后挪了挪。看到没人搭他的话，他提高嗓门对巴克西先生说：“我不通沟的啊，之前我就说过了。”

“为什么？难道您是含着金钥匙生下来的？”

“为什么？甘地都自己打扫厕所呢，你连水沟都不能通？”

“我没乱说，我不能弯腰，一弯腰就疼得厉害。我有肾结石。”

“挤牛奶时没见你喊腰疼，一打扫卫生就说有肾结石了？”

这时谢克尔过来打圆场：“拉姆达斯先生，我们这只是种宣传活动，谁会真的去打扫水沟？水沟我去通，你在上面运垃圾就行了。”

没多久，队伍拐进一条巷子。

“你们这是往哪儿走呢！”后面的侯赛因先生忽然喊了起来。队伍最前面的德希拉贾朝右拐进一条巷子，整个队伍都随着他拐了

---

① 印度人常用头顶的方式搬运东西。

过去。

“对，对，快让他停下来！”巴克西先生也喊道，“早上是穆斯林祈祷的时候，我们就这样从清真寺门口走过去不好。”

“喂，克什米利拉尔！”巴克西先生接着喊道，“你们都睡着了吗？谁让你们就这样从清真寺门口走过去的？你们总是这样自行其是！”

克什米利拉尔停了下来。

“谢尔汗和德希拉贾从那儿转弯了，所以大家都跟着转了。但也没事，我们在清真寺门口不唱歌就行了。”

“别，别，没有必要，也不看看现在什么形势！你们回来，沿着前面那条巷子朝广场的方向走，再穿过马路就到伊玛目丁小区了。”

队伍退了回来，从左边的一个巷子拐了进去，一会儿就到了伊玛目丁小区。这条路对晨颂队伍是条新路线，国大党的宣传队伍通常不走这条道，但不这样走而是横穿委员会广场的话就太远了。因为伊玛目丁小区在广场最东头儿、城市的边儿上。

在一块空地上，队伍停了下来。克什米利拉尔手举三色旗，昂首带领大家喊口号：“革命！”

大家齐声喊：“万岁！”

“印度母亲——胜利！”

听到口号声，小区里的孩子们都跑出来瞧热闹。妇女们也在麻布门帘后偷偷张望。一只有着大红鸡冠的公鸡跳到土墙上，煽动着翅膀咯咯咯地叫了起来，仿佛在代表整个小区回应晨颂队伍的口号。

“克什米利拉尔，这只公鸡都比你强，听听，它叫得多响！”谢尔汗说。

“不，克什米利拉尔比谁都不差，他就是国大党的公鸡。”谢克尔接茬儿说。

“克什米利拉尔，你头上也弄个鸡冠吧！巴克西先生，给他顶红帽子，他就完全像一只鸡了……”

这就是城里人的幽默，朋友间逮着机会就要互相调侃一番。

巴克西先生把灯放在空地上，说：“好了，好了，现在开始干活儿吧。”

巷子里的大部分房子都是平房。很多房子门上挂着麻布门帘。巷口是一块空地，空地的对面是另外两条几乎和这条巷子一模一样的巷子。其中一条巷子有条水沟，不过已经干了。另一条巷子里没有挖水沟。巷子里拴着牲口。女人们正顶着水罐去接水。有个小孩在牛肚下捡牛粪。旁边的空地上，两个小孩在拉屎。

巷口还有个烤东西的土炉①。晨颂队伍感觉好像来到了农村。

“大家拿起铁锹，开始干活儿吧！”巴克西先生说。

梅赫塔和拉姆达斯先生拿起簸箕进了院子，谢克尔和克什米利拉尔开始用铁锹清水沟，谢尔汗和巴克西先生则扫起了地。

附近的居民们不明白他们这是在干什么？一个马车夫走出门儿，蹲在一旁看了一会儿，然后起身走了过来，说：“先生，您这是寒碜我们呢？我们的家，您替我们扫？请把扫帚给我！”

“不，不，这是我们的工作。”巴克西先生答道。

“不行，这哪儿说得过去呢？您都是读过书的人。我们怎么能让您替我们扫地！快把笤帚给我！您给我们扫地，我们会遭报应的！”

马车夫感激而又惶恐的态度让巴克西先生很得意。国大党的宣传活动已经产生了影响，这就是大扫除活动的意义所在。

克什米利拉尔和谢克尔拿着铁锹，清理起水沟里的淤泥。沟不

---

① 类似于中国新疆地区烤馕用的馕坑，土质的炉膛里能烤东西。

过一英尺深，淤泥几乎快把它填平了。表面的泥土被刨开后，露出了黑色的淤泥，脏水也冒了出来。淤泥不知在地下埋了多久，克什米利拉尔和谢克尔把泥挖出来，堆在沟边，顿时臭气熏天，沟里的蚊子也成群地四散飞逃。

“你们这些混蛋，这是作孽呢！”

楼顶上一位染了胡子的老人冲他们嚷了起来：“你们把脏东西翻出来，谁来收拾？这样会传播疾病的！脏东西埋在地下，好歹只污染那一小块地方。你们把它们翻出来，弄得到处都是，这下比之前更脏了！”

巴克西先生远远地正往这边瞧着。他直起腰，冲着谢克尔和克什米利拉尔发火了：“你们这些年轻人真不懂事！大扫除不是真的去挖沟！而是让大家的注意力转移到卫生问题上来，转移到民族独立问题上来！”

楼顶的那位老人发完脾气就消失了。巴克西先生接着扫地。

这时，胡同里走出一位白衣老人。他的手里拿着念珠，显然正要去清真寺。老人穿着白衣白裤，上身还套了一件款式新颖的马甲，头上戴着头巾，看上去是一位笃信宗教的人。看到大家在大扫除，老人停下了。他看见拉姆达斯拿着扫帚，灰头土脸地站在那儿，不禁说：“你们是在行大善啊！”接着他打量了一圈正在扫地、清沟的众人。大家的服务精神深深感动了老人，他连声赞叹：“好极了！真棒，真棒！祝福你们，你们的心肠太好了！棒极了！”

听到老人的话，巴克西先生收起扫帚，走过来说：“老人家，我们也没干什么，只是做了些力所能及的事情。”

“打扫卫生事小，你们展示出的这种精神很高尚！非常好！”说完，老人微笑着，慢慢走出小区，朝清真寺的方向走去。老人对大扫除活动的赞赏让巴克西先生非常高兴，他觉得今天的大扫除活动成功了。

“您看梅赫塔先生和阿齐兹。”谢尔汗笑着说，“那两人到现在都没碰过扫帚。梅赫塔先生担心弄脏自己的衣服。”

巴克西先生走过去一看，只见梅赫塔正用他白白净净的手捡了小石块往簸箕里摆。他用食指和拇指夹起小石块，然后走到簸箕旁，整整齐齐地把它们摆在一起。而一旁的拉姆达斯却在卖力地干活儿，他的头发、胡子都落满了灰。

旁边聚着的小孩、麻布帘后的妇女、房顶上站着的男人，大家都在看这场热闹。

“将军”拿着长竹竿一直在旁边站着，这时他朝清沟的人走去。

“请问是否需要把沟挖开？是否需要竹竿？”“将军”像在请示作战指令似的问道。

周围的人哄笑起来。

“这个大扫除活动就是扯淡！”谢克尔直了直腰对克什米利拉尔说，“靠通水沟是无法实现独立的。”

谢克尔和克什米利拉尔汗流浃背。他们翻起来的泥土，已在沟边堆起了三个土堆。

“谢克尔，别乱讲话！”巴克西先生训斥道，他正拿着扫帚在胡同中间站着，听到了谢克尔的话。“你看上去也是个聪明人。尼赫鲁先生又不是笨蛋，号召我们自己纺布、搞大扫除活动！”

“我不是正在干嘛，除了这活儿现在没干别的。不过我还是要说，这样做毫无意义。”

巴克西先生不想和谢克尔吵，尤其是在早晨，因为谢克尔一贯口无遮拦。但他还是忍不住说：“你想想，谢克尔，纡尊降贵和穷人打成一片，这是我们爱国精神的体现。做穷人的工作难道也要西装革履？拿起扫帚或者穿上土布裤子，他们才会把我们当自己人。”

“您带着大家来大扫除，我们争取独立的活动就暂停了。”谢克尔辩解道，“接着纺布、大扫除吧！”说完，谢克尔往土堆上又培了一锹土。

这时，“将军”高声嚷嚷了起来：“你这个叛徒！我知道你的底细！你是个共产党！”

“住口，‘将军’！”巴克西先生马上打断他的话头儿。“将军”只要一开口，肯定就会有乱子。但想让“将军”闭嘴是不可能的。

“谢克尔！不管啥时候你都自顾自地乱说！现在是争论的场合吗？”

正在这时，一个人从委员会广场跑了过来。他是从谢尔汗家那条巷子穿过来的，他跑进看热闹的人群中，低声对大家讲了些什么。他穿着黑色的马甲，看上去很激动。本来一个人跑来跑去并没有什么稀罕的，但这个人跑步的架势让人觉得像是出了什么大事。眼看着，巷子边站着的大人都不见了，只剩一些孩子。很快，麻布帘后面的女人也不见了。一个女人飞奔出来，把路边拉屎的那两个小孩也拽回了家。

气氛顿时紧张起来。国大党众人莫名其妙，不知所措。

这时，之前那位穿着白袍、拿着念珠、微笑着称赞他们的那位老人转了回来。梅赫塔和巴克西先生正在纳闷，为什么顷刻间巷子里的人都不见了。他们想去问问那位老人到底出了什么事儿。那位白袍老人捻着念珠走过来，在他们面前停了一会儿，突然说：“您们快离开这里吧！如果不想惹事儿的话，快离开这里！”说着，他的语调严厉起来，脸色也变得难看了。

国大党其他人也围了过来。

“快离开这儿！”老人继续说，“你们今天就到此为止吧！听见了吗？”他的声音颤抖起来，叫道：“该死的，快走！”说完，老人离开了。四下一片寂静。梅赫塔和巴克西面面相觑。巴克西想，难道是谢克尔和克什米利拉尔这两个大嘴巴说了什么蠢话，得罪了巷子里的居民？可是那个人是从巷子外面跑进来的。而且，老人刚刚还对他们赞不绝口，不知怎么就突然怒不可遏了。

这时，一块石头飞过来砸在巴克西先生近旁。克什米利拉尔和谢克尔惊慌地望着巴克西先生。

“出什么事儿了？”拉姆达斯过来问道。

“走，离开这里，这儿出事儿了。”巴克西先生说，“就当没来过这儿。带我们来的德希拉贾哪儿去了？”

德希拉贾不见了。谁也不知道他是什么时候溜走的。

“肯定是哪个淘气鬼扔的石头。一定是这样！”

又有几块石头，一块接一块地飞过来。其中一块砸在拉姆达斯的肩上。

“快离开，别待在这儿！”

惊慌中，国大党众人开始往巷子外走。

抬着竹竿的“将军”这时嚷了起来：“我看透你们了！你们这些懦夫！活儿没干完我绝不走！”

巴克西先生用军官训斥士兵的口吻呵斥道：“‘将军’拿好旗子！旗子呢？”

“将军”立刻打个立正，然后踢踏着拖鞋去拿倚在喂牲口的食槽边的旗子。

这时，又有两块石头飞过来，一块砸在食槽上，一块落在“将军”身后。随后，三个人从前面另一条巷子蹿过来，站在巷口。

国大党众人默不作声，加快了脚步。克什米利拉尔从“将军”手中接过旗子。梅赫塔从地上端起簸箕，把里面摆放的石子倒掉，然后穿过巷口那块空地。巴克西先生手中的灯依然在摇晃，不过他的身形却委顿下来。

“我们把铁锹、簸箕放回谢尔汗家去？”拉姆达斯问巴克西。

“现在不管怎样都行，千万别在这里停留！”

克什米利拉尔回头一看，巷口的三个人变成了五个人。空地边上也聚起了好多人，怒视着他们。当国大党的队伍进入了库都布丁胡同，在糕饼店门前他们遇到了相同情形。三个人站在店门前，朝队伍怒目而视，但都没有说话。

“一定出了什么事儿！”巴克西先生对梅赫塔说。

“准是克什米利拉尔或谢克尔调戏了小区里的姑娘。谁让您把这些二流子招进国大党呢。”

“别乱讲，梅赫塔先生！克什米利拉尔从头到尾都在清沟。一定是出了别的什么事儿！”

到了莫赫亚尔胡同，他们看见胡同口也站着三四个人。

其中一个高个子巴克西先生认识，他就住在这条胡同，那人上前说：“你们是去哪儿？别往那边儿走！”

“为什么？”

“反正你们别往那边儿走就是了。”

“告诉我，到底发生什么了？”

这时，克什米利拉尔、“将军”以及拉姆达斯都聚拢在梅赫塔和巴克西先生周围。

“你们朝胡同外看。”

巴克西先生朝前一看，只见胡同外边是一座清真寺。

“怎么了？”

“难道你看不见吗？你看清真寺门口的台阶上是什么？”

清真寺门口的台阶上放着一团黑乎乎的东西。

“有人杀了头猪扔在那儿了！”

巴克西看了梅赫塔一眼，仿佛在说：“瞧！我说什么来着！出事儿了！”

众人都朝清真寺的方向看去，只见绿色的寺门紧闭着，门前有一个黑乎乎的麻袋状的东西，还有两只腿从里面支棱出来。

“往回走吧，从这里掉头。”拉姆达斯先生缓缓说。

“呸！”克什米利拉尔朝那头死猪的方向啐了一口，然后把头扭开。

“巴克西先生，我们往回走吧，前面都是穆斯林聚居区。”拉姆达斯说。

“不知道这是谁干的坏事！”梅赫塔先生嘟囔道。

“你们确定那就是一头猪吗？”他接着说。

“不是猪还能是啥？”

“要是别的动物，穆斯林们能那么生气吗？”巴克西先生焦躁地说。

“将军”用他那双藏在浓密的眉毛下的小眼睛盯着清真寺的方向看了一会儿，然后说：“一定是英国人扔的！”他忽地激动起来，嚷道：“英国人最坏了！我知道他们的德行！”

“对，对，‘将军’，英国人不是好东西。不过这会儿请你保持安静！”巴克西先生劝道。

“从后面的胡同绕出去。”拉姆达斯说。“将军”这时冲他发难了："你这个懦夫！这明明是英国人搞的鬼！我要去揭穿他们！"

这时，梅赫塔伏在巴克西耳边说："你怎么把这个疯子也带来了？他会把我们都害死。把他开除出国大党！"

大路上时不时有穆斯林群众经过，他们先是在清真寺门口盯着死猪看，然后扭头咒骂着离去。

一辆马车飞速驶过。随后，国大党众人听到清真寺旁边传来人群奔跑的脚步声。路对面的肉店，一个男人拿了块布把钩子上挂的羊肉包好，然后降下了卷帘门。莫赫亚尔胡同里家家都关上了门。

巴克西先生转身一看，拉姆达斯已经溜了，远远地正朝一条胡同里钻，阿齐兹和谢尔汗跟在他后面不远。胡同里聚起了三三两两的人群。

"巴克西先生，您赶紧走！"巴克西先生的那位熟人对他说。

巴克西先生瞅瞅那位熟人，然后对克什米利拉尔说："把旗子从旗杆上取下来叠好。"接着他又对那位住在莫赫亚尔胡同的熟人说："要赶紧把死猪从清真寺门口弄走。死猪在那儿放的时间越长，局势越危险！"

"难道您要去抬死猪？"巴克西的这位熟人惊讶地说，"您不能去那边儿！"

"我不同意您这样做！"梅赫塔先生说，"我们不应该卷进这件事中去，这会使局势变得更糟！"

"我们这么撤走，局势就不会变得更糟吗？难道穆斯林会去搬死猪？"

"穆斯林不去搬，会有杰玛达尔[1]去搬。我们不能和这件事扯上任何关系！"

---

① 清道夫种姓。

巴克西把手中的灯放在路边的一个石墩上，看着梅赫塔说：“梅赫塔先生，你这是说哪里话！难道我们能不声不响地离开这儿，任凭局势恶化？既然我们看见了，就不能不管！”然后他对克什米利拉尔和“将军”说：“你们跟我来！”接着他朝着清真寺走去。

克什米利拉尔犯难了，去还是不去？刚在伊玛目丁小区已经遭到飞石的袭击，谁知道在这儿又会遇到什么？他额头开始冒汗。他把旗杆倚在路边的墙上，呆站在那儿，腿也哆嗦起来。这时，巴克西先生和“将军”已经过了马路。过了好一会儿，克什米利拉尔才缓过了劲儿，跟了上去。过马路的时候他回头一看，巴克西先生的那位熟人已经走了，只有梅赫塔先生还站在那儿。整条街都一片死寂。左边三四间店铺全关了门。右边远处的井边还有一排铺子，也全都关着门。井边聚着一堆人，正朝这边看着。他觉得虽然大门紧闭，可街边房子的露台上似乎都站满了人，在窥视着一切。

“我们先把死猪抬走。”巴克西先生说。

死猪黑黢黢的，有人在上面盖了块麻袋片儿，但猪腿、猪嘴和猪肚子都露在外面。

梅赫塔现在还在胡同边儿靠墙站着。他仍在纠结。去抬死猪是需要勇气的，同时他还担心会弄脏自己的新衣服。巴克西和“将军”一人拽着一条猪腿，把死猪拖下台阶，又拖过马路，藏到了一个砖头堆后面。

“先把死猪放这儿吧。清真寺开了门，我们就去清洗台阶。”巴克西接着又对克什米利拉尔说：“克什米利拉尔，你去后面清道夫住的地方看看。那儿有市政府雇佣的清洁工，如果能找两个清洁工带着手推车来，移死猪就很容易了。”

这时，从井边传来奔跑的脚步声。三人转身一看，见一头牛跑了过来，后面有个戴着头巾的男人正拿着棍子追它。这是一头毛皮光洁、棕色的母牛，圆圆的眼睛透出惊恐。由于惊吓，它的尾巴也翘了起来，看上去它已经慌不择路了。戴头巾的男人蒙着面，胸口敞着，露出了一个坠饰，他追着牛过了街，和牛一起钻进右边的一个胡同。

巴克西先生呆立良久，然后缓缓说："看来城里要出大乱子了！苗头很不好。"说完，他的神色越发凝重。

6

每周例行的祈祷会结束的时候，虔诚的瓦纳布勒斯蒂先生总会念几段经文。他把这称为大会的"尾祭"。他认为这简短的经文和诗句中蕴含着印度的全部文化。多年来，在他的坚持下，印度教协会[①]全体成员都已经背熟了这几段经文。他坐在讲台上，闭目合十，低头念道：

"愿幸福吉祥，无病无灾。愿友爱长伴，痛苦远离。"

所有人中只有瓦纳布勒斯蒂先生懂梵语，他通读过所有的吠陀和吠檀多经典，念经时从不会磕巴，经文就像是从他心底自然涌出的一样流畅。念完了《奥义书》的经句，他又念了两句《薄伽梵歌》的诗句：

"身体健康，圆满无恙……"

随后，大家一起跟着他念。有些人念得慢了一些，因此瓦纳布勒斯蒂先生念完后，大厅里总有"回音"。

最后该念《和平经》了，这是群诵经文，于是大厅里回荡起了男男女女的诵经声：

---

① 当地印度教宗教组织。

“天空平安，大地、水、药草、森林平安。”

诵经声是那么祥和悦耳，仿佛那祈求和平的音调真的传进了千家万户，带给这俗世以安宁太平。与会者也都觉得这“尾祭”本身是一种享受。念完经后大家要一起唱一首祈福歌，祈祷整个世界幸福吉祥。瓦纳布勒斯蒂先生一边击掌一边唱道：

“神啊，请同情世人，请怜悯世人……”

在行阿尔迪礼[①]的时候，瓦纳布勒斯蒂先生不让大家唱行礼歌，因为行礼歌中有“我低贱、蠢笨”一类的词句，他认为这会让人产生自卑情绪。同样，他把卡纳吉[②]写的诸如“我们都是你的不肖之子”之类有自贬含义词句的歌曲全部剔除了，不允许大家吟唱。

“尾祭”完成后，照例祈祷会就该结束了，但这回大家依旧坐着，因为协会的秘书长先生将会发布重要通知。秘书长站起身说：“散会后请常务委员会成员留下开内部会议，要讨论重要事情。”大家原本会纳闷儿常务委员们留下到底要讨论什么，不过刚才讲经时，瓦纳布勒斯蒂先生已经提到过这事儿。在讲经过程中，他的情绪曾莫名地激动起来，脸色通红，语无伦次，他甚至还沉痛地吟了两句诗：“穆斯林的罪行四处蔓延，毁天灭地、惨绝人寰。”听众们顿时恍然大悟——原来待会儿是要讨论这个问题！

听到秘书长通知后，人们起身退场。祈祷会结束了。人们从庙的七座门走出，在外面的走廊找自己的鞋。有很多“聪明人”在进庙的时候，故意把两只鞋分别放在不同的门口，以防在离开的时候出现鞋被别人穿走的情况。因此，走廊里的人潮一时还难以退去。通常散会后，人们喜欢三三两两地在走廊里聊会儿天，而今天大家

① 用手托着放有酥油灯的铜盘在神像或贵宾前画圈致敬。
② 印度宗教学者。

谈论的都是最近城里的局势。瓦纳布勒斯蒂仍然在台子上坐着，面色通红，看来他还没有从刚才演讲的激动情绪中恢复过来。

这时，来了几个人。在走廊里聊天的人立刻认出了他们，他们是城里其他印度教宗教组织的首脑们。他们后面还跟着五六个锡克教人士，这些锡克教人士都是城里锡克教寺庙的代表，也是应邀来参加内部会议的。

内部会议开始了。秘书长开始发言，他身形瘦小，但精神饱满。他先介绍了城里日益恶化的局势，提到了一些传闻以及清真寺门口的那头死猪。他还说几天来，穆斯林已经在大清真寺准备了棍棒、长矛，以及其他各种武器。介绍完情况，秘书长恳请大家就这些问题发表意见。

“我们不应该坐在这里！”

瓦纳布勒斯蒂先生发话了。他摆摆手说：“我们应该去别的地方讨论这个问题。”接着他从讲台上下来，朝庙后走去，大家都起身跟着他走，来到庙后的一个小屋。这是庙里堆放杂物的地方，靠墙摆着一条长凳和几把椅子。

当大家都坐下了，瓦纳布勒斯蒂用缓慢而沉重的语调说：“首先我们应该采取自卫措施。每位成员都应该在家里准备一罐芥菜油和一袋木炭。煮沸的油能往敌人身上泼，点着的木炭可以从屋顶朝敌人身上扔。”

参会者都在认真地听。瓦纳布勒斯蒂的话很直白，有些人听完后觉得有点突兀。参会者大部分是商人，还有工人和一两个律师，年纪都比较大。他们不相信局势会恶化到了要在家里准备芥菜油的地步。他们到现在还认为在一系列事件之后，政府一定会加强管控，绝不会让暴乱发生。

这时，一个人站起来说：“青年团的工作一直没有起色，德沃布勒德先生总在忙别的事情。我认为应该赶紧让年轻人学习棍术。今天我们就该买两千根棍子分发下去。”

听完这话，印度教协会主席站了起来，摇头[1]称赞，说道：“买棍子的钱我来出！今天就得把棍子买好发给年轻人。”他叫拉腊·拉克西米纳拉延，是受人尊敬的大商人。

顿时，房间里响起一片喝彩声，大家都在称赞主席的慷慨。一位与会者又站起来说：“我们印度教徒反应太慢了。我们常常是渴了才去挖井。现在局势还在不断地恶化，穆斯林已经在大清真寺摩拳擦掌了！走，咱们现在就去买棍子去。”

这时，秘书长也起身说：“这事儿不用再讨论了。青年人应该积极行动起来。我们应该高度重视这件事。瓦纳布勒斯蒂先生本人已经全身心地投入此事中去了，除了讲经、行祭礼，他还在为印度教组织的工作操劳。同时，我赞成主席先生的建议，由于他的慷慨，我们的很多工作才能落实。我们应该毫不懈怠地准备起来！”

这时，一位老者用又尖又细的声音说：“兄弟们，你们刚才的发言很好，不过这还不够。我建议我们同时还要向地区专员呼吁。对，我们必须要向地区专员呼吁。这很重要。纷争还会扩大。我们要让地区专员明白印度教徒的生命财产正在受到威胁。”他是外来应邀参会的代表，刚才一直盘腿坐在椅子上，双手拄着拐杖，而下巴又搭在手背上。他一直听得很认真。

“向地区专员呼吁很有必要。不过，拉腊先生，我们自己的安全要靠自己维护。”瓦纳布勒斯蒂说。

“对，先生，不仅要让孩子们去学棍术，还要让他们学习使用标

① 印度人摇头可表示赞同。

枪和刀剑。学这些能让他们变得勇武。但首先要去见见地区专员，告诉他绝不能让城里发生暴乱。地区专员还是很有威信的，如果他不同意，连鸟都不敢乱飞。”

“今天是星期天，见不到地区专员。”秘书长说。

“要我说，咱们直接去家里找他。现在正是时候。我们派几个人直接去见他。”

一位锡克教代表说：“我听说有个代表团已经见过地区专员了。”

“什么人组成的代表团？”

“有国大党和穆斯林联盟的人，还有别的一些人。”

房间里暂时安静了下来。

“这样的代表团能有什么用！印度教徒和锡克教徒应该另外组团去见，这样才能告诉地区专员穆斯林都干了些什么！和穆斯林一起去，能说什么？事儿全让国大党坏了！老让穆斯林骑在头上！”

“局势在不断恶化，这一点毫无疑问。”一位锡克教代表说，“听说有人杀了母牛，然后把尸块扔在了玛伊萨托神庙的福舍[①]外面。我不知道这事儿是不是真的，不过很多人都在说这事儿。”

听到这儿，瓦纳布勒斯蒂先生不禁气血上涌，他的眼睛也红了，但他什么也没说，坐在那儿强压自己的怒火。

“如果他们杀了牛，那么必将血流成河！”秘书长激动地说。

大家又沉默了一会儿。

“如果这是真的，那么穆斯林一定在策划一个大阴谋。他们什么干不出来！”

“因此全城的印度教徒和锡克教徒应该全面联合起来。现在我们开始讨论怎样采取有效的措施自卫。”

① 免费或收费低廉的旅店，通常由宗教慈善机构捐助运营。

“成立社区委员会怎么样？”一人问道。

“成立社区委员会是很困难的。穆斯林混进了所有的社区。这座城市最荒唐的就是所有的社区都是印穆混住。如果成立社区委员会，所有的事儿穆斯林都会知道。1926年的暴乱之后，一些有远见的印度教徒建立了几个只有印度教徒和锡克教徒的小区，比如‘新街区’和‘拉贾布拉小区’，可除此之外的小区都是印穆混住的。”

接下来，大家花了很长时间讨论了社区委员会的问题。最后大家决定成立一个专门委员会，负责联络所有的社区。然后大家开始讨论如何建立危急时刻的联络机制。

这时，一位老人说：“应该派人去检查下湿婆庙的钟。”

“为什么？”大家问。

“为了报警！晚上遇到危险可以拉警钟，总能管点用。拉钟的绳子可别断了，那样钟就不会响了。”

城市中心的一个山岗上有一座古老的神庙，人们把它称作湿婆庙。庙的周围都是商店。庙里有一口不知什么时候建的钟。

“那口钟很老了，”老人接着说，“1927年就建起来了，还可能更早。”

这时，有人情不自禁地说了一句：“希望它永远不要敲响，大神保佑！”

“就是这种心态使我们变得懦弱！”瓦纳布勒斯蒂先生气愤地说，“一遇到事儿就怕危险。正是如此，穆斯林才敢开我们的玩笑，管我们的年轻人叫‘账房先生’和‘杂货铺老板’！”

大家又沉默了。大家的想法基本上一致，只不过没有瓦纳布勒斯蒂先生那么激动。他们也认为穆斯林干了坏事，但他们想避免冲突，否则印度教徒和锡克教徒的生命财产将会遭到切实的危害。

接下来，大家花了很长时间讨论具体措施，包括如何自卫以及阻止暴乱。大家提了很多建议：成立社区委员会；组织印度教徒和锡克教徒的志愿团负责联络全城的印度教和锡克教组织；不光要准备芥菜油，还要准备沙子和水。在嘈杂的议论声中，始终有位老人的声音："兄弟们，我们应该去见地区专员。不用花很长时间。走吧，咱们出发吧，我准备好一起去了……"

在做出一系列的决定后，会议结束了。秘书长派听差去传达一系列事项：通知各家各户准备好木炭、油和棍子；和其他组织保持好联系；把小区的保安尽量换成廓尔喀人；让"传统宗教大会"的秘书长负责修缮湿婆庙的钟；让青年团提高警惕……同时，内部会议的其他人都坐上马车去地区专员的别墅——除了瓦纳布勒斯蒂先生，因为白衣飘飘、口吐圣言的师尊是不会把自己卷入这俗世的纷争中去的。

印度教协会主席拉腊·拉克西米纳拉延回家后发现儿子不在家。他有些担心——儿子可别卷入当前城里的腥风血雨中去。

就在他走在回家路上的时候，他的儿子任威尔正跟着摔跤师傅德沃布勒德穿街走巷。德沃布勒德师傅的靴子踩在胡同的石子路上，声音四处回荡。他后面跟着的十五岁少年任威尔此时心情激动，今天他要接受"考验"，如果通过，他就能正式拜师了。

城里没有一条胡同是直的，好不容易有一段直路，很快又会和一条弯路会合，蜿蜒前行。胡同两边的房子"摩肩接踵"，让人觉得似乎胡同就是被它们给挤弯的。逼仄、阴暗的胡同常常让人有走投无路的感觉，可每当这个时候，却又总有一条窄窄的路通出去。胡同里的人家对德沃布勒德的脚步声很熟悉。

任威尔还很年轻，因此眼中总闪烁着好奇和天真的光芒，毫无要去完成终极考验应该具备的那份沉着。虽然不够沉着，可他充满激情，有誓死完成老师吩咐的决心和力量。

任威尔还很小的时候，常津津有味地听德沃布勒德师傅讲印度英雄的故事，比如拉纳·伯勒塔布①小时候被猫偷饼的故事……每当他看到城外连绵起伏的群山，就仿佛看到了拉纳·伯勒塔布的骏马在奔驰，而那高耸的山崖仿佛就是骑在马背上俯瞰突厥人大军的西瓦吉②。德沃布勒德师傅教会了他打各种不同的绳结、爬墙上房，以及史诗神话中“火箭”和“雨箭”的特点。

“‘火箭’在空中飞行，摩擦产生的高温使箭尖迸发出光芒，火星四溅。在《摩诃婆罗多》的大战中，就射出过这样的‘火箭’。它风驰电掣，威力无比。它曾击中了俱卢族武士的盾，盾立刻被点燃。然后它还能继续飞行。‘火箭’有这样的特性：它永不落地，所过之处会燃起熊熊火海。它碰到头盔，头盔就会燃烧，碰到战车，战车就会燃烧。焚尽一切，它才会停止。然后会飞回来，就像焚尽敌军大营凯旋而归的勇士。它无比耀眼，难以直视。它划破天际的时候，天空都像在燃烧……”

从师傅口中，他知道了吠陀无所不包，里面甚至有制造飞机、炸弹的方法。从师傅口中，他知道了瑜伽之力的伟大。“修炼瑜伽的人无所不能。从前，一个瑜伽大师去喜马拉雅山下苦修，最后功德圆满。一天他正在打坐时，一个‘不洁者’③故意来打断他的修行。‘不洁者’是很脏的人，他们不洗澡，大便完不洗手，爱撒谎，不按时洗

① 拉纳·伯勒塔布（1540-1597），印度民族英雄，印度教徒，曾英勇抵抗莫卧儿帝国对印度的征服。

② 17世纪的印度民族英雄，印度教徒，曾抗击莫卧儿帝国。

③ 原词意为四种姓之外的人，指贱民，也指穆斯林。

漱。这个‘不洁者’来到大师前，朝他怒目而视。他肮脏的影子落在了大师身上，大师睁开了眼，眼睛里冒出神光，直接将他焚成灰烬。”

这些“不洁者”常常出现在任威尔的小区里。家附近那条大路边儿坐着的鞋匠是“不洁者”，家门口赶马车的马车夫是“不洁者”，同班同学哈米德[①]是“不洁者”，胡同里的乞丐是“不洁者”，邻居一家全是“不洁者”。他们都像是去喜马拉雅山打扰瑜伽大师修行的那位“不洁者”。德沃布勒德师傅今天从八个学生中单单选了任威尔去完成“考验”。师傅是令人生畏的人物。他整天穿着卡其布裤子和黑色的皮靴，声若洪钟，一副随时都能揍人的架势。他给任威尔的考验是一个秘密任务，只有要拜师的学生才知道，并且不能告诉别人。

胡同里一片破败的景象。走着走着，任威尔觉得前面好像有一张由黑暗织成的网要吞噬他。走近一看，原来是一堵断壁投下的阴影。

忽然，德沃布勒德停下了脚步。到目前为止，任威尔一直兴冲冲地，但眼前这条萧瑟的胡同让他感到有点害怕。长长的土墙中嵌着一扇紧闭着的灰色大门，师傅上前用力推开了那扇门。

里面是一个很宽敞的院子，对面屋子的门前挂着麻布门帘。院里左边堆着好些砖块和石头，显得很荒凉。

穿过院子，师傅上前去敲门。屋里传出咳嗽声和脚步声。

“是我，德沃布勒德。”

门开了，门里站着学校的保安——那个廓尔喀老头儿，他正在合十行礼。

屋子里很黑，里面摆着一张床，床上铺着脏兮兮的毯子。左边的墙上斜倚着一根棍子，旁边挂着个水烟袋。墙上有个木钉，挂着

---

① 哈米德是穆斯林的名字。

保安穿的那种卡其布的外套，外套上面挂着一把插在黑色刀鞘里的刀。

这时左边传来了鸡叫声。任威尔转身一看，左边有个大筐子，里面有五六只鸡。

德沃布勒德抓着任威尔的胳膊，把他领进后院。这个院子很小，紧挨着邻屋高高的后墙。廓尔喀老头儿一手拎着鸡一手拿着刀，跟在他们后面。

“任威尔，坐在这墙根下，把这只鸡宰了。接受‘考验’前，你必须要展示你的决心。”

四下一片死寂，任威尔忽然觉得这气氛有些骇人。右边的砖头堆上散落着好些鸡毛。砖堆下有一块石头，被鸡血染成了黑色。

“你就坐在这儿，把鸡捆起来。”

廓尔喀老头儿把刀递给任威尔，然后把鸡翅膀扭在一起捆住。鸡大声叫着，可由于翅膀被捆住了，扑腾不起来。

“拿着！”师傅在任威尔身旁坐下，把鸡递给他，然后对他说：“现在，杀了它。”

任威尔额头冒汗，脸色蜡黄。师傅看出他感到恶心、不适。

“任威尔！”师傅大叫了一声，然后扇了他一个耳光。任威尔一个踉跄，倒在了地上。他感到一阵头晕。廓尔喀老头儿还站在他们后面。任威尔又惊又怕，哭了起来。但挨了一耳光后，刚才那种恶心、不适的感觉没了。

“起来，任威尔！”师傅训斥道。

任威尔起身惊惧地看着师傅。

“这事儿一点儿都不难。看着，我教你怎么做。”

师傅把鸡的脚踩在靴子下。鸡的眼神变得呆滞起来。他左手按住鸡的脖子，一刀就扎了进去。血立刻涌了出来，有几滴血滴在了他的左手上。鸡头被割了下来，掉在脚边，师傅仍然没松手。他左手用力地挤，鸡的血管都被挤了出来，不停地抖动，他又用手指钳住血管，直到它变成白色。鸡的躯干不住地抖动，师傅仍不松手。过了一会儿，鸡的躯干不动了，在任威尔面前变成了一团浸满了血的羽毛。师傅丢下鸡，站了起来。

“去里面再拿一只鸡。”他对廓尔喀老头儿说。

这时，他看见任威尔坐在地上呕吐，然后双手抱着头喘粗气。他想上去再赏任威尔一个耳光，却没动。过了一会儿，他缓缓地说：“我再给你一次机会。年轻人连鸡都不敢杀，怎么杀敌？”

喘了会儿气，任威尔觉得舒服了些，胃里翻江倒海的感觉也平息了下去。

“再给你五分钟时间。如果五分钟内杀不了鸡，你就失去了接受‘考验’的资格。”

说完，师傅转身进了屋。

过了五分钟，师傅走出了屋子，只见鸡蜷缩在墙根下，血洒得到处都是。任威尔坐在鸡旁边，把右手夹在两膝之间。师傅明白了，一定是任威尔杀鸡时，被鸡啄伤了。他没一刀毙命，只是把鸡弄伤了。鸡痛苦地挣扎着，不停地跳动，伴随着每一跳，在地上洒下鲜血。最后鸡又猛地跳了一下，血像喷泉似的涌出来。

任威尔通过了考试！

“起来！任威尔！”师傅说，然后上前拍了拍他的肩膀。“干得好！你很坚定，又有决心，就是手上没劲儿。你已经具备接受‘考验’的资格了！”说着，师傅弯下腰，用手指蘸了石头上的鸡血在任威尔的额头点了个吉祥痣。

任威尔现在迷迷糊糊的，他的头还有点晕。但听完师傅的话，他还是很高兴。

万事俱备，只差一样东西——年轻人找不到煮油的大锅。窗台上放着三把长刀，一把短刀。屋子的一角放着十来根棍子，棍子一头削成了把手，另一头钉了钉子，成了狼牙棒。墙上并排挂了三副弓箭。波特拉杰是个神射手，躺着都能放箭，不用眼睛，听声音都能瞄准，他能靠看目标在镜子中的倒影射中目标，还能射断悬挂着的绳子。他拿了一些镶着金属箭头的箭，给大伙儿介绍："如果给箭头抹一些砒霜，那箭就成了毒箭；抹樟脑，箭就成了'火箭'，能让伤口像被火灼烧一样；抹蓝矾，射中目标会产生毒气。"

为了制造备战气氛，特尔姆德沃特地带来了一条空子弹带，把它挂在墙上。任威尔也来"添砖加瓦"，在门上写了几个大大的字——"武器库"。

可瓦纳布勒斯蒂先生关于油的命令大家还没完成。所有青年团成员的家里都没有能装下一桶油的大锅。油倒是已经准备好了，是青年团成员每人凑了四个安那，外加赊账，从食品店抬过来的。但煮油的大锅，就连常办宴席的庙里都找不到。

这时青年团团长波特拉杰想出了个主意，去小吃店找大锅。

"但小吃店的门是锁着的。"

"店主住哪儿？"

"在新街区。"

"有人知道他家在哪儿吗？"

其实波特拉杰认得小吃店老板的房子，可他不愿意“纡尊降贵”去办这样的小事儿。

这时任威尔上前说：“把小吃店的门锁砸了！”

这是个大胆的建议，不过介于目前的形势，似乎并不过分。

团长盯着天花板沉思了一会儿。领导青年团是一个重大的责任，绝不能让砸门的团员被抓，甚至都不能让他被别人看见。波特拉杰是军需部长——莫斯德拉姆的儿子，在本地的大学读一年级。他是青年团里唯一一个穿着有两个口袋的军装的人。

“好，砸门！可要悄悄地干，谁去砸门？”

“我去！”任威尔自告奋勇。

团长打量了任威尔一番，然后摇摇头。

“你个子太小，锁可能在门的上方，你够不着。”

“不对，锁在门的下方，我见过，见过好几次。”

虽然任威尔信誓旦旦，可团长觉得还是不太靠谱。不过他觉得，任威尔虽然有点不听话，但很机灵，跑得快，做事儿也麻利。

团长心想，这事儿任威尔应该能办成。不过他有些马大哈，可别出什么纰漏，给青年团带来麻烦。

“你和特尔姆德沃一起去。”团长做出了决定，“但你们要小心，别让人知道是你们砸了锁、偷了锅。趁街上没人的时候去，不要两个人一起走，保持点距离。”

穿过前面的空地，水沟的左边就是小吃店。忽然任威尔看见店后面有什么东西在晃——是店主的头巾！可能是店主来开门了。可奇怪的是，那个人始终站在店后面。他站在那儿干吗？究竟是不是店主？还是来抢劫的穆斯林？任威尔仔细观瞧——是店主！他正在开门呢。

路上一个人都没有，每天这个时候，这儿的人都不多。这里一般到中午以后才会热闹起来。

两个年轻人一个跟着一个，穿过了马路。

“你去和他说话，我去他的店里偷锅。”任威尔说。

“没必要，他是我们的印度教兄弟，会主动把锅给我们的。”

“我去要锅，你待着！”

“你能要来才怪！你这个小矬子，你当你是谁？”

两人往店后走，店门开着，可店主不在门口，一定是进屋了。

尽管临街，可店里很黑。由于货架上放着油、酥油这些东西，招来了很多苍蝇四处飞舞。店里还有一股变质的三角饼的味道。任威尔朝里张望。

“干吗？”屋里传出一个声音，“今天本店不营业。”

两个年轻人走进店里。只见店主正在从一个罐子往一条袋子里倒面粉。看到进来两个陌生人，店主停了下来。

“来吧，来吧。”店主微笑着说，“今天我什么吃的都没做，我只想搬点粮食回家。城里的局势不好。孩子们，这会儿你们也不该在外面跑，应该待在家里。”

“去抬那口锅。”任威尔命令特尔姆德沃道。

特尔姆德沃朝靠着后墙摆放的那口锅走去。

“为了保护印度教，我们要拿走这口锅。等危机结束了再还给你。”

但这些话店主没听明白：“怎么回事儿？你们是谁？拿锅干吗？是要办婚事吗？”

两个年轻人都没回答。

“去拿中间那口锅。”任威尔接着说。

“等等，到底怎么回事儿？要把锅抬哪儿去？”

“回头你就知道了，抬锅吧！”

“天哪，你们就这样办事！啥话都不说，说抬锅就抬锅？先告诉我究竟怎么回事儿？你们是谁？”

这时，任威尔把手伸进口袋，然后恶狠狠地说：“你敢不让我们抬锅？”说着他高高跃起……

店主还没来得及说什么，血就从他右边的面颊涌了出来。完成这一击后，任威尔的手又插回了兜儿里。店主双手捂住脸，呻吟着坐倒在地。血继续从他右脸涌出，淌了一地。

“这事儿对谁都不能说，不然我宰了你！”

特尔姆德沃抬着锅跨过水沟。任威尔跟在他后面，微微有些发抖。任威尔心想：“杀人原来并不难。我轻轻松松就宰了一个，就是抬抬手这么简单。当然，在战斗中杀人是另一回事儿，因为对手会反抗。不过拿刀杀人是件简单的事儿，并不难。”

到了任威尔家门口，特尔姆德沃停了下来。

“你为什么要杀他？”特尔姆德沃问任威尔。

“谁叫他不听话！”

特尔姆德沃嗓子有些发干，声音哆嗦起来。他咽了口口水，徒劳地问道：“如果有人看见我们怎么办？如果当时那个店主喊起来怎么办？”

“我谁都不怕！别人想怎样就怎样，你想怎样就怎样！”任威尔毫不在乎地说。

然后，他跨上了家门口的台阶。

7

“不去办公室而是来家里找我。一定是有什么重要的事儿。”理查德笑着说。

听差掀起了竹帘，市民特别代表团的成员鱼贯而入。理查德站在门口，伸手示意大家进屋里坐，同时他扫视了一下代表团的成员。进屋后，他在办公桌边坐下，拿起了一支铅笔。代表团中有四个人缠着头巾，一个人戴着土耳其圆帽，两个人戴着甘地帽。仅凭装束，理查德就判断出了这个代表团的成员构成情况。他觉得打发他们并不是难事。

“请说吧，我能为您们做些什么？”

代表团对地区专员彬彬有礼的态度非常满意。理查德的前任可是位暴躁、傲慢、难以接近的人物。

理查德已经大致猜出代表团的成员都是谁。因为从警察局长的报告中他早已掌握了城里的各个政治派别领袖的情况。那个宽袍大袖、戴着甘地帽的先生是巴克西，他坐过十六年的牢。坐在角落里、戴着土耳其圆帽的那位一定是海亚特·巴克什——穆斯林联盟的发言人。和他们一起来的还有教会学校的校长——美国人郝波特先生。他们还拉来了拉库纳特教授，因为他和理查德很熟。其他的人都是各个不同组织的代表。

理查德对巴克西先生说：“我得到消息说城里的局势越来越紧张？”

“我们正是为此事而来。”巴克西先生说。他的心情还很不平静，因为奔忙了一上午却收获甚微，这让他有些懊恼。他先是去了穆斯林联盟主席的家里，结果徒劳无功，于是他做出了组织特别代表团去见地区专员的决定，因为大家倒不反对去见地区专员。他一个一个地找人，然后带着大家一起来见地区专员。

“政府应该立即采取有力措施控制局势。不然……不然城里会生灵涂炭！生灵涂炭！”最后四个字他说了两遍，因为那景象一直在他脑海中盘旋。

代表团其他成员也很担心，但不像巴克西先生这样担心。

拉库纳特教授的目光和理查德偶然相遇。拉库纳特教授是一位和理查德多少有些交往的印度人，他俩都对英国文学和印度文化感兴趣。理查德认为他是一位受过良好教育的人。两人相视一笑，仿佛在说：“这些人要把我们拽进现实世界，但我们的世界是不同的。”

理查德用铅笔轻叩桌面，摇摇头，讥讽道：“英国政府已经在印度声名狼藉了。我是英国官员，你们已经不相信我们了，我们说话又有谁听！”

“但掌权的还是英国政府，您是英国的代表，保护城市是您的职责。”说着说着，巴克西先生的下颌开始颤抖，面容显得越发苍白。

“但是现在权力已经在尼赫鲁先生的手里。”理查德笑着说，“你们和英国政府斗，错的是英国政府！你们自己人和自己人斗，错的还是英国政府！”理查德脸上的笑容依旧没有褪去，但是为了缓和气氛，他接着说：“不过，我们还是应该一起解决这个问题。”说完，他看了看海亚特·巴克什。

“如果警察加强戒备就什么事儿都不会发生。”海亚特·巴克什说，“清真寺门口发生的事件背后一定有印度教徒的大阴谋！”

“你凭什么说是印度教徒的阴谋？”拉腊·拉克西米纳拉延跳起来问道，并且音调越来越高。

理查德坐观好戏上演。

“互相指责没有任何意义。”理查德劝解道，“你们是为了解决问题才来我这里的。”

“这一点毫无疑问。”海亚特·巴克什说，“我们也不想让城里发生暴乱和仇杀。”

拉克西米纳拉延觉得很无助。他对同来的印度教兄弟非常愤怒，他们一起来了，就不应该让自己和穆斯林孤军作战。大家应该群起告知地区专员，穆斯林是如何在大清真寺准备武器以及杀牛的。不过在这里说这些，容易遭到穆斯林的非议。如果印度教徒和锡克教徒单独组团来见地区专员就好了，那样就能打开天窗说亮话。

巴克西先生对理查德说：“如果让警察在城里巡逻，让军队在城里四处设置治安哨，那么就能控制局势，暴乱就不会发生。”

理查德摇摇头，笑着说：“尽管我是地区专员，但我没有军队的指挥权。这里是有驻军，但不意味着我能指挥他们。”

“驻军是英国政府的，就应该听英国政府的命令。”巴克西先生说，“如果能派出军队，局势就能得到控制。”

理查德继续摇头：“我不能指挥军队，这您是知道的，我没有这样的权力。”

“如果你调动不了军队，那就在城里实行宵禁，让警察设立治安哨？”

“因为这么点小事儿，就要实行宵禁，这难道不会引起更大的恐慌？您怎么能这么想？”

理查德时不时地用铅笔在纸上写写画画，摆出了一副认真对待此事的样子。然后他扭头看了看钟。

“政府如果能做什么，一定会去做。”理查德用坚定的语气说，“但你们是人民的领袖，你们应该倾听人民的呼声。并且你们应该联合向老百姓呼吁维护和平。”

地区专员大人说得在理，很多人点头称是。

理查德接着说：“国大党和穆斯林联盟的领袖都在这儿。让沙尔达尔先生和您组成一个联合委员会，一起努力。政府将全力协助你们。”

“这事儿我们会做！”巴克西先生有点激动地说，“不过现在局势很危险。如果出现了打打杀杀的情况，局势就会失控。能否派一架飞机在天上巡逻？这样人们就知道政府在密切关注局势，从而恢复信心。这样就能防止暴乱发生。”

理查德又笑着摇了摇头，接着用铅笔在纸上勾勾画画。

“飞机也不归我管。”他笑着说。

“您能管很多事儿！先生！如果您想管的话。”

理查德觉得这话有点过分了。

“实际上你们不应该来见我，而应该去见尼赫鲁或者是国防部长布勒德沃·辛格，权力掌握在他们手里。”理查德笑了起来。

听到这话，大家都沉默了。但巴克西先生不依不饶，说：“我们听说一个小时前，英国警官罗伯特先生强行把一户穆斯林赶出了他们的家。这加剧了紧张局势，因为他们是一位印度教地主的佃农。我认为在当前危机四伏的局势下，不应该这样做。”

理查德知道这件事，事实上那位警官请示过他的命令。理查德告诉他，执行法庭判决是理所应当的，不应该有什么拖延。但现在理查德不想让大家知道他清楚此事。他写了张纸条，说：“我会调查此事。”说完又看了看钟。

这时，年长的美国神父、本地教会学校的校长——郝波特先生缓缓说道：“城市的安全问题不是一个政治问题，是超越所有政党的问题，是城里所有公民的问题。我们应该忘掉党派的私利，政府也应该扮演重要角色，我们应该一起努力去控制当前的局势。我们此刻应该去城里巡视，劝老百姓们不要互相残杀。”

他的建议立刻得到了理查德的赞同。理查德用更加坚定的语气说："我建议，找一辆公共汽车，上面装上大喇叭。你们都坐上这辆车，让全城的老百姓都听到你们的声音。"

"桥那边有个印度教徒被人杀了！"这时，会议室外面房间的几个听差交谈起来，"整个市场都关门了！"

特别代表团的成员听见了这两句话，他们竖起耳朵接着往下听。因为地区专员的别墅离城市很远，如果真的发生了暴乱，那他们都回不了家了。这时，他们听到别墅外马车飞驰而过的声音，以及马路上人们奔跑的声音。

"看起来城里开始骚乱了！"拉克西米纳拉延站起来惊慌地说。

"政府会尽力而为。"理查德说。

"如果发生暴乱就太糟了。"

代表团成员全都起了身，掀起竹帘往外走。地区专员把大家送到了门口。

"我派几个警察送你们回去。"说着，理查德拿起了桌上的电话。

"您甭管我们了，现在最要紧的是阻止城里的暴乱！"巴克西先生一边往外走一边说，"现在还来得及，您赶紧实行宵禁吧！"

地区专员笑着摇了摇头。

从别墅出来，特别代表团的成员个个垂头丧气。出了大门，大家连话都不想说了，各走各的路。不一会儿，拉克西米纳拉延和沙尔达尔要过马路了。拉克西米纳拉延把头巾摘下来夹在腋下，逃命似的开始狂奔，穿过了马路。

别墅前路右边是个斜坡，一直延伸到一座桥边，这座桥把军营和城市隔开了。郝波特骑着自行车往这边赶。尽管上了点儿年纪，可他还天天骑自行车。他骑着车慢慢地上坡。他本来想问问到底什么时候、在哪儿召开安全委员会会议，但看到人人都惊慌失措，他就放弃了这个念头。暴乱已经发生，开会又有什么用呢？

海亚特·巴克什倒没跑，只是加快了步子，并且时不时地回头张望，观察后面的动静。

“什么事儿都没有，这是穆斯林聚居区！”他自我安慰道。沙尔达尔过马路的时候跑得更快了，把拉克西米纳拉延甩开十多米。拉克西米纳拉延有点胖，跑起来比较吃力。他一边跑一边拿手帕擦汗。巴克西和梅赫塔在大门口愣了一会儿，然后顺着斜坡往下走去。

“我们去前面找辆马车吧，走路太慢了。”梅赫塔说。巴克西先生停了下来。后面来了一辆马车，听到马蹄声，梅赫塔站到路边摆手示意马车停车。

“你们去哪儿？”一位皮肤黝黑的年轻马车夫勒住了缰绳。

“到车站。”

“得两个卢比。”

“凭啥两卢比？你开玩笑呢！”巴克西先生正要还价，马车夫挥鞭就要走。

“上车吧，巴克西先生，要多少就给多少吧。这会儿讲不了价，来吧，坐吧。”梅赫塔先生坐在前排的座位上，对车夫说：“请尽快进城！”

拉克西米纳拉延看到他们上了马车，转身走过来，也想坐马车。但马车驶走了。他看着马车，愣在了路中间。“只有印度教徒才会对印度教徒这样无情！印度教徒从古时候起就这德行！”拉克西米纳拉延心里嘟囔道，然后气呼呼地拄着手杖回到了人行道上。

与此同时，还有三个人彼此隔着一段距离，正顺着斜坡往下走。

拉克西米纳拉延前面不远是哈吉姆·阿卜杜格尼，他是国大党委员会的成员，是个老党员。哈吉姆前面是沙尔达尔先生，再往前是海亚特·巴克什。海亚特·巴克什已经把外套脱了下来，搭在肩上。

刚坐上马车的时候，巴克西先生曾说：“再捎几个人吧。”

“谁也捎不了，巴克西先生。我们要朝左拐，和别人不同路，他们自己能回去。”梅赫塔回答。接着，他又辩解道：“就算你想捎人，那又捎谁不捎谁呢？”

巴克西先生愧疚地坐在马车里，他在生自己和梅赫塔的气。为什么要听梅赫塔的？大家一起来的，就应该一起走！话虽如此，他还是在马车里坐着没动。

当马车经过海亚特·巴克什时，他冲着马车大笑着说：“快逃吧，懦夫！刚才煽风点火，这会儿跑得比谁都快！”

他和巴克西先生彼此间很随便。他俩从小一起长大，尽管党派不同，可经常互相开玩笑。

海亚特·巴克什又转过头，看见了沙尔达尔，他接着打趣说：“巴克西先生逃跑了！跑去维护和平了！这就是你们这些人的德行！”

但沙尔达尔没有说话，低着头继续赶路。

落在后面的拉克西米纳拉延想追上来和海亚特·巴克什一起走。因为这附近是穆斯林聚居区，跟一个穆斯林一起走更安全，尤其是城里的穆斯林都认识海亚特·巴克什。

“等一下，先生们！走那么快干吗！”他高声叫道。

听到他的声音，前面走着的三个人都停住了脚步。拉克西米纳拉延快步往前赶，来到海亚特·巴克什身边。海亚特·巴克什明白他的意图。不过这样对海亚特·巴克什也有好处，因为过了桥就是印度教徒的小区，而他的家还在前面很远的地方，有拉克西米纳拉延为伴，他就能通过印度教徒的小区。虽然他并不十分担心自己的人身安全，因为城里大多数人都认识他、尊敬他，没人会轻易对他动手。

巴克西先生坐在马车里心绪难宁。每逢危急时刻，他总是焦躁不安，就像大脑停止思考了一般，完全被情绪操纵。

“城里要出大乱子了，梅赫塔先生，要出大乱子了！”说着，他不住地往马车外看。

“现在只有静观其变了，咱们先赶紧回城里。”

“回城里又能怎样，已经大难临头了！”巴克西先生焦躁地说。

梅赫塔当然也担心，但不像巴克西那样心烦意乱。

“好在刚才这位地区专员听了我们的话，上一任地区专员可只会敷衍我们。”

“可他干什么了？连根手指都懒得抬！”巴克西先生生气地说，“我们的话他根本没听进去。”

“我们谁都不能相信！”梅赫塔说。

“既不能信穆斯林，也不能相信印度教徒！”巴克西先生愤愤地说。

“你看，巴克西先生。有件事儿虽小，可挺反映问题。穆巴拉克·阿里是国大党区委会委员，虽然穿着卡其布的袍子和裤子，可还戴着白沙瓦小帽[1]，而不是甘地帽。国大党里的穆斯林除了穆贾法尔，所有的人都不戴甘地帽。”

巴克西先生掏出手帕擦了擦汗，把腋下夹着的头巾也放在了腿上。

---

① 一种穆斯林戴的小圆帽。

“印度教协会的人成立了‘社区委员会’，连我们都没做到这一点。我们至少也应该在每个社区都成立一个‘安全委员会’。”梅赫塔也擦了擦汗。

“你去死吧！”巴克西先生怒道。

“为什么？干吗要我死？我犯什么错了？”

“你总这样脚踩两条船可不好！一条船是国大党，一条船是印度教协会。你以为大家都不知道，可大家都知道！”

“如果暴乱发生了，你会来救我吗？我家那个小区住了很多穆斯林，我家又在最外边。万一出事了，你会来救我？还是别的国大党成员会来救我？那时候我只有依靠小区里的印度教徒。穆斯林拿刀捅我的时候可不会先问我到底是国大党的还是印度教协会的……怎么，现在无言以对了？”

“你见鬼去吧！现在就是检验一个人品质的时刻。你是钱赚得太多，脑子都变笨了！你家的小区有穆斯林，难道我家的就没有吗？”

“我能跟您比吗？您孤家寡人，过的是清高的圣人的生活，谁会打您的主意呢？”梅赫塔说着说着也激动了起来，“我说过把拉蒂夫从国大党里赶出去。我能向你保证，他是秘密警察的人。他给我们所有的人记小报告，就像写日记一样。你我都知道这事儿。但你仍然养虎遗患。另外，穆巴拉克·阿里勾结穆斯林联盟，既从你这儿领钱，也从穆斯林联盟领钱。人家砖房都盖起来了。而你们倒好，视而不见！”

“国大党里面穆斯林本来就少，难道还要赶人走？你傻了吗？一个拉蒂夫是坏蛋，难道所有的穆斯林都是坏蛋？哈吉姆是坏蛋？人家比你还先进国大党。阿齐兹·艾哈迈德是坏蛋？……”

马车驶下了斜坡，上了桥。路右边是一座穆斯林小学，现在关着门，门口三三两两聚着些人。路上行人稀少，很久才会有辆马车或自行车经过。

后面那四个人仍然在朝坡下走。在经过电力公司大楼时，海亚特·巴克什遇到个熟人——留着大胡子的毛拉达德，他是电力公司的职员，也是穆斯林联盟的成员。

“你们干吗去了？”他问海亚特·巴克什，“是去见地区专员的吗？”

“是的，我们是去见地区专员的。我们正和地区专员谈话的时候，外面突然乱了起来。我们想肯定是发生了骚乱，于是就散会了。大家都从那儿出来了。城里面有什么消息？”

“很紧张，而且局势还在恶化。我听说拉德那边儿发生了骚乱。你们来的路上怎么样？”

“还好。”

这时，哈吉姆·阿卜杜格尼和沙尔达尔·毕生辛格也到了跟前。在保持着间距走了一段儿后，两人终于走到了一起。虽然哈吉姆是国大党的穆斯林党员，沙尔达尔觉得和他一起走并无大碍。

“不能让暴乱发生，”拉克西米纳拉延说，“那样的话就太糟了！”

毛拉达德用尖锐的目光看着拉克西米纳拉延，说：“要是由你们管事，你们早让暴乱发生了。是我们一直在忍！”然后他的视线又落在哈吉姆身上。看到哈吉姆，他更生气了：“这条印度教徒的狗也跟着你们一起去了？他能代表谁？”

三人都没作声。哈吉姆就像没听见一样，抬头往桥那边张望。但毛拉达德不依不饶。

“穆斯林最大的敌人不是印度教徒，而是跟在印度教徒后面摇尾乞怜的穆斯林，他们是印度教徒用残渣剩饭养活的……”

“您瞧，毛拉达德先生，”哈吉姆心平气和地说，“您怎么说我都行。现在最重要的问题是印度斯坦的独立，是从英国人那里夺回权力，而不是穆斯林和印度教徒之间的矛盾。”

“住口！你这条狗！”毛拉达德叫道。他眼睛发红，嘴唇颤抖。

“算了，算了，都别计较。现在不是争吵的时候。”

拉克西米纳拉延一度吓得腿软，他怕他们打起来。幸亏海亚特·巴克什威望比较高，控制住了局势。海亚特·巴克什接着说：“走吧，走吧，哈吉姆先生，你们的头儿把你们丢在这里，坐上马车跑了。”

哈吉姆慢慢走开了。沙尔达尔跟了上去。拉克西米纳拉延还在原地站着。

“你回家？”毛拉达德问海亚特·巴克什，“难道不去穆盟的办公楼吗？”

“我晚点儿去办公楼，你先去。”

毛拉达德明白为什么海亚特·巴克什要带着拉克西米纳拉延。

海亚特·巴克什把手放在胸前，对拉克西米纳拉延行了个礼，说：“您放心！有我在，您不会受任何伤害！”

海亚特·巴克什和拉克西米纳拉延继续往前走。

大约十二点，丽莎遛达到阳台，阳台的门开着。丽莎把门帘掀开了一点儿，朝外窥视。太阳把光芒投向大地，花园里反射回来的光线竟也有些刺眼。热气蒸腾，地里像有什么东西要涌出似的。才这个季节，日头儿已经这么毒。她赶忙把门帘拉好。

经过壁炉的时候，她的目光落在上面放着的一尊神像上。这大概是一尊印度教神像，大腹便便，笑容可掬，额头还画着红白两色的线条。看到这神像，丽莎感到有点恶心。她觉得这神像很可憎。理查德是从哪儿把它弄来的？她来到大房间，里面摆放的各种雕像、神像让她心悸。她觉得那似乎不是雕像，而是死去的神祇的头颅。一个人面对着这些，她常常感到害怕。在家走动的时候，她总觉得这些神像仿佛都在盯着她看。理查德走了后，她在家百无聊赖，也许是因为这个原因，她才会有那些奇怪的感觉。她的每一天都在书和神像旁边度过，每天她都看着这些东西在屋子里走来走去。不知不觉她走到了一尊佛像前，她无聊地按下了佛像的照明开关，佛像果然露出了淡淡的笑容。再按下开关，笑容又消失了。再按下开关，笑容又回来了。突然，她感到佛像正紧盯着她，她猛地关上了灯。

丽莎回到自己的房间。一进房间，就听到叮叮当当的声音。床后的窗户前，挂着一个小小的铜铃。每当微风吹过，铜铃就会叮当作响。那悦耳的铃声，仿如天籁之音，在屋子里回荡。这个铜铃是新买的，是丽莎回来前，理查德不知从哪儿买回来挂在屋里的。理查德想把这作为礼物送给丽莎，让她开心。

忽然，丽莎听到“啪嗒”一声。她扭头朝左边一看，起先没看到什么，接着就看见一只壁虎摔在了梳妆台上，四脚朝天，抽搐不止。丽莎毛骨悚然。壁虎是从天花板上靠近灯的地方掉下来的。很快，壁虎不动了。丽莎知道它死了。这几天，气温不断升高，不时有壁虎死亡。别墅尽管很大，但很老旧，它的历史可以一直追溯到英国人占领旁遮普的年代。

两年前，仆人的屋里还抓到过一条两英尺长的蛇。它当时正从床下向阳台蠕动。那次事件之后，丽莎就觉得住在这栋别墅里是一件无法忍受的事情。由于害怕，她好几天都不敢开衣柜的门，生怕里面藏着蛇。她就是在这种心态下回的英国。

丽莎按了下门边呼叫仆人的铃，走出了屋子。

来印度之前，她曾有很多计划，比如收集手工艺品、旅游、拍照、坐在狮子背上让人画肖像画、穿纱丽，等等。但到了印度，等待她的只是如火的骄阳、别墅里的“监禁”生活、熬不完的白天，以及壁虎和蛇……别墅外的一切也是那样的单调乏味——俱乐部、英国军官的夫人们、地区专员夫人（当时理查德还不是地区专员，只是个小官）、旅长夫人，等等。那时的地区专员夫人排场比地区专员还大，而旅长夫人则按丈夫官职的大小把他们的夫人们也排出了等级。周末的晚上有舞会，时不时还有聚会，可即便是这样，日子还是很难熬。于是她染上了嗜饮啤酒的恶习，终日借酒浇愁。这是她排解烦闷唯一的办法。

“你这么喜欢喝啤酒，一定有德国血统。”理查德还拿她打趣。她的酒越喝越凶，理查德回家吃午饭的时候，常常见她醉眼蒙眬地躺在沙发上。她打着酒嗝儿，对理查德又亲又抱，发誓说以后不再多喝。可到了第二天，不喝酒就又难以度日。

丽莎这次来印度，健康状况已大为好转。她打算要培养起对理查德的工作和爱好的兴趣，同时还要参加社会活动。比如这次，她心里琢磨，在动物保护协会要干什么？得干什么？……忽然她心里涌起一股冲动，想让厨师给自己倒一杯啤酒。厨师是新来的，不知道她的这个弱点。难道自己真的得满街去捕捉老马和流浪狗，然后杀死它们？这是什么样的工作啊！或者作为本地区的“第一夫人”，她只要做做样子，让手下的人去干这些脏活儿？

丽莎思绪万千。她害怕无所事事，同时又为“第一夫人”的身份感到自豪，她可以住大别墅，使唤成群的仆人。虽然她是孤家寡人，但能享受权力带来的快感。

“夫人！”

厨师听到铃声后来见她。

“我房间的梳妆台上有只死壁虎。快把它弄走！”她命令道。

“遵命！”厨师行了个礼，退了下去。

丽莎又转到阳台，她掀开门帘，刺眼的阳光直射而来。阳台上，理查德办公室的一位办事员正坐在一张小桌边整理信件。这是一位黑皮肤的年轻人，有着一口洁白的牙齿，他回答理查德的每一句话都要带上两句“是的，先生！是的，先生！”同时还要左右晃动脑袋。他懂英语，但他的口音让丽莎觉得很滑稽。她走上了阳台。

“巴布！[①]”她学着理查德也叫他“巴布”，然后在桌边坐下。

“巴布”手忙脚乱地站了起来，答道：“是的，先生……是的，夫人！”这位黑皮肤、白牙齿的年轻人的四肢像是用螺丝拧在躯干上的，时不时地会弯一下，一会儿是右边的肩膀，一会儿是左边膝盖。他的嘴总是张着，露着白晃晃的牙齿。

“你是印度教徒吗？”

“是的，夫人。”“巴布”羞涩地答道。

“瞧，我猜对了！”丽莎为自己的判断而感到得意。

“是的，夫人！”

丽莎盯着他看了一番，看着看着，她疑惑起来。自己究竟是凭什么判断他是印度教徒的？他穿着西装，打着领带。那些印度教徒的标志在哪儿？她突然站起来，用手拨了拨他的头发，像要找什么东西。“巴布”窘极了。他今年三十岁，已经当了十年的速记员，丽

① “巴布”是印地语中对白领职员或者比较有身份的人的一种尊称。

莎是第一位亲切地同他讲话的地区专员夫人。此前的地区专员夫人对他总是颐指气使。

阳台外面靠厨房那边是一个小花园，厨师、花匠站在花园里，正往这边看。

“不，这里没有。”丽莎说。“巴布”头低得快到了脚面。他羞涩地笑了笑。

“你不是印度教徒，你说谎了。”

“不，夫人，我是印度教徒，是婆罗门。”

“不，如果你是婆罗门，那你的发辫在哪儿？”

“巴布”本来一直很惶恐。城市处于暴乱的风险中，他费尽周折才赶到办公室。但此时听了丽莎的话，他心情稍微轻松了一些。白白的牙齿在黑脸膛的映衬下更加显眼。

“我不留发辫，夫人。”

“那么你就不是印度教徒。”

丽莎笑着对他摆了摆食指，说：“你说谎了。”

“不，夫人，我是印度教徒。”

“脱掉你的外套，‘巴布’。”丽莎说。

“这……夫人。”“巴布”又窘迫起来。

“脱掉外套，快点！”

“巴布”笑着把外套脱下。

“很好，现在把衬衣口子解开。”

“什么？夫人……”

“不要说‘什么，夫人。’请说‘您再说一遍，夫人。’好了，解开你的衬衣扣子。”

“巴布”站在丽莎面前，无可奈何地解开了三颗衬衣扣子。

“给我看看你的圣线。”

“什么，夫人？”

“你的圣线，别总是‘什么，夫人？’给我看看你的印度教徒的圣线！”

“巴布”终于明白丽莎问的是什么了。他没戴圣线。高中毕业后上了大学，他就把发辫剪了。大学二年级的时候他把圣线也扔了。

“我不戴圣线，夫人。”他尴尬地笑了笑。

“没圣线，那你就不是印度教徒。”

“我是印度教徒，我向天发誓，我真是印度教徒！”他又有些惶恐不安了。

“不，你不是印度教徒。你说了谎，我要告诉你的老板。”

“巴布”的脸吓白了。他系好扣子，穿好衣服，紧张地说：“我向您保证我是印度教徒，夫人。我的名字是罗申·拉尔。”

“罗申·拉尔！我的厨师叫罗申·丁，他是个穆斯林！”

“是的，他是穆斯林。”“巴布”说。给丽莎讲清这件事是很困难的。“他叫罗申·丁，夫人，所以是穆斯林。而我叫罗申·拉尔，是印度教徒。”

“不，理查德告诉过我，你们这些人有不同的名字。”

丽莎抬起食指指着他，用斥责的口吻说：“你说谎了，我要告诉你的老板！”

“巴布”顿时觉得口干舌燥，心慌意乱。丽莎对他的质询难道是和城里的骚乱有关？夫人到底要干什么？

丽莎突然站起身。

“你走吧，‘巴布’，我会告诉你老板的！”

“巴布”从阳台的地板上捡起散落的文件，转身退下。就在他快步走出阳台的时候，丽莎又发话了：“‘巴布’！”

“巴布”转过身。

“到这儿来！”

“你的老板在哪儿？”丽莎故作严肃地说。

“在办公室，夫人。他很忙，夫人。”

“好吧，走吧。你和你的老板，全都走！”她叫道。

“是的，夫人。”

“巴布”走了后，丽莎觉得有点儿恶心，她愉悦的心情又开始被烦闷替代。看着“巴布”倾斜的肩膀，她觉得他好像是一只软体动物。不知道理查德是如何终日和这些人相处的。她转身进了屋子。

8

整个城市几近瘫痪。城里服装店大部分都是印度教徒的，鞋店大部分都是穆斯林的。穆斯林控制着城里的交通运输行业，而印度教徒控制着粮店。城里其他一些小生意，双方都在经营。所以城里的大部分生意都受到了局势的影响。

但湿婆庙旁的市场依旧如新娘子的嫁衣般绚丽多彩。这里每天都这么热闹，看不出丝毫紧张气氛。珠宝店里坐满了穿着罩袍、前来挑选银首饰的穆斯林妇女。哈吉姆·拉普拉姆的店门口，有两个来自克什米尔的穆斯林正戴着口罩捣药。驼背佬的小吃店里也和往常一样人满为患。小贩森德拉姆推着手推车，缓缓穿过金匠街，一点钟准时到达湿婆庙市场。他的第一单生意照例是给裁缝库达·巴克什和他的两个兄弟做三份甜点。

市场里热闹如常，早晨那起事件造成的恐慌气氛已然烟消云散。在巷子尽头，库达·巴克什的店前，市政府的勤杂工正踩着梯子擦拭嵌在墙上的街灯的灯罩。城市里的各种活动都像是伴随着某种旋律的舞蹈。香水商人伊布拉希姆背着装满香水瓶的袋子穿街走巷，香水瓶叮叮作响，他缓慢的脚步就像是应和这旋律的舞步。伴随着这旋律，妇女们顶着罐子去打水，马车来往穿行，孩子们上学、放学……城市的各种活动都随着这甜美、自然的旋律而进行。但如果一个音符错位，则整个旋律都会曲不成调。换句话说，伴着城市的心脏跳动的节拍，城里的一切活动谱成了一曲交响乐。在这首交响乐的伴奏下，孩子们变成青年人，青年人又变成老年人，一代又一代的人就这样度过。你既可以把这称作是交响乐，也可以称作是一种微妙的平衡。在这种平衡中，人与人、群体与群体和谐相处。

这并不是说城市的生活中没有波澜。国大党搞运动的时候，会掀起涟漪。锡克教在“祖师节”游行的时候，气氛也会有些紧张。当他们的游行队伍经过大清真寺的时候，人们会担心游行活动是不是仍然只是唱歌跳舞，会不会有人朝队伍扔石头。当穆斯林在“阿舒拉节”[①]举行游行时，游行队伍捶胸顿足，情绪激动，气氛也会比较紧张，可游行过后就会恢复正常，城市生活又会回到固有的节奏和旋律中去，人们继续在和谐的气氛中安居乐业。

在裁缝库达·巴克什的店里，哈吉姆·辛格的老婆正冲着他发火：“喂，巴克什，衣服到底做好没有？你是想让我天天浪费时间往你这儿跑吗？”

库达·巴克什笑了笑。城里所有的印度教和锡克教妇女，尤其是家境不错的人家的妇女，都管他叫巴克什。巴克什的店里，光是做好的新娘礼服就堆了一大堆。

“之前我让你赶紧把布送来的时候，你一点儿也不着急。冬天都

---

① 纪念穆罕默德外孙侯赛因的节日，通常要举行哀悼活动。

过完了。正是活儿多的时候，你以为我有三头六臂啊！”

“谁说冬天过完了？”

“你这是明知故问！希乌·拉姆的儿子的婚礼后第十五天，你给自己女儿订的婚，你自己算算现在已经是几月了！”

哈吉姆·辛格的老婆笑了起来：“你倒是记得真清楚。你说，我闺女的礼服你什么时候缝好？”

“婚礼是什么时候？”

“咦，我闺女订婚的时间你记得倒是清楚，婚礼的时间反倒不记得了？”

“是二十五号吧？今天几号了？对了，今天是五号。来得及，会给你的。”

“别光说‘会给你的’，说说到底什么时候给！你是打算让我婚礼那天再来取？我太了解你了！维塔结婚的时候你就是这么干的！迎亲的队伍都快到了，我还不停地派人来你这儿取裙子！说个准日子，到底哪天能给衣服？”

正说着，一个女人从她身后把一捆绿色的绸布甩进了巴克什的筐子，说道：“巴克什，量量这些布。如果不够，去布特·辛格的店里再扯些，记我账上。”

巴克什用嘴在那块布料的角上咬了一下，弄湿了一小块。然后从耳后抽出一支铅笔，在上面做了个记号。随后把布料放进了身边的衣橱。衣橱里面装满了待做的礼服布料。

“衣服会给的，会给的，到时候我亲自送你家去。”

“你可别光说！这次如果不按时把衣服送来，以后我就再也不来你的店了！”

说完，哈吉姆·辛格的老婆走了。

女人走了之后，库达·巴克什的目光落在了湿婆庙的墙上。有个人正在往上爬。他仔细一看，原来是庙里的廓尔喀看守，可是他为什么要爬上去？墙后面的湿婆庙是座古老的建筑，它的尖顶全城都能看到。庙的墙上立着一口钟，廓尔喀看守正在擦那口钟。

“瞧，他在干吗呢？”库达·巴克什对店里的缝衣工说。缝衣工正坐在缝纫机边缝衣服。

“他在修钟。”缝衣工说。

“啊，真主！”库达·巴克什脱口而出，“他们怕城里发生暴乱……”

然后两人就沉默了。

那口钟是1926年的暴乱[①]之后立的，现在已经锈迹斑斑。由于日晒雨淋，钟周围的墙皮也剥落不少。当年暴乱发生的时候，库达·巴克什还是二十出头的小伙子，那时他成天以打嘎儿[②]、跑跑跳跳为乐。就在立钟的那一天，他进了裁缝店，子承父业。现在他已经年过半百，生意也越做越好，城里每家人结婚都要在他的店里做衣服。擦钟的看守叫拉姆波里，这钟当年就是他立上去的。当年的暴乱之后，拉姆波里靠着自己的机智、敬业和诚实获得了这个工作。现在他也有些发福了，脸上有了皱纹，头发也已花白。但他仍然像以前一样认真地在做寺庙看守的工作。

钟轻轻地晃动作响。巴克什的目光再次落在庙墙上。拉姆波里已经给钟换了新的绳子。钟因此晃动起来，发出“铛铛”的声音。钟已经被擦得铮亮，滑轮也上好了油。

“那口钟的钟声让我胆战心惊。”库达·巴克什说，“当年暴乱

---

① 20世纪20年代，印度国内教派主义组织日益活跃，教派冲突和暴乱时常发生，1926、1927年印度各地多次爆发严重的教派冲突事件。

② 一种印度游戏。

时，钟声响起，市场里一片火海，火焰映红了半个天空。”

廓尔喀看守还在擦钟，仿佛是在准备什么节日庆典似的。阳光下，钟锃光瓦亮，下面还垂着根粗粗的新钟绳。

库达·巴克什的目光又落在了对面的珠宝店前。一对中年夫妻和他们的女儿正在挑选耳环，一眼看上去就知道他们是乡下人。

“你要喜欢的话，干吗不买下来呢？快点儿，我们还有很多东西要买，我们还得回村呢。”

女孩的眼睛熠熠生辉。她拿起耳环不住地放在耳边比，羞涩地对母亲说：“妈，您觉得怎样？”

腼腆的女孩拿不定主意，这耳环是不是配她？要不要买这耳环？

库达·巴克什的目光又转回到庙墙上方，看守已经下来了。“啊，真主！”他再次叹道，然后转过了头。

在法扎尔丁，人们聚集在纳纳巴依的小吃店门口。天色渐晚，其他生意都冷清了，附近的人们都凑过来抽水烟、聊天。

话题先从那件闹得满城风雨的事件开始。聊着聊着，老人格里姆·汗提到了统治者。他认为老百姓无法理解统治者的想法，统治者目光长远，他们的每一个决定都是经过深思熟虑的，而老百姓看不到这一点。

“穆萨①有一天对黑祖尔②说，”格里姆·汗说，“收我做门徒吧。吉拉尼，你好好听！这是个很有意义的故事。”

“穆萨很年轻，但他想成为先知。那时他还不是先知，但他很想

① 伊斯兰教的先知之一，在基督教中被称为摩西。

② 伊斯兰教中真主的著名使者之一。

成为先知。黑祖尔那时已经是先知了。明白吗？并且年龄也很大了，大家都很尊敬他。”格里姆·汗说道。他的小眼睛总是笑眯眯的，笑的时候，他会不停地拍自己的膝盖。旁边的人都觉得这很好笑。

“一天穆萨对黑祖尔说，‘请收我为门徒。’黑祖尔说，‘好吧，可以收你，但有一个条件。’‘什么条件？’穆萨问。‘条件就是你不能说话，不管我做什么，你都得闭着嘴。’穆萨同意了。黑祖尔于是就收了他为门徒。”

“黑祖尔想教他。教他什么呢？——即真主洞悉一切，而我们人类一无所知。我们终日碌碌，苦寻真理，到头来却一无所获。因为只有真主才是全知者。所以黑祖尔才会让穆萨不要出声，‘不管我说什么，做什么，你都得闭着嘴。’”

只有一个水烟筒，大家轮流在吸。格里姆·汗抽完把烟递给吉拉尼，吉拉尼用力地吸了一口。水夫[①]在店前洒了点水，空气中顿时弥漫起淡淡的土腥味。路上行人稀少，只有几个去大清真寺做礼拜的人经过。

“后来又发生什么了呢？第二天，黑祖尔走过了一村又一村，穆萨就跟在他后面。后来穆萨成了先知，可当时只是黑祖尔的门徒。吉拉尼！竖起耳朵好好听着！这是个很有意义的故事……两个人一起走着，忽然，前面出现了一条河。岸边系着一条小船。俩人上了船，船夫划船送他们过河。过了一会儿，穆萨惊恐地发现黑祖尔正在船底凿洞。船是条新船，看上去就像那天刚下水一样。可黑祖尔不停地在船底凿洞，凿好一个，又凿一个……穆萨大叫起来，‘天哪！您在干什么！船要沉了！我俩要淹死了。’”

“黑祖尔伸出食指放在唇边，示意他不要出声。穆萨惊惶失措，

① 专门打水、送水、洒水的职业。

因为水不断涌入船里，船不断往下沉。但穆萨不再出声，因为他向黑祖尔发过誓。过了一会儿，就在船差一点就要毁掉的时候，黑祖尔把凿开的洞一个一个堵了起来。两人就这样过了河……过河后……真主保佑……他们继续往前走，看见前面有个小孩坐在地上玩。经过那个孩子时，黑祖尔抱起那个孩子，不由分说，扭断了他的脖子。”

“‘你这是干什么！干什么！’穆萨叫起来，‘干吗要杀死这个无辜的孩子！’”但黑祖尔没说话。他再次做手势示意穆萨别说话。

“‘天哪！您怎么还不让我说话！您扭断了一个无辜孩子的脖子！你从没到过这个村子，也不认识这个孩子，这个孩子究竟怎么得罪您了？’穆萨非常激动。那时穆萨还不是先知，不过就快觉悟了。”格里姆·汗摇着脑袋接着说：“真主保佑，两人又接着往前走，遇到一个村子。走到村边，有一堵破墙挡住了去路，穆萨一跃跨了过去，转身一看，黑祖尔在墙边没动。原来他正在捡断砖，垒那堵破墙。穆萨回身说，‘可敬的老师！那个孩子，人生才刚刚开始，您就把他杀了。这堵破墙，残破了不知道多少年，而您却在修缮它。您做的事儿我真是不懂！’”

“黑祖尔再次示意他保持安静。穆萨闭上了嘴。”

“他们接着往前走，走着走着他们来到一个花园，花园里泉水叮咚，绿树成荫。两人洗了洗脸，坐在了树下。黑祖尔说：‘听着，孩子。我凿船的那个地方，国王非常残暴。他以欺压百姓为乐。我凿坏了船，国王的人就不会把船抢走，船夫就能继续以摆渡为业。’穆萨静静地听了一会儿，说：‘那你为什么杀那个无辜的孩子？’‘听着，我正要告诉你呢。那个孩子是个私生子，不是婚生的。他的父亲是个很残暴的人，残暴、肮脏。我之所以杀那个孩子，是因为他长大后将如他父亲一样残暴，欺压良善。现在告诉我，我做的是好事还是坏事？’”

“穆萨低头沉思了片刻。‘那么你干吗修那堵破墙？这会对谁有好处？’‘告诉你吧。’黑祖尔说，‘我修的那堵破墙下面有一个宝藏，很大的宝藏。但村里人都不知道这个宝藏。村里的人很穷，急需帮助，我想帮他们，所以把墙修好了。当他们犁地犁到那里，会被墙阻碍。总有一天，他们会气愤地把墙拆得一块砖都不剩。然后他们就会发现宝藏，丰衣足食。你说，我这样做是坏事吗？’”

讲完故事，格里姆·汗得意地摇着脑袋，环顾众人，说：“故事的意思就是统治者看到的事情，你我这样的普通百姓是看不到的。英国统治者是十分有远见的，要不为什么他们仅凭一小群白人，跨过七海，征服了这么大的国家？英国人非常精明、有远见。”

“说的是！说的是！”众人摇头附和。

纳度也坐在这间店里，离人群稍有些距离。他面前放着一杯奶茶，手里拿着根长长的吐司条，他一边用吐司条蘸着奶茶往嘴里塞，一边认真地听着格里姆·汗讲话。自从离开了杀猪的那间屋子，他就在城市里四处游荡，不管走到哪儿都竖着耳朵听人们议论猪的事儿。有时，他觉得大家议论的那只猪似乎和他毫不相干，有时，大家的议论又让他心情沉重。现在，在纳纳巴依的店里，暴乱好像根本不会发生，死猪事件也只是件寻常小事。就像格里姆·汗说的那样，英国政府明察秋毫，不会让不该发生的事情发生。

纳度又一次摸了摸口袋。那张钞票沙沙作响。他很高兴，幸亏穆拉德先把钱全给了他，如果当时只是预付八个安那，皮匠纳度也毫无办法。穆拉德说话算数，纳度本应该也说话算数。他向穆拉德发誓要在那间屋子里等他，但他却从那儿逃了出来。那间屋子实在是让人窒息。但是在城里逛的时间越久，纳度就越心虚，因为到处都在议论猪的事情。

纳度表面上若无其事，可内心焦虑无比。他脑子里想了很多事情，可是随着恐慌情绪加剧，他的思绪也越来越混乱。他不能向人倾诉，也不能向人打听。他上了个大当！穆拉德以兽医的要求为借口让他杀猪，然后把死猪扔到了清真寺门口。但谁知道那是不是另外一头猪？他去看过清真寺门口那头猪，不像是别的猪。他越发慌乱起来。如果真是他杀的那头猪该怎么办？如果人们知道是他杀的猪该怎么办？惶恐中，他想赶紧跑回家，从里面用铁链子把门锁住。或者不回家，就在街上转反而更安全？或者……或者……干脆去找妓女茉莉好了！她要一个卢比，我给她五个，然后在她那里过夜。

可是在街上转了一天，他开始思念自己的妻子。这会儿她应该在家，和家人坐在一起聊天、抽水烟。不行，我得回家，我要洗个澡，换身衣服，和家人坐在一起聊天。一回家他就可以把妻子搂入怀中，但没有必要提穆拉德的名字，什么都不需要告诉她，没有必要把那桩窝心事儿告诉她，只有靠在她的怀里才能得到平静。如果去茉莉那儿，她会说难听的话，会挖苦他。而妻子则温柔体贴，善解人意。纳度心下琢磨，把钱给妓女还不如给家里人买点东西。妻子会说："你买什么了？我什么都不缺。"尽管她从不要东西，可是给她买东西还是会让她高兴。想到这儿，尽管隔着很远，纳度已经感受到了抱着她的那种温暖的感觉，他心里的烦恼随之消散。被痛苦折磨的男人最后都会从女人那里寻求慰藉。搂着女人，男人的苦痛都会消失，纳度深知这一点。妻子是个多么好的女人啊，她是那么爱他。

小吃店里烟雾缭绕。店外有两条长凳，有两个苦力坐在那儿吃饭。他们面前摆着一碟豆糊，两人一手托着盛着饼的锡纸盘子，一手撕着饼。店前的马路上，一个水夫正在洒水。

这时，远处好像传来一声鼓声。坐在外面的苦力转头向马路上瞧去。的确是鼓声，而且越来越近了。听到这声音，店里的人停住了话头。

“怎么回事？”有人问。

“是击鼓通告！”有人回答，“正朝这边来呢。”

这时，有一辆马车驶过来，马车上挂着国大党的旗子，有个人在马车上敲鼓。马车停到了纳纳巴依的店前。坐在马车前排的一个人站了起来，鼓声也停了，这个人大声念道：

“阴云密布凶兆现，大难临头把国忧。

先生们，今天下午六点，国大党区委会将在粮食市场举行群众大会。大会上将揭露英国政府分裂印度的阴谋。我们呼吁大家保持和平局面，尽量参加集会，壮大声势。”

“将军”坐在后排座位上敲鼓。念通告的是谢克尔，念完后他又坐了回去。鼓声再度响起，伴着飞扬的旗帜，马车驶离了那里。

当马车消失在远处，一个苦力对另一个苦力说：“我在粮食市场扛包的时候，一个‘巴布’对我说，‘独立就快来临了。’我笑着说，‘独立不独立和我没关系，就算独立了，我还不是一样给别人扛包？’”说完，他大笑起来，露出了鲜红的牙床。

“是的，我们生来就是受苦的命，我们现在扛包，将来还得扛包。”另一位苦力附和道，说完，他也笑了起来。

这时，小吃店里一位蓄着胡须的中年男子说：“那个玷污清真寺的家伙被抓住没有？那个混蛋！应该被千刀万剐！”

“那家伙真是个坏蛋！”有人附和。

听到这几句话，纳度恨不得找个洞钻进去。

然后又有个人说："听说有人杀了牛。死牛就扔在一条脏水沟边。"

"这也很糟糕。"

这时，"小眼睛"格里姆·汗笑眯眯地开始布道了："《古兰经》中说，'是真主使庄稼生长，所有人都是按真主的意愿而行。真主可以使庄稼枯萎，洪水泛滥，城市毁灭。所有一切的主宰是真主，不是人类。所有一切都听命于至上的真主。他想怎样，就会怎样。'"

听众们摇头附和，水烟继续在人群中传递。

门外，一位苦力哼起了小调："为何你饥渴地盯着我的裤带……"哼歌的正是刚才那位转述"巴布"和他的对话的苦力。纳度羡慕他的无忧无虑。

这时，马路上突然喧闹起来。路上走的人都停了下来，朝右边大清真寺的方向看。

"教长①来了！果尔拉谢里夫②的教长来了！"路上的一个行人朝小吃店喊了一句，然后手放在胸前，恭恭敬敬地目视教长来的方向。

小吃店店主纳纳巴依立刻站了起来。店里众人也纷纷起身来到店外，翘首以待教长的到来。一位长须、长袍的男子走了过来。他穿着黑色的印式长袍，项上戴着三四条珠串，手中握着念珠，头巾后面的长发垂到了肩上，一张红光满面的圆脸。一群信众簇拥着他而来。

纳纳巴依走上前，低着头，恭敬地站在路中。教长经过他的时候，伸出了左手，他弯腰行吻手礼，然后又将右手放在胸前，毕恭

---

① 伊斯兰教的宗教导师，在清真寺中主持宗教仪式，传教讲经。

② 著名的清真寺，位于伊斯兰堡。

毕敬地退下。教长抬起手，什么也没说，接着往前走。人们轮流上来向教长行吻手礼，教长依次祝福他们。

“真是个道行高深的圣人，”纳纳巴依回到店里说，“真主啊！连他的脸上都透着圣洁的光辉。”

店外的众人有些直接回家了，其他的人又回到店里。大家又开始议论教长。

“他真的是道行高深，能看破别人的心事。”纳纳巴依坐在门槛上，面朝里，继续对大家说，“一次我去果尔拉谢里夫朝圣，教长来了，看到我后他说，‘看到了吗？请捡一些谷子。’我面前有个谷堆，于是我弯腰抓了一把谷子。教长命令道，‘只有一百七十粒谷子！再拿一些！’”

“我吃惊地数了数谷子，果然是一百七十粒！”

这时格里姆·汗说：“他的手还能妙手回春。我的孙子现在很健壮，可小时候得过腮腺炎，当时他脖子两边都肿了。我听从了别人的建议，把他带到果尔拉谢里夫。教长示意，‘把孩子带到我跟前来。’我把孩子带了过去。他用一把刀在孩子的脖子两边划了两下，然后用手掌蘸了些自己的吐沫，抹在划开的伤口上。就这样。我向教长行了个触足礼，然后就带着孩子走了。回到家，孩子的肿消了，烧也退了。”

“他有双能妙手回春的手。莫斯亚里那边有个巴巴·罗塔，也有这样的本事。”

“教长的手从不触碰异教徒，他厌恶异教徒。以前倒是谁都可以找他看病，如果是异教徒找他看病，他就用手杖的一端抵住病人的脉，耳朵贴在手杖的另一端听脉。现在，他不让异教徒靠近他。”

“夏天他从不进城，不知道今天他为什么来了？”

“对教长来说，夏天冬天都一样。”

“可能那件事也传到了他那儿，就是清真寺被玷污那件事。”

“他无所不知，不需要别人告诉他，他就能知道。他知道那件事，所以他来了。”

“必须让他看看。如果像教长这样的圣人一发怒，城市都会一座接一座地被毁掉。”

“你说得对！”

“他会讲经吗？”

“我咋知道，如果他待到星期五，就一定会讲经。”

“既然来了，他肯定会待到星期五。他也一定会讲经的，这能使城市得到净化。”

纳度离开小吃店的时候正是午后，他的心情也轻松了很多。早上盘踞在心头的忐忑和那种莫名的不安情绪，现在消散了。街上渐渐热闹起来，行人也多了起来，谈起死猪事件，人们会先骂上两句，然后又将它抛在脑后，一切照旧。纳度想，既然如此，那我也不用为这事儿忧心忡忡。此外，没有人知道他和这事儿有关。所有的人都认为这是哪个疯子干的，或是哪个印度教小孩的“恶作剧”。穆拉德·阿里是唯一知道真相的人。而他作为一名穆斯林，难道会承认是自己让人干的这事儿？

纳度愉快地环顾四周。一个小店门口，一个村里的男人在给自己的老婆买鞋：“买吧，我说什么来着。你一双好鞋都没有，你那双鞋都破了。”

那个男人旁边坐着一位穿着长罩裙的女人，她用甜美的声音拒绝她的丈夫：“我不需要这个，我的鞋还能穿。你也没有一双好鞋，你给自己买一双好鞋吧。你平时走路更多。”纳度经过他们，往前接着走。那对夫妇的对白让他感到一阵暖意。纳度穿过马路，沿着右边的街道，慢慢往前走。前面是一排小吃店，一口又一口的大锅中飘出了肉和调料的香气，旁边还摆着一摞一摞的饼。小吃店里人很多，他们大部分是工人、苦力以及从附近村里来的农民。这排小吃店就在市场边上，通常农民们吃完饭就坐上牛车回村子了。

纳纳巴依的店后面就是宏伟的大清真寺，在午后阳光的照耀下，它看上去洁白如洗。像平时一样，清真寺的台阶上坐着很多乞丐和在这里休憩的工人，寺门口来往的人川流不息。突然，纳度看见清真寺的大门同时涌出了几百人。熙熙攘攘的人群涌出大门，在台阶上找各自的鞋，有人穿好鞋，有人拎着鞋，沿着台阶往下走。纳度很惊讶，因为只有在开斋节他才见过清真寺有这么多人。难道今天有人讲经？他突然想起来，是不是果尔拉谢里夫的教长来这儿讲经了？他讲完经难道不回去吗？纳度开始惴惴不安。他觉得刚才这几百人聚在一起，是在声讨自己犯下的那桩“恶业”，果尔拉谢里夫的教长也是听说这个才赶来的。

纳度快步走过清真寺。清真寺的围墙边有一条水沟，城里的污水都是从这里排出城外的。纳度靠着水沟的护栏停了下来，探头往下看。一个皮肤黝黑的人赤身躺在水沟边的一块台子上。他留着长长的、蓬乱的胡子和头发，脖子上挂着个护身符。他旁边的墙上有个钉子，上面挂着个小铁罐。他躺的台子很窄，只要一翻身，他就会掉下去。纳度一边盯着他看一边想，这一定是个得道的苦行者。

突然，苦行者坐了起来，睁眼朝纳度看过来。看着看着，他像个疯子一样，用力地左右摇起了脑袋。

纳度转开了视线。过了一会儿，当纳度再次朝苦行者看去时，发现他已经不摇头了。苦行者盯着他，伸出食指示意纳度过去。纳度害怕了。苦行者可别给他施个魔法或下个咒语。纳度掏出一个一安那的硬币朝他丢过去，然后准备离去。一看到硬币，苦行者就把它捡起来，然后扔进了水沟里。他盯着纳度，再次示意他过去。纳度恐惧极了，哆嗦着离开了那里。

大市场里热闹非凡，这里是整座城里对纳度最有吸引力的地方。汽水店门前，无数五颜六色的瓶子在闪光，衣着光鲜的店主正麻利地往瓶子里灌柠檬汽水，然后递给顾客。卖花人这时才到，正在人行道上叫卖。汽水店旁边是锡克烤肉店和土酒店。路边，还有间妓院，几个妓女坐在那里。纳度在路边停下了脚步。

路上停着好几辆马车。马儿头上戴着华丽的羽饰，鞍辔鲜明，就像是要参加节日庆典一般。有辆马车，不知何时来的，停在路正中间。驾车的马伸长了腿，彼此摩摩蹭蹭，像要挣脱鞍辔的束缚。马车上坐着个手拿鞭子的有钱人和他的几个同伴。

纳度·杰玛尔①惬意地东转转、西转转。他觉得周围的人看上去都是那样无忧无虑，他的心情也好起来。他在市场一直待到很晚。当傍晚来临，市场里人更多了，纳度去锡克烤肉店买了八安那的烤肉，然后在土酒店门前的长凳上坐下，美滋滋地呷一口酒，吃一口肉。

夜幕渐渐降临，大市场的灯亮了起来。水夫开始洒水，空气中弥漫起尘土的腥甜味儿，再加上买花人手中花环的香气，纳度感到一种奇特的醉意。纳度记不清自己什么时候买了串花环戴上，也记不清自己何时穿过了市场，进入了有妓院的那条胡同。

这时，他突然见到穆拉德从前面走过来。齐膝的长袍，细手杖，结实的身板，黑黑的胡子——正是穆拉德！真的是他？还是纳

① 杰玛尔是纳度的姓，也是皮匠种姓的种姓名。

度在做梦？纳度恍惚起来。穆拉德的形象就像个幽灵，拄着手杖在大街小巷中盘旋。到底是真的有个叫穆拉德的人呢？还是有个逡巡于大街小巷的幽灵，人们给它安了个名字叫穆拉德？不，的确是穆拉德！他正从市场那边朝胡同走来。如果纳度没有醉意，他肯定会躲起来。可这会儿，酒壮怂人胆，他径直走到胡同中间。他并没有喝醉，区区两碗酒对皮匠纳度来说就像水一样。转悠了一天，现在终于遇见个熟人！突然，纳度感到一阵骄傲——只要我答应的活儿，就肯定要把它干完！

“您好！先生。”

纳度挺身上前，笑着向穆拉德问好。

穆拉德愣了一会儿，尖锐的目光朝纳度投过来，随即他清楚了眼前的形势。他既不向纳度问好，也不答话，径直往前走。

“您好！先生。我是纳度，您不认识我了吗？”纳度笑着说。

说话间，穆拉德已经甩开了纳度，接着往前走。

纳度困惑地站在路中间，然后大声喊道：“先生，穆拉德先生！”

但穆拉德仍然没有停步。

纳度心里突然产生个想法：至少我得告诉穆拉德，我把他的活儿干完了。可别让他以为我光在街上转，没干他的活儿。

纳度踉跄着去追穆拉德。前面很黑，不过纳度还辨得清穆拉德的身影。他跌跌撞撞地往前追，不知怎的就跑了起来。纳度心想，一定要告诉那位先生，我已经完成了他交代的活儿。

他感觉追上了穆拉德。胡同里很安静，他觉得穆拉德似乎有意放慢了脚步。

“先生，我忘了告诉您。您交代的事儿我办好了，按时完成了。拉车人也来了……”

这时，纳度看见穆拉德停了下来，盯着他，举起了手杖。

纳度看着穆拉德朝自己走过来。可他为什么要举着手杖？为什么不说话？两人站在胡同口，互相对视。

纳度再次说道："您的活儿干好了！先生。我办妥了。"

就在他说话的时候，他感到穆拉德转过了身，朝前走去。他的脚步很快，很快就走到胡同尽头的斜坡前，然后登上了斜坡。

纳度抬眼瞧去，穆拉德已经走远了，正顺着斜坡朝湿婆庙的方向走。他转过身，觉得那仿佛就是个鬼影，在视线中越飘越远。

看到纳度进了家门，纳度的妻子才回过神来，她的眼泪扑簌簌地落了下来。"你以后别这样了！"她哭着坐到床上，"我的心一直揪着。我在想你到底去哪儿了。你真行！害我担心死了。"

她用纱丽的裙边擦了擦眼泪，看着纳度，忽地又笑了出来："你这是什么打扮？耳朵后面还挂着花环？你去谁那儿了？"

但纳度没有回答，一言不发地坐到了床上。

"今天喝了酒怎么这么老实？平时喝了酒都是又唱又笑地回家。"

纳度妻子的脾气出奇地好。纳度训她，她从不还嘴，反而会说："你说吧，你说吧，说出来心里就会舒服点儿。"或者她会退到一边，食指放在唇边做个请安静的手势，说："行了，行了，你别再说了。你以后会后悔这样说的。"俗话说"一个巴掌拍不响"，妻子的好脾气让纳度发脾气也觉得无趣，所以他也很少发火了。纳度家旁边的房子里住着几十户贫穷的杰玛尔，妻子和他们的关系都很好，平日里总是互相帮忙。她是个知足常乐、虔诚敬神的女人。有些人就是这样，他们总是把事情往好处想，从不对生活抱过高的奢望，所以他们的内心始终喜乐满足。

纳度仍一声不吭地坐着。

“你干吗不说话？在外面待到这么晚？让我像热锅上的蚂蚁，坐卧不安。”

纳度抬头看了眼妻子，心乱如麻。突然，他猛地甩甩头，心想：让穆拉德和他的猪见鬼去吧！我现在已经回家了！

“邻居们问起过我吗？”

“问了，就是随便问了问。”

“你怎么回答的？”

“我说你干活儿去了，就快回来了。”

“他们问得很频繁吗？”

“没有，难道他们不用干活吗？下午有人问起你，我就说你去剥马皮了。”

纳度的嘴角浮现出一丝微笑。

“你到底去哪儿了？”

“回头再告诉你。”

纳度的妻子不解地看着他，纳度以前从来没瞒过她什么事情。不过现在最好别问他，过几天他会自己说出来。

“我不问了，你不想说，我就不问了……要吃饭吗？我很快就能把饼给你热好，就着奶茶，吃点饼吧。”

她起身下床，可一股奇怪的冲动让纳度拉住了她，让她坐在自己身边。

“不，你就坐这儿。”妻子挨着他坐下。

“你吃过了吗？”纳度问道。一边说，他一边充满爱意地抚了抚她的头发。

“吃过了。”

妻子觉得纳度有点奇怪。

“你撒谎，说实话，你到底吃晚饭没？”

妻子笑着说：“我做了饭，可是没吃。”

“早饭吃了吗？”

“吃了。”

“你又撒谎！说实话，到底吃了没？”

她笑着答道：“没吃。我在等你，哪有心思吃饭？”

“要是我晚上不回来你怎么办？”

“为什么不回来？我知道你一定会回来。”

一种莫名的不安在纳度的心底翻腾。正是因为这种不安，他才会在街上溜达，才会喝酒。和妻子坐在一起，他仍然能感觉到这种不安。纳度骤然一惊，他似乎听到穆拉德正站在自己家的门前，用手杖敲门。他的心猛地一紧，随即他又自我安慰似的在心里对自己说：“穆拉德没认出我，否则就会和我说话了。他一声不吭地走了，肯定是把我当成找他麻烦的醉鬼了。不管怎样，他可是往我手里塞了五个卢比的。”

“我知道，你心里一定有什么难事。你这么不开心，这让我很担心。”

纳度转身看着妻子，她也正看着他。

“大家都说城里怕要出乱子。有人杀了头猪扔在清真寺门口。这事儿让我很担心。我说，城里要真出乱子了，我上哪儿去找你？”

纳度愣住了，看着妻子的面庞，说：“什么猪？什么样的猪？”

“还能是什么样的猪，”妻子笑了起来。丈夫回来她很高兴，她喜欢两人这样一起坐着聊天。

“白的还是黑的？”纳度问道，他急于从妻子口中听到答案。

“这有什么区别吗？”

“你亲眼见过吗？”

“我有病啊，专门跑去看死猪？”

“邻居们谁看到了？”

“你这说的什么话！邻居们谁没事去看死猪？都是听说的而已。”

夜深了，邻居们的屋子里渐渐都悄无声息。

“在外面睡还是里面睡？”妻子看着纳度问道。

“什么？”

“你总是不老实。每次在外面睡，睡着睡着你就要拉着我去里面睡。所以今天我先问一声。如果你要打什么‘坏主意’的话，那我们就在里面睡。里面可是很热。”说着，妻子解开了头发。

“你怎么不说话？吃不吃东西？要喝茶吗？在这儿呆坐着干什么？昨晚你不在的时候可真难熬。”

看到妻子慵懒地解头发的样子，纳度心里腾起一股冲动，他疯了似的把妻子搂进怀里，亲她的脖子，亲她的嘴唇，亲她的眼睛。妻子丰腴的身体和急促的呼吸让他毛孔偾张、欲念大炽。

“今天我哭了三次。我站在阳台上盼了你几个钟头，然后进屋哭了一会儿。我还以为你不回来了。”

在妻子的怀中纳度彻底放松了，他饥渴的嘴唇不停地落在妻子的唇和乳房上。他喘息着在妻子的身体上寻找安全感、幸福和自由。

这时，广场那边狗开始狂吠。远处隐隐传来喧闹声。纳度此刻顾不上别的事了。但过了一会儿，纳度妻子的目光由天花板落往下面墙上。小窗对面的墙上有光影在晃动——是一团舞动的红色光影。她感觉墙上的光像是在颤抖，远处的喧闹声越来越大。

“这是什么？”妻子看着墙上的光影说，“你看墙上，这是什么光？像是火光。哪儿着火了吗？听听，外面在闹什么呢？”

纳度抬起头看了一眼，轻轻叹了口气。狗叫得更凶了，远处的喧闹声也更响了，这混沌的声音在夜空中回荡，像行进的队列的脚步声，越来越近。墙上的光影摇曳不定，越来越亮，就像火焰在舞动。

“什么地方着火了！”纳度没好气地说，然后坐了起来。

一阵钟声穿透喧闹声传了过来，这钟声他们俩从没听到过。他们每天都能听到谢克花园的钟声。每天当纳度的妻子忙完厨房的活儿出来，两人准备睡觉时，谢克花园的钟声就会响起，妻子常常会数钟敲了几下，有时是十下，有时是十一下。但现在的钟声不是谢克花园的钟声，是纳度从来没听过的。钟声不停地响，在越来越大的喧闹声中，仿如汪洋大海中的孤舟，时隐时现。

远处的喧闹声还在增大。邻居们的屋子里也都有了动静，被吵醒的人们来到了屋外。

“市场着火了！”有人大叫。这时远处突然传来一个清晰、响亮的声音：“真主伟大——！”

纳度毛骨悚然。他盯着天花板，像瘫痪了一样。

“走，我们出去吧，”他的妻子害怕地说，“我们去问问邻居怎么回事儿？我在这儿很害怕。”

但纳度拽住了她，呆呆地坐在床上。

过了一会儿，越来越大的喧嚣声中有人齐声呼喊：“大神无所不在——！”[1]最后这个词的尾音拖得很长。

在越来越大的喧闹声和钟声中，这两种口号声不断响起。听上

① 印度教徒的颂神口号。

去好像是在庆祝某个重大的节日一般。

纳度的妻子终于受不了了。她挣脱纳度的手臂，起身来到门外。纳度仍然呆呆地看着天花板。

喧闹声像由含混的声音组成的海浪，一直冲到城外，撞击着理查德别墅的墙壁，沉闷的回响声中夹杂着清脆的钟声。理查德睡得正熟，但丽莎被吵醒了。起初听到钟声，丽莎还以为是房间里挂的铃铛被风吹动发出的声音。但当她完全清醒后，她听出了这声音的不同。钟声时隐时现，有时像已被狂风吞没，有时又如一叶孤舟，突然浮现在黑暗的海面。丽莎还有些困，恍惚中，她觉得钟声像是一艘在大海中正与风暴搏斗的船发出的。

丽莎用胳膊支起身子看了看旁边的理查德。理查德睡得很沉，还发出轻微的鼾声。他有个优点——一沾枕头就能睡着，而且还睡得很沉。

丽莎觉得房间里的黑暗让她窒息。屋外，守夜人正朝大门走去，皮靴踩在路上发出“咵”“咵”的响声。

“那是什么声音，理查德？”丽莎缩回到理查德身边。

“嗯，什么？”理查德醒了。

“那是什么声音？”

“没什么，睡吧。”理查德翻了个身。

丽莎搂住理查德的脖子，说：“我听见不知什么地方有人敲钟，好像是教堂的钟声。”

“教堂的钟声更低沉一些。这是庙里的钟声，像是印度教寺庙的钟声！”

“这会儿为什么要敲钟？难道有什么印度教的节日？这钟声像大

海中遭遇风暴的船只的求救信号。”

理查德没说话。

城里传来的喧闹声越来越大，有时某个声音清晰可辨，比如某人的呼唤声，然后这声音又淹没于喧闹声的海洋。突然，一个声音浮出了这黑色的喧嚣的海洋：

“真主伟大！”

理查德打了个激灵。

“这是什么声音！什么声音！它是什么意思？”

“他的意思是，神是伟大的。”

“为什么现在喊这个？一定是有什么宗教节日。”

理查德觉得好笑，说道：“这不是宗教节日。城里印度教徒和穆斯林的冲突终于爆发了！”

“有你在还能爆发冲突，理查德？”

理查德觉得丽莎问了个蠢问题。

“我们不能介入宗教冲突，丽莎，你应该明白这一点。”

有那么一刻，丽莎觉得自己仿佛在某个恐怖的丛林里，远处传来的喧闹声像是丛林里的野兽发出的，比如狐狸和豺。

“你干吗不阻止他们，理查德，我很害怕。”

理查德没说话。他用手支着头，心里飞快地盘算这种情形下自己应该做什么，政府的政令如何施行。

丽莎抱着理查德说：“这些人的争斗会让你也有生命危险！”她心里充满对理查德的关心。她觉得，身材单薄的理查德仿佛是独自一人穿行于野蛮人之间。统治这些人绝非易事。

这时，又传来几声钟声，这声音像是从黑暗的洞穴中传来的。

“他们这样自相残杀难道是什么好事？”

理查德笑了。

“难道要他们联合起来和我们斗，让我流血，这才算好事吗？”说着，理查德翻了个身，用手轻抚丽莎的头发。“如果这些人现在站在我们的房子外面，拿着刀要来杀我，你会觉得怎样？”

丽莎不寒而栗。她又向理查德那边靠了靠，黑暗中注视着他的脸。她觉得对他来说，人性并不重要，重要的只是维护自己的统治。理查德坐起来说：“城里发生了暴乱，丽莎你睡吧，我去看看是怎么回事儿。”

这时，电话铃响了起来。

9

“家里太乱了！不管什么东西，放下就不见了，怎么找都找不到！”拉腊·拉克西米纳拉延站在衣柜前生气地说。他在衣柜底层的衣服下面藏了一把小斧头，现在找不到了。而城里已经开始暴乱了。他两次走出房间去问家里人斧头在哪儿，可每次妻子指的地方都不一样。

“您看，我不刷牙，不会去砍洋槐枝[①]，也不劈柴火，拿你的斧头干吗？您干吗一遍一遍地问我？”

“问问都不行？找不到斧头，不问你问谁！”

“您看，大神在上，您担心啥啊！大神会保佑我们的。凭那把小斧头，您能救得了谁？”

那把斧头真的很小，黄色的手柄上有红绿相间的雕饰。有一次拉腊先生带着孩子去赶节会，买了这把斧头。接下来几天，早上散

① 在印度，洋槐树的细枝可用来做牙刷。

步的时候他不带手杖，而带着斧头，他发现能用斧头砍洋槐枝做牙刷。后来他每天带着斧头出门，于是家里用来做牙刷的树枝开始堆成了堆。他每天只需要一根牙刷刷牙，可他却带回成捆的洋槐枝条。洋槐枝在院子里堆了一大堆。妻子只好把堆不下的洋槐枝当垃圾扔掉，他对此非常不满。

“嫩枝儿你也扔？你能不能仔细点儿！”

“您看，管他嫩枝儿、老枝儿，全都没用！放着它干吗？”

“你可以拿它刷牙！”

“托您这些牙刷的福，我的牙齿都刷松了，以前我的牙齿像铁一样结实。”说着，妻子拿着树枝朝放在台阶上的垃圾桶走去。

“我的好老婆，那些树枝你再留一天吧，等它们干了再扔，谁会连嫩枝儿也扔？”

今天，连斧头也丢了。家里有把斧头，还能给他点安全感。斧头没了，连防身的武器都没了。家里面除了这把斧头，没有别的可以算作是“武器”的东西，只有几根搭蚊帐的棍子和切菜的刀。芥菜油只有一小瓶，木炭一块都没有。尽管瓦纳布勒斯蒂先生号召大家要准备这些东西，可拉腊先生并没当回事儿。他总觉得不会发生暴乱，或者就算发生暴乱，火也烧不到他身上。

那把斧头此时正在为青年团的“武器库”锦上添花。任威尔把它放在了窗台上，和弓箭摆放在一起。

“家里这么乱！简直没下脚的地方。”拉腊·拉克西米纳拉延嘟囔道。

“纳那古，你看见斧头没有？”他问仆人。

“应该在家里，主人，可我最近也没见过。”

“以前是在家里，可现在是长翅膀飞了吗？你别敷衍我。连你都不知道，那斧头去哪儿了？”

“我真没见过，主人。”纳那古站在门槛上答道。

这些天当印度教协会的内部会议讨论当前形势时，拉腊先生总是在考虑如何保证印度教徒的安全。有一天开会的时候，拉腊先生甚至还曾积极地说：“赶紧教青年人棍术，这事儿一点儿都不能耽搁。为此我捐五百卢比！”在他的带领下，大家很快就捐了两千五百卢比。当时他还表示自己已经准备好和敌人“刺刀见红”，这不过是他在下级面前表现出的一种姿态，但他觉得这种可能性很小。事实上，他很安全。他有钱有势，又住在高墙大院里，谁会向他动手？尽管他家周围住着很多穆斯林，不过他们都是些小人物。城里的很多穆斯林商人和他都有生意来往，他们会关照他的，所以没必要害怕。尽管如此，大火让城里的气氛越发紧张，拉腊先生也担心起来。

“知道吗，一定是你那个有出息的儿子任威尔把斧头拿到青年团去了。”

“有其父必有其子。但我觉得你们这些人都是傻瓜，我可不吃你们那一套。”

“他告诉你去哪儿了吗？”

“谁？”

“还能是谁？任威尔。”

“他没告诉过我。他一天到晚都听你的‘教诲’。现在去哪儿了我怎么知道？现在城里都着火了，又是晚上，可他却不在家。”

拉腊先生摆摆手，朝储藏室走去。但去储藏室又有什么用呢？斧头已经不在那儿了。他从储藏室的角落里拿起几根搭蚊帐的棍子，走了出来。他给了纳那古一根棍子，让他去大门口守着。另一根棍子，他倚放在妻子和女儿床边的墙上。他的手里还拿着一根棍子。

他拎着棍子站了一会儿，忽然又觉得这样有点儿夸张，于是把棍子靠墙放下。然后他顺着楼梯登上屋顶，打算去屋顶的厕所方便一下。

上次城里暴乱的时候，只是烧了市场，并没有杀人。而这一回，城里弥漫着不祥的气息，人人都杀气腾腾。在内部会议上，拉腊先生自己都在喊打喊杀。

火烧得更大了，映红了西北方的天空。狂舞的红色火焰像巨蛇的蛇信，吞吐不定。大火就像十胜节①焚烧魔王塑像的篝火，不断朝北边蔓延过去，越烧越旺。火苗时而盘旋，时而冲天而起，把云层染成了红色。大火还不时卷起一团红色的火云，扶摇直上，随即又化作红色的火星消散在空中。星星也变得黯淡无光了。火光把地平线上方的天空映成了深红色，再往上，红色渐渐变成金黄色。火光和夜色的掩映下，白烟滚滚而起。大火时不时形成一股火旋风，直往上蹿，就像火海中掀起的火浪，盘旋飞舞。

从厕所出来，拉腊先生站在屋顶的围墙边远眺。映着火红的天空，附近屋顶上的人影清晰可辨。人们都在观火。远处，屋顶和建筑的轮廓延展开去，仿佛是一幅版画。拉腊先生的仓库就在大市场旁边的一个胡同边。看到火情，他松了口气，仓库那边还是漆黑一片，火势没有蔓延到那里。

拉腊先生又朝围墙下面看去，邻居家的屋顶上也站着三个人。三个人都在看火。他们是伯德赫丁、他的兄弟以及他们的老父亲。伯德赫丁正抬头看着红色的天空，一扭头，看见了拉腊先生。

“天哪，先生，天降大灾！这火真大啊！”他说道。

拉腊先生没有搭话。伯德赫丁用发誓的口吻接着说：“先生，您别担心，没人敢打您家的主意。动您之前，他们得先过我们这一

① 印度教徒庆祝罗摩战胜魔王罗婆那的节日。

关！”

“我知道，邻居如同手足，更何况是您这样的邻居！”

“您别害怕，就只是那些坏蛋在闹事，让好人不得安宁。大家都住在一个城市里，互相打打杀杀有什么意义？您说对不？”

“当然，当然！”

拉腊先生对伯德赫丁的话半信半疑。他在这儿住了二十年了，对邻居们从没有过不满，不过他们到底是穆斯林啊。但他倒不害怕。如果有人来烧我的房子，烧的不会只是我这一座房子，整个小区的穆斯林的房子都会被烧光。况且早上穆斯林联盟的海亚特·巴克什向他保证，有他在就没人敢动他一根头发。对仓库他也不是特别担心。仓库里所有的货物都买了保险。尽管如此，局势刚刚恶化，他不能相信这些穆斯林。

他唯一担心的是，都这时候了，任威尔还没回家。那是个容易冲动的孩子，可别干什么傻事。不过德沃布勒德师傅会看着他，不会让他闯祸。任威尔的一个朋友下午说，所有的年轻人都在德沃布勒德师傅那儿。但不知道那孩子看到市场的大火后又会怎样？

这时他的耳边响起了钟声。听到钟声他很高兴。内部会议上是他提出要修钟，给钟换绳子的。看来他们采纳了他的建议。但过了一会儿，看着熊熊烈焰，他觉得钟声似乎并无用处。

市场里的大火伴着钟声熊熊燃烧，印度教商户们损失惨重。“竟然用这种方式打击我们印度教徒！到底是谁干的……”拉腊先生嘟囔道。

他背着手，踱来踱去，自言自语。心情忽然沉重起来。家里还有个大姑娘，如果暴徒来了来该怎么办？不知道任威尔这会儿在哪儿晃悠呢！

“真是个‘愣头青’！谁的话也不听！成天念叨‘社会责任’、‘社会责任’。连爹妈都不管不顾，能履行啥‘社会责任’！”

一个念头不时地折磨着他——任威尔不会是去粮食市场了吧？这个念头让他脊背发凉。

别人家的孩子也参加青年团，也学棍术，但人家却不在危险的时候往外跑。这会儿出去逞英雄！……拉腊先生开始生自己的气了。那次会上，别人都不吭声，就我滔滔不绝。我捐了五百卢比，而别人捐的钱没有超过一百的。我这儿万一有个好歹，谁都不会来帮忙。谁会来穆斯林聚居区救我？

拉腊靠着围墙往下看自己的房子。下面漆黑一片。窗栏边，女儿挨着母亲坐在床上。

“念大神‘诃里’[①]的名号。”母亲说，“念‘诃里’的名号和《伽耶德利》[②]经。”

女儿于是双手合十开始念诵《伽耶德利》经。

屋顶传来拉腊先生的声音：“任威尔回来了吗？任威尔他妈，任威尔回来了吗？”

“没有，现在还没回来，没人进家门！”

“小声点说话，你声音不能放低点吗？”

拉腊先生又开始踱步，暗自给自己壮胆：要烧我的房子的话，他们的房子也全会着火！然后他顺着楼梯走了下来。

但面对家人，他又换了一副面孔。

“你们一声不吭地在这儿坐着干吗，任威尔他妈？怕什么！打起

---

① 印度教大神毗湿奴的称号。

②《梨俱吠陀》第三卷第六十二歌第十颂诗，是印度教徒常常唱诵的重要宗教诗歌。其大致意思是：让我们赞美神圣的金色阳光吧，它激发我们心中的明亮之光。

精神来。”

母亲沉默不语。她在为任威尔担心，正心乱如麻。

“还让我们打起精神，自己却一趟一趟跑厕所！”母亲小声嘟囔道。

拉腊先生进了自己的屋。

过了一会儿，母亲心中一悸，说：“维迪亚，去看看你父亲干吗去了。”

维迪亚朝父亲的房间走去，看到拉腊先生刚脱下他那肥大的围裤，换上了印式长裤。维迪亚回到母亲身边，惊慌地说：“他正准备出去。”

“唉，神哪，真不知道他要干啥！”母亲下了床直接走到她丈夫的房间，“你现在往外跑，待会儿就给我们收尸吧！”

“你什么意思？让我坐在家里干等？”

“那你就把女儿丢给我一个人？你不看看这是什么时候！”母亲激动地说，“儿子是你的也是我的！这会儿你想找他，可去哪儿找？学校关门了，庙里的人也早走光了。你去哪儿找他？他是个懂事儿的孩子，一定在哪儿待着呢。下午他的朋友说年轻人都在师傅家。我说过多少次了，孩子吃喝不愁，又有书念，别让他去学着当英雄。但你从来不听我的，又让他参加军训，又让他学耍棍子！这是个穆斯林占多数的城市，我们代代都和他们生活在一起。人在矮檐下，哪能不低头？瞧，现在弄成个什么局面！”

“别絮叨了。让孩子参加青年团难道有错？他总得为国家和社会服务。”

“那么去为国家社会‘服务’吧！你这叫自作自受！但这会儿我不准你出去，不管怎样你都不能出去！”

拉腊先生打消了出门的念头。他没想到妻子发了这么大的脾气。她虽然也讨厌穆斯林，可她总认为对付穆斯林是英国人的事儿。

“别人都知道和政府官员以及自己的邻居搞好关系，无论他们是印度教徒还是穆斯林。你瞅瞅咱那些亲戚们，都知道和穆斯林搞好关系。而你既不讨好官员，也不搭理穆斯林。”

妻子的这番话说中了他的心事，这些日子他常在琢磨这些事。妻子的娘家人和沙赫巴兹关系很好。沙赫巴兹在穆斯林中很有影响力。他的运输公司的业务遍及全城，他还做汽油生意，和自己老丈人家有很深的交情。最好能找他帮忙，搬出去几天。火都着起来了，局势一时半会儿平静不下去，谁知道还会出什么乱子？最好带着女儿去沙德尔市场那边住些日子。不过现在该怎样去找沙赫巴兹呢？

这时，远处传来了口号声——“真主伟大！”口号声虽从远处传来，可在拉腊先生家周围引起了“共鸣”。周围屋顶观火的人们听到口号后，都跟着喊了起来。一时间，人声鼎沸。远处的湿婆庙也传来了印度教徒的口号声，不过声音很小，也没有在周围引起“共鸣”。拉腊先生越来越感到恐惧。

“听着，任威尔他妈，你把纳那古叫上来。”

“为什么，出什么事儿了？”

“你干吗啥事儿都要找别扭？让你叫人你就叫好了！我要让他出去送封信。”

妻子吃惊地看着拉腊先生：“这时候派他出去？你想把他往哪儿派？”

妻子的心思现在全在任威尔身上。

“你是让他去找任威尔吗？师傅派人跟你说了任威尔和他在一起，你还担心啥？相信大神吧，别折腾了，老老实实待着等天亮吧。”

“不，我派他出去不是去找任威尔，是有别的事儿……”

“你打算把那个可怜的家伙往哪儿派？外面这么危险，他不认识别人，别人也不认识他。”

“你怎么什么事儿都要管？我不想让维迪亚和我们待在这里。太危险了。我想给你娘家人送封信，请他们让他们的朋友沙赫巴兹把我们从这儿接走。家里有个年轻大姑娘，我心里可不踏实。”

“这事儿要昨天早上办，倒还能成。现在肯定不行。难道娘家人收到你的信就能马上去找沙赫巴兹？你这是什么馊主意！”

看到拉腊先生并不服气，妻子接着说：“纳那古是个笨东西！”她的声调越来越高。“他啥都不懂，凭他能把信给你送到？”

“为啥送不到？养着他是干吗的？走胡同只要几分钟就能到丈人家，离得又不远！”

“你干吗这么固执？要送信也得白天去，这时候去送信有啥用？白白让我娘家人担心！”

拉腊先生沉默了一会儿，然后缓缓地说：“如果可能，我想今天晚上就搬走。”

“你这是要干吗？你怕邻居，我可不怕！你要相信大神，别瞎折腾！”但看到拉腊先生的脸色，妻子没有接着往下说。

也许拉腊先生这么着急是有什么她不知道的原因。送信对纳那古来说，是有点危险，但一涉及女儿的安全，母亲也没了方寸。也许现在离开这里是对的！万一出现最坏的情况，她该往哪儿藏？

“让他带上支蚊帐的棍子。”她只能用这种方式表达对纳那古的关心。

把信交给纳那古后，拉腊先生叮嘱他道：“路上如果看到前面有人闹事，你就换条胡同走。如果可能，就把庙里的看守人叫上陪你走。无论如何，信送到了再回来。”

但在纳那古动身前，拉腊的妻子又坚持起自己的看法：“您看，看在大神的份上，让纳那古晚上先别去。明天看看情况再说。他也是有娘的孩子，干吗把他往火坑里推？”

“不会有事的，不会有事的，我都能出去，他不能出去？他哪有那么娇贵！”

这时，前面的胡同里传来一个人奔跑的脚步声，脚步声越来越近，越来越大。在这样的晚上，这样的脚步声格外响亮，每一步都牵动着拉腊家的神经。

拉腊先生顿时呆住了。他的脚里像是灌了铅，迈都迈不动，心跳也急剧加速，难道是任威尔跑回来了？

但仅凭脚步声又能分得清是谁？

突然，另一个人奔跑的脚步声也响了起来，听上去好像是前一个人转弯往胡同里跑了过来，后面还有个人在追他。

紧接着，一个人喊道：“救命！……救……命！”

拉腊先生汗毛倒竖。他能听出来后面追赶的脚步声不是一个人的，而是两三个人的。坐在床上的妻子和女儿也听到了呼救声，周围房顶上的人也听见了，呼救声在夜空回荡。

“救……命！”

那人又喊了一声，声音里透出了惊慌和恐惧。想从声音来判断那人是不是自己的儿子是不可能的。危急时刻，人喊声听上去都差不多。

胡同里还传出了扔东西的声音。是棍子还是石头？是后面的人朝前面扔了根棍子？还是前面的人朝后面扔了根棍子？或者是有人扔了把斧头，斧头撞在墙上又落在地上发出了声响？

“抓住……他……杀……了……他！”

呼救者喘着粗气，穿过了胡同，他啪嗒啪嗒的脚步声越来越远。而后面追赶者的脚步声越来越响。

棍子打到他了吗？是有人朝任威尔扔棍子吗？任威尔逃掉了吗？他还会来敲门吗？

追赶者的脚步声也已远去。拉腊先生的心仍然在怦怦乱跳。他把耳朵贴在门上，心想现在可能随时会有敲门声。但是，始终没人敲门。

拉腊先生的脚终于又能迈开了，他登上露台，朝那些追赶者的方向望去。胡同里很安静，周围的房顶上有不少人，他们大概都听见了刚才的声音。大家都茫然地站着。这时，露台下面的街上走过来三个人。他们卷着袖子，拿着棍子，不住地喘息。

“那个锡克人逃掉了！他要不跑，咱也不会追他。”他们中一个人说。

拉腊先生松了口气，背着手开始在屋里踱起了步。纳那古拿着支蚊帐的棍子，走下台阶，来到了院门口。

10

天亮了，城市像被毒蛇咬过的巨人，奄奄一息。市场里余火未熄。市消防队早已放弃了救火行动。黑烟滚滚而起，红色的天空现在又被涂成了黑色。市场里一共有十七家店铺被焚为灰烬。

商店都关门了。但有几家奶店还开着门，店门口三三两两站着些人，他们都在议论昨晚的大火。传言说城里昨晚发生了很多流血事件，住在格瓦拉蒙蒂的人说拉达那边儿发生了暴乱，而住在拉达的人说格米迪小区发生了暴乱。

新街区的空地里有一匹被杀死的马。从城里通往城外村子的路上，有一具中年男子的尸体。卡里兹路的鞋店和裁缝店被抢了。人们在城边的坟地还发现一具中年印度教男子的尸体，他的口袋里有一些硬币和一张陪嫁品清单。

城里的各个小区现在泾渭分明，穆斯林不敢去印度教徒的小区，印度教徒和锡克教徒也不敢去穆斯林的小区，每个人的眼中都是猜疑和恐惧。街头巷尾，很多人拿着棍子和长矛严阵以待。在一些印度教徒和穆斯林混居的小区里，大家碰面后，除了“太糟了，太糟了”之类的话，别无可谈。大家都明白，事情绝不会到此为止，但接下来会发生什么？大家都不知道。

家家门户紧闭，城里的中小学、大学、政府部门都关闭了，各种生意也歇业了。街上的行人也都小心翼翼地观察周围的情况，他们总觉得周围房子的门缝后、窗帘后有一双双警惕的眼睛在盯着他们。人们都待在自己的小区不敢出去，邻里之间也只是交换关于暴乱的传闻。在家里，无论吃饭还是喝茶，大家都在讨论如何自救的问题。各种社会活动也停止了。国大党的晨颂、大扫除以及其他全部活动，搞了一天就匆匆了事。唯独“将军”仍然和平时一样，天还没亮就来到来国大党办公楼前。看到办公室上了锁，他就一直在门口等，等了很久也不见人来。于是他登上水沟边的一个台子，开始演讲：

“先生们，因为很多人像胆小的耗子缩在家里，我遗憾地宣布，今天的晨颂活动取消。我请求大家的原谅，同时向大家呼吁，一定要维护城市的安全稳定！所有的坏事都是英国人干的！他们挑拨我们兄弟相残！印度胜利！”说完，他从台子上下来，喊着“左右、左右”的口号，蹒跚着消失在黑暗中。

任威尔整夜都没有回家，但德沃布勒德师傅派人给他家捎过话说他很安全。而拉腊先生则在一直琢磨怎么办、要去哪儿，直到沙赫巴兹来他家。沙赫巴兹高大威武，相貌堂堂，他是开着他那辆深蓝色的别克车来的。拉腊先生认识他，但不熟。很快，拉腊先生和他的妻子、女儿坐上沙赫巴兹的车离开了。只留下纳那古看家。

“纳那古，机灵点，把家看好！别光睡觉，整个家就交给你了！”

车开了。蓝色的别克车在马路上疾驰，路上的人都好奇地看着这辆车。沙赫巴兹戴着插有羽饰的头巾坐在驾驶座上，旁边坐着他朋友的亲戚——面孔白皙的拉腊·拉克西米纳拉延。后排坐着两个女人。现在，坐着车在马路上行进是件危险的事情，每当有人投来敌意的目光，拉腊先生就扭头避开。后排坐着的拉腊先生的妻子对沙赫巴兹赞不绝口——这样的人才是真正信神的人，能在危难之际出手相助！

把拉腊先生和他的妻女送到他们沙德尔市场的亲戚家后，沙赫巴兹驾着他的别克车离开了。他还要去好朋友拉库纳特家。沙赫巴兹并不担心自己的救援行动会遇到阻碍，因为他的别克车能在城里所有的地方通行无阻。

别克车经过大清真寺朝马伊沙多的水塔那边开过去。路两边都是低矮的房屋和一些小商店，商店门口有棍子支起的棚子，看上去残破不堪。这一片儿是穆斯林居住区。过了一座破桥后，车朝赛义德小区开去。这时路两边的房子高了起来，都是两层或三层带阳台的小楼，门前有宽阔的门阶，门窗上镶嵌着彩色的玻璃。除了少数几家，这里住的都是印度教徒。沙赫巴兹和这一片儿很多人都有交情，大家的关系很好。他知道窗户里正有很多双眼睛在盯着他，但他相信人们都认识他。他加快了车速。

快到马伊沙多的水塔边儿时，他朝右转了个弯。这一带住的人很杂，什么人都有。前面那排商店都是鞋店，老板都是从霍希亚尔布尔来的锡克人，这些店都关着门。再往前是几间破破烂烂的土房子，墙上还贴着牛粪饼，这是拾荒者住的地方。沙赫巴兹放慢了车速。这里的气氛看上去一点儿也不紧张，两个小孩绕着电线杆在互相追逐，旁边有另一群小孩在玩游戏。车子经过他们的时候，沙赫巴兹特地看了看他们玩儿的游戏。只见孩子们围成一圈，中间一个小女孩掀起衣服躺在地上，另一个小男孩也掀起衣服，坐在她的腿上，周围的孩子笑得前仰后合。“这群小混蛋，玩儿什么不好！”沙赫巴兹笑着骂了一句，接着往前开。紧张气氛现在还没有蔓延到这里，至少看上去是这样。

从沙赫巴兹的外貌上看不出他是个好人还是坏人。他身强力壮，腰杆笔直，鞋子擦得锃亮，头巾上插着羽饰，衣服也始终洗得干干净净。大家常议论他说：“说实话，他只要对哪个姑娘笑一笑，那个姑娘就会对他动心。”不过，沙赫巴兹早过了追女人的年纪。现在的他已饱经世事，经营着两个加油站和一个运输公司。但他还像年轻时那样乐观、大方、善交际、讲义气。

讲义气是他做人的原则。城里刚开始有些乱的时候，他就经常过问拉库纳特家的情况。他曾对拉库纳特的穆斯林邻居纳纳巴依说：“喂，混蛋，你竖起耳朵听着！如果有谁打我朋友家的坏主意，我唯你是问！都给我离他家远远的！”

车开到了一条大路上。路很宽，周围的房子也离得很远。这一带是穆斯林聚居区，沙赫巴兹放慢了车速。他看见穆拉达德站在通往帕普拉汉的那条路的路口。他身后一个商店的台阶上，坐着五六个人，个个挽着袖子，拿着棍子和长矛。穆拉达德的装束很奇特——下身穿着条卡其布马裤，脖子里围着绿丝巾。看到沙赫巴兹的车开过来，他凑了上来。“出什么事了？”沙赫巴兹问。

“先生，还能是什么事！前面的小区里，异教徒杀了个穆斯林穷人！”穆拉达德怒气冲冲地说。

穆拉达德愤怒的眼神仿佛在说：“你也是个穆斯林，却和异教徒混在一起！你和异教徒套交情的时候，穆斯林正在被人杀害！”但他没敢说出声，他明白自己的地位和沙赫巴兹没法相提并论。沙赫巴兹和城里的大人物包括地区专员都过从甚密，而他最多只能和市政委员会的委员套套近乎。

“我们也宰了五个异教徒。那些混蛋……”

沙赫巴兹敷衍了一下，开着车继续往前走。

车往前开了不远，沙赫巴兹看到路右边的胡同里突然涌出很多人，默默地朝马路对面走去。这是送葬的队伍。队伍的前面是海亚特·巴克什，他头戴小圆帽，白衣白裤。送葬队伍走得很慢。沙赫巴兹立刻明白了，这是在给刚才穆拉达德说的那个穆斯林送葬。队伍最后有两个小男孩，他们一定是死者的孩子。

队伍穿过了马路，沙赫巴兹继续往前开。

进了院门后，沙赫巴兹把车停在一棵树下，然后手指甩着车钥匙，朝别墅走去。窗帘后拉库纳特的妻子先看见了他，顿时喜不自禁。

“喂，兔崽子，快开门！”她大声冲仆人喊道，然后快步走到卫生间门口，冲里面的拉库纳特叫道：“沙赫巴兹来找你了，我先请他坐，你赶紧出来！”

门还没开，沙赫巴兹的话音已经响起：“喂，哥们儿，住上别墅了就连开门都不会了？”门开了，看到拉库纳特的妻子后他有些惊讶。“您好！嫂子！我的兄弟在哪儿？”说着，他走进客厅。

拉库纳特的妻子告诉他拉库纳特在卫生间，然后陪他坐下。

“嫂子，这儿怎么样？有没有人找麻烦？你们搬过来是对的！”

“这里还行，不过毕竟还是自己的家好。搬出来，不知道还能不能搬回去？”说着说着，她的眼圈红了。

沙赫巴兹也被感染了，动情地说：“嫂子别哭，只要我活着，你们就一定能回去！别担心！”

拉库纳特的妻子从不回避沙赫巴兹①。虽然沙赫巴兹是穆斯林，可她们家的朋友中，他是唯一一个她不用回避的。拉库纳特也因为自己最好的朋友是个穆斯林而感到骄傲。

“干吗不把法蒂玛带来？每次来都是一个人来。”

“嫂子，城里这么乱，我怎么能带她来？又不是来郊游。”

“你能来，她不能来？你让她坐车里不就一起来了。”

这时拉库纳特来了。

“哥们儿，你还有工夫拉屎！我好不容易才到这儿，你却在拉屎！”

两人拥抱了一下。想到眼下的局势，沙赫巴兹又动情地说：“为了朋友我可以牺牲生命！有人敢动你试试，我揭了他的皮！”

拉库纳特的妻子正要离开客厅，沙赫巴兹拦住了她：“嫂子，你去哪儿？我不想吃东西。”

“为什么不吃东西？”

“他就随口说说，伽娜吉，你尽管去做饭好了。”拉库纳特说。

---

① 传统印度妇女在家中来了男性客人时，通常要回避。

“嫂子，你肯定又要做秋葵，我不吃秋葵，你就别忙活了。”

可这时伽娜吉已经走出了客厅，沙赫巴兹追上去说：“嫂子，我对天发誓，真的不吃。我得赶紧走，我只能待两分钟。”

“不吃饭，那总得喝点茶吧？”伽娜吉回到客厅门口，问道。

“我早知道你舍不得请我吃饭，不过给我来点茶吧。”沙赫巴兹笑着说。

两个好朋友落了座。拉库纳特用沉重的语气说：“乱子闹大了，我很痛心，现在亲兄弟也在互相残杀。”

但这句话在两人间产生了一种微妙的疏离感。他俩的私交是一回事儿，印度教徒和穆斯林的关系是另一回事儿。拉库纳特说这句话，像是要把这两回事儿掺和在一起，沙赫巴兹却并不这样认为。

“听说村里也开始暴乱了。”拉库纳特说。但两人都觉得这个话题没法深谈下去，毕竟他们一个是印度教徒，一个是穆斯林。气氛有些尴尬，这个话题像触碰到了一个禁忌，使他们无法畅所欲言。

“别说这个了，伙计，说说咱自己的事吧。”沙赫巴兹主动换了个话题，“知道我昨天见了谁吗？——毗姆！”他兴冲冲地打开了话匣子。

“哪个毗姆？”拉库纳特问道，忽然两人一起大笑起来。毗姆是他俩小时候的同学，是副邮政局长助理的儿子，他总是拿这个“头衔”来介绍自己。所有的孩子都因此而取笑他。

“那家伙就住附近，他已经住在这儿两年了，可从不来找我们。”沙赫巴兹乐不可支地说，“我老远就认出他来了，我大声喊‘副邮政局长助理大人’！那家伙就停下了。相见后大家还是很亲热。”

拉库纳特的妻子端来了茶，把茶放在桌子上，然后说：“沙赫巴兹，我还有件事找你。”

拉库纳特妻子的到来让两人都感到更加自在。因为谈论暴乱的话题会有些尴尬，可刻意回避这个话题更加尴尬。即便是对这两个从小一起嬉戏玩闹着长大的人来说，现在的气氛也很微妙。

“说吧嫂子，啥事儿？”

“可别让这事给你添麻烦。”

“你就说吧！”

“我和我嫂子的首饰放在家里的一个箱子里了，得拿过来。来的时候只带了一点儿行李，别的啥都没拿。”

“这算多大点儿事儿！说吧，箱子放哪儿了？”

“在楼梯间。”

沙赫巴兹对他们家非常熟悉，他是拉库纳特的朋友里唯一一个能进他家里屋的人。

“家里门上挂着锁吧？那把大铁锁？”

“我给你钥匙，然后告诉你箱子具体在什么位置。”

“我今天就去取回来。”

“米尔奇可能在那儿，他会给你开门。”

“米尔奇在那儿，我早上去那边转了转，特意嘱咐他要上点儿心。”

“他在那儿怎么吃饭？”

“整个家都归他管，还愁没饭吃？他可以自己去厨房做饭！”拉库纳特说。

“家里的东西他半年都吃不完。”拉库纳特的妻子说，然后问沙赫巴兹：“我现在就把钥匙给你？”

沙赫巴兹有些感动，也很骄傲。——嫂子把几千卢比的首饰托付给我，真是拿我当自己人了！

嫂子把钥匙交给了他。

“我把你的首饰私吞了咋办，嫂子？”

“比起首饰，我们更喜欢你！你就是把首饰扔了，我们都不会抱怨一句！我只会祝福你。”

说完，她掏出钥匙串，给沙赫巴兹讲哪把钥匙开哪把锁。

过了一会儿，沙赫巴兹起身告辞。拉库纳特陪着他，两人默默走到车前。

“沙赫巴兹，大恩不言谢，我欠你个大人情！”拉库纳特感激地说。

“甭提了，你这家伙！”沙赫巴兹笑着说，“回屋好好待着，接着拉你的屎吧！”说完，他拉开车门上了车。拉库纳特站着没动。

“快进去吧！别站这儿碍眼了！”

拉库纳特仍然没动。他伸出手想要和沙赫巴兹握手。

“快走吧，快走吧，别弄脏我的手。去吧，找个熟人聊天去！别在这儿站着碍眼，你这样的家伙我见多了。”

说完，沙赫巴兹开着车走了。

沙赫巴兹到拉库纳特家去取首饰箱时，已经是下午了。

米尔奇很久才来开门，他问道：“是谁？”

“开门吧，是我，沙赫巴兹。”

“谁？”

“开门，开门，我是沙赫巴兹。”

“好的先生，门从里面锁上了，我马上去壁炉上拿钥匙。”

路边是皮货商菲罗兹的仓库。菲罗兹站在仓库的台阶上，正在往里搬货。沙赫巴兹朝他看了一眼，菲罗兹也朝沙赫巴兹望去。沙赫巴兹转开了头，可他能感觉到菲罗兹仍在盯着他，那充满敌意的目光仿佛在说：“到现在你还和印度教徒来往！”

一辆马车从旁边驰过，沙赫巴兹转身看了一眼，原来是穆拉达德穿着他那身“行头”坐着马车在小区里巡逻。看见沙赫巴兹，穆拉达德冲他笑了笑，故意夸张地举手向他行了个礼，说道：“真主保佑！”

沙赫巴兹觉得有些窘，不禁恼恨仆人米尔奇这么久还没把门打开。

终于，门那边传来开锁的声音。米尔奇小心翼翼地把门打开一道缝，看到沙赫巴兹后咧嘴露出了微笑。沙赫巴兹用脚踢开门，钻了进去。

“快把门关上！”

“是的，先生。”

穿过昏暗的走廊时，沙赫巴兹觉得很亲切。尽管很久没来了，可他喜欢这里熟悉的气息。很多年前，当他和拉库纳特从这里走过时，拉库纳特的小女儿常常吸吮着手指盯着他们，然后伸出双臂朝他们跑来，让他抱她。每次来她都会在走廊的另一头张开双臂笑着朝他们跑来。还是在这条走廊，拉库纳特家的年轻女人们为了回避他，常常慌慌张张地跑过，那是拉库纳特刚带他来家里的时候。后来，她们只要看到是沙赫巴兹就会停下脚步，说：“哎，原来是你，我还以为是谁呢！”

沙赫巴兹思绪起伏。在这个家里，他和拉库纳特的家人度过了许多个愉快的傍晚。以前来这里时，拉库纳特的弟媳妇常给他煎荷包蛋。他们家的人都知道沙赫巴兹喜欢吃荷包蛋。后来即便是他在场，家里人都不回避他，一起在院子里坐着聊天。

“先生，家里人都还好吧？”米尔奇向他合十问候道。

这时，沙赫巴兹的注意力才回到米尔奇这里。只见米尔奇双手合十、拘谨地站在他面前。他很讨厌米尔奇混浊的眼睛、唯唯诺诺的说话方式和扭捏的站姿。这会儿，米尔奇的眼睛仍然是混浊的。家里人常常拿米尔奇开玩笑，而米尔奇则会羞涩得像个大姑娘似的以手遮面，这反而逗得大家哈哈大笑。沙赫巴兹倒并不觉得他坏，只是嫌他太猥琐。米尔奇的烂牙齿缝里挤出的话常常混杂着不同的词汇和口音——既不是旁遮普口音，也不是瓜廖尔口音，不知是哪里的口音。

米尔奇在院子中搭了三块砖，垒了个土灶，炉灰洒满了整个院子。不仅如此，他还把烟头扔得到处都是。

“你干吗不去厨房做饭？”沙赫巴兹问。

米尔奇歪着头笑着说：“就我一个人，先生，所以我就在这儿煮豆子吃。”

“口粮够吧？还需要什么吗？”

“口粮很多，还有邻居纳纳巴依天天过问我的情况。是你让他这样做的。”

“哪个纳纳巴依？”

“就是在水沟边开小吃店的那个纳纳巴依。他每天都给我扔整盒的土烟进来。真是个大好人！”说完，米尔奇哧哧地笑了。

院子里挨着厨房是一道楼梯。沙赫巴兹登上楼梯前朝院子又瞥了一眼，正屋通往院子的大门是关着的。可沙赫巴兹知道屋子里都有什么——壁炉上拉库纳特母亲的照片、两张坐榻，一张大床。可现在，关着的门让沙赫巴兹感到格外冷清。米尔奇正坐在门口翻弄他的水烟袋，旁边的地上是一堆破布。

“你坐在那儿干吗！也不扫扫地！”

“先生，现在还扫地干吗，他们都走了。”米尔奇咧嘴笑着说。沙赫巴兹觉得他们好像是在一个穹顶里说话，只要一开口回音就会嗡嗡响起，可一旦话说完，就是一片死寂。

“楼梯间是在这上面吗？”

“对，就在楼梯上面，放了很多箱子的那个屋子。”

米尔奇跟在沙赫巴兹后面登上了楼梯。

嫂子给他的钥匙串上大概有十几把钥匙，其中很多是小钥匙。嫂子在吩咐他的时候，先给他看了开大锁的那把钥匙，然后给他看了开柜子的小钥匙：“就是这把钥匙，别忘了。”

可现在沙赫巴兹找不到是哪把钥匙了，他对米尔奇说：“开大锁是哪把钥匙？你知道吗？”

“知道，我来帮你找。”

米尔奇接过钥匙串，低头仔细地翻找，像账房先生查账一般。米尔奇身材矮小，还不到沙赫巴兹的肩膀。沙赫巴兹低头就能看见他头巾下的发辫，像一只蜈蚣从左耳边垂下。沙赫巴兹说不出的厌恶。

米尔奇打开了锁。楼梯间又暗又闷。米尔奇打开了里面的窗户，窗户朝屋后开着，从这儿能看见一座清真寺的全景。窗户打开后，楼梯间里的东西一览无余，而且满是女人衣物的香气。楼梯间里摆满了大大小小的箱子。估计在离开前，拉库纳特三兄弟的妻子们把衣服随便卷了卷就塞进了这些箱子里。

沿着从箱子间腾出的一条路，沙赫巴兹来到放首饰箱的柜子前。

这时，他抬头望了一眼窗外的清真寺。在行小净礼[①]的水池边上聚了很多人，人群中好像还摆着一具尸体，就是他在去拉库纳特家

① 小净，伊斯兰教净礼之一。即礼拜前冲洗身体部分肢体。

的路上看到的那具尸体。沙赫巴兹站在窗前，朝清真寺的方向注视了很久。

他很快把首饰箱取了出来。这是一个盖着蓝色天鹅绒布的箱子，以前曾是家里的女人放衣服用的。沙赫巴兹小心翼翼地把它抬出来，然后锁上了柜子。

两人开始下楼梯。米尔奇拿着钥匙串走在前面，沙赫巴兹抬着首饰箱走在后面。忽然，他心里腾起一股莫名的怒火：也许是因为又看到了米尔奇的发辫，也许是因为看见了清真寺前送葬的人群，或是因为这几天来的所见所闻在他心中埋下的仇恨的种子已生根发芽。沙赫巴兹突然上前用力地踹了米尔奇一脚。米尔奇滚下楼梯，一头撞在对面的墙上。米尔奇摔下去的地方很陡，他的头摔破了，背上的骨头也摔断了。沙赫巴兹从米尔奇身上跨了过去，米尔奇面朝下趴着，脚还搁在最后一级台阶上。沙赫巴兹不知道自己为什么会突然如此地怒不可遏。跨过米尔奇的时候，他甚至想再往他头上跺一脚，就像踩死只虫子，可是因为担心会失去身体平衡，他没这么做。

走下楼梯后，他又朝米尔奇看了一眼。米尔奇眼睁着，正盯着沙赫巴兹，仿佛在问自己究竟做错了什么，以至于沙赫巴兹要踹他。米尔奇跌下楼梯的时候还惨叫了几声，而现在却声息全无，可能是受惊过度，也可能是昏迷了，或者是伤得太重。

沙赫巴兹把米尔奇丢在了那里，挟着珠宝箱出了门，然后把大门从外面锁上。

那天晚上沙赫巴兹把首饰箱交给嫂子的时候，像什么事儿都没发生过一样。接过首饰箱，嫂子热泪盈眶，对他千恩万谢。拉库纳特也十分感动，在这样的局势下，他的穆斯林朋友竟然还对他这么忠诚，他不禁对沙赫巴兹赞不绝口。

“但是有个坏消息，嫂子。”

“啥坏消息？家里被偷了吗？”

“不是，米尔奇下楼的时候摔了一跤，伤得很重，可能断了骨头。我本想找个大夫给他治治，可这会儿哪儿找大夫去？明天我再去找人。”

“可怜的家伙！”

“要不我也把他接过来？他一个人在那边儿怎么过？我再找个人给你们看家。”

他的建议遭到了拉库纳特夫妇的一致反对。他们在这一片儿人生地不熟，又怎么去照顾一个受伤的人？如果连沙赫巴兹都找不到大夫的话，他们又能到哪儿找大夫去？

“那交给我处理吧，”沙赫巴兹摇着头说，“总会有办法，这不算难事。”

嫂子对沙赫巴兹更加感激了，不住地夸赞他。她觉得沙赫巴兹脸上仿佛有了祥光，像个圣人。

11

洗漱完毕，德沃达德站在家门口搓手。只要他在搓手，或者是揉鼻子，就表明他在思考工作问题。他的脑子里像有个记事本，搓手、揉鼻子的同时，一件件事就被记录在案，比如：

“拉达那边儿的同志还没有把报告送来，那里有暴乱，得再派个人去。”

“为了阻止城里的暴乱，得让国大党和穆斯林联盟的领导一起会谈。应该让海亚特·巴克什和巴克西两人见个面。”

昨天，德沃达德已经去拜访了很多人。拉贾拉姆一见他就关上了门，拉姆纳特则气呼呼地骂共产党。海亚特·巴克什倒是挺愿意见他，只不过一见到他，海亚特·巴克什就开始喊口号：“成立巴基斯坦！巴基斯坦万岁！”根本不给他说话的机会。“今天得再去见见这些人。”德沃达德又开始搓手、揉鼻子，“必须要让巴克西先生去见海亚特，见巴克西时得带上阿德尔，见海亚特·巴克什时要带上阿明。”然后他又否定了这个计划，“别管这些领导了，他们办不成事儿。干脆让国大党、穆斯林联盟、锡克教大会各派十个代表来开个会。”他觉得这个主意不错，现在必须去党办公室，让这个计划得以实现。突然，他想起两件事——为了阻止工人聚居区的暴乱，只派一个同志过去是不够的。拉达是穆斯林聚居区，尽管已经派了杰格迪西去，可光凭他一人控制不了局面；同时，还得赶紧往村子里也派一些同志，让他们挨村巡视。尽管人手很少，但仍要尽可能地阻止暴乱。他又揉了揉鼻子，低头看了看手腕上的表。共产党大会十点召开，会上各区片儿的负责同志要汇报当地的局势。好吧，现在就出发。德沃达德悄悄地去阳台推自行车。

“是谁？德沃达德？”

德沃达德放下了车，回到房间。

“你去哪儿？”房间里的矮床上坐着的一位体形肥胖的中年男子说，“如果你想死就先把家里人都杀了吧！你看看外面是什么形势！”

德沃达德站在门槛上无言以对，不停地搓手、揉鼻子。德沃达德的母亲从厨房里出来，一边用围巾擦手，一边说：“你这样折磨我们对你有什么好？你不看看我们是怎样为你整夜担惊受怕的！外面着着大火，而你却整夜不在家！”

德沃达德搓着手说：“从后面的马里路一直到前面的公园，全都是印度教徒聚居区。你们不会有危险。”

“你怎么知道我们不会有危险！你能未卜先知？”父亲吼道。

“我们这一片儿的住户里至少十家有枪，青年团的家伙已经杀了三个人了……”

“你这个笨蛋！你以为我们担心自己？我们是怕你遇到危险！”

“我不会有危险的。”说完，德沃达德转身去阳台推自行车。

母亲把围巾往肩上一甩，拦住了他的去路：“整个晚上我都忧心如焚！你看看外面的形势！”

德沃达德感到很为难，又开始搓手、揉鼻子。他对母亲说：“我很快就回来，你别担心！”

“你别糊弄我！你昨天也这样说过！你昨天不是向我发誓说天黑前一定回来吗？”

“别信这兔崽子的！你干吗为他操心！这小子就会让我们丢人现眼！这个兔崽子，连爹妈都不管不顾，却要去阻止暴乱，真是个混蛋……”

德沃达德推着车出了门。

屋里的声音更大了。

“大家都在骂他！没有工作，游手好闲！整天在那些挣不了多少钱的工人、苦力面前演讲，带着他们到处转，混蛋！嘴上的毛都没长全，现在居然是个领导了，这个兔崽子！”

德沃达德来到一个路口。

局势看上去更加糟糕了。大街小巷空无一人，所有的店铺都关着门，马车、汽车也踪影全无。如果哪家店铺的大门开着，那也一定是因为被洗劫过。街上偶尔会遇到一群人，手里都拿着棍子，这是某个小区自发组织起来的护卫队，他们在守卫自己小区和别的小区间的边界。但不是所有的小区的边界都是这样分明，比如现在，马路两边的二层小楼住着印度教徒，而后面的胡同住着穆斯林。用德沃达德的话说，就是马路边住着中产阶级，而胡同里住着下层群众。

“德沃达德！”左边有人喊他。德沃达德单脚落地，停下了自行车。

“别往前面去！有个人躺在那儿快咽气了。”一个身材矮小、手持棍子的男人走过来对他说。

“在哪儿？”

“路边，就在斜坡上。”

“是谁被杀了？”

“一个穆斯林，还能是谁？你这会儿还要去哪儿？”

“我要去党办公室办点事儿。”

“有个印度教徒在坟地那边被杀了。”矮个子男人气呼呼地说，“你整天为穆斯林争取权益！现在你去告诉他们，我们要去抬那个印度教徒的尸体，也让他们把自己人的尸体抬走。”

右边屋子的阳台上，又有个声音响起：“别去，那些人会杀了你！”

“他成天和穆斯林混在一起，没人会杀他。”

“毕竟他是印度教徒！”阳台上的声音说。

听到声音，周围一些躲在暗处的人也壮着胆子，好奇地走了出来。

“让他去告诉他们，他们杀我们一个人，我们要杀他们三个！”

路边躺着的那个人还没有咽气，在低声呻吟。他的身体顺着斜坡往下滑了一段距离，原本花白的胡子已被血染成了红色。他的卡其布衣服上缝着最便宜的锡扣。他的鞋带也开了，就好像已准备好要踏上去另一个世界的旅途一样。看样子这是一个克什米尔人。德沃达德转过视线，看到路口有一群人正盯着他。接着他又把视线转回来，这次他认出了这个人。他的确是个克什米尔人，就在帕德赫金德的木柴店干活，负责给顾客家送木炭和柴火。帕德赫金德的木柴店离这儿可不近。

德沃达德又开始搓手、揉鼻子了。现在不是救人或安置尸体的时候，也不是去坟地查看那个印度教徒的尸体的时候。现在他应该赶快去党办公室。

党办公室里到处都是旗子，可人只有三个。整个支部一共有八个人，有五个人在外面执行任务。更不幸的是，一位穆斯林党员对党失去了信心，准备退党。他怒气冲冲地对德沃达德说："你总说这是英国人使的坏，是英国人使的坏，可这关英国人什么事儿！是印度教徒在清真寺门口扔的死猪，我还亲眼见到他们杀了三个穆斯林。得了吧，先生，之前你说的都是胡扯！"

德沃达德说："同志，冲动无济于事。我们都是中产阶级，受传统习俗的影响太大。你要是工人阶级就不会这么介意印度教徒和穆斯林的问题……"话还没说完，穆斯林同志已经拿起包，离开了党办公室。

"这位同志的信念很不坚定。任由情绪摆布的人是当不了共产党员的。共产党员应该理性地看待社会现象。"

会议开始了。第一个议题是"城市局势"，其中要重点关注工人聚居区的形势。

"互相残杀的暴乱是错误的！虽然紧张气氛在加剧，但所有的工人聚居区目前还没有发生暴乱。杰格迪西同志现在在一个穆斯林小区，群众都听他的，尽管小区里还住着二十户锡克教徒，可一起暴乱事件都没有发生。但杰格迪西同志报告说情况正在恶化。昨天，两位工人发生了争吵。外面传来的流言在小区里产生了很坏的影响。”

会议做出决定，派库尔班·阿里去拉达协助杰格迪西。德沃达德在会议记录本上记下了这个决定。

另一位同志塔拉已经到了村子，却没传回一点消息。交通已经瘫痪了。大家听说，只有一辆蓝色的汽车一趟趟地往村里跑。这是谁的车？在干什么？谁都不知道。有人说那是沙赫巴兹的车。

会开到很晚，三位同志和德沃达德一个议题接一个议题地认真讨论。终于，要讨论最后一个议题了。

“我们应该召开一个所有党派的代表大会。”

“这办不到，”一位同志说，“国大党办公室挂着锁，找不到人。而和穆斯林联盟的人谈话，他们只会冲你喊‘巴基斯坦独立’之类的口号。他们还坚持让国大党承认自己是印度教徒的政党，然后才会坐下来和他们谈。况且，现在大家都待在自己的小区里不敢出门。怎么开会啊？”

德沃达德一边揉鼻子一边修正了方案：不用每个党都请十来个代表，只需要去请每个党派的领袖就行了。他们总会带些人过来开会。

“没人会来，同志！”另一位党员说，“即便来了他们也只会互相指责，不会有任何结果。”

“同志们，让他们在一起开会，对群众会有好的影响。同时我们还能以他们的名义呼吁大家恢复和平局面。我们可以让他们到处去宣传和平思想。现在的情况是什么？现在的情况是，冲突还没有全面爆发，只有零星的残杀事件。现在迫切需要把他们找来开会……”

会议接着讨论了些具体问题，比如在哪里开会。最后，大家决定在海亚特·巴克什家里开会。“我去找巴克西先生。因为要去穆斯林小区，阿齐兹同志得带上几个穆斯林朋友，这样我们才能到得了海亚特·巴克什那里。”

“这事儿已经通知海亚特·巴克什了吗？”

“我这就去告诉他。”

“同志，你没搞错吧？你到得了海亚特·巴克什的家？谁送你去？”

“你和我一起去。”德沃达德笑着对阿齐兹说。

“同志，我们的方案只是一杯水，扑不灭眼前的大火的。”

但会议结束后，德沃达德和阿齐兹还是立刻出发去找海亚特·巴克什了。他们躲躲藏藏，穿街走巷，顶着沿途居民敌意的目光和咒骂声，终于到了海亚特·巴克什的家。

当天下午，在海亚特·巴克什的家里，会议真的召开了。巴克西先生是德沃达德去请来的。他没去请别的国大党成员，因为他知道就算他去请，别人也不会来。但他相信巴克西先生会来。他知道巴克西在英国人的监狱里总共坐过十六年牢，经历过风雨。尽管他不明白巴克西先生的想法，也知道他解决不了现在的争端，可他坚信巴克西先生不愿意看到流血冲突。前些天，德沃达德听过巴克西先生的公开讲话，那时他显得有些软弱，但那是因为他心里充满犹疑和愤怒，所以没有掌控好局面。尽管在和德沃达德这个共产党一起来的路上，巴克西先生被人咒骂，可他还是到了海亚特·巴克什的家，还带着两个年轻的国大党员参加了会议。会议一开始并不顺利，大家都在相互指责。前半个钟头，海亚特·巴克什一直坚持让巴克西先生承认自己是印度教徒的代表。这时，德沃达德发言了：

“先生们！现在不是争论这个问题的时候！外面正在杀人放火，听说火已经烧到了城外的村子。这时候我们的责任是什么？我请求大家看到当前局势的危险性，采取措施阻止暴乱！”然后，他拿出一份早就准备好的和平倡议书。会议争论的焦点变了。德沃达德建议，不要用党派的名义签署倡议书，而是以海亚特·巴克什、巴克西以及大家个人的名义签署倡议书。

大家又争执不下，筋疲力尽。这时，海亚特·巴克什的儿子在他耳边悄悄对他说，这只不过是一份倡议书，签不签没什么区别。于是海亚特·巴克什才签了字，巴克西先生也签了字。在海亚特·巴克什等人“巴基斯坦万岁！”的口号声中，巴克西先生起身告辞，就在他穿鞋的时候，有人送来消息说拉达的工人聚居区发生了暴乱，有两个做木工的锡克教徒被杀了。

“那儿的暴乱是你亲眼见到的吗？还是听别人说的？”德沃达德问送消息的人。他的心情很沮丧，他知道，如果工人聚居区都发生了暴乱，这就说明局势已经失控，刚才的会议也已于事无补了。

德沃达德决定回党办公室去取自行车，然后立刻去拉达。无论如何也得去趟拉达，不能让杰格迪西同志孤军奋战。他去了，也许情况就会好转，工人群众就不会自相残杀了。

当德沃达德又费尽周折到达党办公室门口的时候，发现他的父亲正等在门前，手里拄着拐杖。德沃达德上前用马克思主义理论给父亲分析了当前的局势，并且告诉他，自己必须去阻止暴乱。然后他去推自行车。这时，父亲的怒火再也无法遏制：“你这个蠢货，混蛋！被人杀了连收尸的人都没有！你看看现在是什么形势！兔崽子，就凭你能阻止暴乱？……”父亲关上了党办公室院子的大门，想揍德沃达德一顿。他举起了拐杖，却号啕大哭起来：“你干吗要让我们伤心？我们就你一个儿子。你也体谅体谅我们，懂事一点儿！你看看，你母亲多么担心你！你要愿意，我给你磕头了！走，回家吧！”

德沃达德又开始搓手、揉鼻子了。情况有些复杂，必须找个人把父亲送回家。

“我必须去拉达，”他说，“你拦不住我。但我会安排人送你回家，拉姆纳特同志会送你回去。”

那天下午又发生了一起死亡事件，“将军”被杀了。原本他就是个怪人，这种时候他就更“怪”了。那天他夹着手杖，喊着“左-右-左”的口令，出发去阻止暴乱。没人知道那天他的脑子里在想什么，可能是出于激情，也可能是由于偏执，他出发了。他觉得城里发生暴乱的情况下，那些待在家里的国大党员都是叛徒。

在街上，只要见到合适的地方，他就上去演讲：

“先生们，我告诉你们，贾瓦哈拉尔·尼赫鲁先生曾在拉维河畔发过誓。当时我们和他一起在拉维河畔跳舞，一起发过誓。今天，那些躲在家里的国大党员都是叛徒！我知道他们每一个人的底细。我要问问这些人，干吗躲在家里？他们应该穿上女人的裙子，涂上指甲油！我向你们呼吁，向所有的男人、女人、老人、年轻人、孩子们呼吁——停止暴力冲突！否则国家将会毁灭！财富会被英国人掠走！英国人，那些白猴子——仍然在对我们发号施令……”

“将军”一条街接一条街地演讲，到了下午，他来到了格米迪小区。他正在演讲的时候，来了一群好事之徒驻足观瞧，“将军”不认识他们，也不知道他们是从哪个小区来的。

“先生们，我告诉你们，印度教徒和穆斯林是兄弟！城里现在发生了暴乱，到处都在杀人放火，但当局却毫不干涉！地区专员正在家搂着老婆安逸地喝茶。听我说，我们的敌人是英国人！甘地先生宣布，宁死不愿巴基斯坦独立！我也宣布，我也宁死不让巴基斯坦独立！我们是一家人，我们是兄弟，我们应该团结起来……”

“去你妈的……”听众中有人咒骂道，然后那人举起棍子一抡，敲碎了“将军”的头骨。“将军”的手杖、绿色的头巾、鞋子，顿时散落一地，话还没说完，他就倒在了自己演讲的地方。

12

“来个人去楼顶站岗。”任威尔说。通过杀鸡的考验后，他现在非常自信。他已经是青年团里最聪明、最积极、最能干的成员。他的话音里透着威严。

尽管摆着棍子、斧子、刀、弓箭以及弹弓，“武器库”看上去还是比较空。屋子外面，离楼梯不远的炉子上架着煮芥菜油的锅。但因为木材不够，煮油的事儿只能等明天再说。

“遵命！”舍姆普答应道，然后登上了楼顶的露台。

青年团四位“武士”的心里早已按捺不住，这是他们在战场上大显身手的时刻。登上屋顶，他们感觉自己就像当年的拉其普特武士，在山崖上俯视从哈尔迪河谷入侵穆斯林军队，随时准备给他们迎头痛击。

任威尔个子不高，所以他总把自己幻想成西瓦吉[1]。他两手交叉搭在胸前，用锐利的目光扫视附近的街道。他很想在腰里挂一把剑，扎上宽腰带，穿上长衫，再戴上黄色的头巾和战盔。穿着现在这身宽松的裤子去参加战斗会显得很可笑。旧衬衣、肥裤子、破拖鞋，这可不是一个战士的着装。但穿什么衣服由不得他自己做主。衣着的

---

① 17世纪印度中部马拉塔联盟的缔造者，反抗莫卧儿帝国的民族英雄，印度教徒，身材不高。

缺憾，任威尔用威严的嗓音来弥补。他学着军官的语气发号施令，用严格的纪律管束大家。他背着手，微微弓着腰，神色凝重地在“武器库”里踱步，就像西瓦吉在迎战奥朗则布的大军前，在军营里踱步。

“长官！”莫诺赫尔本来在给弹弓旁边摆弹子，看到任威尔踱过来，他站起来报告。

“木材太少，没办法煮油。”

“煤也没有吗？”

“没有，长官！”

任威尔继续背着手又踱了一会儿。师傅教导他，作为指挥官，应该迅速决断。在辨清形势的情况下，快速决断是指挥官必备的素质。

“从自己家拿！不管是什么，木头或煤，能拿多少拿多少！别耽误大事！”

莫诺赫尔愣住了。

“怎么了？”

“如果我妈不让我拿怎么办？”

“长官”盯着站在“武器库”中间的莫诺赫尔，用严厉的语气说：“你看着我有什么用？不管从哪儿弄，赶紧把木头弄来！”

“遵命！”莫诺赫尔答道，然后转身准备离去。

“等一下！不用现在去。”转念一想，任威尔又决定先不煮油。

“武器库”在舍姆普家那间一直空着的阁楼。舍姆普的家是一座两层的楼房。一楼住着年老的祖父祖母，二楼的阳台正对着马路，路边有一棵枝叶繁茂的菩提树，遮住了部分阳台。大门外是一条胡同，胡同口就在那棵菩提树下。胡同又暗又窄，从马路拐进胡同的人，远看就像被什么东西吞噬了一般。任威尔告诉舍姆普，这种地形就像古代战争中的“车轮阵”，对青年团的活动非常有利。胡同经过大门不远就朝左拐弯了。拐弯处有一位穆斯林圣人的墓，这座墓现在已经破败不堪了。墓边上住着一个娶了两个老婆的穆斯林老人。再往前是一个水龙头，每天下午四点来水。在这之前，这儿一个人影都没有。水龙头前面的房子都是印度教徒的，只在胡同尽头的棚屋里住着两家穆斯林——穆罕默德·托比家和拉赫曼·赫玛穆瓦拉①。再往前，胡同就消失在由更窄的路织成的网中。如果穆斯林进攻这条胡同，会被堵在胡同口到水龙头的这段路上。危急时刻，大家可以随时撤进路两边印度教徒的屋子里。

“你认识胡同里住着的穆斯林吗？”任威尔问舍姆普。

“是的，长官！我认识他们。穆罕默德·托比常给我家洗衣服，他和他的老婆们住在陵墓前面，和我爷爷关系很好。”

“那不能让你在这条胡同执行任务。”任威尔严肃地说。舍姆普很沮丧。

任威尔决定，今天要进行第一次攻击任务。四位“英雄”都很兴奋。一直到今天，他们都是在做准备工作，而现在，任威尔要大显身手了。“孩子，今天踏上战场去证明你的勇气！”这句激昂的歌词不断在特勒姆德沃的耳边响起。而莫诺赫尔却显得有些担心。他出门前没给母亲打招呼，现在已经快两点了，母亲做好饭就会出来找他，谁知道会不会找到这里来？

任威尔把其他三位青年团团员召集到“武器库”，告诉他们自己的作战计划。“今天还没到用沸油泼敌人的时候。这一招，只有到了敌人进攻我们的要塞时，或者靠别的武器打不过敌人时才用。”想了一会儿，任威尔接着说：“今天要用刀，长把的刀。”

然后，他又对英德勒说：“给我们看看你是怎样用刀的。去，从

① “托比”和“赫玛穆瓦拉”是种姓名，意为“洗衣人”与“搓背人”。

窗台上拿一把刀！”

英德勒马上去拿了把刀。他右手持刀，刀口向里，叉开双腿在屋子中间摆了个架势。然后他往左跳开一步，抡刀划了个弧线，闪到任威尔的背后，稳稳站住，作势往任威尔腰间一捅。

任威尔摇头表示赞赏：“千万别往敌人的胸口或后背捅，永远瞄着腰或小腹捅。刀扎进敌人身体后，拧一下再拔出来。如果你是在人群中捅人，别拔刀，让刀插在敌人身上，然后自己赶快溜。”

任威尔说的都是德沃布勒德师傅教他的。

四个人分成了两组。由英德勒负责第一击。英德勒、舍姆普和“长官”任威尔三人下了楼，莫诺赫尔留在了楼上。大家决定让他在露台上望风，任威尔、舍姆普、英德勒负责从来往胡同的人中寻找目标。发现目标后，由任威尔下令，英德勒就从门槛里跳出去发动攻击。他们把大门开了一道缝儿，从这个缝儿里能看到部分马路和胡同口。菩提树边的马路在午后的烈日下反射出刺眼的光芒。

一辆马车停在了胡同前。任威尔把门几乎全掩上了，只留了一条细细的缝儿，从这个缝儿里朝外瞧。

“是谁？”英德勒低声问。

任威尔没作声。另外两位“战士”也贴过来往外看。

“是杰拉尔汗，纳瓦布加达·杰拉尔汗！”舍姆普说，“他就住在马路对面，是我们小区的大房东，常和地区专员来往。”

门缝儿里，杰拉尔汗头巾上白色的羽饰、卷起的胡须、发红的面膛一闪而过。经过胡同口的时候，大家能听见他的长袍抖动的簌簌声和鞋子踩地的嗒嗒声。大家还没反应过来，杰拉尔汗就进了自己家门。

三位“勇士”还在发呆。杰拉尔汗身材魁梧。刚才看到他走过来，三人都有些害怕，也来不及反应。

师傅说过千万别仔细打量自己的敌人，这样会动摇自己的决心。只要是生命，如果你仔细端详，都可能对其生出恻隐之心。绝不能这样做！

突然，胡同里面传出了开门、关门的声音。三个人竖起了耳朵。任威尔把门帘也放下了，但特意留了道缝儿，以便看到胡同里的情况。

“是谁？”英德勒低声问。

“是个穆斯林！”任威尔说。

英德勒、舍姆普赶紧又贴上来看。只见一位留着胡子的老人，沿着胡同朝马路走去。

“是米扬先生！”舍姆普认出了那人，“他就住陵墓前面。现在他应该是去清真寺做祷告。他每天都是这个时候去清真寺做祷告。”

“安静！”

米扬走出胡同，来到菩提树边，然后朝左拐了下去。他穿着一件长袍，外面套着一件黑色的背心，脚上穿着一双宽大的拖鞋。他的右手握着一串念珠。岁月压弯了他的腰，他走得很慢。

“上吗？”英德勒突然问“长官”。

“不上，现在他已经到大路上了。”

“那又怎样？”

“不能在大路上杀人。”

舍姆普觉得英德勒问得很鲁莽，也可能是他自己太松懈了。不管怎样，刚才英德勒的问题让他很紧张。而“长官”的回答让他松了口气。

三个人在门后又等了很久。时间过得很快，四点钟就要来水了，妇女们会拎着罐子去水龙头那里接水。并且快到傍晚时，路上的人也会多起来。

这时，有两个人一前一后走进胡同。其中一人戴着眼镜、推着自行车。

“这是朱尼拉尔先生。他在政府部门上班。他养了条狗。”

另一个人是位锡克教徒，身上背着个袋子。

两人一前一后穿过了胡同。

过了一会儿，胡同里又传来脚步声。英德勒挤到任威尔身边朝门缝儿外看。

“是谁？”

“一个小贩。”英德勒低声回答。

“他是卖香水的，住得离这儿很远。每天他都从这儿经过。他是个穆斯林！”

来人体形肥胖，留着被染成了红色的山羊胡子，身上挂着很多口袋。他经过菩提树，径直走进胡同。因为背着东西，他满头大汗。他的右耳挂着几个棉条，头巾上别着几根签子。①

任威尔觉得身后有人在动，他转头一看，英德勒的手已经伸进兜里去拿刀。

机会转瞬即逝，现在是做决定的时刻。这个人是个穆斯林，又是个陌生人，背着口袋，疲惫不堪，既逃不掉也没法反抗，是个完美的目标！尽管还有疑虑，但渴望当英雄的情绪左右了任威尔。时间飞快流逝，那个人沿着胡同不断朝前走。任威尔给英德勒使了个眼色，英德勒跃出了门槛。英德勒跃出的瞬间，屋外耀眼的光线一下射进屋里。任威尔立刻关上了门。

① 印度的香水贩常用棉签蘸着香水贩卖。

任威尔和舍姆普站在门后屏住呼吸，仔细聆听，可外面声息全无。任威尔热血沸腾，再也按捺不住，他打开门伸出头去看。胡同的不远处，香水贩子正往前走，由于背着东西，他的腰弯了下来。而英德勒，这个身材矮小的英德勒，正跟在他后面。英德勒一边伸手去口袋里拿刀，一边蹑手蹑脚地往前走。

对任威尔来说，虽然从门后伸出头也看不清楚胡同里的情况，可他也不愿就在屋里待着。尽管作为“长官”，要掌控大局，可他就是控制不住自己的好奇心。这时，舍姆普把他拽了回来。舍姆普害怕极了，他的双腿像灌了铅。被拽进屋前的最后一瞥，任威尔看见英德勒跟着那个穆斯林，消失在胡同拐弯处。

舍姆普从里面锁上了大门，两人在黑暗中喘着粗气，面面相觑。舍姆普腿都软了，而任威尔则想尽快出去看个究竟。

过了胡同拐弯处，香水贩转身看见了少年。他还以为之前是自己的脚步声太大而没听到这个少年人的脚步声。他笑着对少年说：“孩子，你现在是要去哪儿？”说完，他摸了摸英德勒的头。

英德勒停住了，他盯着香水贩，手还在兜里握着刀把。英德勒注意到眼前这个人腮帮子很鼓，他想起来师傅曾说过，腮帮子很鼓的人都是胆小鬼。因为他们的消化不好，跑不快，容易喘粗气。眼前这个人正喘着粗气。

英德勒紧盯着香水贩子，寻找机会准备攻击自己的猎物。

香水贩子觉得眼前的男孩很天真，年纪不大，乖巧喜人，可能是为了寻找安全感才跟在自己后面。他可能是害怕了，现在城里的人谁不害怕呢？

“你住在哪儿？”他问英德勒，“我们一起走，现在可不是一个人闲逛的时候。”

但英德勒站在原地没动，眼睛仍然紧盯着香水贩子。

“我可以送你回家。如果你家很远，我还可以托人送你回去。现在城里有暴乱，很危险。”

没等少年回答，他转过身接着往前走。

英德勒愣了一会儿，然后跟了上去。

附近的房屋一片死寂。门槛里都黑洞洞的，就算睁大眼睛努力往里看，也看不见什么。

“其实今天我也不该出门。”香水贩子对英德勒说，“今天哪儿是出门的日子！整个城市都瘫痪了。可我觉得坐在家里也不是事儿，出来挣几个钱总是好的。买卖人成天坐在家里，还不得饿死？”说完，香水贩子笑了起来。

很快，两人就走到了水龙头边儿。水龙头没有水，龙头下方垫了块石头，石块中间有水流冲出的凹痕，这块石头现在是干的。石头旁边有几只黄蜂在飞。以前英德勒常常来这儿抓黄蜂玩。

“哪怕谁买四棉签香水，我也能挣四个安那。”香水贩子自言自语道。他这样说或许是闲聊，或许是穿行于这空寂的街巷让他也觉得有些害怕。

“我熟悉所有的街道，知道哪儿有人会买香水。那个有两个老婆的男人，一定会买我的香水，他还会买染发剂和眼药水。还有个人也一定会买我的香水，因为他的老婆很年轻。好，我慢慢给你讲。”他故意说这些来逗少年开心。

英德勒却不为所动，他的步伐更加坚定，插在口袋里的手也攥紧了刀把。他全神贯注，紧盯着香水贩的腰部。他的目光如此专注，如同阿周那杀死小鸟的目光[1]。香水贩左肩背着的口袋就像钟摆一样在他的腰间晃动，时不时露出他的粗布衣服。

经过水龙头时，英德勒用尽全力攥紧了刀。他仔细盘算着自己和香水贩之间的距离。伴随着鞋子的啪哒声，香水贩背的袋子晃来晃去，他的腰部也忽隐忽现。

“市场里棉签蘸着的香水好卖，而在胡同里买整瓶香水和油的人更多。”香水贩接着说。突然，英德勒跃起捅了香水贩一刀。香水贩只觉得左边有什么东西跳了一下，接着又有一样东西寒光一闪。他停下来转身去看究竟的时候，忽然感到腰间一阵剧痛。英德勒捅得很准，他按照“长官”的吩咐把刀拧了一下，深深地扎到了香水贩的腹部，然后弃刀而跑。

香水贩这时还没完全转过身来，他看见少年正在朝后跑。他不明白出了什么事儿。他想喊少年回来，但看见了顺着脚流下的血，然后觉得腰有点发沉，很不舒服。腰间先是微痛，紧接着是剧痛。疼痛和恐惧让他惊慌失措。

“天哪，杀了……他们杀了我！天哪！……”

惊恐之下，香水贩已语无伦次。对他而言，比起腰间的伤，恐惧和“竟然是那个天真的少年动刀”的事实更加致命。他已承受不住肩上袋子的重量，俯身倒在地上。

起初，他还能看见英德勒奔跑的脚，一会儿英德勒就跑没了影儿。

“天哪！……”他呻吟道。

接着，他的喉咙里又发出一声低沉长嘶。他的眼睛看到了湛蓝

---

① 阿周那是印度史诗《摩诃婆罗多》中的英雄，传说他曾凝视一只鸟的倒影而杀死了这只鸟。

天空的一角，那里有几只秃鹰在飞翔。现在天上秃鹰的数量比以前多了一倍。慢慢地，蓝色的天空在他眼中黯淡下去。

13

纳度焦虑地坐在家门口，不停地抽着水烟。暴乱的消息越多，他越觉得不安。然后他又宽慰自己——我又不会未卜先知，我怎么知道死猪被拿去做了什么？这样一想，他就能安心一会儿。可如果又有什么暴乱的消息传来，他就又紧张起来——我这是自作自受！

所有的杰玛尔①一大早就聚在屋外抽水烟、聊天。好几次，纳度有意地往人群里凑，试图和大家聊一聊。可每次没说几句，他就会口干舌燥，双腿发抖，于是只好回家。“我要不要把这一切都告诉妻子？她是个宽厚的女人，会理解我的，这样我的心情会轻松一点儿。”有时他想干脆去弄一坛酒，把自己灌醉，这样就能得到片刻的安宁。可是这会儿上哪儿去弄酒？对了，这事儿也不能告诉妻子，太冒险了！“如果她说漏嘴让别人知道，那该怎么办？人们知道了肯定不会放过我。谁知道警察会不会来抓我？那我该怎么办？谁会相信是穆拉德·阿里让我干的这事儿？穆拉德·阿里是穆斯林，他怎么会让人往清真寺门口扔死猪？……”纳度心乱如麻。像是一种下意识的自我保护，他的思绪又换了个方向。那一定是另外一头猪！清真寺门口那头猪，不是他杀的。“我又没看清楚。清真寺门口一定是另外一头黑色的猪！天底下黑色的猪多了去了！都是我疑神疑鬼，自寻烦恼！一定是另外一头猪！”想到这儿，他放松下来，开始和妻子说笑。然后他起身，到邻居家串门，聊起了市场的大

① 皮匠种姓。

火。但他的好心情并没有持续多久。忽然他又想起了杀猪那晚的情形，立刻汗毛倒竖。荒凉的郊区，又臭又潮的小屋，偷来的猪以及夜幕掩护下噶鲁[①]的手推车。这一切像噩梦一样在他眼前掠过。兽医怎么会让他杀一只偷来的猪？“坟地那边有很多养猪场的猪，去抓一头……晚上杰玛达尔会推着车来，死猪就放进他的车里……我不来，你就别走。”穆拉德·阿里那天说的话又在他脑海中响起。事情是不是就像穆拉德·阿里说的这么简单？难道这事儿不可疑？他想干脆直接去找噶鲁问问后来他把死猪怎样了，或者去找穆拉德·阿里，对他说……但穆拉德·阿里会怎样回答？“如果他心里有鬼，就会把我轰出去，或者反咬一口把罪过都推到我头上，让人把我抓起来……”

他又拿起了水烟。让穆拉德·阿里和他的猪见鬼去吧！已经发生的事儿就随它去吧！“我又不是故意干这些事情的！我是在不知情的情况下做的那些事儿，而他们却睁着眼睛在杀人放火！真不明白他们为什么要作恶！我是杀了头猪，可这有什么大不了的？杀猪算什么事儿！我要有罪的话，那些放火烧市场的人该有多大罪？我没有故意去干坏事！发生的事儿就算了吧。我和那些事儿没有一点关系……”

纳度想起了自己的父亲。他是位敬畏神的人，总是对纳度说：“孩子，要干干净净做人，不能干坏事……要凭本事吃饭……”想到这儿，纳度的眼眶湿润了。他的心理负担又变重了，让他难以负荷。

这时，远处空地那边有个人走着走着忽然停了下来，朝杰玛达尔聚居区这边张望。纳度的心怦怦直跳。他觉得这人一定知道是自己杀的猪，然后来这儿找他。

纳度的妻子用围裙的边儿擦了擦手，来到屋外。看到她，纳度

---

① 运送死猪的那个清道夫的名字。

不禁又开始踌躇，他想把整件事都告诉她。她是他唯一能倾诉衷肠的对象。

纳度的目光又转向空地边儿站着的那个人。

“你在看啥呢？”妻子问，然后她也望向空地边儿那个人，“那人是谁？你认识他？”

“不认识，我怎么会认识他？我不认识他。”说完，纳度心不在焉地看了妻子一眼。

“你站这儿干吗？走吧，去干你自己的事儿去。”纳度淡淡地说。

纳度的妻子回了屋。

纳度偷偷朝马路那边瞅去，那个人已经走了。原来那个人在空地边儿上抽了根烟，现在他把烟掐了接着往前走了。

“我真是自寻烦恼！”纳度心想，“来这儿的人本来就很多，都是来找皮匠们做生意的。”

他安下心来，没事找事似的冲妻子嚷嚷起来：“听着，去煮一壶茶！”

听到纳度在叫她，妻子转身又来到门边。妻子有一种奇特的魔力，纳度一靠近她就会有一种安全感。只要妻子在家，纳度就会感到踏实，一天见不到她，他就会觉得无所适从。尤其是今天，他想整天都让她待在身边。妻子从不焦虑，从不激动，也从不惊慌，她的心情似乎永远是那样平静，她从不发脾气。所以她才会体态丰满，而成天忧心忡忡的纳度则骨瘦如柴。她慵懒的样子总是让纳度着迷，她的一举一动，都是那么安详。

妻子站在门边，一手扶着门框，笑着对他说：“平时这会儿从不见你喝茶。不用上班，你当是在过节吗？”

纳度听完很不高兴：“过节？你看这像是在过节吗！你不煮我自

己去煮，说这么多废话干什么！”

说完，纳度起身朝屋里走去。

“我马上去煮，煮茶又不费事，你干吗生气啊？”

“你让开，我自己煮！”纳度气呼呼地说，然后蹲在炉边准备煮茶。

“有我在还让你下厨房，你想臊死我？”妻子上前拽住他的胳膊说，“你起来，我来干，我整个人都是你的。”

纳度站起了身，感到一阵心酸。他站了一会儿，然后上前把妻子搂进怀里。

“今天你怎么了？”妻子笑着问他。丈夫的拥抱反而让她觉得不安。她觉得纳度心里一定有什么事儿，所以从昨晚起他就有些古怪。

“从昨天晚上起你说话就有些怪怪的，你别这样了，我有点害怕。”

“咱害怕啥？咱又没把谁的家烧了。”纳度支吾道。

妻子紧紧抱住纳度。

纳度的不安和恐惧逐渐增强，就像昨夜看到大火后那样，他快发疯了。

他的眼前又浮现出那头猪的尸体——就在地板的正中央，四脚朝天地躺在血泊中！他颤抖起来。虽然搂着妻子，可他觉得越来越冷，汗水浸湿了他的后背。妻子感到虽然纳度抱着她，可他的心已不知去向。忽然，纳度松开双手，呜咽起来。

“不行，今天不行，我没有心情。看看外面都成什么了！多少人的家都被烧了！”

说完，纳度呆呆地站着。

过了一会儿，妻子惶惑地问：“怎么回事儿？你干吗又不说话了？有什么事就告诉我，我人都是你的，有啥不能对我说的？”

但纳度退了一步坐在床上。

“怎么了？”

“没事儿。”

“一定有什么事你瞒着我！”

“没事儿。”纳度再次说。

妻子走到纳度身边，伸手摸了摸他的额头，说：“你干吗不说话？”

“没什么话好说。”纳度回答。

“我去煮茶？你待着吧，我去煮茶。”

“我不想喝茶了。”

“刚才还要自己煮茶，这会儿又不想喝茶了？”

“嗯，我不想喝了。”

“那好吧，你上床吧。”他的妻子笑着说。

“不，现在我不想上床。”

“你生气了吗？你现在动不动就生气。”妻子埋怨道。

纳度沉默了。妻子觉得纳度表现得像个孩子。

“你前天晚上去哪儿了？为什么不要告诉我？”妻子问道，然后坐在他的身边。

纳度惊恐地看了妻子一眼——她一定是知道了！所有的人早晚都会知道！纳度的腿又开始发抖了。

“你不告诉我，我就一头撞死！你从没瞒过我什么，今天干吗要瞒我！”

纳度盯着妻子，心想，如果她有了疑心就一定会乱猜，不定把我想成什么了。但妻子依然用信任、渴求的目光注视着他。纳度突然鼓起勇气说："你知道为什么市场会被烧掉吗？"

"知道，有人杀了头猪扔在了清真寺门口，所以穆斯林就烧了市场。"

"那头猪是我杀的！"

妻子惊呆了："你干的？你干吗干这样的坏事？"她的脸色惨白，瞪着纳度。

纳度把整件事都告诉了她。

"扔猪的事儿也是你干的？"妻子问。

"不是，是噶鲁用车把猪拉走的。"

"噶鲁是穆斯林，干吗这么干？"

"噶鲁不是穆斯林，是个基督徒，他常去教堂。"

妻子盯着纳度看了一会儿，说："你干了件坏事，但这不是你的错，是别人骗你干的。你是被骗了才干的这件事。"她听上去像是在自言自语。纳度告诉她的事儿让她毛骨悚然。她感到他们的家像被日食的黑影所笼罩，无论怎么斋戒祷告，都无法将它移走。

妻子的心情也像纳度一样沉重起来。

纳度痛苦极了，妻子抬眼端详着他。他的不安激发起她的母性，她拉着他的手说："你该早点告诉我你为什么这么担心！你不说，我怎么知道？干吗把这么多的痛苦憋在心里？"

"早知道这样，我绝不会去干这差事。"纳度喃喃道，"他告诉我是兽医先生想要头猪。"突然又有件事让他很困惑，"昨晚我碰见了穆拉德·阿里，但他没和我搭话。我追了他一段儿，可他不停地往前走，根本不理我……"纳度的语气有些犹豫，仿佛连他自己也在怀疑昨天是不是真的见到了穆拉德·阿里。

"杀猪你得了多少钱？"

“五个卢比。他预付给我的。”

“五卢比！这么多！你拿这些钱干什么了？”

“啥也没干，还剩四卢比，钱就在壁龛上。”

“为什么不告诉我？”

“我想给你买两条围裤……”

“你想用这脏钱给我买围裤？我宁可把它烧了……”纳度的妻子激动地说，“他竟然让你犯下这样的恶业！”

紧接着，纳度的妻子控制住了自己的情绪，她想挤出个笑容，却没有成功。“不管怎样，这是你挣来的钱，你买啥我就穿啥！”

她走到壁龛前，踮起脚尖看了看上面放的钱，然后又回到纳度身边。纳度的头垂得更低了，他的心像掉进了一个黑暗的洞穴中一样。

“你刚才看到空地边儿上站着的那个人了吗？”纳度抬起头问妻子。

“看到了，但和咱有啥关系？”

“我还以为他就是那位猪倌儿，是我把他的猪拖进屋里杀掉的。我还以为他找到我了。”

“你是怎么了？他要真知道是你杀了猪，早就找上门要猪了。你今天说的话好奇怪！”妻子提高了嗓门。然后她摇摇头说：“你看，我们是皮匠。杀生、剥皮是我们的职业。猪是你杀的，可不管他们把死猪扔到清真寺门口或拿到市场里卖，这和我们都没有关系。况且你也不知道清真寺门口那头猪是不是就是你杀的。你和这一切都没有关系！”然后她又故作轻松地说：“我一定要拿那钱去买条围裤！这是你挣来的，是你的辛苦钱！”说完，她又回到壁龛前，笑着拿起了那些钱，可立刻又放了回去。

“对！不关我的事！你说的对，关我啥事？让穆拉德·阿里和他的猪见鬼去！我昨天也说过这话……”

说完，纳度觉得轻松了很多。

“现在咱家一共有十五个卢比了……你给自己也买点东西吧？”

“我啥也不想要。”纳度动情地说，“有你在我身边，我啥都不缺。”

纳度的妻子轻快地走到炉子边坐下，煮起了茶。

“只要一个人的心是干净的，神不会怪罪他。”她说，“我们的心是干净的，我们什么也不用怕。这事儿你对我说了，可别对别的任何人说。”

“不会的，我干吗要跟别人说？你也别对别人说。”

正当纳度的妻子把煮好的茶倒进杯子里时，空地那边传来奔跑的声音。纳度的妻子的手停下了。她抬眼，看着纳度想说什么，可没有说，只是冲他笑笑。

过了一会儿，屋外传来某个杰玛尔的声音。一个杰玛尔对另一个人说：“大叔，出啥事儿了？”

“发生暴乱了，就在路上。”

“哪儿？”

“马路上，印度教徒和穆斯林杀了起来，已经死了两个人了。”

“那些跑的人是谁？”

“不知道……应该是外面来的。”

过了一会儿，屋外又静了下来。那个杰玛尔也回自己家或是走了。

给丈夫递过茶杯，纳度的妻子说：“你也出去看看啊，向邻居们打听打听。走，我和你一起去，干坐在家里干吗？”

纳度的妻子站起来，开始用笤帚扫地。她一个角落、一个角落地细细打扫。她自己都不明白自己为什么这样做，像是要用笤帚把某种阴影彻底从家里扫出去。她扫了很久。扫完地，她又倒上水洗地。最后，当她筋疲力尽地倒在床上时，她觉得阴影好像又从门缝儿钻了回来，屋子也暗了下来，阴影从四面八方发出狞笑。

14

从坎布尔开出的头班公共汽车本该早上八点就到村里，可今天车一直没有来。通常每隔一两个小时就有一班公共汽车从城里或坎布尔开到村里，现在已经是下午了，一辆车都没来。在赫尔纳姆·辛格的茶铺里，水壶里的水从早上起就一直烧着，可店前的两条长凳上却空无一人。要在平时，上面总是坐满了人，村里人都喜欢来他的店里喝茶。公共汽车站只有几只流浪狗在徘徊。四下一片寂静。

女人的想法都很简单。赫尔纳姆·辛格的妻子班多从昨天傍晚就开始念叨，要从村子里搬去坎布尔，和亲戚住在一起。除了他家是锡克教徒，村里全是穆斯林。但赫尔纳姆·辛格没同意。怎么能扔下茶铺逃跑呢？尽管到处都在暴乱，可饭碗不能丢啊！再说往哪儿跑？城里不能去，因为那儿早就开始杀人放火了。坎布尔也不能去，去那儿谁管饭吃？如果离开村子，店再被人抢了，以后怎么谋生？去儿子那儿吗？儿子在二十英里外的米尔布尔村。可儿子那边的情形和这里一样，锡克教徒都很少，一切也只能听天由命。去儿子那儿，万一有个好歹，儿子是救自己还是救他俩？况且去了之后，儿子家就多了两张嘴，吃饭都成问题。赫尔纳姆·辛格坐在方凳上，双手合十，念道：“祖师[1]啊！请让受您庇护的人远离痛苦！”

班多听到后没有作声，可她的心情越来越沉重，终于忍不住说：“走，我们去姐姐的村儿，不住姐姐家，住到庙里去。那儿锡克教徒人多，好歹有个依靠。”可赫尔纳姆·辛格仍然不同意。他总觉得和别人住在一起是非太多，这个办法行不通。

“听着，我们不欠任何人的！我们从没坏心眼儿，也没干过坏事。村里人对我们也一直很好。格里姆·汗至少对你说了十几遍：‘安心住着，没人会打你们的坏主意。’村里还有谁比格里姆·汗说话更有分量？整个村子就我们一家锡克人。他们真要对我们这两个手无寸铁的老人动手，难道不丢人吗？”

班多又沉默了。理是这个理，可她还是不太放心。班多忧心忡忡的时候，赫尔纳姆·辛格却一副毫不在意的样子，照样有说有笑。他还不停地念诵祖师的名号，看见他这样，班多也有了些安全感。

但今天一辆公共汽车都没来，茶铺里一个顾客也没有。马路上行人稀少，偶有一两个陌生人经过，他们一边朝村里走，一边盯着茶铺看。

到了下午，店门外传来了熟悉的脚步声。格里姆·汗拄着拐杖来了。赫尔纳姆·辛格欢欣鼓舞——格里姆·汗一定能说出点什么，给他们出出主意，想想办法。如果局势危险的话，他们就住到格里姆·汗家去。

格里姆·汗经过了茶铺但没有停留，甚至都没有朝赫尔纳姆·辛格的方向看。他只是放慢了脚步，借着咳嗽声的掩护说：“情况不好，赫尔纳姆·辛格，赶紧走。”往前走了两步，他接着说：“村

① 锡克教徒虔信祖师。

里人不会把你们怎样，可我担心外面来的人。我可阻止不了这些外面来的人。”说完，他一边咳嗽，一边拄着拐杖离开了。

这时，赫尔纳姆·辛格之前的信心彻底动摇了。格里姆·汗停都不敢停，这说明局势很凶险了！格里姆·汗显然也是担着风险来的。除了惊讶、愤怒、恐惧之外，此时赫尔纳姆·辛格更多的是失望和心灰意冷。

五分钟后，格里姆·汗又转了回来。他一手扶着腰，气喘吁吁地，慢慢地从店前经过：“赫尔纳姆·辛格，别耽误！情况很糟糕，外面的暴乱随时会闹到这里来！”说完，他走了。

可赫尔纳姆·辛格能去哪儿？村子周围几英里都是人烟稀少的河谷和荒地。虽然格里姆·汗让他们跑，可往哪儿跑？哪儿才安全？赫尔纳姆·辛格已经六十岁了，又带着个女人，他能跑多远？

他的心里响起一个声音：哪儿也不去！就在这待着！如果暴徒来店里，那就以命相拼！死在这里，至少还能被故土掩埋。谁会来袭击我们呢？赫尔纳姆·辛格一遍遍地琢磨，可还是不相信村里人会来袭击他们，或者允许别人袭击他们。

赫尔纳姆·辛格来到屋后，在班多身边坐下。

“格里姆·汗说赶快离开这里！暴乱快闹到这里了。”

班多顿时吓得面无血色，坐都坐不稳了。天眼看快黑了，他们能去哪儿呢？昏暗中，丈夫像雕像般神色凝重。

但现在不是琢磨的时候，也不能再耽误！哪怕是天快黑了，也得马上走！

“要我说就在这儿待着吧。哪儿也不去！”赫尔纳姆·辛格说。然后他看了眼墙上挂着的双筒猎枪，接着说：“暴徒真要杀我们的话，我就朝你开一枪，然后再朝自己开一枪。”

班多默不作声。她能说什么？她也没有主意。他们已经走投无路了。

话虽如此，老两口还是决定离家逃命。赫尔纳姆·辛格回到了店里，从麻布袋里取出日常用度的现金，然后走进里屋从箱子里去取他攒的钱。他把成捆的整钱取了出来，把零钞丢在了那里。他把钱放进背心口袋，然后取下墙上挂着的猎枪，挂在肩上。接下来他困惑起来，到底还该带些什么？要不要把茶铺的营业执照带上？但现在没有工夫去找那个东西。班多也有一样的困惑：首饰带不带？要不要做点吃的？烙两张饼？路上能上哪儿找吃的去？要不要换身衣服？出门了，总得穿干净点。她决定不了该带什么，不该带什么。

“首饰盒怎么办？把首饰都戴身上？”

“戴身上。”赫尔纳姆·辛格说，然后转念一想，他又说：“看到你身上的首饰，有人可能会起歹意，还是埋在后院吧。”

班多在衬衣下面藏了几件首饰，用手帕包了几件放进行李箱里，其余的都埋在了后院的菜地里。可屋里还有很多东西——大大小小的箱子、毯子以及女儿出嫁时做的被褥，这些都带不走了。

“要不要再烙两张饼？谁知道会跑到哪儿去。”

“现在哪儿有烙饼的时间啊！要早做准备的话，饼早烙好了！”

这时，远处忽然响起了鼓声。两人面面相觑。

“暴徒来了，从坎布尔来的。”鼓声越来越近，村里也响起了口号声——

“穆罕默德伟大！”

“真主伟大！”

赫尔纳姆·辛格心想，喊口号的人可能是阿什拉夫和拉迪夫，他俩是村里穆斯林联盟的成员，成天在喊“巴基斯坦独立”的口号。

气氛越来越紧张。

夜色将至，但天光还没有完全暗下去。听上去暴徒已经到了村边小河的对岸。

赫尔纳姆·辛格抬头看了眼屋顶挂的鸟笼。

“班多，把鸟笼拿到后院，把那只八哥放了吧。”

班多刚喂过鸟，她取下笼子朝后院走去时，八哥开口道：“班多，神会拯救一切！他是所有人的拯救者！”

班多听到后很感动，对鸟儿说：“是的，八哥，神会拯救一切，他是所有人的拯救者！”

八哥是从赫尔纳姆·辛格那儿学的这两句话。平时，赫尔纳姆·辛格总是坐在店前的方凳上，而班多则在里屋待着。但当店里没有顾客的时候，赫尔纳姆·辛格会进里屋给班多讲祖师训词和宗教知识。“神会拯救一切，他是所有人的拯救者！”是他的口头禅。

八哥的这两句话在屋子里回荡。

鸟儿的话像是给班多的教诲。班多深受鼓舞，又有了勇气和信心。

后院里是赫尔纳姆·辛格种的菜，还有一棵杧果树。班多把鸟笼放在院里，打开鸟笼的小门，温柔地说：“飞吧，八哥，神会拯救你！神会拯救一切！”

但八哥却待着不动。

“飞吧，飞吧八哥！我的小可爱。”说着说着，班多哽咽起来，她把鸟笼留在院里，转身回了屋。

鼓声再次响起，比之前更加响亮。村里的口号声也越来越大，如潮水般一浪接一浪，听上去有不少人正朝这边涌来。

班多和赫尔纳姆·辛格带了几件衣服、积蓄和步枪，锁上店门，走了出来。踏出店门，他们感到四周仿佛全成了异乡。到哪儿去？往哪儿走？左边就是村子，挨着村边有条小河，暴徒的声音就从那个方向传来。右边的马路通往坎布尔，走这条路也很危险。现在要想逃命的话必须走僻静、隐蔽的道路。马路对面不远的地方，还有条干涸的河沟，河岸很陡，河床上满是沙子和碎石块，这倒是条逃命的通道。

两人穿过马路下到河沟里。这时暴徒已经近在咫尺。鼓声、口号声响彻夜空。

两人刚下到河沟，头顶传来一个声音："班多，神会拯救一切！他是所有人的拯救者！"

八哥跟着他们飞了过来，落在岸边的枝头。

这时，暴徒已经到了坡顶，赫尔纳姆·辛格的茶铺就在坡下路的右边。他们敲着鼓、高喊着口号，朝茶铺涌去。

月亮出来了，如水的月光把河床铺成了银色。可老两口觉得每棵树、每块岩石的后面似乎都藏着敌人。借着河岸的掩护，他们气喘吁吁地沿着满是碎石的河床往前走。暴徒的喧嚣已近在耳边。

喧嚣声越来越近，突然又戛然而止。赫尔纳姆·辛格心想，一定是暴徒停在了店门口，正在犹豫下一步要干什么。赫尔纳姆·辛格打心底里感谢格里姆·汗，如果不是他及时通风报信，他们绝对逃不出来。这时传来一声巨大的撞击声。赫尔纳姆·辛格知道这是暴徒在砸他的店门。老两口吓得双腿发抖，他们手拉着手，猫着腰蹒跚前行。

"边走边念祖师的名号，他会保佑我们！"赫尔纳姆·辛格拽着班多，一面往前走，一面对她说。

这时岸上传出了狗叫声。两人抬头一看，月光下，高高的岸上站着一只狗，它黑色的身影格外狰狞，正冲着他们狂吠。赫尔纳姆·辛格吓得魂飞魄散。现在该怎么办？我们究竟造了什么孽，要受这样可怕的惩罚！狗叫声会引来暴徒，他们会发现我们逃跑的行踪。

“别停下，快走！”班多说。

狗还在狂吠。那是一只流浪狗，经常在他们的店前徘徊觅食。往前走了一段儿，班多回头看了一眼。狗还站在岸上叫，但它站在原地没动，既没下河沟也没沿着河岸追他们。

他们继续往前走。

“好歹算出了村子，再往前就只能听天由命了。”

“狗停住了，没追过来。”

“但还在叫。”

两人躲在一块岩石后停下，一边喘息，一边倾听。狗还在叫，店门被砸开了，暴徒们高喊着“穆罕默德伟大！”冲了进去。

“他们在抢东西，在抢我们的家！”

但好在暴徒们没有理会狗叫。两人放心了一些。也许暴徒注意到了狗叫，但没追过来，杀人能有什么好处？抢东西才更加实惠！

“现在店也没了，家也没了。以后我们住哪儿？”班多说。

月光下，蜿蜒伸展开去的河床，零星的灌木，河岸上吠叫的狗，这一切如梦境一般。一切说变就变。住了二十年的地方转眼就成了异乡，两人的家也没了。赫尔纳姆·辛格手掌冷汗直流，可还是不断地重复一句话：“走吧，现在不管怎样也得走了。”

村子已被甩在了身后。狗还在原地吠叫，或许过一会儿它就会离开。暴徒的喧嚣声停止了，也许他们已经洗劫完了茶铺，正为自己的“战利品”感到心满意足。或者正在搜寻他们？现在两人只能听见自己在碎石上踉跄而行的脚步声。四下一片寂静。

又走出不远，班多感到夜空中有什么光芒在闪耀。她转身一看，河岸后面村子的方向，天空变成了红色。她惊呆了。

“你看，这是怎么回事儿？”

“还能是什么，班多，他们在烧我们的店！”赫尔纳姆·辛格说完，也停了下来，转身观瞧。两人像中了魔咒一样呆呆地看着火焰。毕竟这不是别人家是自己家！两人像雕塑一样站在那儿盯着火焰。

“全都烧光了！”赫尔纳姆·辛格悲凉地说。

“就在我们眼前全都烧成了灰！”

“祖师怎么能允许这样的事情发生！”赫尔纳姆·辛格哀叹道。

如果有堵墙，人就可以躲在后面，可河床里没有墙，只有小土包。偶有些岩石可以让人躲藏，可也藏不了多久。再过几个小时天就要亮了，他们就会暴露，无处可藏。

班多口干舌燥，赫尔纳姆·辛格也脚步虚浮。但这个时候，不止他们俩，无数的村子里，无数的家门被砸开，无数的人像他们一样在逃命。他们没有时间多想，也无暇考虑未来，只顾得上逃命。夜幕掩护着他们的逃亡。可天马上就要亮了，危险就像饿狼，随时会从四面向他们扑来。

两人已精疲力竭。

但当夫妇俩觉得自己稍微安全了一些时，就惦记起了儿子和女儿。儿子伊克巴尔·辛格现在会在哪儿？他的情况怎么样？女儿杰西比尔又在哪儿？他们倒不十分担心女儿，因为她住在一个较大的居民区，居民区里锡克教徒占多数。可能那里的锡克教徒现在都聚集在锡克教寺庙，已经找到了自救的办法。可儿子伊克巴尔家在他的村子是唯一的一户锡克人，他在那儿开了间服装店。谁知道他是不是及时逃了出来，像他们一样正在艰难逃命的路上？各种思绪杂沓而来。赫尔纳姆·辛格闭上双眼，双手合十，念起了祖师的名号，然后叹道：“受您庇佑的人，怎会遭此苦难。”

破晓时分，他们坐在一条小溪边的大石头上休息。赫尔纳姆·辛格对这一带很熟悉，他们现在已经到了托克穆尼德布尔的一个小村庄旁。担惊受怕了整整一夜，现在两人脚里都像是灌了铅。但黎明带给赫尔纳姆·辛格一种奇怪的安全感。晨风送来远处的枇杷花香。托克穆尼德布尔有个枇杷园，中间有条小溪流过。天渐渐亮了，月亮先变成橘黄色，然后又变成白色。天空变成了淡蓝色。鸟儿开始四下歌唱。

“洗把脸，班多，然后念念经我们再走。”

清晨的美好时光又给了赫尔纳姆·辛格信心和勇气。

“现在去哪儿？”班多焦虑地问，“天亮了，该往哪儿逃呢？要是烙几张饼带出来就好了。白天我们得找个大石头躲起来。”

“我们进村去敲门。如果遇到好心人，就会收留我们。如果没有，咱们就听天由命吧。”

“你在这个村子里认识谁吗？”

赫尔纳姆·辛格笑着说：“在自己的村子我们认识全村人，可也没人收留我们。他们还抢了我们的东西，烧了我们的家！认识不认识又有什么关系？那些可都是和我从小玩到大的人……”

天已亮了，两人朝村子走去。他们先看见一片小树林，都是桑树和青尢树。树林边上是一片坟地，大大小小有不少坟包，大多残破不堪。其中好像有个圣人的陵墓，陵前点着陶灯，挂着绿色的旗帜。再往前走是麦田，麦子已经熟了，收获的季节快到了。从这儿能看到村里的平顶土房子，房前屋后拴着黄牛和水牛，还有不少一边溜达一边啄食的鸡。

“班多，如果他们要杀我们的话。我先开枪打死你，然后自杀。只要我活着，就决不让你落在他们手里！”

很快，他们来到了村边的第一户人家前。屋门关着。那是一扇掉了漆的、简陋的木门。不知道这是谁的家，也不知道门后面住着什么人，门开了才知道等待他们的命运是什么。赫尔纳姆·辛格抬起了手，在空中停了一会儿，然后敲了下去。

15

锡克庙里人头攒动，教徒们狂热地随着曲调晃动着身体。这是个非同寻常的时刻。领唱者闭着眼睛，动情地唱道：“只有你才能拯救我们……”

教徒们都双手合十，闭着眼睛，合着曲调摆着头，有人还随着节拍击掌。这首古老的战歌穿越百年的时空再度在庙里响起。三百年前，当锡克教徒上战场与敌人浴血前，唱的就是这首歌。歌曲中饱含的牺牲精神曾一度被人忘记。但在此刻，教徒们的精神和祖先产生了共鸣，他们仿佛又回到了那个血与火的年代。现在又到了与穆斯林敌人战斗的时刻！锡克教徒的生存再次受到他们的威胁，教徒们又像几百年前的祖先们那样警惕起来。敌人将从哪儿进攻，现在还不清楚；敌人是村外的还是村里的，这一点也不清楚。尽管如此，庙里的每一位锡克教徒都做好了战斗准备。

庙里有两扇窗户，窗户上嵌着红色、绿色和黄色的玻璃，光线投射进来，色彩斑斓。大殿四根木柱中间的台子上，摆着“圣典”[①]，台子四周围着铜栅栏。台子上铺着镶着金边的红绸布，绸布边垂到了台下的地板上，地板上铺着白色的地毯。台子前摆放着信众供奉的钱物。

妇女们坐在殿门的左手边，她们都围着头巾，群情激昂，眼中闪烁着视死如归的光芒。她们中有的人在腰间挂着匕首。庙里的男男女女都真切地感到，他们肩头承担着锡克教的命运，他们要像祖先一样奔赴战场，时刻准备自我牺牲。

武器都堆放在阳台后面经师[②]的房间里。村里的锡克教徒共有七把双筒猎枪，五盒子弹。杰德塔达尔·吉山·辛格负责指挥大家防御。他曾经在第二次世界大战的缅甸战场打过仗，他想把自己的战争经验用来对付同村的穆斯林。为了担任指挥工作，他特意回家穿上了他的卡其布上衣，上衣上挂着英国政府授予他的三枚勋章和五颜六色的绶带。衣服有点皱，可没时间去熨它了。他在通往锡克庙的左右两条胡同入口的民房里，各布置了两把猎枪。（后来证明，右边胡同口布置的猎枪没派上用场，因为屋主赫利·辛格最后反对朝自己的邻居开枪。）剩下三把猎枪他布置在锡克庙的屋顶。吉山·辛格搬了把椅子坐在屋顶亲自放哨。除了枪，其他的武器诸如刀、剑、矛、棍棒、标枪也都整齐地排放在庙墙后面。那些配着蓝色剑鞘的剑在阳光下格外醒目，杀气腾腾。长矛和标枪的枪头也在闪着寒光。墙边还摆着几面从锡克武士[③]那里弄来的盾牌。两个锡克武士正手持长矛，在屋顶巡逻。他们穿着锡克武士特有的服装——蓝袍、蓝头巾，头巾上有铁制的徽章，腰间系着黄腰带。二人昂首挺胸，站在

① 锡克教庙宇里不礼拜神像，而是礼拜代表祖师的经书，也就是“圣典”。
② 锡克教寺庙中的宗教人员。
③ 锡克庙里的守卫，有固定的装束和尚武护教的传统。

屋顶的两个角朝远处张望。谁知道敌人会从哪里来犯呢?

“武士先生，把您的矛举低点，阳光下矛尖那么耀眼，敌人大老远就能看见了。”吉山·辛格说。

“锡克武士永远不会低下他的矛尖！”武士回答道。说完，他依旧高举着长矛，眺望着地平线。他的眼前仿佛浮现出古代战争的画面——刀光剑影，战马嘶鸣，鼓号喧天，敌人血流成河。想到这些，他不禁热血沸腾。

庙门也有两名锡克武士在守卫。他们手持标枪，严阵以待。这两人都英气勃勃，穿着蓝色的袍子，系着黄色的腰带。古时候，锡克武士就是穿着这样的装束上阵杀敌的。在目前的形势下，人们无所不用其极，就连服装也成了一种标志，标志着他们对锡克教尚武传统的继承。

杂货店主毕申·辛格被分配在庙里的厨房干活，但他也在头巾上系了块黄色的手帕。赶完春季的节会后，他从自己儿子头上把这块手帕摘了下来放进了口袋。今天他突然在口袋里找到了这块手帕，于是系在了头上。庙里的教徒们有一些系着黄腰带，可大部分人只是穿着普通的印式长袍。吉山·辛格上身穿虽着卡其布军装，下身却穿着印式长裤。虽然现在不是讲究穿着的时刻，可胸中澎湃着牺牲精神，自然也会注意起服饰来，大家想在各个方面都回归锡克教传统。

锡克庙里的气氛如大战来临般紧张。大家一边晃着身子忘情地唱着宗教歌曲，一边回想历史——牺牲精神、穆斯林敌人、刀光剑影、祖师的祭品、锡克教徒的团结精神……可他们谁都没有想起英国人，离村子二三十英里有个英国人的军营，这是英国人在印度最大的军营。他们根本没有想过去求助军营里的英国人，也没有想过去求城里的英国官员。对他们来说，英国人似乎根本不存在。存在的只有锡克教教团和不断逼近的穆斯林敌人，所有人都准备好了自我牺牲，并把这看作是对神的最高祭礼。

敌人最有可能从锡克庙的后方进攻，因为在绿色屋檐的锡克人房屋的环绕下，有一片穆斯林聚居区。大家听说村里所有的穆斯林——农民、油贩、小吃店主都组织了起来，准备对异教徒发动“圣战”，他们也都群情汹涌，时刻准备以命相拼。

锡克庙正面的胡同里有很多锡克人的店铺，店铺后面是一个很陡的斜坡，斜坡下面是一条小河，河岸边都是枇杷园。所以敌人想从正面进攻锡克庙是不可能的，谁要敢来就会成为吉山·辛格的靶子。

庙左边的胡同口有几户穆斯林，他们的屋后是锡克学校和田地。庙右边的胡同里全是穆斯林，不过吉山·辛格在这里布好了防线。

庙的后方隔着两条街，是谢克·古拉姆·拉苏尔那座高高的两层楼房。据“侦查员”报告的消息，穆斯林把这座楼房变成了一座堡垒，在里面堆放了大量的武器。这座楼房的阳台门全都关着，门廊上方绿色的窗户也关着，屋顶的露台上一个人也没有。锡克教徒们紧盯着这座建筑，因为这里最有可能打响第一枪。

村子的景色很美。太平的时候，来这里的每个人都会为美景而陶醉。村子周围的景色简直是造物主的杰作。村子呈马蹄铁形，位于一座小山上，山脚边一条小河潺潺流过。河边是茂密的枇杷林，林里清泉汩汩，树上还栖息着成群的鹦鹉。那些日子，天空总是湛蓝湛蓝的，河水也映成了蓝色。而大地却是红色的。广阔的田地从山脚下一直延伸开去。这里山的颜色随着季节不断变化，有时它披着淡蓝色的毯子，有时它又映着金光，有时乌云在它肩头嬉戏，有时它又被郁郁葱葱的林木覆盖。山上有很多泉眼，泉水顺着山势从无花果林间流下。村里人世代生活在这大自然的美景之中。

突然，锡克庙里一阵骚动。大家都朝门口看去，只见村长德加·辛格刚走进庙门。德加·辛格走到殿门口，跪了下来，俯身用额头碰了下门槛，他扶着门槛的双手不住地颤抖。

他的额头久久没有抬起，眼中泪水扑簌而下。他是个虔诚的教徒，随时准备为了护教而牺牲自己。

然后他站起来，躬下腰，双手合十，在“圣典”前拜了很久。他的白胡子垂到了胸前，脸色通红，眼泪仍止不住地流，泪珠散落在白色的地毯上。

大家都屏住呼吸盯着德加·辛格，他的举动让大家十分感动。德加·辛格一站起来，大殿里再度群情汹涌。

德加·辛格慢慢走到一根柱子前，倚着柱子放着一把古剑。他颤抖着用双手握住剑柄，走到了大殿中间。这把剑是他外祖父的，他的曾外祖父曾是国王兰吉特·辛格[①]的大臣。

德加·辛格还没举起剑，大家已经难掩心中的激动。坐在门口附近的青年伯勒蒂姆·辛格忍不住喊起了口号：“念诵此言得庇佑！”

大殿里的众人齐声呼应道：“永恒真理即是神！”

墙壁都随着口号声轻微震动了起来。本来此时禁止在庙里喊口号，因为这样会暴露目标，村里的穆斯林就会知道他们的敌人都在锡克庙里。但有些事儿是忍不住的，人们只有通过喊口号才能表达此刻心中的激情。

当老人德加·辛格举起了剑，整个锡克教团都狂热起来。就连在大门口守门的锡克武士也激动地晃起了头，大殿里所有的人都摇

① 兰吉特·辛格（1780-1839），十八九世纪的锡克王国国王。

起了头。[①]

“今天教团再度需要祖师的勇士们为它流血牺牲！”德加·辛格用颤抖的声调说，“今天到了我们接受考验的时刻！在这样的时刻，神对我们只有一个命令：牺牲！牺牲！牺牲！”

德加·辛格沉醉在一种狂热的宗教情绪中。这种狂热情绪，只能用“牺牲”二字来表达。

“诵《阿尔达斯经》[②]吧！祖师的勇士们，我们一起唱诵《阿尔达斯经》！”

大殿里所有的人都站了起来，颔首合十，念起了经文，诵经声在大殿里回荡。大家念了很久，念最后一句时，大家都提高了嗓门儿：

“教团将统治世界，敌人必被毁灭……”

锡克庙里的诵经声，像大海中的巨浪，不断涌动。

大家诵完《阿尔达斯经》后，站在门口的锡克武士高举双手，扯着嗓子高声喊道：“念诵此言得庇佑！”

大家高声呼应道：“永恒真理即是神！”

大殿里顿时沸腾起来。口号声中，大家斗志昂扬。

这时，庙外不远处也传来了响亮的口号声：

“赞美真主！”

“真主伟大！”

门口的锡克武士高举着拳头正要带领大家喊口号回应外面的口号，德加·辛格阻止了他。

“好了，够了。别让敌人发现我们……”

---

① 印度人摇头有表示赞赏的意思。

② 阿尔达斯（aradas），意为祈祷，祈求。

庙外穆斯林的口号声让大家意识到了目前的形势。

“我们不想在敌人面前暴露我们的力量，我们不能让敌人知道锡克人都聚集在锡克庙里。这是个策略问题。”

德加·辛格接着分析当前的形势：“我们已经向地区专员通报了这里的情况，告诉了他这里的穆斯林正准备干什么勾当。我认识理查德先生，他是个公正、精明的人。我们现在除了把情况告诉他，别的什么也做不了。现在有各种各样的消息传来。我们已经知道，油贩拉希姆的家里收集了大量的武器，还有辆深蓝色的轿车下午从城里开了过来，在小学校长菲兹尔·丁的家门口停了一会儿，然后接着往前开了，到处走走停停。我们还知道村里的穆斯林给穆尼德布尔的穆斯林送了消息，让他们带着武器来我们这儿。我们做出了很大的努力想和谢克·古拉姆·拉苏尔以及村里的其他穆斯林沟通，可他们根本不听我们的。”

“其实你什么都没做！你在说谎！”

这句突如其来的言语忽地让大殿里鸦雀无声。这是谁在插嘴？大殿里坐着的人皱起了眉头。

一位瘦小的年轻人站了起来：“别忘了，我们在煽动大家和穆斯林斗的同时，穆斯林也在煽动他们的人和我们斗。仅仅是一些谣言就让我们怒气冲冲地互相争斗！我们应该竭尽全力和村里的穆斯林保持和平，不让暴乱发生。”

“你坐下！坐下！”

“这个叛徒是谁？”

“我不会坐下！兄弟们，要我说，咱们应该再和村里讲道理的穆斯林谈谈。如果谢克·古拉姆·拉苏尔不见我们，我们就去找其他理智的穆斯林，我们应该和他们一起维护村里的和平。如果他们从穆尼德布尔运来了武器，我们也可以从格胡达弄武器。谁都不希望流血冲突，村里的穆斯林和锡克教徒应该团结起来共同维护和平。我今天早上已经见过古拉姆·拉苏尔了。”

“你来这里干什么？你和他什么关系？”

“古拉姆·拉苏尔是你爹吗？”

“请让我把话说完。干坏事的都是外面来的暴徒，我们应该尽量不让外人进村！村里的穆斯林和锡克教徒应该联合起来阻止暴徒进村。穆斯林准备武器是因为害怕我们，我们准备武器是因为害怕他们……”

“穆斯林不会相信我们的，你坐下！”

“他们也认为不能相信锡克教徒。”

“坐下！”一位锡克老人气得嘴唇发抖，他认识这个年轻人，知道他叫索亨·辛格。老人说：“你有什么资格在这里插嘴？你个乳臭未干的家伙在这里大言不惭！”

又有几个人站起来说：“你知道吗？在城里，穆斯林把市场都烧了……”

“那都是英国人干的坏事！”索亨·辛格提高了嗓门，“暴乱对我们没好处！听着，兄弟们，城里已经没有公共汽车往这边开了，道路都封闭了。这附近全是穆斯林占多数的地区。如果外面的人进攻这里，你们能守住吗？请好好想想！格胡达那边能有多少人来支援你们？你们干吗这么固执？”大殿里的人安静了下来。

这时，德加·辛格来到大殿中间用颤抖的声音说：“看到我们的孩子误入歧途说这样的话，我的心都快碎了。他是在和自己人做对。难道我们想让暴乱发生吗？之前我和谢克·古拉姆·拉苏尔交谈过，他发誓说咱们村绝不会有事。可我一转身，就听说有人袭击了锡克小学，把校长的听差打死了，然后拖走了他的妻子。这个消息我直到现在都没告诉大家，因为我害怕刺激大家。”悲痛和愤怒的情绪立刻在大殿里涌动起来。

“你听到的是谣言！”索亨·辛格说，“的确有人袭击了锡克小学，可那不是村里的穆斯林干的，那是从托克伊拉希巴克什来的几个暴徒干的。但我的朋友米尔·达德当时正好从城里来，路过学校，他和村里的其他两个年轻人阻止了袭击。听差只是受了伤，他的妻子也没被拖走，她现在就在学校。”

“米尔·达德是谁？”

“我见过这小子和米尔·达德在茶铺里喝茶，不知道他俩在说什么。穆斯林都开始抢我们的女人了，我们的年轻人却还和他们勾勾搭搭！”大殿里又有个人站了起来对索亨·辛格说，“你别跟我们瞎扯！有本事去跟穆斯林讲道理！到现在为止，锡克人没杀人，也没抢东西！你倒是真会讲大道理！”

这个人的话让大殿里的气氛又变了。站在门口的锡克武士怒不可遏地走过来，扇了索亨·辛格一巴掌。

“好了，好了，别打，别打！”

旁边坐着的人赶忙拦住了锡克武士。

正当锡克庙里乱作一团的时候，在穆斯林聚居区，米尔·达德也陷入了困境中。

村里的穆斯林聚居区有三家肉铺，连成一排，此时因为局势动荡，都关了门。在肉铺门口的台子上，米尔·达德正在和几个人争论。

“你闭嘴吧！谁看到是英国人干的？城里有那么多穆斯林遇害，他们的尸体就在街上。这些人都是英国人杀的？清真寺门口的死猪也是英国人扔的？”

“哎，你们好好想想，”米尔·达德摆摆手说，“如果穆斯林、印度教徒和锡克教徒团结起来，英国人的力量就会削弱，而我们彼此争斗，英国人的地位就会得到巩固。”

这些大道理，那几个和米尔·达德争吵的穆斯林听过很多遍，但他们根本听不进去。

“你脑子有病吧？”一个胖屠夫说，“我们和英国人有什么仇？可我们和印度教徒的仇自古就有。异教徒就是异教徒，只要他们没信伊斯兰教，就是敌人！杀异教徒是功德！”

“大叔，你听我说，”米尔·达德说，“政权是谁的？军队是谁的？”

“英国人的。”屠夫回答。

“那么如果他们想阻止暴乱的话，会阻止不了吗？”

“是的，他们可以阻止。但是他们不能介入我们的宗教矛盾。他们是公平和公正的。”

“那你的意思是，我们互相砍对方的脑袋，他们也应该以不介入宗教矛盾为借口，站在一边看热闹吗？这就是他们的统治方式？”

胖屠夫说：“米尔·达德你听着，是印度教徒和穆斯林在斗，英国人凭什么要介入？你别在这里瞎扯了。有种去锡克庙，去劝他们别准备武器。如果他们同意放下武器，各回各家，我们也不想打，我们也各回各家。去吧，有种就去告诉他们，别在这儿烦我们。”

米尔·达德是从城里来，和自己的兄弟阿拉赫·达德住在一起。当局势开始变得紧张的时候，米尔·达德在村里到处转，不论是在穆斯林的小吃店、根达·辛格的茶铺，还是谢克·古拉姆·拉苏尔的会议上，只要有几个人，他就宣传他的思想。起初大家还听他的，因为他识文断字，又在拉合尔、孟买、马德拉斯这些地方见过世面。但当局势恶化，外面各种流言不断传来时，听他话的人就越来越少了。他的话本来也没什么分量，毕竟他在村里没地没房，是个外人。平时他就在小吃店门外支着的一张凉床[①]上睡觉。他来村里是因为要在这里办一所学校。村里人以为他来办学校只是为了生计，可事实并非如此，他是想通过学校和村里人打成一片。他常和村民坐在一起，给他们读报纸，和他们聊天，希望能提高他们的觉悟。而现在，德沃达德派给他的任务是阻止暴乱。德沃达德同时还派赫尔本斯·辛格来协助他。他们都是共产党员，都在村里有亲戚，可现在他们谁都说服不了。

就在这时，肉铺边儿发生了一起事件。离肉铺不远，在胡同一个比较隐蔽的位置，麻布门帘后坐着的人听见了米尔·达德和屠夫们的谈话。他是锡克庙派来的“侦查员”。这里是老寡妇杰南德·德伊的屋子，周围都是穆斯林住户，“侦查员”果巴尔·辛格就藏在这里。他是翻墙钻进屋里的，来刺探穆斯林的“军情”。在米尔·达德和屠夫争辩的时候，果巴尔·辛格掀开帘子悄悄溜到外面偷听他们的谈话，这样能听得更清楚一些。胡同里家家门户紧闭，一片昏暗，果巴尔心想，就算有人来，听到脚步声后，他也可以迅速撤回到门帘后面。突然，他身旁一户人家的门开了，昏暗中有个人走出来，正好撞见果巴尔。果巴尔惊慌失措。他看到那个人手插在兜里，像是要拔刀或掏枪的样子。现在往帘子后面躲已经来不及了，果巴尔撒腿就跑，慌乱中他重重地撞了一下那个正要“掏枪”的人。那个人是位穆斯林老人，叫努尔汗，当时他正要解腰带在胡同边的水沟

① 印度的一种坐具，也可以当卧具。通常为木质框架，床面为棕榈绳织的网。有的可折叠。

里方便。黑暗中果巴尔没看清他是位老人，撞倒了他。努尔汗惨叫道：“他杀了我！他杀了我！”

这一切发生得很快。听到努尔汗的惨叫和果巴尔奔逃的脚步声，肉铺里有两个人马上抄起长矛追了出来。屠夫阿什拉夫追上去扔出棍子砸果巴尔，可是没有砸中。棍子砸在地上的声音让果巴尔怕极了，忍不住叫起来：“救命！救命！他们要杀我！”

胡同里很快聚了很多人。只见努尔汗蹲着，手里还攥着裤带，痛苦地惨叫：“他杀了我！他杀了我！”

追赶的人朝果巴尔大喊：“回来！别跑！回来！”

米尔·达德从人群中钻出来，试图去扶努尔汗。这时，胖屠夫愤怒地说：“看到没有，米尔·达德？你这混蛋！这也是英国人干的？看在真主的份儿上，你赶快滚，否则我对你不客气！现在就滚，滚得远远的！快滚！”说完，他开始对米尔·达德推推搡搡，“你这个无房无地、游手好闲的家伙居然要来维持和平！你当自己是谁！你这爹不疼娘不爱的家伙来我们这儿管闲事儿！不知道是哪儿来的二流子！”

米尔·达德转身还想说点什么，可屠夫已经怒不可遏了，他训斥道：“滚，滚，你这混蛋快滚！要不我赏你一耳光，把你的牙都打飞！快滚，去烦你亲爹去！”

米尔·达德垂头丧气地离开了。以前还有很多人听他的话，他说话的时候还能得到附和，可现在那些人一个都不见了。胖屠夫以前总是笑眯眯地和他说话，可现在却变成了凶神恶煞。

果巴尔一边跑一边喊，一直跑到锡克庙附近。听到呼救声，庙里众人又躁动起来。很多人开始往外冲，有那么一会儿，整个教团都失控了。两个守门的锡克武士冲了出来，屋顶放哨的锡克武士也走了下来。“怎么了？出啥事儿了？”庙里的人都站了起来。

好多人上前查看果巴尔有没有受伤。果巴尔气喘吁吁地说他只是嗓子有点疼，然后他把事情的经过给大家讲了一遍。

“那个人直接朝我冲了过来……”

“那人是谁？”德加·辛格问。

“努尔汗大叔，”果巴尔说。跑出一段距离后，他反应过来那个人是谁了。

“那个瞎子努尔汗？”

“我当时不知道是谁，只见从他屋里出来个人……”

“然后呢？”

“然后屠夫就在胡同里追我，还朝我扔了根棍子。”

庙里的人都涌到了胡同里。一位长者让大家都回去：“别担心，教团很安全，敌人撤回去了，孩子得救了。大家都进去吧。”

当果巴尔喘息方定，德加·辛格问他：“你听到什么了？敌人有什么阴谋？”

“米尔·达德在那里瞎扯，听不清具体讲了什么。胖屠夫对他说，‘去，给锡克庙里的人说去，劝我们有什么用？他们要都各回各家，我们也各回各家……’就说了这些。”

大家都回到了锡克庙，但果巴尔的遭遇让大家情绪更加激动。教团接着唱颂神歌，嗓音虽已嘶哑，歌声却更加响亮。

“看到没？”教团里有个人向索亨·辛格说，“果巴尔差点把命丢了，穆斯林拼命想杀了他。这回你明白了吧？还跟我们讲什么大道理！”

教团里另一个人接着说：“我建议把这小子关起来！把他关到黑屋子里。不能相信他，谁知道他是不是穆斯林派来的间谍。”

听到这话，锡克武士上来又扇了索亨·辛格一巴掌。

“好了，好了，别打他。”

“去给把你养大的穆斯林叔叔们讲道理去！快走吧！”

教团接着唱颂神歌。

天渐渐黑了，在放置“圣典”的祭台上方人们点亮了两盏油灯。德加·辛格坐在灯的正下方，他的蓝色头巾和白色的胡须在灯影下忽隐忽现。油灯给女人的面孔涂上了一层奇异的光辉，那是些有着丰富表情的面孔，慈爱、恐惧、虔诚之情在她们的眼中闪动。其中有位年轻女人，用惊异的目光扫视周围这异乎寻常的场景。她的名字叫杰西比尔，是茶铺老板赫尔纳姆·辛格的女儿，她是嫁到这个村子来的。尽管从小深受父亲的宗教思想熏陶。可是刚才大家唱诵《阿尔达斯经》的时候，她是唯一一个不太会唱的，虽然和大家的声音不太合拍，可她依然用又尖又细的嗓音大声诵唱。她的腰间用黑带子系着一把短刀。尽管她诵不好经，可没人怪她，反而亲切地叫她“祖师之女”。平时她总是喜笑颜开，任劳任怨。她常常亲手擦洗锡克庙的台阶，覆盖“圣典”的那块绸布上的刺绣活儿也是她做的。她是个没事儿也要找事儿做的勤快女人。她常常给大家扇扇子，端茶倒水，摆放庙门口的鞋子。心血来潮的时候她甚至用围巾的边儿给大家擦鞋子，服侍大家穿鞋。局势恶化后她和大家都躲进了庙里，德加·辛格讲话的时候，她目不转睛地盯着他，仿佛是在接受神的启示。她几乎是一字不落地聆听教诲。像她这样对宗教的热爱、虔信之情或多或少地在庙中每一个男男女女心中激荡着。

这时，在庙顶放哨的锡克武士看见远处的地平线腾起一团尘云，像旋风一样卷了过来。他仔细观瞧，尘云越来越近，他赶忙喊吉山·辛格。吉山·辛格起身从墙头往外看，他看了半天，的确是团尘云，而且正朝这边移动。起初他很惊奇，可是看着看着，他听到了喧哗声。他猛地拍了下额头，恍然大悟。原来他们的估计都是错的，他们还以为暴徒将会由村里的那些穆斯林——清道夫、屠夫、油贩们组成。可是暴徒真的是从村外来的！接着，他听到了低沉的鼓声。意识到问题的严重性后，他想赶紧下去报告德加·辛格，可他又得留在屋顶观察敌人的动向，于是，他派锡克武士下去报信。

锡克武士急忙跑了下去，刚跑下最后一级台阶，他就大喊起来："穆斯林来了！穆斯林来了！"

锡克庙里顿时骚动起来，远处的鼓声也越来越清晰。

德加·辛格也惊呆了，他并没想到袭击真的会发生。他原本以为最多在油贩们的小区会发生些零星的摩擦事件，可只要锡克人团结坚守，村里的穆斯林就不敢动锡克人。村里的锡克人也不少，而且和村里的穆斯林有密切的生意往来。锡克人都比较富，有步枪和各种武器。但现在局势逆转了。

鼓声转眼已到了近前。有人领头喊口号："呀，阿里！"①

随即有很多人齐声高呼："真主伟大！"

锡克庙里众人先是呆立了一会儿，然后马上亢奋起来，也喊起了口号："念诵此言得庇佑！……永恒真理即是神！"

"看在祖师的份儿上，所有的锡克人都别出去！全部去守住自己的防线！"

杰西比尔伸手去抽短刀，教团里的其他人冲到墙边去拿各自的武器。大家都严阵以待。

"敌人来了！敌人来了！"大家都在重复这几句话，"穆斯林暴徒来了！"

① 穆斯林的祈祷词，有祈求真主帮助之意。

“敌人来了！”杰西比尔也激动地跟着大家重复这句话。说完，她取下头饰挂在颈上，和旁边站着的女人拥抱了一下。

“敌人来了！”她激动地说。

女人们都解下头巾系在腰间，一边说着“敌人来了，敌人来了”，一边互相拥抱。男人们同样也一边重复这句话，一边彼此拥抱。

“大家各就各位！”

一些男人解开头巾，从刀鞘里抽出了刀。

“敌人来了！敌人来了！”

有几个人喊道：“念诵此言得庇佑！！”

大家齐声呼应：“永恒真理即是神！”

教团军事委员会的成员，蒙哥尔·辛格，伯勒蒂姆·辛格·帕伽吉和帕戈特·辛格·巴萨利三人登上台阶来到庙顶，和吉山·辛格、德加·辛格一起研究战术。

暴徒敲锣打鼓，仿佛是宣布自己的到来，他们不住地朝天鸣枪。双方的口号声响彻天际：

“呀，阿里！”

“真主伟大！”

“永恒真理即是神！”

这时有人报告，村外的暴徒是从小河那边来的，这就意味着只要他们登上后面的斜坡，就能轻易地去庙左边胡同里的锡克人聚居区烧杀掳掠。因为青壮年锡克人都在庙里，锡克人家里只剩一些老人，抢锡克人家里的东西很容易。

天还没有黑，河水被夕阳映成了红色。锡克人布置的防线离左边那片锡克人聚居区很远，那里的形势很危险。

突然，伯勒德沃·辛格想起了自己的母亲。他把她一个人留在了家里，一整天他都没想起她，现在母亲可能已遭遇不测。教团里还有几个人的情况和他相同，他们现在都惴惴不安，不知道家里的父母会怎样。

伯勒德沃·辛格终于忍不住了。他解开扣子，脱掉外衣，只剩贴身内衣，然后拔出了刀，举过头挥动着，朝自己家的方向冲了出去，一边冲一边喊："血债血还！"

大家叫他快回来，可他不听。

"血债血还！"他一边喊，一边冲进了胡同。

伯勒德沃身材瘦小，远远看去，他的两条腿像羊腿一样细。大家不明白他为什么朝左边的胡同跑，如果他冲下斜坡大家还可以理解，那样的话他可能是去迎战村外来的敌人；如果朝右边的胡同跑，可能是去找村里穆斯林屠夫们的麻烦。可不知为什么，他沿着左边的胡同跑了下去。

但很快伯勒德沃又沿着胡同折了回来。他手里还拿着刀，不过没有挥动。夕阳下，远远看去，刀刃黑乎乎的，跑近了大家才看到刀刃上有血。他身上穿的内衣也被血染红了。这会儿他既没跑，也没叫，目光中有一种异样的疯狂。

有人猜想他肯定是杀了人。的确如此，他跑到胡同口朝老铁匠格里姆·汗的胸口刺了一刀。因为他想，现在已经来不及救母亲了，母亲肯定已经遇害，"血债血还"，所以他杀了老人格里姆·汗。

天黑了，黑影渐渐罩住了村子。口号声更加高亢。左边的胡同里真的传来砸门声和喊声。锡克庙里，人们的情绪也沸腾到顶点。

16

赫尔纳姆·辛格第二次敲门的时候，屋里传出一个女人的声音：

“家里没人，男人不在家！”

赫尔纳姆·辛格愣住了。而班多则左右张望，生怕附近有人看到他们。

“你去让她开门，班多，屋里是个女人。”赫尔纳姆·辛格让到一边。

于是班多上前敲门，一边敲一边大声说：“好心人，请开门，我们走投无路了。”

听到妻子的声音，赫尔纳姆·辛格垂下了头。想不到真的到了这一天——在他的面前，妻子要哀求别人的庇护。

门后响起了脚步声，接着门开了一道缝儿。他们面前站着一位上了年纪的农村妇女，她的双手沾满了牛粪①，围巾低垂着。她的身后站着一位头发乱蓬蓬的年轻女人，那个女人卷着袖子像是正在喂牛的样子。

“你们是谁？有什么事儿？”

老妇人问道，但打量了赫尔纳姆·辛格夫妇一眼后，她很快明白了是怎么回事儿。

“我们遭了大难，是从托克伊拉希巴克什那边来的。那里有一伙暴徒抢了我们的家，我们逃了整整一夜。”

老妇人犹豫了一会儿，看得出她很矛盾。她盯着他们看了一会儿，终于打开了门。

“来吧，进来吧。”

赫尔纳姆·辛格和班多精神为之一振，跨过门槛，走进院里。老妇人朝门外左右张望了一下，迅速关上了门。

那个年轻女孩立刻开始打量他们两个人，她的目光中透着疑虑。

---

① 印度农村有把牛粪搓成饼状，用来当燃料的习惯。

“去把凉床铺好，爱格朗。”说完，老妇人往地上一坐，接着搓牛粪饼。

爱格朗把纱丽的裙边甩在肩头，从屋里走了出来，把靠墙放着的一张凉床支了起来。

“大姐您真好！我们在外面跑了一天了。”说着，班多掉下了眼泪。

“我们在托克伊拉希巴克什那边住了一辈子，我们的店也在那里。之前大家都说，就在村里待着，不会有事。但昨天格里姆·汗警告我们待在村里会有危险。他说对了！我们刚走暴徒就来了，他们抢了我们的店，然后一把火把它烧了。”说到这儿，赫尔纳姆·辛格停了下来。班多从凉床上下来，坐到了老妇人身边。

爱格朗走过来，把放在一口大锅里的牛粪饼取下来贴在了墙上。老妇人默默地搓着牛粪饼，什么也没说。

“家里的男人哪儿去了？”赫尔纳姆·辛格问。

老妇人抬头看了赫尔纳姆·辛格一眼，但没有回答他的问题。赫尔纳姆·辛格立刻想出了问题的答案，禁不住颤抖起来。

“我们什么都没拿就逃了出来，”班多说，“愿神保佑格里姆·汗，他救了我们的命。也愿神保佑你，给了我们容身之地。”

院子里异样地安静，赫尔纳姆·辛格想说些什么，可欲言又止。爱格朗进了屋，可赫尔纳姆·辛格总感觉她好像在黑黢黢的屋里盯着他们。

老妇人站起了身，就着一口锅里的水洗了洗手，然后朝厨房走去。她用陶罐盛了一碗酸奶，转了回来。赫尔纳姆·辛格肩头挂着的步枪到现在还没放下，子弹带早已被汗水浸湿，和衬衣一起黏在身上。

“来，喝点酸奶吧。跑了一夜，都累了吧？”

接过陶罐，赫尔纳姆·辛格禁不住扑簌簌地流下了眼泪。整夜的疲惫、焦虑和压抑的情绪全部爆发出来，他像个孩子般大哭起来。他毕竟也曾是个丰衣足食的茶铺老板，兜里常装着上百卢比的钞票，一辈子都没求过人。而仅仅一天的时间，他竟落魄至此。

“先生，别在这儿大声哭，会引起邻居的注意。安静地坐着吧。”

赫尔纳姆·辛格止住哭声，拽出头巾的一角，擦起了眼泪。

“大姐您真好！我们永远没法报答您的恩情！”

“愿真主不要让任何人无家可归！真主庇佑，一切都会好起来的！”

老妇人拿起装着酸奶的陶罐又递给班多。看着陶罐，班多很为难。她抬眼看着丈夫，丈夫也正看着她。怎么能从穆斯林手里接过陶罐呢？①可一夜的疲惫正让她饥渴难耐。老妇人明白了她的窘境。

“你们要是自己带着餐具，我就把酸奶倒到你们的餐具里。村里有个印度教徒的商店。如果他在家，我就去找他借餐具，但不知他在不在家。你们又不能接我们的食物，可就这么饿着也不行啊。”

这时，赫尔纳姆·辛格接过了罐子。

“大姐，只要是您递给我们的，就是琼浆玉液！我们永远没法报答您！”

太阳升起来了，邻居的屋子里开始有了响动。赫尔纳姆·辛格喝了半罐酸奶，然后把罐子递给班多。

“听着，先生，我也不瞒您，”老妇人说，“我的丈夫和儿子跟着村里人一起出去了。现在大概快回来了。我丈夫是个敬畏真主的人，他不会伤害你们。可我的儿子不同，他是穆斯林联盟的成员，带着

---

① 锡克教徒禁食任何清真食物。

好些人。我不知道他会怎样对待你们。是去是留你们要想清楚。”

赫尔纳姆·辛格心里一沉。刚才老妇人还在操心他们的餐具，可现在又说这种话。他双手合十说：“可这会儿我们能去哪儿？”

“我怎么知道？要是别的日子不会有任何事儿，可现在他们谁的话都不听。我告诉你们，我家的男人们快回来了。他们会怎样对你们，我也不知道，万一要有个好歹，可别怪我。”

赫尔纳姆·辛格沉思良久，平静地说：“神的意志不可违背。是您同情我们，给我们开了门。现在您让我们走，那我们就走。班多，起来吧，咱们走……”

赫尔纳姆·辛格往肩上挂好步枪，和班多朝院门走去。他们知道外面危机四伏，可也没别的办法。

正当他们要开门的时候，老妇人突然说：“别出去，留步，把门关上！既然你们怀着希望，敲了我家的门。我们走一步看一步吧，你们回来！”

此时，爱格朗正站在门槛边，她瞪了自己的婆婆一眼，看到婆婆还要说话，她赶忙上前说：“妈，你让他们走吧！这事儿我们都没问过男人们，他们会生气的！”

“我知道怎么应付他们！你去屋里把梯子搬出来，快去！难道我们要把投奔我们的人赶出去？真主都不会拒绝登入他门庭的人！搬梯子去，盯着我干吗！快去里面搬梯子！”

赫尔纳姆·辛格和妻子从院门边儿转了回来，他再次合十道谢：“大姐，神会保佑您的！我们全听您的。”

天已大亮，邻里的女人们开始互相走动，大家都在议论有关暴乱的事情。昨晚，村里的男人们喊着口号，挥舞着长矛，敲着鼓在村里游行，然后朝东边去了。不知道他们去了哪里，干了什么。现在天亮了，女人们都在等他们回来。

爱格朗搬来了梯子。老妇人接过梯子，靠墙把它支了起来，梯子上方是个阁楼。

“来这儿！你们爬上去，在阁楼里藏好。别出声，没人知道你们在上面。其他的就靠真主保佑了！”

赫尔纳姆·辛格爬梯子的时候有些困难。首先是因为他身躯有些笨重，其次他肩头挂着的步枪老是碰他的腿。不管怎样，他好歹爬了上去，班多也跟着他爬了上去。阁楼很小，里面塞满了东西，两人只能勉强坐在里面。当赫尔纳姆·辛格搭上盖板，阁楼里顿时一片漆黑。他们静静地坐在黑暗中，什么也不想说，也懒得去想。此时此刻，两人只能听天由命。

过了好一会儿，赫尔纳姆·辛格的喘息才渐渐平缓下来。在又闷又暗的阁楼里绝望地坐了很久，赫尔纳姆·辛格按捺不住，把阁楼的盖板掀开了一道缝儿，从外面透进来少许光亮和新鲜空气。并且从这道窄窄的缝儿，他能看大门和院子的一部分。阁楼下面一片寂静。

他觉得老妇人和她的儿媳好像已经进了屋。

“万一我们遇到生命危险，我就先开枪打死你，我亲自送你上路……”赫尔纳姆·辛格低声说，这是他第三次说这话了，“可如果我们被抓住了，那就没办法了。”

班多没说话。她在盘算眼下的事情，多活一刻是一刻，她想得没赫尔纳姆·辛格那么远。

阁楼下方，婆媳二人正在里屋低声争吵，爱格朗生气地说：“你庇护异教徒，这就不对！男人们回来，你去向他们交代！”但她的婆婆主意已定，说：“你住口！人家落了难来投奔我们，难道我们要把他们赶出去吗？”

“你又不认识他们！他们和我们有什么关系？爸和拉姆扎会生气的！他们俩现在爬到了阁楼上，那个男人手里还有步枪。万一他开枪打我们家的男人，那该怎么办？你倒是真放心让他们待在上面！”

婆婆看着儿媳，觉得她的话有道理。万一男人们回来，知道他们藏在上面后，和他们争执起来怎么办？拉姆扎肯定会暴跳如雷，阁楼上的锡克人要开枪的话，下面的人全是活靶子。发善心是一回事儿，可把儿子和家人的生命置于危险中是另一回事儿。让他们上阁楼真不明智，自己刚才为什么没想到这点？

她起身来到阁楼下面，压低声音说：“先生，有件事想和你说。”

赫尔纳姆·辛格把盖板又掀开了些。

“大姐，什么事儿？”

“把你的枪给我，从阁楼口递下来，我接着。”

赫尔纳姆·辛格愣住了。过了会儿，他说：“大姐，我不能把枪给您。”

“不，你必须把枪给我。你不能带着枪待在阁楼上。”

两人僵持起来。赫尔纳姆·辛格觉得把枪交出去，相当于把二人的性命交了出去。可不交枪，人家会立刻把自己赶出去。一旦被赶出去，光天化日之下，就算肩膀挂着枪，也还是很危险。

“听着，先生，把枪给我。有我在，你还用拿着枪吗？”

“大姐，枪给您，我们就赤手空拳了！全靠它我才有勇气撑到现在。”

“你把枪递下来吧，你走的时候我会还给你的。”

赫尔纳姆·辛格看了看妻子，然后无奈地把枪递了下去。

把枪递了下去后赫尔纳姆·辛格才想起来，应该先把枪里的子弹退出来。他竟然把上了膛的枪交了出去！随即他转念一想，反正命运已不由自己掌握，枪里有没有子弹又有多大区别呢？枪里没子弹，少了一种死法；枪里有子弹，只不过是在上千种死法外又多了一种。赫尔纳姆·辛格长叹一声，这叹息如此沉重，以至于班多觉得肯定传到了阁楼下那对婆媳的耳里。

赫尔纳姆·辛格盖上盖板，阁楼又陷入黑暗之中。

世事真是无常！昨天这个时候班多还在家里整理衣服，而此时却像老鼠一样躲在黑暗的阁楼里！赫尔纳姆·辛格昨天还在和格里姆·汗一起平静地议论暴乱和暴徒，仿佛那些都是离他们很遥远的事情，而现在，暴乱让他们的生活转瞬间天翻地覆。

赫尔纳姆·辛格又想起了交枪这事儿，他的心情越发沉重。枪肯定是要不回来了，现在我该怎么办？我这简直是自断双臂！枪对我就像盲人的拐杖，眼下还能去哪儿再弄一支？想到这儿，赫尔纳姆·辛格冷汗直流。比起自己，他更担心妻子的处境。就算现在带着她走，又能去哪儿呢？现在出去，会被人用乱石砸死。多年来他在宗教思想的熏陶下建立起的那套与人为善的世界观，在现实的打击下彻底崩塌了。

“现在要是有女儿杰西比尔的消息该多好。”班多突然说道。

赫尔纳姆·辛格没说话。他能说什么呢？班多的母性时不时地会流露出来。昨晚在河沟里逃命时，她就曾为儿女担过心，现在她又是如此。只要她自己的处境稍微好一些，她就禁不住牵挂起他们来。

村子里突然喧闹起来，四下都是男男女女的交谈声，而且声音越来越大。忽然，有人敲起了院门，外面响起一个女孩的声音：“喂，爱格朗，快出来，他们回来了。”那是爱格朗的女伴儿的声音。

爱格朗赶忙跑出去开门。

阁楼上，赫尔纳姆·辛格的心剧烈地跳起来。班多抬头看着丈夫，只见平日里精神抖擞的他，此时面色如土。他的衣服也脏兮兮的，显得狼狈不堪。

从盖板的缝隙，赫尔纳姆·辛格能看见那位老妇人。她两手叉着腰站在敞开的院门口。看到她笔直站立的身躯，赫尔纳姆·辛格稍稍放下了心。有她在，就还没到绝境，他们还有一线生机。

“如果祖师庇佑，我们就不会有事的。像你这样虔诚的人，啥都不用怕！”班多安慰丈夫道。但赫尔纳姆·辛格没说话。

院门外，传来脚步声和人群的说笑声，这声音越来越大。院门一直开着，爱格朗高声说笑的声音也传了进来。赫尔纳姆·辛格明白，这户人家的男人在外忙活一夜后，回来了。

过了一会儿，爱格朗和她的公公抬着一个黑色的大箱子走进院里。爱格朗的公公头上还戴着头巾[①]，看上去，箱子是他一路顶回村的。

赫尔纳姆·辛格用手碰了下班多的膝盖。

“那是我们家的箱子，那只黑色的大箱子！就是他们抢了我们家！”

班多也朝外窥探。

“上面还上着锁呢。”赫尔纳姆·辛格低声说。

爱格朗的公公此时正坐在箱子上，他摘下了头巾，不住地擦汗。他的妻子上前关上了院门。

“拉姆扎没回来？”

“拉姆扎去帮穆斯林联盟做事了。”

阁楼里的赫尔纳姆·辛格又碰了下妻子，说：“我认识他，他叫

① 印度人常用头顶重物，顶东西时通常会戴头巾。

艾赫桑·阿里。我和他很熟。”

“爸，你竟然顶了个锁着的箱子回来！谁知道里面有没有东西。”

“怎么会没有？箱子这么重，我的腰都快累断了。这是个装衣服的箱子，里面肯定有东西。”

“就拿了一只箱子回来吗？拉姆扎拿什么东西没有？”

“箱子就是他拖出来的。这个箱子装得满满的，你还想要什么？”

“来，把锁砸了，把箱子打开。”爱格朗说完，跑进屋里拿来把锤子。对这笔“横财”的渴望使她忘了告诉公公阁楼上藏着的异教徒这回事儿。而她的婆婆站在一旁，沉默不语。

“拉乔，给我拿点酸奶来，我渴了。”公公对妻子拉乔说。拉乔不紧不慢地进屋去取酸奶。

爱格朗和公公开始砸箱子上的锁。

拉乔给艾赫桑·阿里递过酸奶罐，然后把她在家里庇护锡克人的事儿告诉了他。

这时，赫尔纳姆·辛格掀开盖板探出身子说：“用不着砸锁，闺女，拿着，这是钥匙，这是我们的箱子。”然后他对艾赫桑·阿里说：“艾赫桑·阿里，我是赫尔纳姆·辛格，你的家人收留了我们。祖师会保佑你的。这箱子本来是我们的，现在就当是你们的吧。还好这箱子落在你们手里，没落在别人手里。”

艾赫桑·阿里抬头看着赫尔纳姆·辛格，尴尬万分，就像偷东西的贼被当场捉住。

爱格朗立刻停了手，嚷嚷了起来：“是妈把他们藏在家里的！我说了，他们是异教徒，不能让他们进来，可妈不听我的！”

爱格朗急着撇清自己。而艾赫桑·阿里却仍然尴尬地愣在那里。他和赫尔纳姆·辛格交往多年，彼此都很熟悉。这样相遇实在是太意外了，他打不定主意该如何对待赫尔纳姆·辛格。他并没有狂热到一见印度教徒或锡克教徒就要除之而后快的地步。

“赫尔纳姆·辛格，下来吧。”拉乔的善行给了他掩饰自己偷窃行为的借口。他故作大方地说：“幸亏你们来我家了！要去了别人家，这会儿早没命了！”

爱格朗已经迫不及待地要开箱子了，可拉乔从她手里夺过了钥匙，任她怎么要也不给她。

“赫尔纳姆·辛格，既然你们来我家避难，我不会难为你们，但现在你们得走了。我儿子要知道你们在这儿，不会对你们客气的！村里人要知道我们庇护你们，我们也要倒霉。”

“这些我们都明白，艾赫桑·阿里，现在我们都听你的。可是这会儿光天化日的，我们要出去的话就死定了。”

艾赫桑·阿里沉默了，他瞪了妻子一眼，像是在说：瞧你惹的麻烦！

“昨晚上人们就在找你们。”艾赫桑·阿里说，“现在如果他们知道你们藏在我们家，连我们都不会放过！你们快走吧，这样对大家都好。”

爱格朗把梯子搬过来靠在阁楼下。赫尔纳姆·辛格夫妇顺着梯子爬了下来。两人一言不发，像待宰的羔羊。

早晨的那一幕又重演了。两人下了梯子，谁也没有哀求，就那样静静地站着。赫尔纳姆·辛格向拉乔要他的步枪，可拉乔依然叉着腰站着，没有答话。艾赫桑·阿里终于忍不住说：“让他们藏在放草料的屋子里吧，拉乔，从外面把门锁上。拿着，就是这把锁，快去吧。”然后他郑重地对赫尔纳姆·辛格说：“赫尔纳姆·辛格，我这样做是看在过去的情分上。现在，我只要一想起异教徒在城里干的那些事，就会怒火中烧！”

拉乔在前面走，班多和赫尔纳姆·辛格跟在后面。他们穿过堂屋沿着一条漆黑的走廊来到后院，草料、牛粪、牲口的味道扑鼻而来。拉乔打开后院一间小屋的门，里面堆满了草垛。

“你们待这儿吧。我家男人心善。没想到他认识你们。你们就在这儿凑合凑合吧。”

赫尔纳姆·辛格夫妇走进小屋，像在阁楼里那样坐了下去。拉乔关上门，从外面把门锁上。

时间慢慢流逝，两人稍稍安心了一些，至少天黑前两人有了藏身之所。不知过了多久，拉乔给两人送来了酸奶和饼。填饱了肚子，两人觉得舒服多了。又在黑暗中静静地坐了些时候，班多问赫尔纳姆·辛格：“你在想什么？不知道伊克巴尔·辛格这会儿是在村里还是逃了出去？”

“全看祖师的旨意了。如果遇到好心人，那他兴许还有活路。”

“杰西比尔不是一个人，这就好多了。她们村里锡克教团的人很多，估计大家都聚在一起。”

这时，赫尔纳姆·辛格突然说：“你觉得这些人会把我们的步枪还给我们吗？我觉得他们不会。”

两人聊了很久。虽然屋门紧闭，可这间屋子不像阁楼那样闷热。两人靠着草垛，昏昏欲睡。累了一夜了，两人都已疲惫不堪。

突然，两人的倦意被一阵巨响打断。有人边用斧子劈门边喊：“出来！你们竟然敢待在里面！你们这些混蛋……出来……”

那人还在不停地劈门。赫尔纳姆·辛格夫妇回过神来，像被噩梦惊醒，吓得瑟瑟发抖。

“把钥匙拿来！竟然敢庇护异教徒！这些该死的异教徒……”接

着门又被猛劈一下。

“小声点儿，拉姆扎。”有个女人的声音响起，可能是爱格朗在劝自己的丈夫。

又有一斧子劈在门上，门板被劈开一道缝儿，一道光线投了进来。

这时又响起一个女人的声音。“你在这儿鬼叫什么！怎么了？”这是拉乔的声音，“那个泼妇在哪儿？看我不把她的嘴撕烂！原来在这儿！这个混蛋！叫你不要告诉他，为什么要告诉他？不说你会死？……拉姆扎，你想干啥？要在家杀人吗？要杀上门求助于我们的人？我们认识他们，他们对我们一直很好。”

“妈，你别唠叨！城里面异教徒杀了成百的穆斯林！”拉姆扎一边用斧子劈门一边说道，“出来，异教徒！你们这些……”

又劈了两下，门扣脱落了，门板倒在地上。光线立刻涌入小屋。只见拉姆扎拿着斧头气喘吁吁地站着。爱格朗站在他后面，面色苍白。拉乔站在一旁，双手叉着腰。

“出来，异教徒……”

拉姆扎朝屋里望去，赫尔纳姆·辛格和班多相拥坐在地上，正盯着他。接着赫尔纳姆·辛格站起身，默默地走了出来。

“杀吧……”赫尔纳姆·辛格平静地说。

“你这个……”拉姆扎伸出左手把赫尔纳姆·辛格猛地拽了出来。赫尔纳姆·辛格的粗布衬衣的扣子被拽掉了一个，头巾也歪了。拉姆扎一把掐住赫尔纳姆·辛格的脖子，不过又立刻松开了，在他脖子上留下几个红指印。

因为他认出了赫尔纳姆·辛格，他曾去他的店里喝过几次茶。赫尔纳姆·辛格的样貌并没有太大的变化，只是胡子白了些，瘦了些。

有两三次，拉姆扎想举起斧头，可怎么也举不起来。杀异教徒很简单，可是要在自己家里杀一个前来寻求庇护的熟人，他实在是下不了手。尽管处在宗教狂热和仇恨的氛围中，拉姆扎的理性仍一息尚存。

拉姆扎站在赫尔纳姆·辛格面前，喘了半天粗气，终于骂骂咧咧地走了。

到了半夜，拉乔带着赫尔纳姆·辛格夫妇俩出村。身材高挑的拉乔在前面走，夫妇俩跟在后面。拉乔领着他们来到树林边。树林上方，月亮探出了头，把光投向夜空。银亮的月光和黑暗的夜色嬉戏、追逐，构成了一幅神秘、奇异的画面。朦胧中，树林也变得无边无际、神秘莫测，看上去有些骇人。拉乔拿着步枪，身影显得很坚定。

左边，远处的天空是红色的。赫尔纳姆·辛格握住班多的手，说："你朝左边看。"

"看到了，是哪个村子着火了……祖师保佑……"班多低声说。

走着走着，右边的地平线上方的天空也映红了，赫尔纳姆·辛格又停下了脚步。

"不知道那是哪个村子？也着火了。"

班多没有答话。

赫尔纳姆·辛格扭头往回看。月光下，拉乔村子里的房屋清晰可见，有一两间屋子还亮着灯。家家户户的屋外都堆着高高的草垛，有的人家门口还停着牛车。

他们又看见了树林里那座圣人墓。但这会儿，墓前的油灯没有亮。今天点灯的人忘了在墓前点灯。

拉乔沿着林边往前走。他们又来到了林边的那个斜坡。早上赫尔纳姆·辛格夫妇就是从这里进的村。拉乔停下了，把手里的步枪递给赫尔纳姆·辛格，说：“走吧，愿真主保佑你们！沿着河床走吧，下面就看你们的命好不好了。”她的声音有些哽咽。

“拉乔大姐，您的大恩大德我们永远不会忘！”班多说。

“妹子，我也说不清楚，我到底是救了你们的命还是又把你们推入了火坑。现在四下都是火光。”

说着，拉乔从袍子下掏出一个小包袱。

“拿着，这是你们的东西。”

“拉乔大姐，这是什么？”

“这是从你们的箱子里找到的，是你的几件首饰，我取了出来。你们眼下在逃难，这东西会对你们有帮助。”

“祖师保佑您，大姐！我们不知修了什么福，遇见了您！”说着，班多的眼泪掉了下来。

“走吧！真主保佑！别耽搁了。”拉乔说。但她也不知道该让他们朝哪个方向走，进哪个村，敲谁家的门。

夫妇俩沿着斜坡溜了下去。拉乔站在坡顶望着他们。他们脚下的路还是那条由沙子和碎石组成的蜿蜒起伏的河床。月色皎洁，大地上光影斑驳，既有狰狞的黑影，也有熠熠生辉的银光。

往前走了很远，夫妇俩回头张望，只见拉乔还在坡顶，正目送他们踏上未知的旅程。过了一会儿，拉乔终于转身回村了。看不见拉乔的身影，两人觉得夜色越发凄凉可怖。

17

不久前，村外的田地里还上演过另外一出“好戏”。当拉姆扎和他的伙伴们抬着抢劫来的财物，有说有笑地从托克伊拉希巴克什和穆拉德普尔那边往回走时，看见远处一个山坡脚下有一个锡克人在跑。不知道那个锡克人是看见拉姆扎一伙儿才跑的，还是本来就在跑，反正拉姆扎一伙儿找到了乐子。“呀，阿里！”拉姆扎大喊一声，带着全体二三十个人追了过去。这一带地形有些复杂，丘陵密布，还有很多洞穴和沟壑。那个锡克人没有沿着大路往村里跑，而是钻进了旁边的田地里，试图躲开村里人的追捕。

很快，那个锡克人从众人的视野中消失了。

“这个锡克混蛋藏起来了！”拉姆扎叫道，他赶忙加快了脚步。往前追了二十几米，他们又看到了那个锡克人的身影，他正沿着一条山沟逃命。可他们追到近前，那个锡克人又不见了。

“肯定是藏到哪个洞里了！”努尔·丁说，“把那个混蛋找出来！”

“圣战者”们追赶着异教徒上山坡的时候，还捡了不少石头砸他。可这会儿，他们失去了目标，只能把石头朝异教徒可能藏身的洞穴扔去，希望能够把他赶出来。如果那个锡克人逃出洞穴，一定会像只过街老鼠一样，被乱石砸死，可他却藏在洞里，就是不肯出来。这里的洞穴不计其数，随便哪个洞都能藏身，要想把他找出来并非易事。

“喂，锡克佬，你真有种！快出来！”努尔·丁高声叫道。众人哈哈大笑起来。努尔·丁和拉姆扎是一个村的，靠赶驴运货为业。他的牙床血红血红的，笑的时候，人们老远就能看见他的牙床。

有几个人爬到沟里去找锡克人。

“可能在这个洞里！”有人说。

“出来！你这狗娘养的……”另外一个人骂了起来，然后捡起石头朝里面扔去。可是洞又黑又深，石头扔进去，毫无动静。

好多人立刻凑过来一起往里扔石头，还是没有任何反应。

“钻进去看看！这样搞没用！”拉姆扎说。

“拉姆扎，小心点，他可能有刀。”

“这狗娘养的……”拉姆扎笑着骂了句，然后小心翼翼地抽出刀，钻进洞去。还有两三个人跟着他钻了进去。

“贱种，快出来！”拉姆扎叫道。几个人进去把这个洞仔细搜查了一遍，可没找到那个锡克人。看来他藏在别的洞里了。

这时还留在坡顶的一个“圣战者”用左手指着前面的一个山岗，叫了起来：“他在那儿！他要跑！”只见在一个洞口，锡克人的衣角一闪而过。

大家立刻追了过去，同时还朝那个方向的几个洞穴扔石头。一块石头飞进锡克人藏身的洞穴，砸中了他的膝盖，可他没有叫，只是往后缩了缩。一阵石雨又朝那边飞去。大部分石头砸偏了，可有些则落在锡克人的肩上、腿上、头上，但他只是哼了哼，还是没有挪动地方。石雨继续朝这几个洞穴飞去。过了一会儿，一个洞里传出痛苦的呻吟声。攻击者确信锡克人就躲在这个洞里，一阵更急促的石雨朝这个洞飞去。

这时，有个“聪明人”站了出来大声说：“喂，大家停手！别扔石头了！”

大部分人停了手，不过还有零星的石头朝洞里飞去。

这位“聪明人”走到洞口，高声说：“锡克人，改宗信伊斯兰教！我们就放你条生路。”

洞里的人没有回答，只是痛苦地呻吟。

“说吧，锡克人，到底改不改宗？如果同意，就自己出来，我们不会伤害你。否则就用石头砸死你。”

锡克人还是没有答复。零星的石块继续飞向洞里，敦促他尽快做出决定。

“出来！贱种！否则待会儿进去给你收尸！”

洞里的人还是没有答复，连呻吟声都停了。外面的人又开始朝洞里扔石头。过了一会儿，拉姆扎·阿里搬起一块大石头来到洞前。

“快出来！不然我就用这块石头把你砸成肉酱！”

有几个人笑了起来。石雨继续朝洞里落去。

这时，只见那个锡克人手脚并用从洞里爬了出来。他的头巾散开了，搭在肩上，衣服上也全是泥，而且撕破了好几个口子，额头和膝盖都在渗血。

出了洞，他还是趴在地上，抬眼张望大家。伤口的疼痛让他直咧嘴。

“说，愿不愿读《古兰经》？”拉姆扎问。他手里的大石头还没放下。

锡克人惊恐地看着大家，点了点头。

努尔·丁身后的一个人认出了这个锡克人。这是伊克巴尔·辛格，在米尔布尔开了家服装店，他的父亲叫赫尔纳姆·辛格，在托克伊拉希巴克什开了间茶铺。估计他正在逃往托克伊拉希巴克什的路上，被抓个正着。认识伊克巴尔·辛格的那个人往后又退了几步，生怕伊克巴尔·辛格看见他。他没再扔石头，不过也没阻止大家扔石头。他知道就算自己想阻止大家，也没有那个能力。

“说话，狗娘养的……快说！否则，你看，这块大石头就要落在你的头上！”

终于，伊克巴尔·辛格高喊了一句：“真主伟大！”

所有的人也跟着高呼：“真主伟大！真主伟大！”

拉姆扎把石头扔到了一边，其他人也撇下了手中的石头。拉姆扎向伊克巴尔·辛格伸出手说：“起来吧，现在你是我们的兄弟了。”

伊克巴尔·辛格浑身剧痛，不禁呻吟起来。疼痛以及死里逃生的惶恐让他难以站立。

“过来，拥抱一下！”拉姆扎说，然后他上前拥抱了一下伊克巴尔·辛格。

其他人也上前轮流和他拥抱。他们和伊克巴尔·辛格先贴左脸，然后是右脸，接着又是左脸——这是穆斯林的礼节。伊克巴尔·辛格双腿在发抖，口干舌燥，起先他不会这种穆斯林礼节，可练习了一两次，就熟悉了。他没想到，气氛变得这么快，之前要杀他的人，这时竟然在和他拥抱。

于是众人下山回家，拉姆扎扶着伊克巴尔·辛格。他们说说笑笑，再次穿过田间的麦浪。伊克巴尔·辛格到现在也没弄明白，他们到底是把自己当成一场胜利的纪念品，还是当作试图逃走又被抓回的囚徒。反正最后他们把他当作了同教的兄弟，和他拥抱。他现在还走不稳路，他的膝盖至少挨了五下飞石，额头还在渗血。当他踉踉跄跄跨过田埂的时候，努尔·丁故意在后面撞了他一下，他一头栽倒在地。

“拉姆扎兄弟，你看！有人撞我！”他爬起来委屈地说，就像个孩子在保证了要循规蹈矩后，仍然挨了顿揍。

“喂，别撞他！”拉姆扎一边说，一边朝同伴笑着眨了眨眼。

“喂，别撞他！”有个人一边重复拉姆扎的话，一边又轻轻撞了伊克巴尔·辛格一下。

憎恨和敌意没法在这么短的时间就变成友爱和善意，它们变成了戏谑和嘲弄。他们现在不能打伊克巴尔·辛格了，但至少可以嘲弄、羞辱他。

“拉姆扎兄弟，他们在背后用手捅我！”

此时，伊克巴尔·辛格对尊严的需求已经降到了最低，就像饱受生活折磨的可怜虫。现在的他只有哀求的份儿，别人让他笑就得笑，让他哭就得哭。

这时，努尔·丁又想出一个新花样。

“等一下！”他上前拽住伊克巴尔·辛格的胳膊。

伊克巴尔·辛格停下了脚步，胆战心惊地看着努尔·丁。

“把他的衣服扒了！让他光着回村。谁让他藏起来的！”

说完，他上前去扯伊克巴尔·辛格的衣服。众人笑起来。

“您看！拉姆扎兄弟……”伊克巴尔·辛格哀求地看着拉姆扎。

“我警告大家！谁也不准脱他的衣服！”拉姆扎叫道。

“现在他不是还没念吗？只要还没念《古兰经》，就是异教徒，不是穆斯林。把他的衣服脱了吧！”

看到拉姆扎支持自己，伊克巴尔·辛格的勇气增加了，他大叫道：“谁都不准动我的衣服！你们动一下试试！”

看到这一幕，又有几个人禁不住笑了出来。

就这样，众人一路嘲弄、羞辱着伊克巴尔·辛格回到了村里。

改宗仪式在油贩伊玛木·丁家举行。村里的理发匠和清真寺的毛拉都被叫来了，油贩伊玛木·丁家的院子里挤满了人。

伊克巴尔·辛格的头发太长、太多了，理发匠剪到手软还是没剪下多少来。于是，在围观人群正中间席地而坐的伊克巴尔·辛格又遭了罪。理发匠先是用剪刀剪，然后用马粪和马尿抹在他头上，把他的头发弄成一绺一绺的，最后他拿来了剪马鬃的电动剃刀。理发匠用电动剃刀把伊克巴尔·辛格的头推成了梯田，然后才用剃刀把剩下的头发刮干净。直到这时，伊克巴尔·辛格才终于能直起身子。他们把他的胡子倒是基本留下了，只是略加修剪。在给伊克巴尔·辛格修剪胡子的时候，周围围观的人七嘴八舌地说：

“把他的胡子剪成穆斯林式的。”

“把他的鬓角也修一修，胡子剪短些。”

尽管还是一脸惊恐，可现在伊克巴尔·辛格的样貌看上去已经完全像个穆斯林了。

刚才给伊克巴尔·辛格理发的时候，努尔·丁不知去哪儿了。这时，努尔·丁从人群中挤了进来。

“让一让，借光！”

挤进人群后，努尔·丁直接来到伊克巴尔·辛格身边。他用左手掰开伊克巴尔·辛格的嘴，右手把一块还在滴血的生肉塞了进去。伊克巴尔·辛格瞠目结舌，差点儿被噎死。

“张嘴！你个杂种……张嘴！把肉舔干净！”

努尔·丁得意地望着人群，吃吃地笑了起来，露出血红的牙床。

这时，村里的毛拉和一位长者走到近前。长者训斥努尔·丁说：“你让开！你不能这样为难一个刚改宗的兄弟！”

长者的到来使改宗现场的气氛变得严肃起来，人群往后退了退。伊克巴尔·辛格勉力站了起来。一个人搬来一张凉床，让他坐下。接下来的改宗仪式开始按照正规的步骤进行了。

手持念珠的毛拉开始教伊克巴尔·辛格念清真言[①]——

“万物非主，唯有安拉。穆罕默德，神之使者。”

伊克巴尔·辛格跟着毛拉念了三遍清真言。周围的众人都用手

① 按照伊斯兰教传统，凡真心诵读清真言者，皆可被接受为伊斯兰教徒。

触碰了下眼睛，然后放在唇边亲吻。[①]接着大家上前依次拥抱伊克巴尔·辛格。

然后大家簇拥伊克巴尔·辛格来到村里的井边，让他沐浴，又给他换了身新衣服。

沐浴更衣后，伊克巴尔·辛格的名字被改成伊克巴尔·艾哈迈德。围观的人们齐呼："真主伟大！"

接着大家又簇拥着他回到伊玛木·丁的家里。大家都沉浸在浓厚的宗教气氛中。天快黑的时候，大家给伊克巴尔·艾哈迈德举行了割礼。割礼的疼痛对他倒还不至于难以忍受。一位长者全程搀扶着他，在割礼的过程中，他在伊克巴尔·艾哈迈德耳边说："我们会再给你办场婚礼，会给你找个漂亮女人。油贩噶鲁的女儿和你年龄相仿，她年轻，身材也好。见到她，你一定会乐得合不拢嘴。你现在是我们自己人了。你现在是个谢克[②]，你是谢克·伊克巴尔·艾哈迈德。"

天黑的时候，伊克巴尔·辛格身上所有锡克教徒的标记都没了，取而代之的是穆斯林的标记。对村里人来说，仅仅是去掉旧标记，换上新标记，他就整个变了个人。现在他不再是敌人，而是朋友，不再是异教徒，而是穆斯林。所有穆斯林的家门都为他敞开。

躺在床上，伊克巴尔·艾哈迈德辗转反侧，彻夜未眠。

18

敌人终于来了，但都是从邻近的村子里来的。穆斯林认为自己是在攻击宿敌——锡克人，而锡克人则认为攻击者和两百年前锡克

① 穆斯林礼仪。

② 穆罕默德的后裔，南亚穆斯林种姓之一。

教团与之奋战的穆斯林敌人并无分别。因而他们的战斗是宗教冲突历史的延续。这些人虽然生活在20世纪，可头脑还停留在中世纪。

战斗进行得很激烈，足足持续了两天两夜，最后因为弹药用完了，不得不停止。现在，锡克庙中间的祭台后摆着七具用白布覆盖着的尸体，五个女人正在抚尸痛哭。大家好劝歹劝，才把她们扶起来。可德加·辛格一转身，她们又坐回尸体边痛哭。有两具尸体没人认领，一具是一位锡克武士的，他中弹后仍然继续英勇战斗，直至牺牲也没离开阵地；另一具尸体是索亨·辛格的，他是从城里来阻止暴乱的，结果死在胡同口。开战第二天，他去找谢克·古拉姆·拉苏尔提议停战，却被射杀。他的尸体在胡同口躺了很久。半夜有几个穆斯林把他的尸体扔到了锡克庙附近，以此作为对索亨·辛格的停战提议的回答。索亨·辛格的尸体摆在最边上，无人哀悼。死之前，他和米尔·达德的角色从阻止暴乱的人，变成了双方的信使。

除了这七具尸体，还有很多尸体散落在锡克庙周围的小区里。人们现在还没工夫去处置他们。锡克教学校听差的尸体就躺在校园里。冲突爆发那天，其他人都去锡克庙了，而他得到的命令是坚守学校。听差的老婆还活着。战斗前，德加·辛格把她安排在自己家住，因此她幸免于难。玛伊·帕冈的尸体在自己家的院子里。她虽然死了，可她保住了自己的首饰。她在墙上挖了个洞，把首饰藏在了里面。暴徒没有发现她的首饰。她的房子也没被烧掉，因为邻居是拉希姆·德利，暴徒担心烧她的房子会殃及拉希姆·德利家。老人索达格尔·辛格也死了，大家都忘了要给他收尸。

再远一点儿的地方也有不少尸体。有一具尸体趴在井边。这人是小区的水夫阿拉赫尔汗，他是被误杀的。尽管暴乱发生了，他还在晚上背着水袋去打水。因为谢克家里断水了，而谢克的孩子吵着要水喝。阿拉赫尔汗打完水，扛起水袋往回走的时候，谢克家的屋顶上有人朝他开了一枪，正中他的后背。还有一具锡克人的尸体躺在去城里的路上。小吃店主帕德赫丁没出事儿，可在他店里干活的两个男孩被打死了。这两个男孩不顾暴乱的危险，跑到店外去玩。他们在胡同里追逐、嬉戏，结果被打死了。此外，锡克学校也被烧了。锡克庙左边，胡同尽头的锡克人商店、油贩聚居区里几家穆斯林的房子也被烧了。

现在锡克庙里的弹药已快耗尽了。屋顶的吉山·辛格时不时还放一两枪，向敌人示意自己的防线还很坚固。但实际上，庙里的人已束手待毙了。每个人都筋疲力尽，大家面面相觑，却一言不发。“子弹快打光了。”不知谁说了一句，但听到这句话的人都无动于衷。另一面，谢克的“堡垒”里，子弹也打光了，为了掩饰这一点，他们不住地高喊口号：“真主伟大！”现在锡克庙的三面都不断地响起穆斯林的口号声。作为回应，锡克人也喊自己的口号，他们喊得比之前更用力，可声势已明显不如穆斯林了。

一个“侦查员”向大家报告，穆斯林在等待外援。而锡克人和外界的联系已经被切断了。有两个人被暗中派往格胡达的方向去请求支援，但到现在还没回来。锡克人军事委员会考虑用钱来换取停战，他们往谢克家派出了信使。

锡克庙里，由五个人组成的军事委员会和德加·辛格在商议停战条件。

“他们要二十万卢比。我们去哪儿弄二十万？”德加·辛格气愤地说。

“你派遣的小格林提是怎么跟他们说的？”一个委员问。

索亨·辛格死了，德加·辛格本来想找米尔·达德做中间人去谈停战条件，因为米尔·达德之前曾极力劝大家不要暴力冲突。可当米尔·达德听说他们打算用钱来换停战时，就拒绝了他们。无奈之下，德加·辛格只好派格林提的弟弟（大家都管他叫小格林提）去送消息。

“我告诉他我们可以付两三万卢比，”德加·辛格说，“可他们要二十万！”

“他们应该知道我们现在形势不妙了。”

“他们知道个鬼！”班萨利·辛格愤怒地说，“我们杀的人不比他们少，大家打了个旗鼓相当！不幸的是我们的弹药用光了。”

远处又传来一阵口号声——“真主伟大！”

“我们收集的首饰值多少钱？”另一位委员问。

德加·辛格起身来到祭台前的箱子前，里面全是女人们捐出来的首饰。他掂了掂箱子，想从重量上估计这些首饰的价值。

“最多值两万或两万五……可他们要二十万！”

“德加·辛格，你攒下那么大的家业。想给的话，你自己就能掏二十万给他们。”

但德加·辛格像是没听见这句话。

“跟他们说，我们愿出五万卢比。”

“太少了，他们不会答应的。”

“先给他们开这个价，他们再还一还，兴许就能定为十万卢比。”

德加·辛格派人去把小格林提叫来：“去吧，小格林提，你可以把最终的价钱定到十万。但是有个条件，让那些外来的穆斯林退过河去。然后他们派三个代表，在指定的地方和我们会面，我们会带着钱去。”

小格林提双手合十说："遵命，大人！但如果他们要我们先付钱再退过河去，那我该怎么说？"

这时班萨利·辛格又火了："他们为什么会不相信我们？难道我们会撒谎吗？难道我们是拉合尔、阿姆利则的那些城里人，今天说的话明天就会变？我们是塞耶德普尔人！我们说过了，就绝不反悔！"

的确，这里的锡克人和穆斯林一样都为自己是塞耶德普尔人为荣。他们为家乡的红土地、枇杷园、优质的谷物乃至严冬和寒风而感到骄傲。同样，他们也为自己热情好客、慷慨豪爽的性格而自豪。但暴乱一开始，尽管都是塞耶德普尔人，双方却怒不可遏地自相残杀起来。

月亮又升了起来，但这让守卫锡克庙的人们感到恐惧。到了晚上，如果再次交火，后果会很严重，烧杀劫掠将难以避免。现在看来，或许之前的决定都是错的，大家不应该集中到庙里来，也不应该中止和谢克·古拉姆·拉苏尔那些人的谈判，这些错误目前已无法挽回。但如果锡克人现在占上风，那些错误可能反而会被当作是高明的策略。

与此同时，一群"圣战者"正坐在谢克·古拉姆·拉苏尔家门前谈话。他们也没顾得上给自己人收尸。但比起困在庙里的锡克人，他们有一个优势——他们的"堡垒"坐落在开阔地上，可以很方便地和其他村子联络。这些"圣战者"都是村外来的，他们在谈论自己这几天的"战绩"。

"当我们冲进胡同的时候，异教徒都四散奔逃。我们看到有个印度教女孩爬上了自家的房顶，于是有十几个人跟着爬上去追她。她正要从自家屋顶往邻居家屋顶跳的时候，我们抓住了她。纳比、拉鲁、米拉、穆尔德加轮流玩了她。"

“真的吗？”一个人怀疑地问。

“我向安拉发誓这是真的。轮到我上的时候，她在下面一声不吭，一动不动，我仔细一看，她已经死了。”讲话者干笑了两声，“原来我操了一具尸体！”

“真的吗？别逗我们！”他的同伴生气地说。

“是真的！我对着《古兰经》发誓，是真的！不信你问杰拉尔，当时他也在场。当时我们一看，那个女孩真的是死了！”说完他撇撇嘴，呸了一口。

另一个“圣战者”说：“运气总是有好有坏。我们在胡同里抓住了一个巴格力[①]女人。当时我们正把异教徒往外赶，只要抓住，就一刀砍掉他的头。这个贱女人被抓住后不停地尖叫，求我们别杀她，说只要不杀她，我们七个人轮流上她都行。”

“然后？”

“还能怎样？阿齐兹一刀捅进她的胸口，她当场毙命。”

月光下，小格林提正顺着庙后面的斜坡往下走。河岸边，穆斯林代表正等着他去谈停战条件。从锡克庙的一个窗户能看到斜坡，很多人聚在窗口关切地看着小格林提。因为是晚上，大家只能看到一个人影在往斜坡下移动。这时，屋顶传来急促奔跑的脚步声，一位锡克武士跑下来叫道：“西边来了很多人！敌人的援军到了！”

没过多久，熟悉的喧嚣声再度响起——咚咚的鼓声和“真主伟大！”的口号声。

德加·辛格脸色大变。格林提正在窗口看着弟弟往前走，这时他立刻朝弟弟大喊：“别走了！快回来！”

格林提一个人的声音太小，他的弟弟没听见，于是很多人跟着

① 印度的一个低种姓。

格林提一起喊。小格林提回头朝锡克庙瞅了一眼，接着往前走了下去。

鼓声和人群的嘈杂声更近了。河岸边的“圣战者”也用“真主伟大！”的口号声和他们的援军相呼应。小格林提渐渐消失在月影斑驳的夜色中。

窗口站着的人已经看不清端详了，但他们似乎看到一群人上前围住了小格林提，然后举起了棍子，还有什么东西闪着寒光，可能是敌人的斧头，也可能是小格林提的短刀。没过多久，那群人开始高喊：“真主伟大！”

德加·辛格呆若木鸡，不知所措。格林提像发疯了一样叫道：“他们杀了他！他们杀了我弟弟！”然后他光着脚，赤手空拳冲出了锡克庙，朝斜坡下跑去。

“拦住他！拦住他！”有人喊了一声，站在庙门口的锡克武士追了出去，在斜坡的半中腰撵上了他，把他拦腰抱起，扛回了庙里。

外来的“圣战者”已经进了村。四下响起了口号声，枪声也再次响起。人群骚动起来。

“念诵此言得庇佑！永恒真理即是神！”庙里的锡克人也喊起了口号，口号声直冲云霄。

格林提和一小群人举着剑喊着口号冲出了庙门，朝斜坡下杀去。他们解开了发髻，赤着脚，要和敌人殊死一搏。

嘈杂声中，妇女们和孩子都自发地聚在锡克庙左边的墙边。杰西比尔·高尔[①]的神情有些恍惚，她的手一直握着腰间挂着的短刀的刀柄。

妇女们念起了《伽耶陀利经》。她们的诵经声在庙里回荡，越来

---

① 锡克教女性有统一的姓“高尔”（Gora）。

越响。

这时，左边胡同口的房子后面燃起了熊熊大火，夜空被映成了血红色。

“着火了！”

“学校旁边的胡同着火了！”

“吉山·辛格的家也着火了！”

大家议论起来，可杰西比尔就好像没有听见，无动于衷。她感到一阵阵晕眩，眼前的景物也有些模糊，不住地晃动。昏暗的灯光下，她在墙边踱来踱去，然后停在人群当中。她的头顶正好有一盏灯，把她的脸映得红扑扑的。

胡同口的防线已经失守。月光下有很多人正顺着斜坡匍匐前进。庙顶的锡克武士最先发现他们。他赶忙向吉山·辛格报告，吉山·辛格一边瞄准，一边点头示意知道了。顺着斜坡往上爬的身影越来越多，在火光的照耀下，这些身影越来越清晰。可是哪儿有子弹射他们呢？吉山·辛格开了一两枪，然后默默地坐下。

庙外，幸存的锡克人又组织了一个小队，他们解开发髻拿着剑朝胡同口冲了过去。因为一旦那里失守，敌人就能直接进攻锡克庙。随后，胡同口响起了喊杀声和三两下枪声。这些声音很快就消失了，取而代之的是震耳欲聋的口号声——“真主伟大！”

那些拿着剑冲出去的锡克人彻底消失在了黑暗中。

这时，庙里的锡克女人身着盛装，结队走了出来。杰西比尔·高尔走在最前面，她双目微合，面颊赤红。所有的女人都赤着脚，她们把头巾也取下来搭在了肩上。她们每个人都涨红了脸，像着了魔一样。

她们中有些人不住地念叨：“敌人来了！敌人来了！”有的人在

诵经，还有人发狂似的喊：“我的勇士已经牺牲！我也要随他而去！”

有几个女人带着孩子，其中两个孩子还是婴儿。她们有的抱着孩子，还有的抓着孩子的手腕，拽着孩子走。

锡克女人的队伍出了庙门后在胡同里转了几个弯，然后沿着两座房子间的一条小路吃力地走下斜坡，一直走到一口井边。

四面都是喊杀声。村里现在已经有两处地方燃起了熊熊大火，光影在斜坡上、屋墙上、房顶上不停抖动。火光照进河里，河水也变得像血一样红。喊杀声中还有砸门的声音。抢劫开始了！

庙门口，一位锡克武士高举长矛，喊道：“来吧！野蛮人！有本事就来！我和你们拼了！”

女人的队伍来到了斜坡下面的那口井边，平日里女人们常在这儿沐浴、洗衣、聊天。队伍像着魔般不断地涌向井边。她们中没人在意要去哪儿，以及为什么要去那儿。月光下，井台边，她们如下凡的神女，端庄、圣洁。

杰西比尔·高尔第一个跳了下去。她没有喊任何口号，只是叹了声“神啊！”就跳入井中。她跳下去后，又有很多女人爬上井台。诃里·辛格的老婆自己先爬上井台，接着把自己四岁大的孩子也拽了上去，拉着他的手一起跳了下去。德沃·辛格的老婆抱着还在吃奶的婴儿跳了下去。伯勒蒂姆·辛格的老婆自己跳了下去，但她的孩子还在井边站着。戈雅恩·辛格的老婆把那个孩子推了下去，让他同自己的母亲团聚。眼看着，村里的几十个女人带着自己的孩子，全都跳进了井里。

当穆斯林“圣战者”踩着尸体从胡同向锡克庙进发的时候，锡克庙里一个女人都没有了。尖叫声和孩子的哭声从井中传出，不停地在夜空回荡。伴随着这声音的还有四处响起的“真主伟大！”“永恒真理即是神！”的口号声。

月亮已经泛黄，天快亮了。梦一般的夜色渐渐褪去。清凉的晨风如往常一样习习吹起。村外麦田里的麦子已经熟了，正随风摆动。空气中还有枇杷的清香，风是从河那边吹来的，带来了岸边枇杷园的清香。枇杷树现在开满了白花，散发着淡淡的香味。枇杷林间还不时飞出一群婉转啼鸣的鹦鹉。河水清粼粼的，微风拂过，掀起阵阵涟漪。

抢劫不知道是什么时候停止的。房子倒是没被烧几间，因为除了锡克庙门口的胡同，在村里其他地方，锡克人和穆斯林都是混居的。只有学校和胡同口的几间房子被烧了。到了早上，火都熄了。本来也就是几间小房子，没多久就被烧光了，剩下的残垣断壁此时正冒着黄烟。

锡克庙里还有一盏灯亮着，锡克人军事委员会的四位幸存成员正在等待大限来临。德加·辛格在储藏室里精疲力竭地靠着一个面粉袋坐着，吉山·辛格在屋顶的椅子上坐着，一位锡克武士拿着长矛躲在庙门后，准备偷袭入侵者。

天亮后，成群的乌鸦、鹞鹰、秃鹫开始在村子上空盘旋。学校外面的枯树上，蹲着十几只秃鹫。这些秃鹫脑袋很小，可每只脑袋前面都有一个巨大的、黄色的喙。井台上也蹲着很多秃鹫，井里的尸体已经开始发胀，慢慢浮出了水面。很多人家的院墙上也蹲着秃鹫。四下静悄悄的，遍地的尸体使村子显得格外凄凉。现在的胡同里，哪怕是有人慢慢走，脚步声也清晰可闻。外村来的暴徒已经带着抢到的东西回去了，他们杀了很多人。从锡克庙通往那口井的道路上到处散落着女人的围巾、手镯和饰物。胡同里到处都是破箱子、空桶、凉床，昨夜的抢劫活动像一场风暴，留下遍地的残骸。

但战斗仍然没有停止。胖屠夫的大儿子悄悄摸到锡克庙的窗前，往上浇油，准备放火烧庙。

这时，天空中突然传来奇怪的声音，那是一种低沉的轰鸣声。这到底是什么声音？储藏室里的德加·辛格、庙顶的吉山·辛格以及谢克屋子里的那些人都听见了。所有的人都吃了一惊。正准备放火的胖屠夫的儿子也愣住了。这声音好像就悬在天上，嗡嗡作响。屋子里的人都出来向天空张望。吉山·辛格也站起来，跑到了墙边。

原来是一架飞机，是一架有着巨大的黑色机翼的飞机。它正顺着河谷，朝村子飞来。它的机翼有时看上去是黑色的，有时又因为反光的缘故变成了银色。飞机左右盘旋，像是在天空中嬉戏。

当飞机飞近后，村里人全出来了，在胡同里、屋顶上、阳台上兴致勃勃地看飞机。飞机飞过村子时故意降低了高度，飞行员是一个白人，挥手向大家致意。尽管他戴着飞行眼镜，但村里人还是能看出他在微笑。

“我亲眼看见他在微笑。”一个男孩对另一个男孩说，“他带着白手套，朝我们挥手，你看见了吗？”

大家鼓起掌来，暴乱到此为止了，因为暴乱的消息一定也传到了英国人那里，所以谁也不敢再开枪、放火了。胖屠夫的儿子往锡克庙的窗户泼好了油，正准备划火柴，这时也停手了。人们都惊奇地盯着飞机。

飞机飞过锡克庙的时候，机舱里的飞行员又挥了挥手。下面屋顶上的吉山·辛格觉得飞行员是特意在向他致意，就像一名士兵问候另一名士兵。原本心如死灰的他立刻立正，向飞机敬了个军礼。他毕竟是一名老兵，敬礼是他的本能反应。吉山·辛格心潮澎湃起来。在缅甸服役时，他和他的连长约翰逊常见面，每次他向约翰逊敬礼，约翰逊也一定会还他一个标准的军礼。

吉山·辛格难以抑制心中的激动，他一面用力地向飞机挥手，一面高喊："天佑吾王，先生，天佑吾王！"

飞机接着往前飞过了谢克家的房子。谢克家房子的屋顶上站着很多人，他们都在向飞机挥手。吉山·辛格仔细观瞧，想看看飞行员是否向人群还礼。他觉得飞行员没有向人群挥手，而是把手收了回去。这让他很高兴，他接着大喊："先生，要是您早来两天，我们也不至于损失如此惨重，但没关系……"

吉山·辛格又有了力气，他攥着拳头，冲着谢克家的方向大喊："现在开枪吧！穆斯林们！我就在这儿！开枪啊！现在怎么不开枪了？之前你们不是气势汹汹吗，现在怎么不开枪了？！"尽管吉山·辛格很胖，可这时他手舞足蹈，像疯了一样。

德加·辛格心想，必须赶快进城一趟，向地区专员报告这里发生的一切，并向他呈交详细的损失报告。已经发生的已无法挽回，可是也得让穆斯林知道我们不是好惹的！

站在锡克庙窗前的屠夫儿子把煤油瓶里的油倒进了水沟里，把瓶子藏在了庙门口的台子后面，然后把瓶塞扔进了锡克庙的窗户。接着，他划火柴点了根烟，吸了一口，原路溜了回去。

飞机绕着村子转了三圈，然后朝别的村子飞去。

村里的气氛变了！暴乱停止了，人们都从藏身之地走了出来，有的人在收尸，有的人赶忙回家，看看家里被抢了什么，还剩下什么。锡克庙里的锡克武士和志愿者开始收拾、打扫庙宇。谢克也指挥人打扫清真寺。双方都各自清洗自己的宗教场所。

英国人的飞机飞到哪儿，哪儿的鼓声和口号声就停止了，烧杀抢掠就停止了。

19

人们一出门就发现，街上的气氛全变了。库都布丁街区清真寺的对面路口，有几个荷枪实弹的士兵站岗。马路上每个十字路口都有两三个挎着步枪的士兵，在路边或坐或站。军队已经在城市里布防了。接连四天，城市里实行了每天十八小时的宵禁，今天是第五天，宵禁时间缩短为十二小时——从傍晚六点到早上六点。大家还听说市长和地区专员坐着装甲车、带着兵在城市里视察。腰里别着枪的警察骑着高头大马也开始在城里巡逻。办公场所、中小学、大学现在还关着门。虽然胡同里僻静的地方还有少数暴徒拿着长矛蠢蠢欲动，但由于军队的布防和宵禁，暴乱已不可能发生。街上也开始有了小心翼翼、东张西望的行人。局面已经发生了转变，听说政府设置了两个难民营收容了二十个村的难民；军营的医院和政府医院不仅收治伤者，还开始收殓遇害者。所有的消息都和地区专员有关。据说他叼着烟斗到处巡逻，宵禁期间有一次他在医院外面遇到一个青年，在警告两次无果之后，他开枪打死了那个人。这事儿传遍全城后，暴乱的势头就被彻底遏制住了。国大党在一所学校开设了救助站，那里收容了很多农村的难民。地区专员去过那里三次。政府想借此树立和社会组织积极合作的典范。政府的这种态度成功地调动了其他社会组织的积极性，它们也纷纷采取行动救助难民。社会各界对地区专员的印象也开始转变。他们觉得，尽管地区专员只是大英帝国这部机器上的一个零件，可他聪明睿智，富有同情心。据说在射杀医院外的那个年轻人的晚上，他因为愧疚而彻夜未眠。拉库纳特教授说他是个天生的治国者，仁厚善良、学识渊博，大英帝国把他派到这儿当地区专员实在是太屈才了。当然还有一些党派的成员到现在还在骂他，说其实他才是一切灾难的罪魁祸首。

巡视途中，理查德把车停在了卫生官的家门口。卫生官已经接到了地区专员要来拜访的电话通知，这让他受宠若惊。他特意脱下西装换上了印式服装——丝绸长衫、旁遮普式的裤子、白沙瓦拖鞋。而他的妻子则精心准备好了茶和咖啡。可地区专员既没喝咖啡也没喝茶，只是站着说了五分钟话。他上前握着卫生官的手说："很好！非常好！没想到这种情况下你还这么讲究穿着。印式服装很适合你。"

地区专员和卫生官的妻子握手时问道："你刚起床吗？"因为她现在还没来得及换下睡袍。

接着他对卫生官说："你得再去查看下难民营的供水设施。"他的语调听上去像是在自言自语："排水管到现在还没铺。"他一边说一边微笑，像是在提醒卫生官——两天前就布置给他的工作到现在还没干！

"我立刻安排人，今天就开始铺管子！"

"好，"地区专员还是笑着说，"那个妇女投井的村子有暴发瘟疫的危险，你必须亲自去一趟。"

卫生官吓了一跳。村里人不都逃到城里来了吗？干吗还让我去那儿！地区专员还真是啥事都操心！

"今天是第三天了，尸体已经开始腐烂。必须赶快对那口井进行消毒处理，以免产生疾病。明天一早你就去。车我已安排好了，有两个全副武装的士兵护送你去，不用害怕。"

地区专员不仅要对城市，还要对整个地区的事务负责。

卫生官的妻子这会儿换好了衣服，装扮完毕，走了出来。她再次请地区专员喝茶。地区专员笑着回答："现在没时间喝茶，格布尔太太，下次吧，谢谢。”接着，他又亲切地笑着对她说：“对了，我还需要您帮个小忙。难民营下午将有两千张床运到，但那里还急需衣服和其他一些物品。如果你们成立个妇女救助委员会的话，将对难民工作很有帮助。”

把命令用建议的方式提出来，这是理查德的优点。卫生官的太太很高兴，这样一来她就能和地区专员夫人套近乎了，这是她求之不得的。不过，还没等她回答，地区专员拽着卫生官出了门。

“对于焚尸的事儿你有什么意见？我觉得这事儿只能由市政当局来做，没必要让老百姓掺和这事儿，否则可能会使局势再度恶化。”

卫生官完全赞同这个看法。

“我们必须立刻处理这件事。把尸体扔进挖好的坑里烧掉。现在，任何一场送葬活动都有可能让形势失控。”卫生官一边点头称是，一边嘟囔：“之前这些人自相残杀，现在又等着政府替他们收尸！”

理查德瞟了他一眼，面色一沉，随即又笑着说：“好吧，我们走吧，现在没时间可以浪费。”说完，他摇了摇头，上了吉普车。

十分钟后，他到了救助委员会的办公室，他把城里的头面人物都召集到了这里，向他们宣布救助计划。

“市场已经开业。火车站已经有四车煤运到，还有十车煤将在周一运抵。现在每天傍晚至清晨六点为宵禁时间。军队已经布防，警察也在城里巡逻。收尸的工作将由政府负责处理。邮局今天下午开门，但由于邮件积压严重，还不能马上派件。邮件现在都堆放在总局外面，不过我们将尽快把挂号的信件和包裹先递送出去。”

讲话的时候，理查德有时会脸红，有时嘴角会轻微发抖，显得很不擅长讲话。可他说的话没有一句废话。

"我们希望社会组织也能积极参与到救助工作中。难民的口粮供应已经安排好了，帐篷也已经支好。但我们还缺医生，还需要志愿者照顾难民。"

理查德边说边用锐利的目光扫视参会代表，很快他就心中有数了。坐在门附近、又黑又胖的那人是莫诺赫尔拉尔，他负手而立，一脸的不屑，他对地区专员说的每一句话都嗤之以鼻。暴乱发生前，他曾和一伙人在理查德的办公室门口示威，那伙人后来参加了暴乱活动。理查德知道他是来搅局的。莫诺赫尔拉尔旁边是共产党员德沃达德。去年，理查德把他在监狱里关了半年。暴乱前，他积极阻止暴乱发生；暴乱发生后，他又积极斡旋力图恢复和平，他曾召集国大党和穆斯林联盟的代表会谈以维护和平。现在，他当然不会对制止暴乱和救助工作有任何异议。办公室里还有国大党秘书长巴克西和一些律师，理查德认识他们。参会的还有一个人，他是警察，可又同时加入了国大党和社会党。这个人可能会制造麻烦，他也许会高喊口号、退出会场，还可能大骂政府……

理查德明确宣布，此次会议只讨论救助事宜，不谈论城里的局势。说完，他坐下了。

理查德刚坐下，拉腊·拉克西米纳拉延就站起来说："我们向地区专员保证，城里所有的社会组织都会全力配合政府的救助工作。本地区有像您这样有能力、有同情心的长官是我们的福分……"

听完拉腊先生的讲话，理查德站了起来离开会场，去处理相关的救助事务。拉腊·拉克西米纳拉延和那些律师忙追上去，送地区专员上了吉普车。会议一共开了十五分钟。

会场里，莫诺赫尔拉尔说："全都是马屁精！只知道拍政府的马屁！我谁都不怕，我来讲点真话！这场暴乱究竟是谁的责任？城里气氛开始变得紧张的时候，政府在干什么？这会儿才开始宵禁，为什么早不宵禁？地区专员现在显能耐了，但之前在干吗呢？我谁都不怕，我只讲真话……”

这时，吉普车已经开走了。

“好了，好了，现在说这些有什么用？”救助委员会的成员纷纷起身离席。一个人经过莫诺赫尔拉尔时说：“想骂政府就骂吧，但有啥用呢？现在骂政府对你又有什么好处？”

“哦，巴克西先生，您也说这样的话？您今天是来维护英国人的？国家就是被你们这样的人搞坏的！”

“你嚷嚷啥！难道我不知道英国人是暴乱的罪魁祸首吗？甘地先生早就指出这一点了，而且还不止一次……”

“那为了阻止暴乱您又做了什么呢？”

“一切能做的都做了！我们去找过穆斯林联盟的人并为共同维护和平做出了努力；我们也找过地区专员，请求他派遣军队阻止暴乱。我们能做的都做了！现在难民涌入城里，我们该怎么办？是帮助难民还是骂政府？你们自称是革命者，这就是你们的境界？”

“我们见的多了！别给我们讲大道理！有国大党成员借着救助难民的机会从政府那儿拿了不少供货合同，大发其财！要不要我告诉你他们的名字？”

“他们拿合同，我又能有什么办法？”

“你们还让这些人当国大党的头头！”

这时，一个代表过来搂住莫诺赫尔拉尔，想把他拉走。莫诺赫尔拉尔说：“得了，哥们儿，我见的多了！这些人只会鹦鹉学舌！甘地先生在沃尔塔发号施令，他们就在这儿领命而行，他们从来不会自己动脑子想问题！另外，今天开会，干吗要把地区专员请来？”

他的朋友把他推出了会议室。他一直不停地说，到大门口才住了口。

“把烟拿出来，我得抽两口……”说完，两人在门口的台阶上坐下。

其实，巴克西先生也对地区专员很不满，地区专员走后，他禁不住想：“暴乱是英国人导致的，也是英国人制止的；让大家饿肚子的是英国人，让大家填饱肚子的也是英国人；让大家无家可归的是英国人，给大家修房子的也是英国人……”自从暴乱开始，巴克西的脑子一直就有些乱，他只知道一件事：英国人又赢了！局势自始至终都是印度人所掌控不了的。

理查德外出巡视的时候，丽莎又开始焦虑、烦闷了。

她从卧室来到客厅。书架上的书多到好像要把书架都压垮了。时间好像静止了，一切都一动不动。所有的东西都如死了一般，除了那尊佛像。那尊佛像仿佛正在不怀好意地盯着她。每天傍晚这个房间都让她感到害怕，四处摆放的佛像如毒蛇的头，总是恶毒地盯着她。

她来到餐厅。这里的气氛好多了，桌上摆放着鲜花，光线柔和，没有佛像也没有书籍。这里让她感到舒适，既能让她忘记一切，又能让她回忆起很多事情。柔和的光线让她放松下来。可没过多久，丽莎觉得有些哽咽，眼泪好像又要掉下来了。她又抑郁起来，烦闷的感觉不断增加。这间屋子之前的美好也变成了难耐的寂静。突然，一股难以抑制的焦躁袭来，她起身冲着厨房的方向大叫：“来人！”

“来了，夫人！”一个人的声音穿过好几堵墙传过来。

肩头搭着条毛巾的厨师慌忙赶过来。现在四点了，他知道丽莎会有什么吩咐。有时是三点，有时是四点，夫人就会寂寞难耐。那时，不管她在哪个房间，都会叫：“拿啤酒来！拿冰啤酒来！”

丽莎郁郁地回到餐厅。厨师来的时候，她还穿着睡袍，睡袍的腰带都没系。日子实在难熬，只有啤酒才能让她忘掉寂寞，忘掉她自己。

理查德傍晚八点左右到家，丽莎正醉醺醺地躺在沙发上，茶几上的啤酒瓶里还剩着点儿酒。丽莎的头靠在沙发的扶手上，头发遮住了半边脸，睡袍的下摆敞着，露出了半条腿。

“让这个国家见鬼去吧！让生活见鬼去吧！”理查德站在沙发前，喃喃自语。

回到家，理查德像进入了另一个世界。家里是英国式的生活，和外面的世界完全不同。外面的世界对他只意味着工作，而家里的生活才是他真正的生活，是他的私人生活。只要他沉浸在自己的研究中，就会忘掉身边的整个世界。

他坐在沙发边上，亲了下丽莎的面颊。每天晚上他都要搂在怀里“例行公事”的那副躯体，现在看上去死气沉沉，毫无吸引力——就像一坨肉。丽莎的体重又增加了，眼圈也是肿的。抑郁症使她不断变胖。每次回家看到丽莎的这种状态，他总是很恼火。

“丽莎！”他在她耳边叫了她一声，同时用手拂了拂她额头的头发。

丽莎还在昏沉中。理查德晃了晃她的肩膀。看到丽莎暂时醒不过来，没法吃饭，他想抱起她，把她放到卧室的床上去。这时，他发现丽莎的睡袍湿了一片，沙发上也湿了一片。丽莎小便失禁了。

尿臊味扑鼻而来，理查德厌恶极了。他站着摇了摇头。丽莎来印度前在伦敦待了一年，当时她是无法忍受印度而逃离的。现在这种情况即将重演。要么让丽莎回伦敦，要么自己换个地方任职。

看着沙发，他想起了一件趣事，不禁笑起来。这套沙发是他上任时从前任地区专员劳伦斯那儿买的，劳伦斯调任勒克瑙了。后来他在换沙发套的时候发现沙发上有一块污渍，就和他现在看到的那块一样。他听说劳伦斯的太太因为抑郁症常常喝酒，然后在沙发上遗尿。劳伦斯不停地调任，以期能找到让自己太太满意的地方。可最终他的太太离开了他，嫁给了一个年轻的上尉。理查德看看妻子，又看看沙发，心想，自己的家也可能落到这个下场。随后他抱起丽莎，往卧室走去。

一进卧室丽莎就醒了，她还带着点醉意。

"怎么了，理查德？要带我去哪儿？"

"你的睡袍湿了，我带你回自己的卧室。"

丽莎没听清他的回答。

他把丽莎放在床边的沙发上，让她躺下。

"丽莎，想吃东西吗？"

"吃东西？吃什么东西？"

理查德想上去抓住她的肩膀使劲晃晃她，好让她清醒。可他没有，只是站在一旁看着她。

丽莎在一头乱发中仰起脸问："理查德，你是印度教徒还是穆斯林？"说完，她有气无力地笑了笑。

"你什么时候回来的？我怎么不知道？"丽莎说，"你是回来吃午饭还是吃晚饭的？"

有那么一刻，理查德觉得丽莎好像在讥讽他，她似乎并不像看上去醉得那么厉害。他坐在床边，扶着她的肩膀说："今天我很忙，丽莎，你应该知道，工作很多。城里的粮食市场被烧了，城外有一百零三个村子被烧了。"

“你是说一百零三个村子被烧了？我竟然不知道，而是在这里睡觉！”丽莎抱怨说，“你应该叫醒我，把这事儿告诉我，理查德。出这么大的事儿你都不告诉我？”

“睡吧，丽莎，换身衣服再睡会儿，你酒还没全醒。”

“你就坐我旁边，我一个人睡不着。”

“你睡吧，丽莎，现在我得去办点事儿。”

“理查德，村子烧光了你才去办事儿吗？现在你还能办什么事儿呢？”

理查德愣住了。丽莎是在嘲弄我吗？她是因为恨我才说这些话的吗？

也许像所有醉酒的人，丽莎只是想到什么就说了出来。丽莎从沙发上起身，吃力地坐到理查德身旁，然后用手搂着他的脖子，靠在他胸前。不，她一定不是故意说那些话的。

“你不爱我了，我知道，我全知道。”接着，丽莎拂着他的头发问，“死了多少印度教徒？多少穆斯林？粮食市场是怎么被烧的？”

理查德看着她没有说话。他心里时不时会对她生出厌恶，丽莎的酒喝得越多，对他的吸引力就越小。喝醉的她就只是一坨肉而已。这样下去，两人的关系长久不了。理查德仔细端详着丽莎。他对丽莎的感觉有些复杂。和她继续维持夫妻关系还是离婚？这个决定需要和他当前面临的任务联系起来。现在是他职业生涯的关键时刻，目前的局势还只是处于一种脆弱的平衡中，不能让老百姓的不满冲着政府发泄出来。到目前为止，他熟练地、明智地处理着一切事务。人们被他的诚意所打动。这种时候，无论如何，他需要丽莎站在他身边支持他。

想到这儿，他低头在丽莎的面颊亲了一下。

“听着丽莎，”理查德故作兴奋地说，“明天我要去塞耶德普尔，要去给一口井消毒，有很多女人死在那口井里。你也一起去吧？然后我们可以坐车从那里去塔克西拉，可以参观塔克西拉的博物馆。你觉得怎样？那里的景色很漂亮！”

丽莎醉眼蒙眬地瞅了理查德一眼：“理查德，你要带我去哪儿？带我去看烧掉的村庄？我不想去看，哪儿都不想去。”

“别，待在家里有什么意思？现在局势稳定了，你可以去转转了。”理查德说，“现在我们可以一起去旅行了。这里乡村的景色非常美。有一次在塞耶德普尔，经过一个果园的时候我听见了百灵鸟的叫声。没想到这里还有百灵鸟，我很惊讶在这么热的气候，它居然能生存下来。那里还有很多别的你没见过的鸟。”

“就是那个妇女投井的地方？”

“对，是那儿……井边有条河，河岸边都是果园……”

丽莎淡淡地笑了笑，看着理查德说：“你究竟是个什么样的人？这种地方你还有心情去看鸟，去听鸟叫？”

“这没什么奇怪的，丽莎。作为官员，我们必须铁石心肠。如果我们多愁善感的话，一天也工作不下去。”

“就算是一百零三个村子烧了，你也不难过？”

“不难过，”理查德停顿了片刻，接着说，“这不是我的国家，他们也不是我们的人民。”

丽莎吃惊地看着理查德。

“但你还为这些人写书了啊，关于他们种族问题的，不是吗？”

“写书是一回事儿，统治他们是另一回事儿。”

看到丽莎又陷入沉默，理查德说：“我今天对卫生官夫人说了，要收集一些救助物资。城里现在有两个救助村民的难民营。我告诉她，你也会参与这项工作。”然后理查德又明确了一下自己的“建议”，“你可以为难民征集一些衣服，给难民儿童征集食物和玩具。这样你也可以出去活动活动……”

丽莎还是没说话。理查德又在她脸上亲了一下，右手拂着她的头发说：“我不能再耽搁了，还有很多工作，现在我应该在办公室里。”说完，他站起来。

“回头见，丽莎。别等我……明早之前做好去村里的准备。我们八点出发。”理查德走出了房间。

丽莎盯着敞开的门，呆坐了很久，忽然一阵寒意袭遍全身。房间又阴沉起来。

20

“我需要数字，只需要数字！你明白吗？我不想听故事，只需要数字。几人死亡？几人受伤？损失多少财产……”

一位救助委员会的办事员打开记录本，生气地说。可是难民们仍然不明白。他在这儿坐了一天，不停地往本子上记，傍晚就要把数据统计好，可现在连两个村子都没统计完。让难民们配合十分困难，既不能给他们脸色看，也不能把他们赶出去。成百的难民们一拥而上，七嘴八舌地讲述着自己的遭遇。他也不能训斥他们，这些都是家破人亡、身无分文的难民。难民们挤在他的桌边，争先恐后地讲述自己的经历。如果不是这样，其实两分钟就能把一个村子的情况统计清楚。

“我不想听故事，我只需要数字！”

可是桌前的格尔达尔·辛格依然在讲述他的经历：“那人是伊木达德·汗，我提醒他说，‘我认识你，我俩从小一起玩到大，你忘了吗？’大白天的，先生，我们锡克人不会撒谎。伊木达德·汗起先没打我……”

办事员焦躁起来。他只想要数据，而难民却想向他讲述他们遭受的苦难。

“有人用刀砍在了我的头上，就砍在这只眼睛上。你想，那我的眼睛还能保住吗？神父对我说，‘班达·辛格，别揭绷带。’我就一直没揭绷带。”

这不是在统计数据，而是在胡闹。这时，又有一个人挤到桌边。

办事员头也不抬地边问边记：

“姓名？”

“赫尔纳姆·辛格。”

“父亲的名字是？”

“古鲁德亚尔·辛格。”

“哪个村的？”

“托克伊拉希巴克什。”

“哪个地区？”

“努尔布尔。”

“村里有多少户锡克教徒和印度教徒？”

“就一户，我家。”

办事员抬起了头，看见面前站着一位老人。

“你怎么活下来的？”

“我和格里姆·汗关系很好，那天傍晚……”

办事员伸出一根手指，竖在唇边，示意他打住。

“人员损失？”

“没有。我和我老婆都逃出来了。儿子伊克巴尔·辛格也是努尔布尔的，他现在下落不明。女儿杰西比尔在塞耶德普尔，她投井身亡了……”

办事员又示意他停下。

“说简单点，你家死了几个人？”

“死了一个女儿。”

“但她是死在你村里的吗？”

“不是。”

“那算是别的村的数据，讲你自己村里的情况。财产损失有多少？”

“店被烧了。所有的东西都被抢了。有个大箱子也被抢了，但里面的两个金镯子……不过，这个箱子算我送给艾赫桑·阿里的。他的妻子拉乔是个非常善良的女人。她……”

办事员又伸出那根手指，赫尔纳姆·辛格闭上了嘴。

“店值多少钱？”

“班多，咱的店值多少钱？”

“你们把物品损失都算上，总共值多少……快一点儿，我的活儿还很多呢……”

“大概七八千卢比，不过店后面还有块地……”

“我给你们总共登记成一万卢比如何？”

“好的，您记吧。”

“还有什么财物需要追回吗？”

“有，先生，我有一杆枪，是双筒猎枪，落在阿提罗的杰拉尔丁·苏贝达尔家了……”

“你是托克伊拉希巴克什的，不是阿提罗的！”

“是的，我们是从托克伊拉希巴克什逃出来的。头天晚上我们是沿着河沟逃的，天亮了我们到了艾赫桑·阿里的家，到了晚上我们又接着逃。第二天阿提罗的杰拉尔丁收留了我们。那真是位好人，他甚至还给我们单独的餐具，让我们自己做饭吃……”

“好了，好了，别说了，告诉我这个苏贝达尔的全名。”

赫尔纳姆·辛格想讲述自己的遭遇，想打听儿子的下落，可办事员对这些都没兴趣。他总是伸那根手指，然后就把他打发走了。

“现在您可以走了。”办事员说。

办事员先生只记下了他需要的信息，就像捡麦粒，麦粒挑出来后，其他的杂草就全扔掉了。但有时难民的叙述打动了他，他会禁不住往下听。这些叙述让他震撼。

“先生，谁知道我的苏克温德是不是跳了井！说不定她带着孩子在村里藏了起来？我沿着胡同跑回家，去抬了张凉床，因为阿萨·辛格受伤了，我想让他躺下。那时，我看到很多妇女从庙里走了出去，苏克温德也和她们在一起。我怎么知道她们要去哪儿？她双手合十，高举着，围巾搭在肩上。我搬着床回来的时候，看见她站在胡同里，之前她就走在队伍的最后，这会儿她还是在最后。我儿子古尔米德站在庙门口的台阶上。这时，后面的学校着火了，火焰忽起忽落，胡同也被照得忽明忽暗。借着火光，我看见苏克温德慌张起来。她从不慌张，那天却慌张起来。她转回去找孩子。我看见她浑身颤抖地往胡同里走。‘苏克温德，你在干吗？’我朝她大喊，可那会儿她似乎什么都听不见。如果当时苏克温德看见了我，她就不会带走古尔米德。她走走停停地来到孩子身边。这时村外闹哄哄的，‘呀，阿里！呀，阿里！’的口号声不停地响起。我又回头一看，苏克温德抱起孩子，跑着去追妇女们的队伍。这是我最后一次见到苏克温德，她绿色的围巾随风摆动。她跑到胡同拐弯的地方，然后就消失在我的视野中……我就想问问您，先生，谁知道她是不是跳了井？谁知道她是不是带着孩子跳了下去？谁知道古尔米德是不是跳了下去？说不定他在井边转悠呢。对吗，先生？能不能派人去找找他……”

可这不是办事员的工作，寻找失踪人员是德沃拉贾吉的工作，他负责寻找失踪人员和遗失财物的工作。

“先生，寻找失踪的孩子您得去找德沃拉贾吉。不用来我这儿。您这是第三次来我这儿了，不停地给我讲你的遭遇，我的工作不是听这些……”

可那位难民仍然不愿离开，盯着办事员。办事员不知道他为什么非要待在这里，也不知道该如何劝他。最后，办事员低声对他说：“星期一有一趟汽车开往你的村子。我让德沃拉贾吉送你上那趟车。不过你别对别人说，否则整个村子的难民都会来找我……”

那位难民听完这句话似乎并没有什么反应。“只有亲眼看到才行，得大张旗鼓地去找找看！孩子如果是躲在哪儿的话，看到我就会自己出来。他会直接跑出来，或者会就躲在哪个地方喊，‘来找我！来找我！’在家的时候他就爱玩捉迷藏，有时躲在这扇门后面，有时躲在那扇门后面……”他喃喃自语，像是在用这种推论自我安慰。

办事员站起身，走了出去。到了走廊，他发现办公楼里到处都挤着难民，楼下的院子里也都是村里来的难民。院子后面的一个又高又宽的台子上，瓦纳布勒斯蒂先生在宣讲吠陀的重要性，台子下的台阶上坐了好多人。

“甘达·辛格，别哭。”办事员听见一个老人在安慰同伴，“甘达·辛格，别哭。那些死去的人已经去祖师那里了。他们为宗教而牺牲，因而是不朽的。”

“赞美祖师！赞美祖师！”

坐在台阶上的三四个锡克人喊了起来。

办事员在走廊站着的时候，又有一位锡克人来找他。办事员一看见他就禁不住想笑。这是个眼睛圆圆、身材肥胖的中年男子。他来找办事员好几次了，每次他都俯在办事员耳边说：“去村子的车安排好了吗？啥时候走？”

“发车那天会通知你。这事不归我管，拉尔·德沃拉贾吉……”

“那咱的事儿就成了！”然后他又俯在办事员耳边说，“我会给你甜头的。”

办事员有些恼火：“先生，别说不靠谱的话。井里死了二十七个女人，你哪能分辨出哪个是你妻子？”

“这事儿你就别操心了，看到镯子我就能认出来。每只镯子有五多拉[①]。她的脖子里还挂着金项链。现在她死了，和那群女人一样，她也投井了。但我不能丢下镯子和项链不管。对吧，兄弟？”

他接着在办事员耳边说：“只要让我去摘镯子和项链，我就会给你好处的。这事不该这样……那个好女人也没想想，她都要死了，干吗不把镯子摘下来给我？对吧？兄弟？你帮我把这事办成，我会给你甜头的。”然后他往后退了一点儿，看着办事员说：“这事儿谁也别说，就咱俩知道就行了！车上也别带其他人了。”

“先生，尸体浮上来都已经肿胀了。从这样的尸体上你怎么摘镯子？别说没谱儿的话。政府能让你去干这事儿吗？”

“为什么不能？那是我老婆。东西也是我的。镯子是我自己挣钱打的，又不是偷的。不行的话，我带个金匠，两分钟就摘下来了。只要动脑筋，啥事儿都能办成。”

---

① 印度金银重量单位，一多拉等于11.6638克。

“先生，你先想清楚再说话。首先政府需要你证明你们的夫妻关系，还需要证明尸体就是你妻子的。辨认浮尸可不是容易的工作。”

“兄弟，这不是有你吗？这些事你来办，会给你好处的。”

“先生，这不是我的工作！你想想，我只是个记录数据的办事员。我已经把你妻子的手镯和项链列到损失财产里了，追回财物不是我的工作……”

这时，锡克人握住办事员的手说：“别生气，别生气，先生。没有办不成的事儿。”然后他贴到办事员近前，握住他右手的三根手指，说：“这样行不？同意吗？”（握住三个手指意思是给三张二十卢比的钞票，即六十卢比。）

“先生，你干吗总是自说自话？我真帮不上忙！”

锡克人松开办事员的手指，盯着他看了一会儿，整理了下披肩，转身朝台阶的方向走去。快到台阶时，他站住了。

“先生？这样行不行……”说着他伸出四根手指，“同意吗？”

办事员扭过头没理他。过了会儿，锡克人说：“可怜可怜我们吧，我们现在已是财尽人亡了。”

办事员转头一看，锡克人已经下了台阶。

过了会儿，办事员也走下台阶，来到院子里。他在办公桌边实在待不下去了。他得一直在办公室坐到傍晚，因为他要汇总一天的统计数据，然后还要做三个副本：一份给报社记者，一份给国大党，还有一份存档。死亡数字应该不会有太大出入，最多有的地方少算两个穆斯林，或者少算两个印度教徒。财产损失主要是印度教徒和锡克教徒的。德沃达德天天都要来了解统计情况，昨天傍晚他来问办事员：“今天的汇总出来了？”

“今天又增加了努尔布尔的数据。死亡人数没多大变化，印度教徒和锡克教徒的死亡人数和穆斯林的差不多。”

德沃达德拿起记录本翻看了一下，然后又还给办事员：“数据表应该再加一栏，要注明死者是穷人还是有钱人。”

“注这干吗？你动不动就要扯穷人、富人这回事儿！”

“这也是我们需要收集的数据。穷人死了多少，富人死了多少，从中我们能看出很多问题。”

来到院子里，办事员发现很多人他都见过。台阶右边的女人天天都在这一带徘徊，她的丈夫不知道是生是死，她跑过三趟医院都没打听到消息。她前面是赫尔纳姆·辛格——那个讨双筒猎枪的人，他正和自己的妻子坐在一起。看到他，办事员赶紧转头，生怕赫尔纳姆·辛格又来找他要双筒猎枪。

办事员看见台子的一头有几个国大党党员正坐着聊天。克什米利拉尔说：“你们直接回答我的问题。如果我遇到袭击该怎么办？难道要向暴徒合十说，‘请杀我吧，我是个非暴力主义者。’”

“你弱得像只麻雀一样，杀你有什么好处？”谢克尔嘲弄说。

“为啥？难道暴徒只杀大力士吗？暴徒从来都是欺负弱者。”吉德·辛格插嘴说。

“我不是开玩笑，”克什米利拉尔说，“我想知道在这种时刻，非暴力主义还有什么意义？我该怎么办？”

他让巴克西先生回答，巴克西先生没理他。

“我在问您呢，您倒是回答啊。”

“什么？你问吧，什么问题？”

“甘地号召我们要非暴力。如果暴乱中有人袭击我，我该怎么办？我是不是该向他合十行礼说——杀我吧，兄弟，我把头低下，你来砍吧。对吗？”

谢克尔说:“甘地先生只是教导我们放弃暴力的欲望，并没说让我们遇到袭击不抵抗。”

“那我该怎么办？”

“如果有人袭击你，你应该对他说——等一下！我要向国大党请示一下是不是该救自己。”吉德·辛格说。

“甘地先生禁止暴力行为。这时候你应该告诉他，暴力是一种罪恶。”

“要我说就和他拼了！”拉姆达斯说。

“拿啥和暴徒拼？家里啥也没有，只有纺锤。”

“你这是没事找事！暴乱都结束了，又谈这个话题。”

“你别开玩笑了，其实这是个很严肃的问题。”吉德·辛格说。

“听着，你们这些聪明鬼，”巴克西听了很久，终于说话了，他的嗓音有些嘶哑，“‘将军’从没有这样的困扰。他从没担心过自己的安危。‘将军’是很固执，也没读过多少书，但他从来没想过如果别人袭击他，他该怎么办……”

大家沉默了。“将军”的死对大家都是打击。

“你这是在煽情。”过了很久，克什米利拉尔说。

“听着，”巴克西先生说，“第一，要避免暴力行为！第二，要劝暴徒放弃暴力行为。第三，如果他不听，就和他拼！我说完了，这就是我的回答！我的耐心也用完了，你闭嘴吧，克什米利拉尔。”

可克什米利拉尔没有闭嘴:“我们拿啥拼呢？拿纺锤吗？”

“拿纺锤干什么，得用剑！”吉德·辛格说。

“巴克西先生，您准许我家里放剑吗？”

巴克西没说话。

“你还得在家里放把枪。”

“手枪太暴力了。”谢克尔说。

“剑就不那么暴力了？”

“对，使剑好歹得靠自己的力量，而手枪只要扣动下扳机就能杀人。”

“那我家里还是放剑好了。对吗，巴克西先生？”

巴克西先生没说话。他要开口，恐怕又得举“将军”的例子。办事员接着往前走了下去，他觉得暴乱之后议论这些很无聊。

在走廊门口，坐着大概有十二三人，他们有说有笑。办事员停下了。人群中有个上了年纪的锡克人躺在地上，他有着浓密的胡须，正乐不可支。不知道他在笑什么，像个孩子一样，笑得双腿乱颤，脚后跟还不停地磕着地面。他周围坐着的人看上去都是他的朋友，也在笑个不停。

“回自己村子不？纳德塔·辛格？”

躺在地上的纳德塔·辛格并起腿，侧过身，手夹在两腿间，说：“我不会回去。”

“为什么不回去？”

“不回去！”他像个孩子一样摇着脑袋，双腿夹得更紧了。旁边坐着的人大笑不止。办事员觉得这个问题那些坐着的人肯定问过很多遍了，现在他们拿这个当乐子了。

“为什么不回去？总得有个理由吧。”

“在那儿，他们会给你举行割礼。”说完，他和大家一起笑了起来。

走廊的尽头，院子的另一端，学校的听差——一个婆罗门，在那儿暂时安了家。他和他的妻子像往常一样，垂头丧气地坐在那儿。他们的女儿失踪了，他的妻子不停地哭，到处求人、打听女儿的下落。有人告诉她，村里的一个马车夫把他们的女儿抢走了。可暴乱结束后，他们也没来见婆罗门夫妻俩。

办事员来到这个婆罗门身边，对他说："明早有一班开往努尔布尔的汽车，汽车由全副武装的警察护送。要找女儿的话，明早就坐这趟车去。会有政府人员陪你们去。"

婆罗门抬起头，用呆滞的目光看了办事员一眼，然后沮丧地摇摇头。

"现在再也找不到了，到哪儿去找伯勒伽什沃？"

"你不是说村里有个人把她抢走了吗？"

"先生，天知道后来发生了什么。"

"明天还有人去别的村子。夫人，你有什么打算吗？"办事员又问他的妻子。婆罗门的妻子抬起了头，茫然地说："我没什么打算，不管她在哪儿，希望她幸福。"

办事员对这样的回答很意外，他觉得这对夫妻可能是不敢去村子。

"你们把线索告诉我，我让警察去解救她。"

婆罗门的老婆说："现在把她找回来又能怎样？他们肯定早已让她吃了不洁的食物。"

婆罗门说："我们现在连活命都很困难，先生，兜里一分钱没有，我们自己都没饭吃，让她吃啥？"

办事员现在才明白是怎么回事儿。他在那儿愣了一会儿，接着往前走了。

伯勒伽什沃真的被阿拉合尔卡抢回家去了。村里发生暴乱的时候，父女俩正在山上捡柴火。阿拉合尔卡带着几个人埋伏好了等着他们，一见到父女俩，他们就冲出来，把哭喊着的伯勒伽什沃抢回了家。头天晚上，他把她关在一个小黑屋里，第二天他强行和她举行了“婚礼”，还给了她一双不知从哪儿弄来的新鞋。整整两天，伯勒伽什沃不吃不喝，只是哭，哭累了就呆呆地看着阿拉合尔卡家的墙。第三天，她喝了点酸奶，洗了洗脸，觉得饿极了。她非常想念自己的父母，可她也知道靠自己的力量斗不过阿拉合尔卡。她开始打量周围的环境。屋外的院子里拴着一匹马，那匹马时不时抖抖马鬃，马鬃像波浪一样摆动。大门外的树下，放着阿拉合尔卡的马车。伯勒伽什沃之前见过这辆马车。

实际上，阿拉合尔卡早就打伯勒伽什沃的主意了，他经常骚扰她。伯勒伽什沃出门打水、洗衣的时候，阿拉合尔卡常常找她搭讪，还悄悄用小石子丢她。伯勒伽什沃知道是阿拉合尔卡丢的石子，可她不敢告诉自己的父亲，因为她知道她的父亲对这事也没办法。她怕他的父亲，而他的父亲怕阿拉合尔卡。

暴乱发生，阿拉合尔卡终于如愿以偿地把伯勒伽什沃抢回了家。正当伯勒伽什沃的父母在救助委员会的院子里边想她边哭的时候，她却连去找他们的勇气都没有。由于害怕阿拉合尔卡，她不得不穿上他给的新鞋，坐在床边。阿拉合尔卡走进来，坐在她身边，把一个布包袱放在床上打开，说：“吃！”

可伯勒伽什沃始终一言不发，看都没看阿拉合尔卡和那个包袱一眼。

“吃！你个猪崽子，那是我给你买的糖！”

伯勒伽什沃朝那个包袱看了一眼，不过还是没看阿拉合尔卡，她至今不敢看他。

“吃！”阿拉合尔卡吼了一声，伯勒伽什沃吓得浑身发抖。

“是糖！猪崽子！不是毒药！”

阿拉合尔卡右手拿起一块白色的糖，左手掰开伯勒伽什沃的嘴，把糖塞了进去。

其实刚才阿拉合尔卡大吼的时候，她就想屈服了。可是她是个婆罗门姑娘，怎么能吃穆斯林给的食物？

“这都是从印度教徒的甜品店买的！猪崽子！”

出于恐惧，她慢慢嚼起了糖。看见她吃了糖，阿拉合尔卡笑了起来：“明明是糖，好像逼你吃毒药似的！”

“吃！”阿拉合尔卡霸道地说。他准备接着“喂”伯勒伽什沃吃糖。这时，伯勒伽什沃的体香让他有了异样的感觉。

“自己用手拿着吃。”阿拉合尔卡语气柔和起来，“否则我全塞你嘴里去，吃！”

伯勒伽什沃看了他一眼。之前虽然她见过阿拉合尔卡，可从没这么近距离地观察他。只见他留着短短的黑胡子，眼睛周围涂着眼影，头上涂着发油，衣着光鲜。

伯勒伽什沃内心的恐惧减退了。可从外表上看，她还是战战兢兢。

“你是自己吃，还是我‘喂’你吃？”说着，阿拉合尔卡的左手作势要去捏伯勒伽什沃的颌骨。

伯勒伽什沃感到自己对阿拉合尔卡的恐惧开始减退，而且在不断地减退。吃糖的时候，她又看了阿拉合尔卡一眼。她看见阿拉合尔卡的脖子上用黑绳子系着个护身符，衬衣领口的扣子敞着，衬衣是件新条纹衬衣。整个人看上去收拾得很干净。

阿拉合尔卡拿起一块糖，这时，伯勒伽什沃也拿起一块糖放进嘴里。伯勒伽什沃看着阿拉合尔卡手里的糖，低声说：“你也吃。”

这句话像闪电击中了阿拉合尔卡。他喜出望外：“你终于说话了……你吃！”

“不。”

“你吃！”

伯勒伽什沃又摇摇头。阿拉合尔卡觉得她好像笑了一下，于是说：“你喂，我就吃。”

伯勒伽什沃抬头盯着阿拉合尔卡看了一阵，然后她慢慢拿起一块糖，正要抬手，忽然脸色一变，手抖了起来，原来她突然意识到自己是被抢来的，怎么能这么做！要是父母知道了会说什么？可看到阿拉合尔卡期待和陶醉的神情，她终究还是把那块糖放进了他嘴里。

两人都完全放松下来。阿拉合尔卡搂住她的肩膀。在惊恐中度过了好几天，她现在急需这种美好的感觉，她开始接受现在的处境了。她感觉已经同过去的自己挥手告别，并且需要张开双臂拥抱现在。现在她的心情完全不一样了，父母亲也被她暂时丢在了脑后。

两人相拥坐了很久。伯勒伽什沃没有出声，靠在阿拉合尔卡的怀里，看着天花板发呆。忽然，她低声问道：“我打水的时候，你为什么拿石子扔我？”

阿拉合尔卡用手搂着伯勒伽什沃的腰，说：“我用石子扔你，是因为你不和我说话。”

“我为什么要和你说话？”

“你现在不是说话了吗？”

伯勒伽什沃沉默了，然后又问：“我妈现在在哪儿？”

“我咋知道你妈在哪儿？难道不在家？”

伯勒伽什沃忽然觉得心里一阵刺痛，眼泪快要滴了下来。她觉得父母很可能已经遭遇不测，或许今生难以再见。

“我家的房子是不是被烧了？”

"没有，他们本来想烧你家的房子，被我拦住了。我还给你家大门加了把锁。"

这个回答让伯勒伽什沃心情好了一些。她把手放在了阿拉合尔卡的手上。

挤在救助办公室前院子里的每个人都有不同的心事，但没人能帮他们排忧解难。大家都只是听听，摇摇头表示同情，此外就无能为力了。一有什么消息，人群就会立刻围过来。谁都不知道该怎么办，该去哪儿。未来将会怎样？他们看不出一丝端倪。他们好像被卷入无法抗拒的命运的漩涡中，随波逐流，无法控制去向，只能任其摆布。饿了就吃两口，想起伤心事就哭一会儿，从早到晚，倾听着彼此的遭遇。

21

很多人聚集在会议大厅里，准备参加和平委员会的会议。会议之所以选在这所大学举行，是因为这所大学既不是印度教徒办的，也不是穆斯林办的，而是基督教会办的。大学的校长不是印度人，而是一位美国传教士，他人缘很好，而且爱好和平。现在离开会还有一段时间，城市的各界精英正纷纷赶来。已经来的会议代表要么三三两两地在走廊里聊天，要么在会议大厅里就议题交换意见。

一个矮个子承包商对谢克·努尔伊拉西说："如果想买房产的话，现在正是时机。再往后价钱肯定会涨。如果想买就找我！我说的准没错。如果您真想买，我可以替你去谈。"

"谁知道价钱将来是涨是跌？"谢克先生怀疑地说。

"这价钱还能怎么跌？我以前在这边儿卖过一块1500卢比的地，现在700卢比就能买到。"然后他抓住谢克的胳膊，抬头看着他说，

"谢克先生，您琢磨琢磨，局势恢复正常后，房价、地价是会涨还是跌？"

"我考虑一下。"

"考虑吧，考虑吧，但可别考虑得太久。之前您就错过了几桩好买卖。"

暴乱后，城市像又被一阵无形的风浪卷过，在穆斯林占多数的小区，印度教徒和锡克教徒都开始往外搬；在印度教徒和锡克教徒占多数的小区，穆斯林则想卖房子搬家。

"您可得打定主意，价钱我能再往下讲个百八十的。这买卖不错，错过就没有了。您是想在穆斯林小区靠近马路的地方买房子，对吗？"

如果谢克·努尔伊拉西在那儿多待两分钟，恐怕他就把这桩生意敲定了。但他终于从承包商蒙西拉姆手里抽回了胳膊，摆脱了他的"魔掌"，和旁边几个市政委员会成员聊了起来。蒙西拉姆接着寻找下一个目标，慢慢地，他凑到玻利特维贞德先生旁边，说："您家旁边的房子要卖吗？"

"那是房子？只是个鸽子笼罢了。"

"就算是鸽子笼我也劝您买下来，现在是白菜价！买下来您的宅子就宽敞多了。"

"如果要成立巴基斯坦怎么办？"

"别管那个，那都是政客们耍大家呢。就算成立了巴基斯坦，人们还得住这儿，还能往哪儿逃……"

蒙西拉姆决定今天非得谈成笔生意，难得今天这么多有钱人聚在一起。

玻利特维贞德先生肯定地说："局势恢复平静后，谁都不会离开自己的小区。”

“先生，您这就错了！您千万别存这念头。以后穆斯林小区里不会有印度教徒，印度教徒的小区里不会有穆斯林了。这是板上钉钉的事情。不管巴基斯坦能不能成立，小区已经分开了，这是明摆着的。”

远远地看到拉腊·拉克西米纳拉延走过来，谢克·努尔伊拉西嘲弄地说：“放高利贷的来了！”

拉腊先生走近了，谢克又高声说：“放高利贷的，挑动大家暴乱，您还真费心了！”

附近站着的人都笑了起来。谢克·努尔伊拉西和拉腊·拉克西米纳拉延两人很熟，他们从小就在教会学校一起读书，又都是做布匹生意的。

“不能相信放高利贷的人，对吧，放高利贷的？”

看到他俩这么亲密地打招呼，站在一旁的锡克人莫亨·辛格对旁边的人感叹道：“我们都住在一个城市。尽管头脑一时疯狂，但事实是，我们都生活在一起！平时争争吵吵都是很正常的，就像厨房里的碗，彼此哪能不磕磕碰碰？邻里间是经常争吵。远亲不如近邻，邻居就是我们的左膀右臂。”

拉腊和谢克互相拥抱了一下。尽管两人都是各自教派中的保守派，可他们一起从小玩到大，是好朋友。他们经常在一起厮混，彼此间多少也能互相关照。谢克·努尔伊拉西刚才说的话，究竟只是开玩笑还是出于对印度教徒的憎恨，这一点谁也说不清。

谢克对拉腊说：“我让人及时把你的货从仓库搬走了。”

拉腊感激地笑了笑。谢克又接着半开玩笑似的说：“市场着火的时候，我先说，‘烧得好！把那个放高利贷的货全烧光吧！’然后转念一想，不行，不能烧，毕竟他是我的朋友……”

周围的人看到这对儿朋友又如此亲密了，觉得很欣慰。

谢克接着说："起先我儿子找不到工人搬东西。他说大晚上的，哪儿找工人去？我说无论如何得把货搬出来，不然拉腊先生得要我的命！最后不知道他从哪儿找来了工人。"

大家都笑了起来。

谢克·努尔伊拉西的玩笑开得很有分寸，既显得和拉腊·拉克西米纳拉延很熟络，又没有流露内心深处的真实感情。尽管心里仇视对方，厌恶对方，但两人都是生意人，都很世故老成，知道彼此需要对方。

会议大厅的一根柱子下面，海亚特·巴克什在对人描述某个城市的优美风光："那城市太美了，先生，就像个光彩照人的新娘子。天黑的时候，海滩周围灯火闪烁，简直美极了！街道也很干净！一切都赏心悦目！"

"海亚特·巴克什，您说的这是哪座城市？"

"仰光，仰光。非常棒的城市。在军队服役的时候我去过那儿，美得难以形容。"

大家都在刻意回避有关暴乱的话题。一旦提及被烧的村庄和粮食市场，谁还会有心情谈论像仰光这样的城市风光？

走廊的另一头，上了年纪的玻利特维贞德尖声尖气地说："我劝过他们。我对他们说，别犯傻！你们觉得在胡同口装上铁门，你们就安全了？如果外面的人进不来，那你们也出不去！装个门，等于把自己关起来了！"

拉纳·夏姆拉尔用手碰了碰统计难民数据的那个办事员，这个办事员也是国大党委员会的成员。拉纳把他拉到一边说："有个事需要你帮忙，孩子……来，到那边的椅子上坐着谈。"

两人坐好后，拉纳先生凑近办事员的耳朵说：“就快选举市政委员会委员了，国大党派谁参选？”

“拉纳先生，我不知道，我现在还在忙难民工作。”

“就你对难民工作那么上心！难道你没听到什么消息吗？”

“我没听到什么消息。不过，目前这么忙乱，我怀疑选举能否正常举行。”

“孩子，天底下的事儿，永远是忙不完的。我见过地区专员了，两个月后举行选举，候选人提名在六月十五号截止。现在剩的时间不多了。”

“拉纳先生，这我倒不知道。”

“孩子，对大事得上点儿心。我们这些老家伙没几天好活的了，以后的世界是你们的。”接着，他又俯在办事员耳边说，“这次我要参选。”

办事员惊讶地看着拉纳先生。

“我听说国大党准备支持蒙格森参选。”

“拉纳先生，您干吗非要国大党支持呢？”

问出这句话后，办事员反应过来了：如果某个印度教徒想参选，就必须有国大党的支持；而某个穆斯林想参选，则必须有穆斯林联盟的支持。人们心里面都认为国大党是印度教徒的组织。拉纳·夏姆拉尔和国大党的关系十分密切，甚至他的穿着都是国大党式[①]的。

“国大党支持这种人难道不会把党的名声搞臭？”拉纳先生接着在办事员的耳边说，“蒙格森开得有赌场，而且是两间。他还带着警察去赌场玩。当甘地和尼赫鲁来城里的时候，他屁颠儿屁颠儿地跟在后面载歌载舞。这就算是国大党员了？他连土布衣服都不穿！”

① 当时的国大党成员通常带甘地帽，穿土布衣服。

“他穿了。”

“这两年才穿上的。以前哪儿穿了？而且他家其他人都不穿土布衣服。”

看到办事员有兴趣听下去，拉纳先生越发来劲。“他还喝酒。不信你到‘公司花园俱乐部’去看看。他的父亲也臭名昭著。”拉纳先生做了个鄙夷的表情，“他父亲得过肛瘘，后来死在这病上。他将来也会死在这病上。”

办事员不知道肛瘘是什么病。但他很惊讶为什么拉纳先生会这么恨蒙格森。

“如果我揭他的老底，他的名声就毁了。但我对自己说，得饶人处且饶人。他干什么和我有什么关系？只不过，我不想让他再欺骗群众。”

“但拉纳先生，蒙格森是国大党区委会委员，而您连正式党员都不是。国大党怎么能支持您呢？”

“谁要国大党支持？我只是希望国大党不要提名候选人，让大家都独立参选……”

另一边，拉腊·拉克西米纳拉延正在向海亚特·巴克什求医问药。海亚特·巴克什对草药颇有研究，他自己曾配过一种治肾结石的药，免费分发给大家。但他却不把药方告诉大家，生怕这样做药就不灵了。

拉腊先生求医问药，是因为他的儿子任威尔奔跑的时候跌到沟里受了伤，脚踝重重地扭了一下，膝盖也擦破了。海亚特·巴克什摇摇头说：“不行，不能按摩，会把寒气带进体内。我这儿有一种油，是阿什拉夫从拉合尔带来的，它能活血化瘀，擦这个很快就会好。我派人给你送过去。”

海亚特·巴克什低声问："孩子怎么受伤的？"接着，他把声音压得更低了一些："我听说他参与了暴乱。听我的，把孩子送出去躲两天，这几天警察正在抓人呢。"

拉腊先生心中一惊，但他不动声色地说："才十五岁的孩子，哪能参加暴乱呢？"

但他觉得海亚特·巴克什的话有道理，是得把任威尔送出去躲几天。

学校的两个听差坐在门口的长椅上议论："打打杀杀都是我们这些粗人干的。人家有教养、有钱的人就不干这个。你看现在来的有锡克人、印度教徒和穆斯林，但人家聊得多亲热……"

各派政治人物都来了，他们都是德沃达德挨家挨户请来的。德沃达德也来了，他很高兴能成功地又把国大党和穆斯林联盟的领袖召集在一起。他还很精明地请大学校长——卢卡斯先生主持会议。卢卡斯先生是美国人，德高望重，教过三代人，既不是穆斯林也不是印度教徒。大家纷纷从走廊进入会议大厅坐下，这时，本来在和国大党员交谈的一个穆斯林联盟的年轻人突然跳起来大喊："必须成立巴基斯坦！巴克西先生，别耍花招了！你们必须先承认国大党是印度教徒的组织，然后我们才会和你们拥抱。国大党代表不了穆斯林！"

暴乱前，这种言论就不绝于耳。这时，不知谁喊起了口号："巴基斯坦万岁！"

随即又有十来个声音响起："安静！安静！"

卢卡斯先生开始讲话了："我认为，在这个时候我们大家能共聚一堂，不管怎样，都将造福于我们的城市。城市各界的精英都来了，他们的声音会对城市有巨大影响。我建议成立一个'和平委员会'，去城市的每个小区、每个胡同宣传和平思想。这个委员会应该包括社会各界的代表。如果可能，我建议安排一辆车，在上面装上麦克风和喇叭，让国大党、穆斯林联盟以及其他政治组织的代表都坐上去，在城市各处巡回，呼吁和平。这样做一定能产生很大影响。”

大家用热烈的掌声回应卢卡斯先生的提议。

突然有个人站了起来，是沙赫巴兹，他大声说：“车我来安排！”

掌声又响了起来。德沃达德上前说：“我们应该请求政府派车。”大家又一起鼓掌。沙赫巴兹仍然站着，说：“那我出油钱！”

“好极了！好极了！”

这时一位先生站起来说：“在做出决定之前，我们是不是应该先成立和平委员会，然后选出领袖，再正式开展工作？”

现在面临的就是选举的问题了。德沃达德说：“我建议和平委员会设三名副主席，我提名海亚特·巴克什……”

“等一下，让我们先决定到底设几个副主席。我建议设五个副主席。副主席名额越多，委员会越有代表性。”

一位锡克人代表站起来说：“我建议就设三位副主席，一位印度教徒，一位穆斯林，一位锡克教徒。如果想加强代表性，可以多设一些执行委员会委员。”

“在这儿就不要提印度教和伊斯兰教的差别，这是和平委员会！”德沃达德说，“我呼吁所有的政治派别都应加入进来，我建议海亚特·巴克什先生代表穆斯林联盟，巴克西先生代表国大党，乔特·辛格先生代表锡克庙管理委员会，由他们三位担任副主席。”

“如果按政治组织选副主席的话，那就选这三个党派的主席好了，直接提名他们。”

拉腊·拉克西米纳拉延站起来说：“你们这样做让我很痛苦，你们提到那三个政治组织的名字，但难道忘了印度教协会吗？难道印度教协会不是政治组织？”

“不是，印度教协会不是政治组织。”

“如果印度教协会不是政治组织，那锡克庙管理委员会也不是。”

立刻有五六个人站起来说：“这是对锡克人群体的侮辱。只有锡克庙管理委员会能代表锡克人！”

德沃达德赶忙站起来，大声说：“先生们，如果这样争执的话，会议不会有任何结果。副主席代表谁不重要，重要的是他们能够团结各个阶层的人组成一个共同体，以便我们向印度教徒、穆斯林、锡克教群众呼吁和平。因此我提议选海亚特·巴克什、巴克西先生以及博学的乔特·辛格为和平委员会的副主席。”

“同意，说得对，就这么定了！”一个声音说。与此同时，有人开始鼓掌，然后很多人都跟着一起鼓掌，不给持异议的人反对的机会。提议就这样通过了。

拉姆达斯站起来说：“我提议让德沃达德同志担任委员会的秘书长。正是由于他不知疲倦地奔忙，这次会议才得以召开。未来几天非常关键，和平委员会必须积极开展工作。因此我认为德沃达德同志是秘书长职位的最佳人选……”

“难道城里的年轻人都死绝了吗？”莫诺赫尔拉尔说，他在一根柱子边，双手环抱在胸前，“我想问问，除了拍政府马屁的人和想颠覆国家的共产党，难道就没人能担任这个职务吗？年轻人都死绝了吗？这场选举是个大笑话！我要离场以示抗议！”说完，他转身往会场外走。

“等一下，莫诺赫尔拉尔，你能不能不要什么都反对？”

莫诺赫尔拉尔现在还气呼呼的：“得了吧，我见得多了！莫诺赫尔拉尔只说真话，我天王老子都不怕！”

几个国大党的年轻人去拦住了他，把他劝了回来。

“都是政府的走狗！我知道你们每个人的底细……”

“安静！安静！”

“我附议，提名德沃达德同志为秘书长。”

“我完全支持！”

掌声再度响起。议程又顺利地往下进行。在选举执行委员会委员的时候，有很多人被提名，譬如拉克西米纳拉延、摩尔亚达斯、沙赫巴兹……这时有很多穆斯林代表突然站起来往外走，带头的毛拉巴克什边走边说：“这个执委会里印度教徒占多数！我们早知道成立这个委员会是印度教徒的阴谋……”

立刻有包括德沃达德在内的十来个人上前去拦他们。他们在会场门口吵了半天，终于提出了一个方案，即执行委员会应由十五人组成，其中穆斯林代表七人，印度教代表五人，锡克教代表三人。大会开始讨论这个方案，讨论了很久，弄得大家都筋疲力尽，但最终大会通过了这个方案。执委会包括拉腊·拉克西米纳拉延、拉腊·蒙格森、沙赫巴兹以及其他一些人。没有人提名夏姆拉尔。他不停地拽办事员的衣角，办事员却没替他说话。最后夏姆拉尔自己站起来说：“我请求担任执行委员会委员。”

“执行委员会席位已经满了。”蒙格森说。

另一个人说：“我觉得增加席位也没什么问题。只要印度教徒、穆斯林、锡克教徒同步增加就行。”

“这不可能！这样就没完没了了，最后执委不知会有多少人。”蒙格森反对道。

大家正在僵持时，突然听到外面有喇叭声。德沃达德来到主席台前说："先生们，和平宣传车来了。我们就从这里迈出第一步。我建议主席、副主席先上车，其他人也可以上去，能坐多少人坐多少人。车上有扩音器，我们把车开到城市的每个角落，让我们的领袖们轮流对群众呼吁，恢复并维护和平！"

人们都起身走到外面。外面停着一辆涂着红白条纹的汽车——和平之车。车顶插着两面旗子——国大党和穆斯林联盟的旗子。车头车尾各装了一个大喇叭。

"为啥不挂面英国国旗？"莫诺赫尔拉尔嘲弄地说。

车开到了街上，人们都出来看热闹。车里的人高喊口号：

"印度教徒和穆斯林团结起来！"

"印穆友谊万岁！"

"和平委员会万岁！"

街上的人都好奇地往车里看，他们想知道里面坐的是谁，是谁在喊口号。副驾驶座位上一个人手持麦克风，除了少数人，大部分人都不认识他。可惜纳度已经死了，不然他一定能一眼认出他！这个人就是穆拉德·阿里！就是那个皮肤黝黑、胡须刺蓬蓬的穆拉德·阿里！他把手杖夹在两腿间坐着，小眼睛左顾右盼，高声喊着口号。

和平巡游前，发生了一些小争执：座位怎么安排？谁坐前面？谁坐后面？谁先发言？喊什么口号？……最后大家决定，国大党和穆斯林联盟的领袖不分先后，并排坐在司机后面。

其他人上车的时候也出了一些乱子。大家都想挤到车上去，这样就能顺路回家。最后莫诺赫尔拉尔又生气了，嘟囔道："我不想和颠覆国家的共产党坐一辆车！"

站在车门踏板上的德沃达德说："莫诺赫尔拉尔先生，我们不应该在背后议论别人。我们不是国大党的跟班，我们是革命者。城市需要和平，因此所有的党派领袖们应该团结起来，也包括你的党。你既是你们党的领袖，也是代表你们党的群众。虽然我们认为你们是反动的，但此时此刻我们应该同心协力维护城市的和平！”

“现在还维护什么和平！”莫诺赫尔拉尔生气地说，“你们的主子英国人，之前放任暴乱发生，现在又想维护和平！”

一出会场，夏姆拉尔就在走廊里游说大家，为自己参选市政委员会委员拉票。这当口儿，蒙格森跳上了车，他还没来得及坐下，夏姆拉尔就看见了他。夏姆拉尔突然像被电打了一样，朝汽车跑过来，边跑边喊：“为啥不叫我？为啥不叫我？”然后他推推搡搡、气喘吁吁地挤上了车。

巴克西先生和穆斯林联盟的主席并排坐在前面，可他看上去忧心忡忡，他心里在想：“秃鹰还会在城市上空飞翔，而且会比现在更多！”

这时，坐在副驾驶座位上的穆拉德·阿里喊起了口号，和平巡游开始了。

在别墅餐厅温馨的灯光下，理查德和丽莎正在餐桌边各自想着心事。丽莎的状态好了很多。理查德最近很闲，城市恢复了平静，他的下属们就能管理好日常事务。

“我本想在这里再待一段时间，去塔克西拉的博物馆考察一下，研究下这里的人。可惜现在没机会了。”

丽莎听到后欣喜万分：“你要调任吗？是因为要升职吗？”理查德笑了笑，没说话。

“你干吗不说话！你到底是不是要升职？”

“不是升职，丽莎，只要发生过暴乱，这个地方的长官就要被调换，会有新的地区专员来……”

“很快就会调换吗？”

“可能吧，具体时间我也说不清。”

“可你不是想待在这儿吗？你还要去塔克西拉博物馆，还要写书……”

理查德耸耸肩膀，点上烟斗，伸了伸腿，显得很惬意。他笑着说：“你想听我从哪儿讲起？”

“什么？你想讲什么，理查德？”丽莎皱了皱眉。

“你不是想知道这里发生了什么吗？”

这回，丽莎耸了耸肩，像是在说：听不听又有什么分别呢？

终

阿姆利则到了

车厢里乘客不多。我对面的锡克人不停地给我讲他的服役经历。他曾在缅甸打过仗。他一边开着白人军队的玩笑，一边咯咯地笑个不停。车厢里还有三个帕坦[①]商人，其中有一个穿着绿袍子躺在上铺，他也是个爱逗乐的人，不停地开我身旁坐着的一个“巴布”[②]的玩笑。“巴布”好像是白沙瓦人，因为他也会用普什图语和他们交谈。我对面右边的角落里坐着一位老人，他低头数着念珠。车厢里大概就这些人，或许还有一两个别的乘客，但我记不清了。

火车缓缓行驶，车厢里，旅客们在闲聊；车厢外，麦浪随风涌动。一想到马上能去德里看独立庆典，我就兴奋不已。

现在回想起来，那些日子，我们就像在迎接黎明的到来。只要天亮了，过去的一切也将随之消逝在黑暗中。可正是在这未来的大门将要打开的时刻，夜色却最深、最浓。

当时已经宣布要成立巴基斯坦了，对未来的生活，人们有各种

---

① 帕坦人是印度西北部的一个少数族群，讲普什图语，信仰伊斯兰教。

② “巴布”是印地语对从事白领工作的人士的一种尊称。

揣测，可这些揣测都不能让人信服。我对面的锡克人一次又一次地问我：“巴基斯坦成立后，真纳先生会待在孟买还是会去巴基斯坦？”我一次又一次地回答：“他为什么要离开孟买？巴基斯坦他可以随时去，离开孟买有什么好处？”大家还聊起拉合尔和古鲁达斯普尔这两个城市到底会划归哪个国家。这两个城市的民风民情没有任何区别。听说这两座城市的居民有的正在搬家，而其他一些人却在讥笑他们。谁也不知道什么样的决定是对的或是错的。一些人在欢庆成立巴基斯坦，另一些人在欢庆成立印度斯坦。伴随着四处发生的暴乱，大家都在准备独立庆祝活动。人们觉得只要独立了，暴乱会自己停止。当时的情形正如黎明时分，国家独立就如云层中透出的一缕金光，但四下仍是一片朦胧，人们只能隐约看见未来的图景。

火车驶离杰赫拉姆站后，上铺的那个帕坦人打开一个包袱，取出了熟肉和饼，分发给自己的同伴。他说说笑笑，故意递给我旁边的那个“巴布”一块饼和一块肉，说：“吃吧，‘巴布’，吃肉才有力气。就像我们这样壮。媳妇儿才会喜欢你。吃吧，你就是光吃豆子才这么瘦……”

车厢里的人笑了起来。“巴布”用普什图语回答了几句，笑着摇了摇脑袋。

其他几位帕坦人觉得更好笑了：“你这家伙，不愿接我手里的食物，就自己拿着吃！这都是清真食品，没问题的。”

上铺的帕坦人笑着说：“吃吧，我们又不告诉你媳妇儿。你和我们一起吃肉，我们待会儿就陪你喝豆汤。”

“巴布”仍只是笑着摇头，用普什图语回答了几句。

“和我们一起吃东西难道是坏事吗？给我们个面子……”

“他是因为你没洗手所以才不吃你递过来的肉……”对面斜倚在

铺位上的那位锡克人说，他身材肥胖，大腹便便，“你一睡醒就打开包裹拿东西吃。所以这位先生就不从你的手里接食物，就是这么回事儿。”说完，他冲我挤挤眼睛，咯咯地笑起来。

“肉都不吃，你倒不如去女人们的车厢坐着，坐这儿干吗？”那几个人大笑起来。

车厢里还有一些乘客，其中有一位是从始发站上车的，别的乘客都是半途上车的。作为资格最老的乘客，他显然多了几分威信。他对“巴布”说：“来，坐我这边儿来！我们聊聊天。”

这时，车不知停在了哪站。许多新乘客涌进车厢。

“这是哪一站？”有人问。

“大概是沃基拉巴德。”我朝窗外看了看，回答道。

火车停了没多久。但是就在开车前又发生了件小事。旁边一节车厢有一个人拎着罐子下车，去站台水龙头前接水，可他突然仓皇跑回了车厢，罐子里的水也洒得到处都是。他的举止说明他遇到了危险。水龙头前其他几个人也像他一样，仓皇逃回了自己的车厢。我以前也见过人们像这样仓皇逃窜。没多久站台上就空无一人了。可车厢里大家仍然有说有笑。

“可能是发生暴乱了。”“巴布”说。

肯定是发生什么事了，可到底是什么事？谁也说不清。我目睹过几次暴乱，所以已经能够见微知著了。逃窜的人，紧闭的门窗，屋顶观望的人，寂静肃杀的街道，这些都是暴乱的标志！

这时，车厢的前门附近出现了喧闹声。车厢朝站台一侧的门是关着的，而朝另一边儿的门是敞着的。有人想上车。

“别上了！没地方了！说过了，没地方了！”有人说。

“先生，快把门关上！你瞧，他还在拼命往上挤呢……”又有个声音说。

车下的人越想上来，车上的人就越不让他上来。终于，那个人挤了上来，车上的人阻挠他的努力也就停止了。这个人也成了车厢里的乘客的一分子。后来，火车到下一站的时候，他第一个冲着站台喊："没地方了，去下一节车厢吧……别往上挤了……"

车厢门口的喧闹声没有停止。只见又有一位衣衫褴褛、蓄着长须的人由车门挤进了车厢。他的衣服脏兮兮、油腻腻的，一定是开小吃店的。这个人不顾大家的抱怨，转身从车下拖进来一只黑色的大箱子。

"上来，上来，你们也上来。"他冲着车下的人说。随后，又上来两个女人，一位是个枯瘦的妇女，一位是个十六七岁、皮肤黝黑的女孩。车厢里的人还在嚷嚷，我对面的锡克人也坐了起来。

"先生，把车门关上吧，这些人问都不问就上来了，当这是自己家呢！别让他们进来，干吗呢，把他们推回去……"有人叫道。

那个人把行李往车厢里面拽了拽，他的老婆、女儿靠着厕所的门站着。

"你就不能去别的车厢吗？把女人都带上来了！"

那个人气喘吁吁、汗流浃背地继续往车厢里挤。他的那个黑色大箱子后面还捆着一张凉床的床架。

"我有票，我不是无票乘车。城里发生暴乱了，我们是逃难的，费了好大的劲儿才到了火车站。"

听完这几句话，车厢里的大部分人都闭上了嘴。可是坐在上铺的那个帕坦人跳下来说："从这里出去！没看见这里没地方了吗！"

说完，这个帕坦人不由分说，朝那个人一脚踹了过去。不过这一脚没踢中那个人，却踢中了他妻子的脖子，他的妻子惨叫着坐倒在地。

不过这个时候，那个人可没有时间和车厢里的乘客争斗，他接着往车上搬行李。这时车厢里已经安静了下来。那个人又搬上来一个大包袱卷。我上铺的那个帕坦人忍无可忍了，叫道："这人是谁？把他赶出去！"坐在下铺的帕坦人把那个黑箱子从车门口推了下去。车门口站着一个穿红色制服的苦力，正在往上递行李。

那个人的妻子受了伤，可车厢里没人敢替他们说话。只有坐在角落里的那位老人说："积点德，让他们坐下。来吧闺女，来我这儿坐。出门在外，大家都凑合凑合。别理那些帕坦人，先坐下。"

这时，车突然启动了，而那个人的行李只搬上来一半。

"行李丢了！行李丢了！"那个人慌张地叫起来。

"爸爸，别管行李了。"靠着厕所门站着的那个女孩喊道，她还在瑟瑟发抖。

"下车，快下车！"那个人慌张地喊道，然后他把箱子、床架和包袱由车门扔了出去，抓着车门旁的扶手下了车。他的女儿和妻子也跟着下了车，他的女儿一直惊魂未定，他的妻子一只手捂着脖子，不住地呻吟。

"你们这些人干了件坏事！"车厢里的那位老人大声说，"你们毫无同情心。那人还带着孩子。瞧你们这些没心没肺的人干的好事！把人家从车上赶了下去！"

火车离开了寂静的站台。老人没再说了，车厢里的人心里也不好受，可当时没人敢和那几个帕坦人作对。

火车驶出站台，把城市甩在了后面。没多久，只见城里尘土飞扬，形成一团尘云，接着，尘云间蹿起了火苗。

"发生暴乱了。人都在往车站跑。肯定是哪儿发生暴乱了。"

城里着起了大火。车厢里的人都明白这是怎么回事儿，大家都趴在窗前看外面的火。

火车继续往前行驶，车厢里一片寂静。“巴布”脸色苍白，额头挂着一粒粒的汗珠。

忽然间，我觉得车厢里的乘客似乎都开始用异样的眼光打量旁边坐着的其他乘客。我对面的锡克人起身坐到了我旁边，坐在下铺的那个帕坦人则爬到中铺和自己的同伴坐在了一起。车厢里的气氛顿时紧张起来，也没人聊天了。那三个帕坦人坐在铺位上，一言不发，盯着下面的车厢。所有乘客的眼中都多了几分警惕和疑虑。其他车厢的情形估计也是如此。

“刚才那是哪个站？”有人问道。

“沃基拉巴德。”有人回答。

对话缓和了车厢里的气氛，帕坦人紧张的情绪立刻放松了。但车里的锡克人和印度教徒仍然没人说话。一个帕坦人从背心口袋里掏出一盒烟叶卷了起来，另两个帕坦人也掏出烟盒卷起了烟叶。角落里坐着的老人仍然在数他的念珠，他的嘴唇不时地蠕动，像在默念着什么。

车到下一站的时候，站台上依然是一片死寂，连只鸟都没有。只有一位水夫，背着水袋，走过来给乘客送水。

“来，拿水来，拿水来。”妇女们乘坐的那节车厢有很多女人和孩子从车窗伸出手招呼他。

“到处都在杀人放火，死了好多人。”水夫对大家说。看起来，腥风血雨中，他是唯一一个在做好事的人。

车慢慢开动了，乘客们突然纷纷把车窗摇了起来。伴随着车轮和铁轨的摩擦声，整列火车都是大家摇窗户的声音。

“巴布”莫名其妙地紧张起来。他从铺位上下来，躺在两个铺位间的地板上，脸色依然很难看。坐在中铺的帕坦人又开始嘲弄他：“喂，你这个懦夫，你到底是男人还是娘们？有位子不坐在地板上躺着！真给男人们丢脸。”上铺的帕坦人接着又用普什图语说了几句，一边说一边笑。“巴布”默默地躺着，其他的旅客也没有说话，车厢里的气氛有些压抑。

“这样的人我们别让他待在我们的车厢。喂，先生，你应该去女人们的车厢。”

“巴布”依然没有吭声。过了一会儿，他爬起来坐回到自己的位子上，不停地掸衣服上的土。他为什么会躺到地板上呢？可能是他害怕窗外会有石块或子弹飞进来，估计大家也是因为这个原因才把窗户摇上的。反正这事儿说不清楚。或许只是有位旅客不知为什么把窗户摇了起来，大家就不假思索地跟着他照做了。

旅程就在这种惴惴不安的气氛中继续着。天黑了下来，车厢里的乘客都心事重重地呆坐着。每当火车突然减速，大家都会惊疑地面面相觑；而当火车临时停车的时候，他们更是噤若寒蝉。只有那几个帕坦人看上去似乎还是无忧无虑，不过他们也没聊天了，因为没人搭他们的话。大家都在发呆，渐渐地，那几个帕坦人也烦闷起来。年长的那位帕坦人盘起了腿，打起了瞌睡，上铺的那位帕坦人也从口袋里掏出念珠盘了起来。

车窗外的天空，月亮已经爬了上来。月光下，外面的世界越发显得神秘莫测。时不时地，远处会有火光腾起，肯定是哪个地方着了火。火车时而怒吼着向前猛冲，时而又放慢速度，缓缓地向前滑行。

突然，“巴布”看了眼窗外，激动地叫了起来：“已经过赫尔本瑟布尔了！”车厢里的人都被他的喊声吓了一跳，都朝他这一侧的窗外望去。

“去你的！喊什么！”正在盘念珠的那个帕坦人也吓了一跳，“你要在这儿下车吗？要不我去给你拉紧急刹车闸？”说完，他又咯咯地笑了起来。显然，这个帕坦人没听说过赫尔本瑟布尔。

“巴布”没说话，瞪了那个帕坦人一眼，然后又向窗外看去。

车厢里又静了下来。火车鸣了下笛，速度慢了下来。过了一会儿，传来一声咔嗒声，似乎是火车变轨的声音。“巴布”往火车行驶的方向望去。

“到城市了！”他高喊起来，“阿姆利则到了！”接着，他激动地站起来，冲着上铺的帕坦人叫道：“你个帕坦混蛋！快下来……你他妈的快下来……”

“巴布”带上了脏话。上铺盘念珠的帕坦人翻了个身，看着“巴布”说：“叫什么！你有啥事？”

看到“巴布”这么激动，车厢里其他乘客也都起来了。

“你下来！你个混蛋……你刚才踢了那个印度教妇女，你个杂种……”

“喂，别废话。我警告你，别骂人，要不我撕烂你的嘴。”

“我就要骂你这个混蛋……”“巴布”叫道，他气得浑身发抖，跳到了铺位上。

“好了，好了，”我旁边坐着的锡克人说，“这里不是打架的地方，车快到站了，你们老老实实坐着吧。”

“看我不踹死你，难道火车是你家的吗？”“巴布”还在冲上铺的帕坦人嚷嚷。

“干吗只说我？当时所有的人都在撵他们，所以我也撵他们。居然敢骂我，看我撕你的嘴！”

对面下铺的老人这时说话了：“理智点儿，安静地坐着吧。神啊，让你的奴仆恢复理智吧！”接着，他低声地、念念有词地不知又说了些什么。

“巴布”还在嚷嚷：“你也只能在你家里横，我把你个装模作样的帕坦……”

这时火车停靠在了阿姆利则站。站台上人山人海，大家都在往车厢里瞧。不停地有人问车上的人：“来的路上情况怎么样？哪儿发生暴乱了？”

站台上的人都在议论暴乱的事。这时，有三四个帕坦人走过来，透过车窗朝我们这节车厢里打量。看到他们的帕坦同伴后，他们用普什图语交谈了起来。我转身一看，“巴布”已经不在车厢里了。不知他是什么时候下车的。我有点担心，不知道他一气之下会有什么疯狂的举动。接着，车厢里的三个帕坦人收拾好行李下了车，和站台上的同伴一起走了。

过了一会儿，去站台透气的乘客陆续往车厢里走。我突然在站台上看见了“巴布”。他的脸色还是很难看，头发也散乱了。他走近的时候，我看见他的右手握着一根铁棍，不知道他从哪儿找来的。他把铁棍藏在身后带上了车，在我旁边坐下，然后把铁棍放在了座位底下，抬头朝帕坦人的铺位望去。没看到帕坦人，他开始东张西望。

“出来！混蛋……都给我出来！”看到没人答应，他觉得很窘，叫道：“你们为什么放他们下车？你们都没种吗！”

但这时车厢里人很多，很多人是刚上车的旅客。谁都没把他当回事儿。

车开了，他在我旁边坐了下来，情绪仍然很激动，嘴里不停地嘟囔着什么。

火车晃晃悠悠地继续往前行驶。车里的乘客也吃饱了自带的食物，喝足了水。火车现在经过的地区已经是不受暴乱威胁的安全区域了。新上车的乘客开始聊起了天，车厢里的气氛终于恢复正常了。这种“正常”没多久就变成了无聊。“巴布”呆呆地看着前方，不时地问我那几个帕坦人下车朝哪个方向走了。他看上去不太正常。

慢慢地，我也觉得无聊起来。我的铺位坐着人，没法躺下，于是我只好东倒西歪地打起了瞌睡。每当我惊醒的时候，就能听到对面那个锡克人的呼噜声——火车一过阿姆利则他就歪歪扭扭地睡倒在了铺位上。车厢里都是横七竖八、或坐或躺的乘客，乍看上去，车厢里像是堆满了尸体。我旁边的“巴布”则一会儿盯着窗外，一会儿抻直了腰，靠在座位上。

不知什么时候，也不知在什么站，火车停了下来，车轮发出的哐当声也停止了。我一下清醒过来。每次火车一减速，我就会从睡梦中惊醒。我好像听见站台上有什么动静，似乎是有乘客下车了，我立刻坐起了身子。车厢里一片漆黑。我从半开的窗户朝外望去，远处，有红色的信号灯在闪烁，显然火车是到站了。没多久，车又缓缓开动了。

站台上传来一些含糊不清的声响，远处有黑影在晃动。我还有些睡眼惺忪，那些黑影怎么也看不清楚，后来我干脆放弃了试图看清它们的努力。车厢里的灯都没亮，一片漆黑，不过车厢外，天渐渐亮了。

忽然，车厢外面传来敲击声。我扭头一看，车门是关着的。敲击声再度响起，这回我听清了，像是有人在用手杖敲车门。我朝车厢外望去，真的有个留着胡子的人站在车厢门口的第二级踏板上。他拿着手杖，背着包袱，衣服有些破旧。他下面的站台上，有个赤脚的女人头上顶着两个包袱，正追着车疾走。因为顶着东西，她没法跑。踏板上站着的男人不时地扭头看她，并且气喘吁吁地说："快来！快来！你也上来！"接着他又用手杖敲了敲门，叫道："先生，请开门。看在真主的份上，请开门。"

那个人喘了几口气，又说道："看在真主的份上请开门。我还带着女人。车就要开走了……"

这时我看见"巴布"突然起身，朝车门走去，把头由车门上的窗户探出去，问道："是谁？车里已经没位置了。"

车门外的那个人哀求道："看在真主的份上，请开门，车快开走了……"然后他把手从车门窗户伸了进来，摸索着想打开车门。

"跟你说车里没位置了！快下去！""巴布"叫道。

这时，车门打开了。

"真主保佑！"那人嘟囔道。看到车门打开了，他长舒了一口气。

忽然，我看见"巴布"手中寒光一闪，他用那根铁棍猛地在那个人头上敲了一下。这一幕把我吓坏了，我的腿禁不住抖起来。不过，那人虽然挨了一棍子，但好像并无大碍，他的双手仍然抓住车门外的扶手，只是他肩上背的包袱滑到了肘部。

就在这时，那个人头上喷出了一股血注。朦胧的晨光中，只见那人嘴大张着，露出了雪白的牙齿。他叫了几声"啊，天哪！"然后腿打起了晃。他的眼睛盯着"巴布"，似乎想弄清这是谁？为什么会打他？这时，天又亮了一些，我看见他的嘴唇开始抖动，牙齿也越发明晃晃的。他张着嘴的表情像是在微笑，可我知道那只不过是痛苦引起的面部变形。

站台上的女人又加快了脚步。她到现在也不知道发生了什么。

她还以为丈夫是因为背着包袱，所以有些踉跄。她跟着车疾走，尽管顶着两个包袱，可她还是撵了上来。眼看着她就要踏上车门外的第一级踏板。

这时，那个人忽然像被伐倒的树，从车门跌了下去。看到丈夫跌了下来，那个女人也停下了脚步，两人的旅行终止了。

“巴布”呆呆地站在敞开的车门口，手里握着铁棍。我觉得他好像想把铁棍扔出去，但可能他的手已经僵硬了，想动都动不了。我到现在仍然惊魂未定，缩在车厢黑暗的一角，注视着这一切。

终于，“巴布”的身影动了起来。不知他哪儿来的勇气，居然朝车门外探出身子，向后望去。火车不断向前行驶，远处的站台渐渐模糊难辨。

“巴布”把棍子扔出了车外，然后回到了车厢里，四处张望了一番。乘客们都在睡觉。但他没看见我。他在车门附近徘徊了一阵儿，关上了车门。接着，他仔细检查了自己的衣服和双手，甚至还把双手放在鼻子前闻了闻，他应该是担心自己身上会有血迹。之后，他蹑手蹑脚地回到座位上坐下。

天渐渐亮了。晨光洒满了大地，田里的麦子微微摇摆。现在，谁也不可能把火车拽回去，被铁棍击倒的那副躯体已被甩在几英里之后了。

对面的锡克人醒了。“巴布”靠在座位上，双手枕在脑后，双眼看着前方。过了一夜，他的胡须似乎又长了不少。他和那个锡克人聊了起来。锡克人笑着说：“‘巴布’，你真有种。你虽然很瘦，可很勇敢。你昨天的行为展示出了你的勇气。那几个帕坦人一定是怕了你才下车的。如果他们还在这儿，你会把他们的头一个一个地敲爆。”

“巴布”盯着锡克人，笑了起来——那笑容让我不寒而栗。

请客

夏姆纳特先生今天准备在家宴请他的上司。

他和妻子连喘气擦汗的工夫都没有，忙得不可开交。妻子穿着睡袍，头发凌乱地挽成髻，脸上沾了面粉和颜料都浑然不觉。他则大口大口地抽着烟，拿着列好的清单进出各个房间仔细查看。

快五点的时候，所有准备工作都就绪了。露台上摆好了桌椅、餐巾和水果，酒宴则设在客厅里。家里的杂物也都塞进柜子里和床底下藏好了。突然，他脑海中闪出一个难题：妈妈怎么办？

夫妻俩都疏忽了这点。他走到妻子跟前，用英语说："妈妈怎么办呢？"

妻子停下手中的活儿思忖片刻，答道："让她从后院去自己的老姐妹家吧。在那儿待上一晚，明天再回来。"

夏姆纳特嘴里叼着烟，紧锁眉头，看着妻子，想了想后摇头说："这可不行，我不希望她和那个老女人再来往，好不容易才让她们断了联系。你去跟妈妈说一下，让她早点儿吃完饭回屋休息。客人很可能八点钟就来了，让她在这之前打理好自己的事儿。”

这个提议可行，夫妻二人都兴奋不已，可妻子突然又说：“她一睡着就开始打鼾，那该如何是好？房间紧挨着露台，客人都在那儿吃东西呢。”

“让她把屋子从里面锁好，我在门外再加把锁。要不我跟妈妈说说，让她在屋里坐着别睡，不然还能怎么样呢？”

“可她没准儿会睡着了呢，谁知道晚餐会持续到几点啊，你们喝酒经常到十一点呢。”

夏姆纳特有点不耐烦了，搓着双手抱怨道：“妈妈本来要去我兄弟家的，都是你从中作梗，好事才没有弄成。”

“天哪！我为什么要掺和你们母子的事儿？这你是知道的，她也明白。”

夏姆纳特先生不想再继续争辩了，毕竟现在不是争执的时候，得想办法解决问题。他走到母亲的房间，见房门正对着露台敞开着。他看着露台，突然眼前一亮，说道：“我想到办法了。”他几步就走到了母亲房间门口，母亲此时正坐在靠门的一个方凳上，裹着头巾，手里捻着念珠，口中念念有词。看到他们从一早开始忙着筹备，她的心情也跟着紧张起来。儿子办公室里的上司要来家里做客了，所有的事都不能出半点差池。

“妈，今天你快点儿吃饭。客人们七点半就来了。”

母亲轻轻地摘下了蒙在脸上的头巾，看着儿子说：“今天我不能吃饭了，儿子，你知道我是从不吃荤腥的。”

“随便你怎么样吧，快点儿把自己的事儿弄好。”

“好，儿子。”

“妈，我们先待在客厅里，你那会儿就在露台上坐着吧。等我们要来露台时，你就从浴室走到客厅去啊。”

母亲默默地看着儿子的脸，轻声说：“好，儿子。”

“妈，你今天可别睡着了。要知道你打鼾的声音可是传得很远啊。”

母亲满脸羞赧地说：“我尽量吧，儿子，这又不是我能控制的。自从我犯了病，就呼吸不畅。”

虽然已经安排妥当，但夏姆纳特先生悬着的心还是没有放下来。如果上司突然来了那怎么办？要来将近十个人，有本地的官员和他们的太太，保不准有人会去浴室那边呢。他此刻六神无主，心烦意乱，搬起一把椅子放到房间外的露台上对母亲说：“妈，来坐在椅子上。”

母亲手里握着念珠，整了整衣服站了起来，慢慢地走过来坐在椅子上。

“妈，你别这样，不要盘腿坐在上面，这可不是凉床。”

母亲把腿放了下来。

“真主保佑，你别再光着脚走路了，也别穿你那双木鞋。迟早有一天，我会把那双木鞋拿出去扔掉！”

母亲仍默不作声。

“妈，你穿什么样的衣服呢？”

“有什么穿什么吧。你说穿什么，我就穿什么。”

夏姆纳特先生嘴上叼着烟，眯着眼打量着妈妈，考虑着妈妈的着装。他希望一切都井井有条，家里的每件事都是由他安排：挂钩钉在墙上的位置，被褥铺在哪里，挂什么颜色的窗帘，老婆穿什么样式的纱丽，摆多大的桌子……他还担心——如果妈妈见到上司可别窘得不像样子。他又把妈妈从头到脚打量了一遍，然后说：“妈，你穿上白衬衫和白围裤吧，穿好以后再让我看看。”

母亲站了起来，去自己房间换衣服了。

“妈真是个大麻烦。”他又用英语给妻子说道，“有什么中听的就说点儿什么，可别说一些唐突的话让上司不高兴，否则请客就没有意义了。”

母亲穿着白衬衫和白围裤出来了。她身材瘦小干瘪，眼睛浑浊，半秃的头顶裹着头巾——这身装扮比刚才更丑了。

“走走我看看，还凑合吧。有什么首饰就戴上吧，没什么不好意思的。”

“儿子，我从哪儿找首饰啊？你知道的，为了供你读书我已经变卖了所有的首饰。”

这话就像利箭一样扎到了夏姆纳特心里，他恼了起来：“妈，你这又是什么意思？有话就直说，没首饰你说不就得了嘛！扯我读书的事儿干吗？首饰又不是白卖的。你付出了多少，我会加倍奉还的。”

“儿子，我要找你要首饰，就让我的舌头烂掉。我只是随便说说。有什么就戴什么吧。”

五点半了，夏姆纳特先生得去洗漱了。他的妻子早就回到了自己的房间。夏姆纳特边走边给母亲又下了一遍命令：“妈，今天可别像以前那样不吱声啊。如果上司先生来你这里问什么话，你要好好地回答。”

“儿子，我没有文化，我会说什么啊。你跟他说一下，就说我什么都不懂，让他不要问我。”

七点钟快到了，母亲的心紧张地跳个不停。如果上司先生真的过来问话，那她该如何回答呢。她远远地看到英国人都会害怕，这位先生还是美国人呢，也不知道他要问些什么，自己又能说些什么呢。母亲很想溜去后院的那个寡妇老姐妹家里。但儿子的命令又岂能违抗？她只能默默地捶着腿坐在椅子上。

这是一场非常成功的宴会，大家都喝得很尽兴，气氛十分欢洽。大家推杯换盏，笑语盈盈，没一丁点儿冷场。上司先生喜欢喝威士忌酒，他的夫人则喜欢家里的窗帘、沙发套和房间里的装饰布置。没有比这更好的氛围了。酒过两巡，上司先生开始讲起了趣闻轶事。在办公室里他总是威风凛凛的，在这里却是和蔼可亲。他的妻子穿着黑色外衣，戴着白色珍珠项链，浑身散发着脂粉香气，成了客厅里所有当地妇女崇拜的对象。她和夏姆纳特的妻子聊着天，说每句话时都在点头欢笑，就像多年的闺中密友一样。

这样畅饮直到十点半，谁也没有留意时间。

最终所有人喝干了杯中酒，起身离开客厅去吃东西。夏姆纳特在前面引路，上司和其他客人尾随其后。

一到露台，夏姆纳特不禁惊慌得颤抖起来。他眼前的一切让他顿感手足无措，醉意也顷刻消散。妈妈依旧坐在房间外面露台的椅子上，两只脚早已盘坐上去，脑袋来回晃动着，口中发出阵阵鼾声。她的头忽地倒向了一边，鼾声也变得更加深长。随后她又突然清醒过来，头从右边歪向左边，这时头巾滑了下来，凌乱的头发在半秃的头顶上散落开来。

见到此景，夏姆纳特一下子就冒了火。他真想几下子就把妈妈推进她的房里，但苦于上司和其他宾客就在身边，只好隐忍不发。

几个本地官员的妻子见到母亲之后窃笑起来。这时，上司先生低声说了句:“可怜的人儿！”

母亲匆忙站了起来。看到面前站着这么多客人，她吓了一跳，忙用头巾盖住头顶，站在那里，双眼直盯着地面。她的腿开始有点踉踉跄跄，双手瑟瑟发抖。

“妈，你去睡吧，怎么这么晚还醒着呢？”夏姆纳特羞愧地看了看上司的脸。

上司面露微笑，站在那里说道：“你好！”

母亲战战兢兢地想要双手合十，但另一只手还在头巾里拿着念珠，于是连个像样儿的招呼都没有打成，这让夏姆纳特十分恼火。

这时候，上司伸出右手来和母亲握手。她更加惊慌失措了。

“妈，握手啊！”

可是怎么握得成手呢？妈妈右手里还拿着念珠呢。惊慌之下，妈妈伸出左手放到上司的右手里。夏姆纳特心里更加愤懑。几个本地妇女都在身后笑出声来。

“不是这样，妈妈。你知道的，要伸右手的。伸右手吧。”

但是上司却拉着妈妈的左手，一边握着手，一边说：“How do you do？”

“妈妈，你说啊，我挺好的，一切幸福平安。”

母亲嘴里嘟嘟囔囔说了点儿什么。

“妈妈快说啊，我挺好的。说How do you do啊！”

母亲羞赧地轻声说了一句：“How do do…”

其他人又一次大笑了起来。

气氛随之缓和起来，上司先生也似乎听明白了。人们开始说说笑笑，夏姆纳特心情好了一些。

上司满嘴酒气，依然握着母亲的手。她挣扎着想要抽出手来。

夏姆纳特用英语解释说：“我妈妈是乡下人，一辈子都住在农村里，所以见到您有些害羞。”

上司先生似乎对此颇感兴趣，问道：“真的吗？我很喜欢乡下人，你母亲会乡村歌舞吗？”他兴奋地摇头晃脑，似乎刻意想要为难母亲一下。

“妈，上司先生说了，随便唱个歌吧。看你还能想起什么老歌呢。”

母亲支支吾吾地答道：“儿子，我会唱什么啊，我什么时候唱过歌呢。”

“哎，妈，你要拒绝客人的要求吗？”

“上司先生这么盛情地提出了要求，你要是不唱，上司先生会不高兴的。”

“儿子，我会唱什么啊，我懂什么啊？”

“哎，随便唱个老歌吧。”

本地官员和他们的夫人们纷纷拍手叫好。母亲可怜兮兮地一会儿看看儿子，一会儿看看站在儿子旁边的媳妇。

这时候，夏姆纳特一本正经地命令道：“妈！”

现在不得不唱了。母亲坐下来，用微弱颤抖的声音唱起了一首婚礼上的老歌。

本地的女宾们忍俊不禁。母亲唱了三句就停了下来。

露台上响起了一阵阵掌声。上司先生更是频频鼓掌。夏姆纳特不再生气了，心里美滋滋的——妈妈给宴会增光添彩了。

掌声停下来后，上司先生问道：“旁遮普农村有什么手工特产啊？”

夏姆纳特欣喜万分地说道：“先生，有不少呢。我给您送一套吧，您一定会喜欢的。”

但上司先生摇了摇头，用英语问道：“不是，我不想要商店里的东西。旁遮普农家里出产什么呢？妇女做什么手工呢？”

夏姆纳特想了一会儿说道：“女孩子们做布娃娃，妇人们做刺绣。”

夏姆纳特无法解释清楚什么是刺绣，便向母亲求助道：“妈，家里还有过去的刺绣吗？”

母亲默默地回到房间，取出了自己过去做好的刺绣。

上司先生兴趣勃勃地看着刺绣。这个刺绣样品已经有些年头了，绣线的几处针脚已经断开，底布也裂了口子。夏姆纳特看到上司很有兴趣，便说：“先生，这个都破了，我让人给您做一个新的。我妈会做的。妈，上司先生很喜欢刺绣，您再做一个这样的刺绣吧？”

母亲先是默不作声，随即战战兢兢地说：“儿子，我的眼睛不行了，一个老婆子能看清什么啊？”

夏姆纳特打断了母亲的话，对上司先生说：“她一定会做的。您看后一定会喜欢的。”

上司先生点头致谢，摇摇晃晃地朝餐桌走去，其他客人都跟在他的后面。

当客人落座以后，发现没人再留意她时，母亲慢慢地从椅子上起身，避开所有人的视线，回到了自己的房间。

回到房间坐下没多久，她眼中盈盈的泪水止不住地流了下来。她不断用头巾拭泪，但眼泪犹如溃堤的洪水一样流个不停。母亲心里劝解着自己，双手合十祈祷着大神，保佑儿子幸福长寿。她一次次地闭上眼睛想忍住泪水，但泪水就像雨季的洪水一样一发不可收。

夜已经深了。客人们酒足饭饱后陆续离开了。母亲靠墙坐着，瞪大眼睛呆呆地看着墙壁。家里的气氛不再紧张。除了厨房里传来清洗碟子的当当声，夏姆纳特的家里如街区一般寂静。这时候，母亲突然听到有人用力推她的房门。

“妈，开门啊。”

母亲的心一下子悬了起来，慌慌张张地站起身来。难道又犯了什么错误？她已经在心里自责很久了，为什么就睡着了呢？为什么要犯困呢？难道儿子到现在还没有原谅自己？她站了起来，用颤抖的手打开了屋门。

夏姆纳特摇摇摆摆地走上前来，把她搂进怀里。

“妈，你今天真是给我争光啊。正是因为你，上司先生才能这么开心。让我说什么好呢？亲爱的妈妈，妈妈啊！”

母亲瘦小的身体蜷缩在儿子怀里。她又开始流泪了，她一边拭着泪一边说：“儿子，你送我去赫里德瓦尔[1]吧。我早就拜托你了。”

夏姆纳特一下子醉意全无，眉头紧皱，松开胳膊放开了母亲。

“妈，你在说什么呢？你这是说什么？”

他心中开始冒火，继续说道：“你就想败坏我的名声，让全世界都说你儿子容不得自己的母亲。”

“不是的，儿子。你和媳妇过自己的生活吧。我照顾好自己的吃穿就行了，现在待在这里又能干什么呢？这辈子剩下的时日不多，我只想拜神诵经。你送我去赫里德瓦尔吧。”

“你走了谁来做刺绣啊？我已经当着你的面和上司先生说好了要做刺绣的。”

“儿子，我什么都看不清了，你再找个会做的人做吧。”

“妈，你一走了之，想要弄砸我的好事吗？你难道不知道吗？上司先生很高兴，我就快要晋升了！”

母亲缄默不语。过了一会儿，她看着儿子的脸庞问道：“你要晋

① 印度教圣地，有很多印度教寺庙。

升了？你的上司要提拔你了？他说过了吗？”

“他是没说过。但你没看见吗？他多高兴啊！还跟我说，你妈开始做刺绣的时候，我一定要来看看怎么做的。只要上司先生高兴，我一定能谋得这个职位，当上这个官儿。”

母亲黯淡的脸色变得明亮起来，满是皱纹的脸庞露出了笑容，眼睛微微闪着光芒。

“儿子，你真的要晋升了？”

“晋升可不就是这样一回事儿吗？我让上司先生满意了，他一定会有所表示的，否则还有谁为他效劳啊？”

“儿子，我给你做吧。想要什么样的我都给你做！”

母亲满脑子里都憧憬着儿子的美好前程。夏姆纳特说：“妈，现在快睡吧。”然后摇摇晃晃地朝自己的房间走去了。

多年以后

这天下午，有辆车开进了被烈日炙烤着的院子，它沿着花坛转了个圈，停在了门廊前那三级台阶的边上。车惊动了所有房间里的人。肩上搭着毛巾，正在厨房洗盘子的仆人申浦加快了速度。他旁边的小房间里，老二正在和他的朋友抽烟。第三间屋子里，男主人的老婆午睡完刚刚起床。这间屋子前面的屋子里，大儿媳妇还在午睡，听到车的声音，她翻了个身。

家里的另一个仆人希达拉姆对申浦说："先别管盘子了！赶快泡茶，水已经开了。快点儿，老爷在叫我。"说完，他朝客厅跑去。

"妈，别担心，你走吧，剩下的交给我。老爷快来了。"说着，大女儿把衣服放进了水槽。

"希达拉姆去泡茶了，我也没别的事儿。"母亲说，然后她慢慢朝厨房走去。

坐在副驾驶座位上的听差迅速下车，快步走过去打开了后排的车门。局长先生下了车。他穿着浅灰色的西装，系着白头巾。看到主人下了车，听差赶忙跑进门廊打开了客厅的大门。

局长先生身材壮实，但不臃肿。他的举止稳重而优雅。他走进了客厅。客厅很大，铺着两张地毯，摆着两组沙发。希达拉姆已经在那儿恭候。

“没有电话吗？”他在沙发上坐下后问道。

“没有，先生。”希达拉姆答道，然后在他前面的地毯上坐下，解开他的鞋带，把鞋脱了下来。希达拉姆一手握住局长先生的脚，另一只手脱下他的袜子，精心按摩起来，给他解乏。全家只有希达拉姆会干这活儿，连局长先生的老婆都不会，厨房里的另一位仆人申浦也不会。给局长先生脱鞋、宽衣、铺床的活儿都是希达拉姆的。这时，局长先生的老婆开始在屋里走动了，她是个传统印度妇女，不识字，已经和丈夫没什么共同语言了。她平时总是在自己的房间里，透过厚厚的眼镜片，盯着窗外；或者慢慢悠悠地、漫无目的地一个房间接一个房间地走来走去。之前让她管过厨房，可只管了一天，局长先生就把厨房又托付给了仆人，他对她说：“以后别进厨房了，希达拉姆比你管得好多了。”

希达拉姆正要按摩另一只脚的时候，局长先生突然把脚抽了回来，说：“去拿拖鞋。”

然后他脱下头巾和外套交给希达拉姆，穿上拖鞋，去餐厅洗手。

申浦已经拎着水罐候在那儿了。局长先生打着肥皂，视线落在毛巾架上。就在毛巾旁边，还挂着一顶新毡帽。这是一顶镶着黑边的绿帽子。

“这是谁的？”局长先生问。

申浦嗫嚅道：“这是二少爷的，今天刚买的，刚还在给他大姐看呢。”

局长先生一言不发，用涂满肥皂的手从架子上摘下帽子，丢进了洗手盆里，说：“倒水！”

局长先生就用这个盆洗了洗手和脸。帽子被肥皂水浸透了。

“把帽子就丢在盆里，让他自己来拿，”局长先生一边擦手一边说，“餐厅不是挂帽子的地方。”

听差像往常一样把局长先生的黑箱子从车里拎了下来，这时他看见大门口有个人在徘徊。他盯着那人看了一会儿。尽管那人穿着棕色的西装，手里拿着帽子，可听差还是一眼看出这一定是来求局长先生帮忙的人，而不是什么政府官员。他对那人说：“现在你见不到我们家老爷。”

那位不速之客跟着进了大门，问道：“为什么？你们家老爷没回来？”

“刚回来，可这会儿老爷不会客。明早去办公室找他吧。”

那人摇摇头，笑着说：“他是我朋友，你去跟他说——西沃申克尔来了。”

“可是老爷吩咐过我们，在家不见客。”

那人又笑了笑，重复道：“他是我朋友，你给我通报一声。”

这时，屋里传出个声音，“门口吵什么？是谁在那儿？”

听差赶忙朝客厅跑去，然后在客厅门口站定，说：“有位叫西沃申克尔的先生找您。”

“西沃申克尔？哪个西沃申克尔？”局长先生来到了门廊。

“莫图苏登先生！”那人迎上来说。

局长先生端详起那人——花白的头发，憔悴的容颜，慢慢地，他的脑海中浮现出那人少年时的模样。

“啊，西沃申克尔！是你！在门口闹腾啥，快进来！”

“你那个“热情”的听差说要先通报。”

“先打个电话多好！万一我不在家呢？”

“你这不是在家嘛……”

两人面对面坐下，局长先生感慨道：“不知不觉二十年没见了。”接着，他对不知从哪儿转悠到客厅里的妻子说：“你认出他来了吗？你说他是谁？”

妻子淡淡一笑，她觉得局长先生这样说是故意讨好她。她透过厚厚的镜片仔细打量面前的客人，可还是认不出是谁。

“西沃申克尔！是西沃申克尔！我俩一块儿念的书。他还参加了我们的婚礼呢。”

妻子又笑了笑，还是站在那儿。

“好了，你快去让人上茶，我还要出门儿。”局长先生看了看手腕上的表说。

妻子慢慢悠悠走了出去。

“嫂子瘦了。”西沃申克尔熟络地说。

“还好吧。对了，你说说你现在怎么样？”局长先生说，他的话听上去既亲近又疏远，既热情又冷淡，既平易近人又高高在上。官场的多年历练使他获得了这种本领。

“不知道是谁来了？”大女儿对二弟小声说。弟弟此时正拿着湿漉漉的帽子。“现在过去，他一定会生气。我不去。”说完，她看着弟弟的帽子笑了起来，“你想去就去，肯定得挨训！”

“你俩没必要去，”老仆人希达拉姆说，“你们高高兴兴忙自己的事儿去吧。韦德少爷，帽子算是毁了。要是我在旁边就会把它捡出来。可当时是申浦陪着老爷。”说完，他笑着往餐厅走去。

厨房里，申浦已经穿上了厨师的制服，他腰上还别着红色的腰牌。局长先生规定他们，只要有外人来就要穿着制服上茶。

每天一到了喝茶的时间，全家人都得聚在客厅，这是规矩。第一杯茶，局长先生喜欢自己一个人喝。所以通常家里人会在上第二杯茶的时候，纷纷来到客厅坐下。不过喝茶时只要有外人在，家里其他人都不露面，这也是规矩。

当穿着白色制服的申浦托着装满茶具的茶盘，小心翼翼地走进客厅的时候，两位老友相谈正欢。

“喂，这是自己人，你干吗穿这么正式？”局长先生佯装不悦地说。

西沃申克尔正谈得兴起：“我跟你说，莫图苏登，人生真的很短。知识还未穷尽，寿命已经结束。任何一门学问还没精通，人已经到暮年了。”

“来，喝茶，”局长先生说，同时他还递上去一块饼干。可西沃申克尔还在滔滔不绝：“不管怎样，我很欣赏虔诚派诗歌中的自我牺牲精神。我认为自我牺牲精神就是幸福的源泉。‘毒酒自己饮，甘露奉他人。’”说着，他陶醉起来。

局长先生心里不停地琢磨：到底西沃申克尔为什么来见他？是要出版什么书而让他给出版社推荐吗？还是要帮他孩子找工作？要不就是借钱？——我一个子儿都不会给的！

“虔诚运动是个非常有意思的话题。它实际上不是场宗教改革运动，莫图苏登，我认为，实际上那是场由经济原因引起的社会政治运动……”西沃申克尔声音越来越大，兴致勃勃。

局长先生不喜欢西沃申克尔对他直呼其名。他把那只没穿袜子的右脚抬起来，放到了对面西沃申克尔的沙发扶手上。然而，西沃申克尔并没有注意到这一点。

“有个思想家说过，农业国家的政治经济问题都是以宗教的形式反映出来的，这句话说得太对了！虔诚运动即是如此……”

“天哪，莫图苏登，时间过得真快！这些年我就是在一种‘一人吃饱，全家不饿’的状态中过来的。对了，光是我在说，你不是拿过历史专业的硕士学位吗……”

“那又有什么用？私立大学学不到什么。”一边说，局长先生一边惬意地把另一只脚也翘到了西沃申克尔的沙发扶手上。然后，他淡淡地问：“你是在写什么书吗？”

“你还记得那些日子吗，莫图苏登？我们在格布尔路边的公园谈人生理想，”西沃申克尔的思绪回到了二十五年前，“那时你穿着卡其布衣服，你说的理想是当人民公仆……”

那是二十多年前的事情了，那时莫图苏登和西沃申克尔一起在上大学，还未踏进官场。局长先生冷冷地看了西沃申克尔一眼，纳闷儿他为什么还没忘掉那些记忆，而他自己则早就把那时的东西抛在了脑后。他又低头看了看表，然后抬起头看着西沃申克尔……

二十一岁的时候，莫图苏登也曾像所有的年轻人一样憧憬着未来。念完硕士后他蹉跎过一段时间，然后他就参加并通过了公务员考试。当上邦公务员后，他的生活稳定了下来，只用了六个月的时间他就完全融入了公务员的生活。他学会了察言观色，见风使舵。他的胡子总是刮得干干净净，皮鞋也擦得锃光发亮，整个人显得精明干练。青年时期的莫图苏登，朝气蓬勃，笑起来单纯质朴，当时的他觉得官场就是一场游戏。官场里的各种现象不断对他发生着影响，他就像株新芽，不断从环境中汲取“养分”。新芽渐渐长大，莫图苏登也慢慢变得成熟世故，官场上的大大小小的事务也处理得游刃有余，行为举止也官味儿十足。生活也开始变得灯红酒绿。慢慢地，他不再一心一意地处理工作事务，不再坚持追求所谓的真理，不再踏实认真地处理政府公文，也不再专心地料理各种杂务。莫图苏登开始懂得如何取悦上级，怎样打压下属，如何在公众前亮相……当然他也遇到过一些挫折，但都是很寻常的小事儿，比如单位分房子的时候，他本应该分到一套两居室的房子，结果却只分到了一套一居室的。后来的一段时间里，国家发生了巨变，各种社会运动、政治事件此起彼伏。在这一系列的事件中，莫图苏登最终全身而退，没有受到一点儿牵连，就像在湖面上游弋的天鹅，洁白无瑕。现在，他已经在官场混了二十五年。无论在办公室、家里还是俱乐部，一切事情他都处理得井井有条，没有什么事能让他感到为难。夜阑人静之时，他也从未对自己的人生感到困惑："该做什么？该学什么？该往哪儿走？不该往哪儿走？"因此，西沃申克尔旧事重提，他感到十分厌烦，不停地抬手看表。

"莫图苏登！"突然外面又传来一个声音，"怎么了，你家老爷在家吗？"紧接着就是走廊上响起几声沉重的脚步声。葛布尔先生手里拄着手杖，嘴上叼着一根雪茄烟，走了进来。他虽已人到中年，但仍很注意形象，整日西装革履。

"怎么没去俱乐部啊？"

"正要去呢，我在等一个电话，听了电话就过去。要喝些茶吗？"

"不喝了，已经喝过了。"

莫图苏登并没有向葛布尔先生介绍自己的朋友。

"你听说了吗？德达找了些人，取消了自己工作的调动。"葛布尔先生站着说。

"太好了！谁跟你说的？"

“他这一招有深意啊。他肯定是又瞄上了其他的什么东西。”

“我觉得他这家伙就是个彻头彻尾的笨蛋！去总部多好啊。有五十卢比的城市补贴，房租政府报销一半还多，还有二三百卢比的车补。”

“他才不是什么笨蛋，精明着呢！你算算他还有几年退休？”

“他退休的年龄和我一样，我们俩参加工作的时间就相差两个小时。”

“他一定是又看准了其他的东西。我觉得他这是为长远打算呢。”

这话像根针一样刺入了莫图苏登的心脏。这种刺痛感已经很久没有过了。每次提到德达的事情，这种感觉就会出现。

“现在他不去总部了，上边应该要问你的想法了。这个机会就轮到你这儿了。”

“这种事情还有什么好考虑的！要是问到我，我肯定答应！”

“你呀，他推掉不要，你又捡起来。让人知道还不笑掉大牙？大家之前就一直说，德达扔掉的东西，莫图苏登踮着脚捡。”

“那又怎样，我跟他有什么关系？只要我觉得对我有利，我就会去做。”

“谁知道是不是他有意把你打发到总部那边去的？你要是走了，他就成一把手了。达雅勒六月份就要退休了。”

“成就成呗，他要是有那个本事就让他当！”

葛布尔先生不再说话了。他也明白莫图苏登不会就此罢休。这一切其实都是他精心预谋的诡计。谁又会想到，就是葛布尔自己阻止了德达的工作调动。多么狡诈的家伙！

“你拿到了我给你的信吗？”

“哦，今天早上拿到了。我签了字就叫人给你送过来了。你还没收到？”

“收到了。但是你怎么会今天早上才拿到信呢？我昨天中午就派人给你送过去了。”莫图苏登皱了皱眉头，心里有些不悦。他坐在那里，喊听差进来。

听差赶忙跑进来，行了个礼。

“我记得给葛布尔先生的那封信是我叫你送出去的，你什么时候送到的？”

听差惶恐地抱着手，回答道：“老爷，信是我今天早上送过去的。昨天下午我突然有些肚子痛，没能送成。”

“痛死你小子算了！昨天的信为什么今天才送出去？”

听差抱着手，低着头头，眼睛盯着地面。

“肚子痛你不会叫别人跑一趟？”听差噤若寒蝉，低声说：“老爷，那个时候除了科长，办公室里一个人也没有。”

“那你就让他去啊！你们这群人就是这样办事儿的？如果下次再出现这样的事儿，你就给我卷铺盖走人！”

听差站在一旁，躬着腰，大气也不敢出一下。

“还不快从这儿滚开！杵在这儿觍着脸看着我干什么！”

就在这时，电话铃声响起来了。希达拉姆赶紧从厨房跑过去接听电话。电话放在莫图苏登的房间里。

“老爷，这是找您的电话，是从拉达先生那儿打来的。”

莫图苏登赶紧起身去接电话，他从希达拉姆那里接过听筒，随即又关上了中间的房门。

葛布尔先生还仰坐在沙发上，他远远打量了一下西沃申克尔，笑着说：“原来是贵客临门啊，朋友。”心里却在暗暗琢磨着谁会在这个时候打电话过来。葛布尔看到西沃申克尔没有搭理他，又说：“哎，这冬天好容易就要过去了，再过些时候，刮的风都是热的了，你说是吧？”

莫图苏登一边擦汗一边走了出来，用略带沙哑的声音说道：“邦长阁下亲自打来的电话。”

听到这句话，葛布尔先生像触了电。邦长亲自致电给莫图苏登！葛布尔不禁妒火中烧。

希达拉姆从客厅跑了出去，来到莫图苏登二儿子的房间，拉开窗帘说道：“拉达先生给我们老爷打电话了。是真的！”然后他又把这个消息告诉了老爷的大女儿。二儿子“蹭”地一下跳起来，跑到另一个房间，把这个消息告诉嫂子。

激动兴奋的情绪从一个房间蔓延到了另一个房间。

“一定是有什么要紧的事儿吧？”葛布尔略带试探地问道。

“是关于安排讨论会的事儿。”

随即莫图苏登又西装革履、衣冠楚楚地准备前往俱乐部。西沃申克尔随他一同走到大门口。莫图苏登目送着他离开，随意挥了挥手以示道别。

“我们这就要走了。有时间常见面啊，西沃申克尔！”

看到父亲去了俱乐部，二儿子也带着小伙伴向自己的俱乐部出发。邦长阁下给老爷打电话，并且那时候他也在家里，简直不可思议！整整一天家里人都在谈论这件事。

穿过公交车的站台，左手边有条路通向黑天庙。路边那座土黄色的二层楼就是莫图苏登的宅子。从大门进去是一个小院子，左边还有一个小车库。然而车库里面没有车，并且这间房子很久没有粉刷过了。穿过车库有几阶楼梯，通向上边的大门。大门的锁已经锁不紧了。每次打开大门，门都会狠狠地摩擦着地板。门上面还有两个窟窿。窗户和门的油漆也已褪了色。院子里一棵树也没有，只是在进门的地方有一团低矮的灌木。之前下过几场雨，雨水在墙面上留下一条条或粗或细的水渍。左边墙面的上边还有一些污迹。客厅在一楼，里面铺着地毯，摆放着几张沙发和一个高高的玻璃柜子。不过所有的东西都用布盖了起来。平时只有傍晚的时候屋里才会开灯。通常整个屋子只有一间房间开着灯——二楼左手边的那间。

“进步”餐馆的一个服务员肩膀上扛着一个托盘，上面盖着干净的餐布。此时刚好是中午十二点，阳光照亮了整间屋子。他穿过车库走上楼梯，推开了二层的大门。门擦着地发出些许的声响，惊醒了正在房间躺椅上打盹儿的莫图苏登。莫图苏登从口袋里掏出一方手帕，擦了擦从嘴角一直流到衬衫上的口水。但他只擦了嘴，并没有看见口水在衣服上留下的痕迹。

莫图苏登慵懒地躺在摇椅上，脖子后面的肉高高地拱起，好像一个大肉块儿。他脸上的肉也耷拉了下来，像一只疲惫、年迈的雄狮。

莫图苏登的妻子已经过世。两个女儿都已经结婚成家了，一个定居在那格浦尔，另一个嫁去了加尔各答。大儿子是个律师，住得不远。虽然大儿媳妇十分不满，不过大儿子还是会经常前来看望自己的父亲。二儿子参了军，现在驻守在尼泊尔。小儿子之前在林业部上班，近来调去了台拉登。

餐厅的服务员走到了门口。

“您好，老爷。”他行了一个军礼，微笑地问候道。他知道，这位先生十分享受这种礼节。

莫图苏登微微点了点头，就像很多年前回应那些听差、办事员、仆人的问候那样。

按照往常的规矩，服务员把盛好食物的盘子摆在桌子上，又从角落里搬来了一张三脚凳放在房间中间的位置，紧挨着莫图苏登的躺椅。

“浑小子，你还没让我洗手呢，总不长记性！”莫图苏登大发雷霆。

“是的是的，我又忘记了，老爷。”服务员赶紧躬着腰行礼，笑着去端水。

洗过脸和手，老爷前倾着身子尝了一口摆在面前的食物：“今天怎么又放了这么多的辣椒，他娘的，跟你们的老板讲，我一分钱的小费都不会给的！”

服务员赔着笑：“老爷您一个子儿也别给，大厨狡猾得很，您的小费都落到他手里了。”

莫图苏登在里屋吃着饭，酒店的服务员坐在走廊里开始给他擦皮靴，这也是每天的规矩。

“您该买双新皮靴了，老爷。这双靴子现在都过时了。”服务员坐在外面，一边擦着靴子一边开口说道。

“是你小子想要这双靴子吧？你小子自己看上了？他娘的，就不能直接开口要吗？我看你也是个偷奸耍滑的！”

服务员笑嘻嘻地回答：“先生，是您的靴子破了，脚后跟都磨穿孔了。”

“磨破了也是你老子的事儿，你操什么闲心？别在那里废话，干你自己的活儿。”

服务员哈哈地笑了几声，又开始低头擦皮靴。莫图苏登一边吃饭，一边瞪着黯淡浑浊的双眼，呆呆地看向外面。

“还没发工资？”老爷往嘴里送了一口饭，随口问道。这个问题他每过三四天就会问上一遍。

“发了三十五卢比，老爷。”

“这只是明面上的吧，每天还得有三四卢比的小费落你口袋里呢。他娘的，我看你也不是什么老实人！”

服务员笑而不语。

“你在这家干多久了？”

“四年了，老爷。”

“之前在哪儿？”

“坎普尔，老爷。也是在那边的一家酒店里工作。”

“怎么从那儿离开了？是不是干了什么小偷小摸的勾当？”

这次服务员没再作声，谁会像他这样问起事来就没完没了？

老爷用完餐，服务员收拾好餐具走到门口，行了礼就下楼去了。但马上又跑了回来：“老爷，他们又在外面贴布告呢。”

莫图苏登顿时火冒三丈，站了起来，从角落里拿来手杖，穿上靴子，步履蹒跚地朝楼下走去。

“这群小崽子，我这次非要打断他们的狗腿！真是一分钟都不让人消停。”

服务员紧随他跑下了楼。当莫图苏登走到楼下，服务员气喘吁吁地靠到他旁边说道：“老爷您一出来，他们就跑了。您看，这些是他们贴的布告。”

院子里确实张贴着宣传的布告，蓝色的纸张，上面写着印度教大会周年庆典的标语。莫图苏登走到墙边，举起手杖想把布告挑下来。

每天总有一些不安分的人在墙上张贴布告，莫图苏登对此无法容忍。为了制止这种行为，他报过警，还在贴标语的地方写了恐吓的言语以示警告，但贴布告的行为并没有因此停止。每天莫图苏登都不得不下楼好几趟去揭这些布告。

张贴的布告下半部分已经被掀掉了，然而上面那部分却怎么也够不着。他尝试了一下踮着脚用手撑着身体去撕扯布告，但是他的身体太过沉重，并且饭后更加不灵便。他一把将手杖塞到服务员的手里，吩咐道："你拿着它去把布告揭下来！刚贴上的，轻轻一揭就掉下来了。等过会儿贴紧了，就揭不下来了。好孩子，快去揭下来！"

莫图苏登此时和颜悦色，是为了让服务员不额外索要小费。

过了几分钟后，莫图苏登终于再次躺回了自己的床上，悠闲地翻阅着昨天的报纸。他之前就有在白天小憩几个钟头的习惯。刚翻过三页报纸，他迷离的双眼就慢慢地合上，酣然入睡。

当他再次醒来，已经是两点半了。睡醒之后，莫图苏登勉力睁开双眼，有一小撮灰白的头发散落下来，贴在他的左脸颊上。

过了好一会儿，莫图苏登从床上爬了起来，走到了桌子旁默默坐下。桌子右边有一本日记，中央摆着一个装着圆珠笔的文具盒，这个文具盒还是新年的时候某个贸易公司送给他儿子的新年礼物，他的儿子后来又转送给他。桌子的另一头，是个装信件的盒子。

莫图苏登拉开小桌的抽屉，拿出一个大信封，又从信封里掏出两页纸来。他把这两页纸拿得很远，辨认着上面的字迹。戴拉米扬水泥公司曾赠予他百分之五十的股份，这就是那份股权书。去年，莫图苏登还分得了89卢比的红利。这次，他又分得了89卢比。他拿过日记本，在里面记下了利息收益的详细情况。随即将这两页纸折好塞进信封，重新放进右边的抽屉里。之后，他掏出了存折，给

“进步”餐馆开了一张125卢比的支票。退休金已经存了352卢比。现在他账户里总共有1223卢比。莫图苏登看到这些，心里微微地松了口气。要不是孩子结婚用了一部分的退休金，光退休金现在就有425卢比了。莫图苏登的眼前再次浮现出结婚时候的场面：乐队演奏着乐曲，餐厅的服务员穿行其间，来来往往，为宾客们送上食物，连邦长先生都花了几分钟为新人送上祝福。

莫图苏登合上了存折，放回了右边的抽屉中。左边的抽屉里是各种账单，电费、水费、一年的税务单，等等，各自装订成册，摆放得十分有条理，就像当年摆放在他办公室的各类文件一样井井有条。除了这些账单和信件，家里其他地方的小纸片、信笺之类的东西都已经清理掉了，连那些留念问候的信件也没留下。

莫图苏登合上抽屉，从盒子里抽出一张信纸准备给大女儿写信——

“你之前来信说假期里要前往克什米尔。你妹妹也写信来说她婆家的什么人要结婚，她要留下来置办嫁妆，没办法回来了……我每天就这样打发打发日子，早上出门遛遛弯儿，下午去葛布尔的家里摸几把桥牌……现在这附近也没什么人了，就剩下些村里的小职员、商店老板，还有些在这搞承包的。之前那个退休的总工程师维什恩达斯说想在我附近找栋房子定居，后来又决定跟儿子住一块儿了……”

莫图苏登站起身，从床上拿了报纸，又躺回摇椅上。没过两三分钟，他又一把将报纸扔到了三脚凳上，打着哈欠走到了阳台上，呆呆地站着。

每天四五点钟的时光是最难熬的，每一分钟都那么漫长。他的手肘撑在阳台的围墙上，凝望着远处的天空。下午的阳光也一直被阻隔在高墙之外，无法到达这里。莫图苏登的眼下有些许肿块，眼睛就藏在这些肿块和浓密的眉毛之间，东瞧瞧，西望望。右边楼下有个茶铺，稀稀拉拉地坐着两三个人。左边的路上有三个女工哼着小曲，打打闹闹地走了过来。旁边的两个女工扯着中间女工的裙摆要把她往茶铺里推。

莫图苏登撤回手肘站了起来，走回了房间。不一会儿，他又转回阳台上。

住在对面的是个小职员，他的妻子打扮好两岁的小女儿，将她抱到一个老旧的手推车里放好，推着她到处转悠。

右边又走来两个男孩子，勾肩搭背，晃晃悠悠，说说笑笑。两人走到莫图苏登家的前面站着，念起了大门前的牌子："拉尔·莫图苏登先生……"一个孩子念着，突然顿住，"这个retd是什么意思？"他大声地询问同伴儿，"r…e…t…d，是'白痴'的意思！"然后两人抬头看向了阳台，莫图苏登正双肘抵靠着围墙站在那里。

"猪崽子，看什么看！"莫图苏登破口大骂。

两个男孩立刻跑开了。随即其中一个男孩放声大笑着，朝自己的同伴儿大喊："你个猪崽子，看什么看！""猪崽子，你个猪崽子！"另一个人也在后面喊着，两人追赶着跑开了。过了好一会儿，还从远处隐约传来两个男孩重复这句话的声音。

傍晚六点的时候，莫图苏登烦躁地在房间里踱来踱去，不停地抬起手腕看表。葛布尔到现在还没到。莫图苏登一直默数着时间，对葛布尔来访的期待也慢慢淡去。他在房间里一刻也停不下来，一次次站在阳台上巴望，又回到房间转来转去。

到了六点二十的时候，天色已经昏暗下来，葛布尔还是没有来。莫图苏登强按下心中的怒火，背着手又在房间里转悠了好一会儿。

最后又一屁股坐回躺椅上，第四次拿起今天的报纸，再次浏览每一页的红色标题。之后他还是按捺不住心中的怒火，一把将报纸扔在了地板上。

莫图苏登站了起来，拉开了桌子的抽屉，从里面拿出一副陈旧的纸牌。

“不来了也不说一声！”

他晃晃悠悠地坐回躺椅上，将一张张纸牌抽出来，铺在三脚凳上。他一张一张地铺开七张纸牌，然后又抽出一张放在另一张纸牌上，把其他的六张牌都翻了过来。为了接上黑桃J，他又从纸牌里挑出了红桃10。莫图苏登用满是皱纹的手指拿起牌，慢慢地摆了起来。

血脉至亲

孟格尔森大叔拿着个水烟袋，靠在床沿儿上，正做着美梦。他梦见自己坐在亲家家里，参加维尔吉的订婚仪式——他头上戴着头巾，手里端着杯热牛奶，一口一口地呷着；一会儿剥几个巴旦木，一会儿吃几颗开心果。堂哥在向他的亲家介绍他："这就是我的堂弟孟格尔森！"亲家的人都围着孟格尔森大伯寒暄，其中一个弓着身子问他："大伯，奶够吗？要不我再给您添点儿？""好啊，你再去拿点儿过来吧！再给我倒半杯！"他漫不经心地回答道，说着，他又用食指蘸了蘸杯底的白糖，放进嘴里咂吧起来……

孟格尔森咂着嘴，晃着脑袋，嘴里除了烟叶的苦涩又添了几分甜意，他沉醉在梦境中。忽然，他打了个激灵，对订婚仪式的热望让他醒了过来。这可不是梦啊！侄子的订婚仪式的确就在今日。再过一会儿，亲戚朋友们就要来了。堂弟在前面带队，孟格尔森和亲戚们跟在后面，大家会敲锣打鼓地往亲家家进发。

再赖在床板上显然是不可能的了。尽管浑身无力，可一想到订婚仪式他就坐不住了。

这时森杜走进房间，在床边坐下，然后接过他手里的水烟袋说：“大叔，今天他们不带你去订婚仪式了。”

孟格尔森身子一颤，突然他想森杜可能是在开玩笑，于是说：“跟你说了多少次，不要没大没小地开玩笑！不带我去，难道带你去呀？”

“谁都不带。维尔吉说，巴布老爷一个人去参加订婚就行了，其他人都别去了。”

“维尔吉来了吗？”孟格尔森气得浑身发抖，心跳加速。尽管森杜是家里的老仆人了，可谁知道他说的是不是真的？

“你上楼吧，大家都在吃饭了。”说完，森杜猛吸了两口水烟，随手放下水烟袋，出去了。走到门边的时候，森杜又突然回过头来，笑着说：“你肯定是去不了了，大伯。我跟你打赌，输了我给你两个卢比。”

“走开，不要整天胡说八道，干你的活儿去！”

森杜没有说错，楼上的厨房里大家正在商量这事儿。巴布坐在厨房的一边儿，背靠着墙，正在吃饭。房间中央是维尔吉和莫诺尔玛兄妹两个，两人共用着一个餐盘。母亲站着灶台旁，正在烙饼。母亲劝儿子说：“儿子，这是大喜的日子！谁也不差那几个钱，你就让你爸一个人去参加订婚仪式，亲家的脸上也不好看呀。”

“妈，我说过了，订婚只收一卢比四安那的礼，就让我爸一个人去就行了。如果你不同意，今后……”

“行行行，什么都别说了！”母亲立刻打断他的话，没好气地说，“你想怎样就怎样吧！这年头谁还听谁的啊！家也不大，可办事从不按规矩来！早知道这样，订婚的事儿就你自己操心好了……”

“我们不逼他，他才不会操这心呢！”巴布看着自己的儿子，笑着说。

但维尔吉生气了，说：“您不是常说，结婚、订婚不要浪费钱吗！现在轮到你儿子订婚了，你说过的那些又都不算数了！得了，您老人家自己去吧，不过只能收一卢比四安那的礼！”

“哥，为什么连我也不能去？现在姐妹们也要跟着去参加订婚仪式的。”莫诺尔玛摇着头说，“哥啊，你就少说两句吧！”

“儿子，你听好，这事儿由不得你我！”巴布说，“就带上三五个家里的亲戚去吧，要不一路上连个敲锣打鼓的人都没有。到了那儿不要别的东西，给亲家留个好印象，这事儿就这么定了。”

维尔吉一听这话就更恼了，刚要开口，就听到楼梯上传来孟格尔森上楼的脚步声。

“好了，什么都别跟孟格尔森说。快吃饭吧，一旦他掺和进来就没完没了了。”母亲说道。

孟格尔森有五十岁了，他身上的每个关节都像快要散架似的。他走起路总爱踮着脚，一副摇摇欲坠的样子。尤其是上台阶的时候，他总是用手杖先拄着地，然后再吃力地迈步。他上街的时候，每当他路过街角的自行车铺，老板就会开玩笑说：“来吧，孟格尔森先生，让我把你的螺丝紧一紧！”每次孟格尔森都会用拐杖指着车铺老板回答：“不要没大没小！也不看看自己是什么身份！”

孟格尔森的身份一直让他引以为豪。孟格尔森以前参过军，所以他一直到现在都系着一条卡其色头巾。卡其色是政府官员用的颜色，从收税官到那些大检察官都戴着卡其色的头巾。靠着这个，他能和城里的名门望族混在一起，他又怎能不对自己的身份引以为傲呢？

孟格尔森走到了门口，向里探了探头。由于长期抽劣质烟，他的胡须都被熏黄了。浓密的眉毛下，右眼大，左眼小。嘴里的门牙也已经脱落了三颗。

“呦，嫂子，您亲自烙饼呢？这些活儿，交给仆人干就行了……”

“孟格尔森，你过来。你看这是谁？”

“您好啊，堂叔！”维尔吉坐着向孟格尔森打了个招呼。

“还不快站起来跟你堂叔好好行个礼，儿子，没一点儿眼色！”巴布斥责道。

维尔吉不得不站了起来，向孟格尔森恭恭敬敬地行了个礼。这样一来，倒让孟格尔森有些尴尬了。

森杜蹲在屋角的水池旁边，正擦拭着餐具。看到孟格尔森进来，他埋头笑个不停。

“诸事顺利，长命百岁！”孟格尔森忙回了个礼，他摸了摸维尔吉的头，可用力太大，把维尔吉的头发都弄乱了。

莫诺尔玛在一旁也笑了起来。

“订婚的日子维尔吉竟也在这儿，真不错！”

“坐，坐，孟格尔森，别唠叨了，先坐下吧！”巴布说。

“您坐到我这来吧，堂叔。我再去拿个坐垫过来坐。”维尔吉在一旁赶忙接口道。

“站个一两分钟孟格尔森的腿还能坚持得住！”巴布有些不耐烦地说，“他自己去拿个坐垫过来也没什么问题吧？孟格尔森，你去，活动活动腿，自己去拿个垫子过来坐吧。”

母亲皱着眉头，不满地盯着巴布：“在仆人面前跟孟格尔森说话好歹注意一点儿，毕竟都是血脉相连的亲人，顾及些他的脸面吧！”

孟格尔森准备去阳台上拿垫子。当他经过森杜时，森杜笑嘻嘻地说："坐垫可不在那儿，大叔！你等等，我去给你拿。就剩这一个盘子了，等我洗好就去。"

森杜说完，依旧蹲在那里，埋头洗着盘子。

莫诺尔玛坐在一旁，双腿蜷起，下巴抵在膝盖上，两只手不停地摆弄自己的脚趾，随口问道："哥哥，那个商店老板的腿特别短，你注意到没有？"说着，她看着维尔吉笑了起来："他远远地坐着的时候，倒看不出来，但是一站起来，突然就显得腿短了，而且还短得那么离谱。今天我去商店买手提箱的时候……"

"森杜！还不赶紧起来去拿个垫子过来！别总是嬉皮笑脸的！"孟格尔森命令森杜。

"孟格尔森，快别站在那里了！来，过来。森杜，还不快去拿坐垫！吩咐给你的事儿没听见呀？让你干个什么事儿都装傻充愣，就知道偷懒！"母亲呵斥道。

森杜挨了一顿臭骂，赶紧起身跑去抬了一个垫子过来，让孟格尔森坐下。炉灶旁边放着两个盘子，母亲从中随手端起一个，送到孟格尔森面前。孟格尔森看也不看，用个脏手帕随便擦了擦手，就坐在垫子上吃了起来。盘里放了三盘蔬菜和一小叠热气腾腾的薄饼。

突然，巴布问道："今天你去找拉姆达斯了吗？他交房租了吗？"

孟格尔森正大快朵颐，他答道："巴布啊，那个抽大烟的，有时在家有时不在家。今天他不在家。"

"孟格尔森！我真想抽你个大嘴巴子，你拿我当孩子哄呢？"

餐厅里一下子安静下来。母亲双唇紧闭。孟格尔森吓了一跳，微微发抖。他右脸火辣辣的，好像真的挨了一个大耳光似的。

"他都欠了六个月房租了，你整天都在干些什么？"

屋角的森杜停下了手里的活儿。维尔吉和莫诺尔玛两兄妹也低下了头，盯着地板，大气也不敢出。莫诺尔玛心想，堂叔真可怜，她的目光落在自己的脚趾上。听到父亲训堂叔，维尔吉有些心寒，就是因为堂叔穷，他们才会这样对待他……

“还要添些饼吗，孟格尔森？”母亲在一旁轻声问道。孟格尔森嘴里正嚼着饼，赶忙用手捂住盘子，摇着头含含糊糊地说：“不用了，不用了，嫂子。这些就够了。”

“自打你住在这儿就是这副样子，我不在家的时候更不知道你是什么德行！我常常在想，你要么去学点东西，要么把收租的事儿料理好。但是来这儿六个月了，你都干了些什么？”

孟格尔森听到这些话，羞臊起来。

“我今天就去把房租收了，巴布！他要是不交，我哪儿都不让他去！我要让他知道孟格尔森不是好欺负的！”

“我经常往外跑，就得靠你把家里的事儿料理好！天下没有免费的午餐！收租子的活儿也不好干。你要拿出担当来！”

孟格尔森听到这些话，热血上涌，身体也颤抖起来，他真想一把扯下头巾甩在巴布跟前。他激动地说：“您别担心！有我在就不会有麻烦！我也是扛过枪杆子的人！在巴士拉打仗的时候，我的指挥官是罗丝汀上尉。他跟我说，孟格尔森，我的酒壶落在那边的大卡车上呢，去拿过来！注意那边儿扫射的机关枪啊！我回答，马上就去！我一个人就把酒壶拿了回来！这对我都不在话下……”

孟格尔森吹起了牛。莫诺尔玛笑嘻嘻地瞥了眼哥哥，低声说道：“堂叔又来劲儿了！”

吃完饭，孟格尔森笑着起身问道：“四点钟出发去参加订婚仪式？”

“你先下去吧！干你自己的事儿去！需要你的时候会去叫你。”巴布不耐烦地回答。

孟格尔森的心里咯噔一下，心想也许森杜那小子说的是真的，他们真的不让我去了。他有点儿想哭，呆站了一会儿，然后慢慢走出房门，穿上了鞋，拄着手杖，颤颤巍巍地走下楼梯。

房间里，维尔吉的脸因为怒气而涨得通红。莫诺尔玛也紧张起来，局面还在恶化，维尔吉千万别跟爸爸吵起来啊。母亲也看到了气氛不对，柔声说：“哎呀，你看看，在下人们面前还是多多少少给孟格尔森留点脸面吧，毕竟是血脉至亲。他又整天给你干活儿。”

巴布惊讶地问：“我说他什么了？”

“你对他说话的时候态度好点儿。他听了心里还不知道怎么想呢。说话时不能不留情面。”

“胡说八道！我说他什么了？”巴布说，然后又转向维尔吉，“小子，现在你说说，要不要按规矩办事？”

“我说过了，你一个人去订婚仪式，只能收一卢比四安那的礼！”

厨房里突然间安静了，似乎谁都不愿意面对这个难题。维尔吉一声不吭。

巴布一把扯掉自己的头巾，把头伸到维尔吉面前，说：“你看看我这一头白发！难道现在你还要让我去丢人现眼吗？”

维尔吉憋着一股火。堂叔因为穷，所以大家都对他呼来喝去的。这让他看不惯。但看到父亲满头的白发，维尔吉又心软了。于是他张口道：“如果你不想一个人去，那就带着堂叔，你们俩去吧！”

“哪个堂叔？”母亲疑惑地问。

“孟格尔森。”

森杜蹲坐在角落里，听到这话惊讶地抬起了头。母亲立刻说："儿子，说什么浑话！去订婚不带那些富贵亲戚，而带一个破落户！我们岂不是成了全城人的笑柄？"

"妈，刚才你怎么说的，'血脉至亲'。现在怎么不这样说了？就因为孟格尔森堂叔穷？"

"我什么时候说不许他去了？就算让他去，也要拉上几个其他的亲戚朋友。你把那些体面尊贵的亲戚朋友撂到一边儿，带着那个穷酸去，你觉得说得过去吗？"

"那就让我爸一个人去吧！"维尔吉十分不耐烦，"我把话撂在这儿，现在你们怎么想，跟我没半毛钱关系！"说完，他大步走出了餐厅。

维尔吉就这样走了，餐厅里又恢复了一片寂静。巴布和妻子都十分恼火。这样一个神圣喜庆的日子，儿子回家来了，却因为鸡毛蒜皮的事儿吵个不停。母亲气得心脏扑扑直跳。巴布也在一旁火冒三丈，他想干脆自己也不去了！维尔吉想让谁去就让谁去！但转念一想，到了这个时候了，不能意气用事。

母亲终于开口服软了："他说的也不是完全没有道理！现在年轻人尽想着挥霍父母的财产！而他只打算收一卢比四安那的礼。这种节俭的思想是很高尚的。你就带着孟格尔森去吧！总比一个人去强！"

巴布嘟嘟囔囔，说了一大堆的话，最后终于也无言了。儿子大了，哪儿还由得父母来管？巴布默默地站起来，走回了自己的房间。

母亲说："去吧，森杜。跟孟格尔森说，让他准备去订婚仪式。"

莫诺尔玛知道后，欢呼雀跃地跑去告诉维尔吉，巴布同意孟格尔森去参加订婚仪式了。

当孟格尔森知道就只有他和巴布两个人去参加订婚仪式的时候，顿时兴奋不已，在房间里不停地踱来踱去，刚被泼了凉水的心这会儿又热乎起来了。他想找森杜去要自己赢的赌注。他想让他知道到底谁才是巴布家的亲人！不带他还能带谁去？巴布和他就是家里的主心骨！孟格尔森越想越得意。最后，他打开放在房间角落的行李箱，开始换衣服。

过了一个多钟头，孟格尔森终于换好了衣服来到院子里。一看到他，母亲就心里一沉，孟格尔森怎能这副打扮去亲家订婚呢！

孟格尔森头上绑着一条卡其色的头巾，身上穿着一件满是污渍的衬衫，外面还套着件陈旧的卡其色军外套，上面还钉着几个补丁。下身穿着长条纹的围裤，脚上套了双黑色的短靴。

母亲欲哭无泪，现在也不是哭的时候，她忍住怒火上前说："孟格尔森，去，到你大哥的柜子里拿条干净的裤子换上。"接着，她朝巴布的房间喊道："巴布，听到没有，你找一件干净的头巾拿过来吧，孟格尔森没有合适头巾。"

孟格尔森焕然一新了。莫诺尔玛给他拿裤子，森杜给他擦靴子，孟格尔森坐在院子的中央，一家人围着他，忙前忙后地给他装扮。莫诺尔玛的两个女伴也过来了。孟格尔森显得年轻了很多。他的那条头巾被取下了，他拘谨地坐着，两只手夹在膝盖间，弯着腰，一切都让他无所适从。

孟格尔森终于梦想成真。就像梦中那样，他来到了亲家的家中，享受着殷勤的款待。他坐在摇椅上，后面还有个人给他扇着扇子。亲家公一家人忙前忙后地招待着他们。真的有一个人躬着腰俯身问他："大叔，再给您添些牛奶吧？添一点儿？"

孟格尔森回答：“好，那就再给我来半杯吧！”

亲家公家里装饰得非常精美，孟格尔森都看花了眼。他定了定神，高声问：“女孩上过学吗？我们家孩子可是个硕士。”

“上过，托您的福，我们家姑娘今年刚拿到学士学位。”

孟格尔森听了以后，用手杖点了点地，点着头说：“会做家务吗？还是一门心思都扑到书本里了？”

“多少会做一些家务。”

“就会做一些？”

……

最后到了订婚的时刻。亲家公端着满满一盘的巴旦木，呈放在巴布和孟格尔森的面前。巴布双手合十，说：“我们只收一卢比四安那的礼，我这个人不太看重这些。新时代我们也该改改这些陈规陋习了。您随便给个一两个卢比的，我就当它是千八百万的。再次祝福您！”

“哎呀，您这说的是哪儿的话。我们知道您什么也不缺，但您不收礼物的话，我们怎么能安心呢？”

巴布笑着说：“哎，不行不行。您不要再为难我了，这是原则上的事儿。我只收一卢比四安那的礼！再说，您这么德高望重，您的女儿又是吉祥天女般的人物，嫁到我们家能让我们家蓬荜生辉呢。”

孟格尔森忍不住插嘴了，他跺跺脚坚定地说：“我们都说了只收一卢比四安那的礼！您又何必勉强呢？”

亲家公笑了笑，对旁边的一个亲戚小声说：“他是男方家的堂叔，远房的。现在就寄居在他们家，巴布一家收留了他。”

最后，亲家公还是从里面端出来一个盘子，上面盖着一个红丝帕。亲家公把盘子放在巴布面前，巴布掀开红丝帕，只见银盘子里整齐地摆放着三个光亮的小银碗，一个银碗里盛放着番红花，一个碗里放着红丝线，一个碗里放着一枚闪闪发亮的银卢比和四枚铜安那的硬币。除此之外，小碗旁边还放着三把银汤匙。

“您还是太客气了，”巴布笑着说，“我只收一卢比四安那……”但是他还是接过了托盘，暗自估量起碗、汤匙和盘子的价值。

莫诺尔玛和两个女伴一直在门口等着巴布和孟格尔森两兄弟回来。孟格尔森扛着盖着红丝帕的托盘走在后面，巴布则走在前面。

维尔吉一直待在房间里面，靠在床旁边，手里拿着一本小说，但是心思早就飞到了九霄云外。虽然他心烦意乱，可至少表面上装作很镇定。波勒芭会不会给我捎什么口信儿？只收一卢比四安那的礼金，她知道了会怎么想？她一定会在心里称赞我的品行吧？我让一个穷亲戚去参加我的订婚，足以证明我的高尚了吧！

“大喜啊，嫂子，真是恭喜你了！”孟格尔森的声音从外面传来。

莫诺尔玛和两个女伴闻声赶紧跑出来，依靠着二楼的栏杆向外张望。巴布一脸严肃，走进自家的院子里，随手把手杖往角落里一放，一声不吭地回房间去了。

莫诺尔玛一溜小跑下来，立刻把孟格尔森手中的托盘抢了过来。

“真是个小疯子！两分钟都等不了！”

“呵，你也真是的，”莫诺尔玛笑着说，“戴上了父亲大人的头巾，就以为自己也成大人物了。盘子交给我！你的任务已经完成了。”

母亲的两个姐妹也来道喜，三人相互拥抱问候着。维尔吉听到房外的声音，也走到阳台上，靠着栏杆向下观望。他一眼就看到了盖着红丝帕的托盘，顿时心潮澎湃。这个红丝帕一定是波勒芭亲手盖上的吧。一想到这儿，维尔吉真想冲下去捧起这个丝帕吻个不停。看到礼物，他更加迫不及待地想见波勒芭。

母亲掀开红丝帕，只见托盘里放着闪闪发光的小银碗、银汤匙。维尔吉仿佛见到了波勒芭用她白嫩的双手擦拭这些东西的情景。

“快给我倒点儿水，森杜，”孟格尔森坐在院子中间的椅子上，盘起了腿，大声喊着森杜。

这时，母亲突然惊讶地说：“三个小碗和两把汤匙？这个怎么算？难道不该是三把汤匙吗？”她朝巴布的房间喊道：“老头子，你听到了吗？你今天是怎么了，一回来就回房间里坐着？”

“啥事儿啊？”巴布在房间里面问道。

“你说说亲家都给了些什么回礼？”

“就那些呗，他给的不都在托盘里面放着吗？你宝贝儿子同意就行了。”

“怎么三个小碗就配了两个汤匙？”

“不是啊，汤匙也是三个。”

“这儿只有两个汤匙。”

“不会不会，你再仔细看看，肯定是三个汤匙。你问问孟格尔森，他把东西带回来的。”

“孟格尔森啊，还有把汤匙在哪儿呢？”

孟格尔森正在跟森杜描述订婚的场景——亲家公是如何恭敬地站在他们面前，就像一个仆人一样。新娘子也很有礼貌，非常有教养，还拿到了学士学位，而且一般家务也能操持……

“孟格尔森啊，第三个汤匙在哪儿呢？”

“什么汤匙啊，不都放在盘子里面嘛。”孟格尔森漫不经心地回答。

“盘子里没有。”

“那他们就给了两个汤匙呗。巴布接的盘子。”

“你当我们都是傻瓜吗，孟格尔森？你大哥说了，里面有三个汤匙！”

这时候，巴布也听明白了妻子的意思，说：“难道我们回来的路上丢了一个汤匙？再怎么说，那可是五卢比一个的汤匙啊！”

孟格尔森起身，毫不在意地说：“那我现在再去问问亲家，里面都放了些什么？有可能他们就给了两个汤匙嘛！”

“你还要到哪儿去？快说，汤匙在哪儿？盘子里的东西一直被红丝帕盖着。”

“巴布，盘子是你接回来的。你自己没好好数清楚啊？”

“不要在这儿跟我耍滑头，不要脸的东西！说，第三个汤匙在哪儿？”

母亲因为汤匙丢了憋了一肚子的火，她转身跟姐妹们说：“我们在这儿盘点亲家的回礼呢。如果少了，是件很不好的事儿。”

巴布怒气冲冲地骂道：“无耻的东西，问了这么长时间还在东拉西扯！”

得知汤匙丢了，维尔吉也是满肚子的怒火。波勒芭亲手准备的汤匙，最后居然没能交到自己手中。那可是波勒芭给我的第一份爱的礼物啊，竟然就这么不见了！维尔吉顿时抑制不住内心的冲动，冲到了孟格尔森的旁边，一把抓住他的肩膀，质问道：“让你去订婚，你居然把礼物弄丢了？”

所有人都安静了下来，大家面面相觑。维尔吉突然意识到还有外人在场，觉得自己做得有些过分，不好意思地走开了。

“儿子，你别管这事儿。就算是汤匙真的丢了，也不是你的过失。恶有恶报，拿走一把汤匙，就能变成大富翁了？”

“看看他的口袋里！”巴布生气地说。

维尔吉的几个姨母觉得很不好意思，退到后面去了。然而莫诺尔玛丝毫没有避讳，立刻跑上前去，翻开孟格尔森的口袋。森杜站在餐厅的门口，双手握着水杯，一动不动地看着这边。孟格尔森就呆立在中央，一会儿看着这个人的脸，一会儿又看看其他的人。他想张口说些什么，最终一个字也没说出口。

从他的一个口袋里掏出一个脏兮兮的破手帕，几颗槟榔，火柴以及一小截儿铅笔。

“不在这个口袋里。”莫诺尔玛说完，又去翻另一个口袋。她一件一件地从口袋里掏东西出来，同时还向女伴们展示着，开着玩笑。

右边的口袋里发出几声金属碰撞的声音。莫诺尔玛高呼：“有金属的碰撞，就在这个口袋里，小偷抓住了！你们听听！”

可孟格尔森的口袋里只有半截儿铅笔刀和钥匙串，碰撞声就是这两样东西发出的。

“放开他吧，莫诺尔玛。恶有恶报。孟格尔森，拿走汤匙对你也没什么好处，何况这是个订婚礼物。”

孟格尔森喘着粗气，双腿不停地颤抖，然而他还是一个字也说不出来。

“你好好听着，孟格尔森，”巴布怒气冲冲地说，“我会扣你五卢比的工钱来赔偿汤匙，这件事我不会跟你讲什么情面。”

孟格尔森站着站着，突然瘫倒在地上。

“恭喜你了啊，老姐姐！”外面的院子里又传来三四个女人的声音。

孟格尔森以一种滑稽的姿势倒了下去，嘭的一声摔在地上，双腿还半蹲着，头巾掉落下来，遮住了他的脖子。莫诺尔玛看到这一切，忍不住笑个不停。

“你看看，老头子。一会儿街坊邻居都听见了，又要说我们不近人情的！”母亲说完，没好气地吩咐森杜：“你过来，把他抬到阳台那边去吧。”

维尔吉沮丧地回到自己的房间去了，心想我真是冒失，我不应该冲下去。虽然一定是孟格尔森偷了汤匙，悄悄地扔在某个地方了。

巴布也回到自己的房间里去了。家里开始敲锣打鼓地庆祝。莫诺尔玛带着两个女伴在院子里铺了一张厚毛毯，三人坐了下来。听到鼓声，旁边的街坊邻居也来到家里道喜祝贺。

这个时候，大门外来了一个男孩。他站着门外徘徊，似乎有些难为情，踌躇着不知道是该进去还是站在门口。莫诺尔玛一看见他，就认出他是波勒芭的弟弟，维尔吉未来的小舅子。她跑了过去，顽皮地摸了摸男孩的头。

“来啊，进来呀，你是不是也住在这附近？”

“不是，我是波勒芭的弟弟。”

“你要吃糖吗？”莫诺尔玛调皮地笑着问。

小男孩更加不好意思了。

“不是，我是来送这个的。”说着，他从夹克的口袋里掏出了一个闪闪发光的银汤匙，放在了莫诺尔玛的手上，然后迈开小腿跑开了。

“啊，汤匙找到啦！妈，汤匙找到啦！”

然而母亲正被一众亲戚围在中间。莫诺尔玛站在旁边，想让母亲注意到自己高高地举着手，晃动着手中的汤匙。她一会儿把汤匙顶在鼻子上，一会儿拿在手里晃，一会儿又高高地扔起来再用手接住，但是母亲一直都没往这边看……

阳台上，森杜把孟格尔森放在床板上，又给他灌了一点儿水，嘴里念叨着：“打赌是你赢了。你放心，等我发了工资就把两个卢比交到你的手里。”

母亲与养母

十五号站台的火车还有一两分钟就要开了，绿色的信号灯已经亮起，示意马上要发车了。乘客们已经在各自的车厢入座，等待着火车开动。突然，不远处的两个女人纠缠在一起，拉拉扯扯。其中的一位拼命抢夺着另一位女人怀里的小男孩，而那位抱着孩子的女人一手紧紧地将孩子搂在怀里，一手奋力抵挡着那个抢夺孩子的女人。抱着孩子的女人快步向前，试图登上即将出发的列车。

“放手！你快去死……放开我，火车就要开了……”

“我不会放开的，我死也不松手。”抢孩子的女人猛扑过来，朝抱孩子的女人大声喊道。

这两个女人不久前还在一起交谈，现在却撕扯起来。周围的人都吃惊地看着她们。慢慢地，两个女人周围聚起了人群。在水龙头边喝水的巴沃尔迪看见了这场面后，急忙拎着警棍走过来，他是负责月台治安的警官。

“怎么回事儿？你们两个为什么在这里喧哗打闹？”巴沃尔迪板

着脸严肃地大声询问。

两个女人看到警长走了过来，赶忙收手。两人喘着粗气，像野兽般瞪着对方。

抱着孩子的女人看见其他的乘客正在登车，立即奔向车厢门口，然而另一个女人立刻拽住了她，把她拉回站台中间。孩子靠在女人的肩膀上正在熟睡，他皮肤黝黑，十分瘦小。在刚才的争执中，他纤细的身体在女人怀中滚来滚去，却一直酣睡不醒。

“不要再吵了，到底怎么回事儿？”警官晃着警棍，厉声问道。说完，他把藤木警棍插在两人中间，试图把二人分开来。

抢孩子的女人泪汪汪地看着警长说：“我的孩子被抢走了，我绝不答应……”说完，她又扑过去夺孩子。

“火车就要开了，贱女人，快放开我！”抱着孩子的女人呵斥道，赶忙抱着孩子走向车厢。警官立即上前，挡住了她的去路。

警官严厉地说：“为什么你抱着她的孩子？”

“她胡说！孩子是我的！”

“她说孩子是她的，你们说清楚，孩子到底是谁的？”

“是我的！”另外那位年纪较轻的女人赶忙说，她披头散发，脸色通红，目光中夹杂着些许恐慌。说完，她又扑向孩子。

警官想尽快地解决这场纷争，于是命令抱孩子的女人：“把孩子还给她！”

“为什么要给她，孩子是我的……”

“是从你肚子里生出来的吗？”

抱着孩子的女人一时哑口无言，只是恶狠狠地瞪着另一个女人。

“说！他是你肚子里生出来的？”警官再次严厉地发问。

“不是我肚子里生出来的又怎样，他是我一口奶一口奶喂大的。

过去的七个月，都一直是我喂的！”

“你喂的奶，孩子就是你的了？你就要强行拆散人家的骨肉，让人家母子分离？”

“哪是我拆散人家骨肉！他就是我的孩子，一直都在我这里。她就站在那里，你去好好问问那个坏女人！”

抱着孩子的女人又对着抢孩子的女人说：“不要脸的臭女人，怎么不说话了？孩子是我从你那里抢走的吗？警官大人，这个孩子是她亲手交给我的！那个女人把孩子生下来就要扔进垃圾堆里，是我跟她说，不要丢掉，把孩子交给我吧，我来养他。从那时起就是我一直在照顾孩子。她当时把孩子丢在我这里不管不顾，现在又跑来要孩子！”

警官看着抢孩子的女人，开口问道：“是你亲手把孩子交给她的？”

年轻女人哀怨地看着抱孩子的女人，慢慢地低下了头，说：“是我给她的，但是孩子是我的，我不想给了，我不会给她的！”

她无助地望着抱着孩子的女人，眼神由哀戚变成了恐慌。

“你既然把孩子交给了她，怎么现在又想要回来了？”

年轻女人抬起头，身体颤抖起来：“她要把孩子带去外地……”说着说着，她又啜泣起来。

“我还得一直待在你身边吗？”抱着孩子的女人挥了挥胳膊，对周围围观的人说：“跟我住在一块儿的亲戚朋友都走了，我也不会再留在这里了。这个女人先求我再留十天，十天以后再走。十天之后又要我留五天，这样留着留着一个月都过去了。我难道还要留在这里吗？今天我要坐车走了，这个不要脸的女人又跑来要赖！”

“她是你的亲戚？”警官询问到。

“我们能是什么亲戚？她是伽梯瓦尔人，我是班加罗人！”

“你坐车要去哪儿？”

“费罗兹普尔，长官。”

“怎么想到要去哪里？”

“我们是班加罗人，警官大人。之前我们在这里种地，一干就是整整两年。如今，我们在费罗兹普尔找到适合种粮的土地，所有的人就过去了。但是那个女人硬拽着我，不让我走。”

警官犹豫不决，一时也没了主意。一个虽然是亲生母亲却又把孩子扔了，另一个呢，一直喂养照顾着孩子。这个孩子到底该给谁？

“你家里没有其他人了吗，怎么会把自己的孩子给她？你住在哪里？”警长问孩子的生母。

“长官，她就住在大桥附近的茅草棚里。我们当时也住在那儿，她也算是我们的邻居，一直在外面做些零工散活的。孩子出生的那会儿，还是我亲手给剪的脐带。”

孩子的生母只是呆呆地盯着孩子，迷茫而痛苦，对周围的一切置若罔闻，好像什么都听不进去。

“那她家里还有些什么人？”

“呵，她家里面哪里还有什么人。这个贱女人整天就跟在男人后面打转，谁会娶她？她家里要是还有人，她会一出生就把孩子给扔了？”

就在这时，列车员吹响了出发的哨音，火车即刻就要开动了！

围观的人群四散开来，赶紧跑回各自的车厢坐好，抱着孩子的那个女人也赶忙跑上火车。孩子的母亲却在这时猛冲过来，死死抱住她的脚，一步也不让她离开：“不要走，求求你不要带走我的孩子，不要走……”

周围的人们十分同情地看着孩子的生母，警官走向抱着孩子的女人，说：“把孩子还回去吧，要是他母亲不想把孩子给你了，你就不能带走这个孩子！”

警官的语气很坚定，但班加罗的女人仍不死心，争辩道：“长官，为什么我要把孩子交给她？我为什么要把自己养的孩子交给别人？我谁也不给！”

“火车马上就要开了，你快点儿把孩子交给他母亲，否则我就把你关到监狱里去！”警管喝道。

抱着孩子的女人害怕了，慌乱地朝四周张望，然后又开始对着孩子的生母咒骂道：“卑鄙下流的女人！你个贱货！跑到这里来耍无赖，拿好你的野孩子，好好地接住！……你哪里会给他喂奶，给他喂毒药吧，你们俩一起喝毒药去死吧！这七个月，我连亲生孩子都不顾，省吃俭用地给他喂奶……”说着，女人一把把孩子递给了他的生母，站在原地，号啕大哭起来，眼泪止不住地往下流。

孩子的母亲赶紧接过孩子，紧紧抱在怀里。一抱过孩子，她也泪如泉涌，目光中透着无尽的爱意。

这真是奇异的一幕。两个女人都在哭，她俩虽是敌人，可都爱着同一个孩子。

也许是受到了母亲们争执的影响，那个瘦小的孩子虽然在安睡，两个小手却紧紧攥着。

班加罗女人，孩子的养母，破口大骂着，哭泣着，愤恨地登上火车。

“好了，你也拿回自己的孩子了，快回去吧……”

警官用警棍轻轻点了点孩子的后背，严厉地说道：“赶紧从这里离开！”

孩子的母亲赶紧把孩子朝怀里抱了抱，后退了几步。刚才聚集的人群也逐渐散去了。那个班加罗女人站在车厢门口破口大骂：“脏女人，卑鄙下流！你一生下他的时候怎么不弄死他？你要是那个时候就把他弄死了，我现在也就清静了，该死的臭女人！”

也许是孩子不适应这新的怀抱，也可能是刚才警官的警棍点得有些重，孩子从蒙眬中醒来。他用自己紧握着的小拳头蹭了蹭小鼻子，又揉了揉眼睛，不一会儿把小手塞进了嘴里，不停地吮吸起来。孩子的母亲有些手忙脚乱，赶忙后退了几步，走到了月台的墙根儿下，倚着墙哄孩子。

孩子也许是饿了，不停地吮吸着自己的小拳头，好像在喝奶似的。拳头里又怎么会流出奶水呢？眼看着吸了半天一滴奶水也没喝到，孩子用力地蹬着两条小腿，哇哇大哭起来。他的母亲连忙把他抱起来哄他，可孩子反而哭得更凶了。

孩子的母亲百般哄逗，一会儿抱在左边，一会儿又抱去右边，一会儿让孩子靠在左肩上，一会儿又靠在右边，却不见丝毫作用，急得她满头大汗。

站在车厢门口的班加罗女人听到了孩子的哭声，又开始咒骂：“打死他啊，你打死他吧。可恶的女人，怎么不用毒药毒死他！他从中午到现在一滴奶水都没喝，能不哭吗！”

警官拎着警棍一摇一摆地走远了，除了一两个搬运行李的工人，车厢前空空如也，一个人也没有。后面不远处，穿着蓝色制服的乘务员挥动着绿色的小旗子。

火车缓缓开动了，发出“嗤——嗤——”的汽笛声。

孩子还在哭闹着，孩子的母亲从破裂的衬衣口袋里掏出了几粒花生豆，喂到了孩子的嘴里。

“可恶的臭女人，你在他的嘴里塞了什么东西？你要毒死我的孩子，你这狠毒的女人！”

说着说着，班加罗女人将一个锡盒丢向月台，然后又丢下一个小包裹。她恶狠狠地破口大骂着从火车上跳了下来：“卑鄙下流的女人，我的火车都开走了！你怎么不去死，该死的东西！”

火车缓缓驶出车站，搬运工也三三两两地离开了月台。突然间，喧闹嘈杂的月台变得无比寂静。警官也按着巡逻路线走向了其他月台。然而当他再次拎着警棍走回来的时候，看见刚才的那两个女人倚着墙站在月台的一个角落里，班加罗的女人——孩子的养母，正解开衣襟抱着孩子喂奶，而孩子的生母，静静地坐在一旁，温柔地梳理着孩子的头发，眼神中充满爱意。